FOLIO SCIENCE-FICTION

Philip K. Dick

Minority Report

et autres récits

Traductions de l'américain revues et harmonisées par Hélène Collon

Gallimard

Publié pour la première fois en 1952, Philip K. Dick (1928-1982) s'oriente rapidement, après des débuts assez classiques, vers une science-fiction plus personnelle, où se déploient un questionnement permanent de la réalité et une réflexion radicale sur la folie. Explorateur inlassable de mondes schizophrènes, désorganisés et équivoques, Philip K. Dick clame tout au long de ses œuvres que la réalité n'est qu'une illusion, figée par une perception humaine imparfaite.

L'important investissement personnel qu'il plaça dans ses textes fut à la mesure d'une existence instable, faite de divorces multiples, de tentatives de suicide ou de délires mystiques.

INTRODUCTION

Minority Report est le troisième blockbuster hollywoodien adapté de l'œuvre de Philip K. Dick, après *Blade Runner* (inspiré de son roman *Les Androïdes rêvent-ils de moutons électriques ?*) et *Total Recall* (d'après sa longue nouvelle « Souvenirs à vendre »).

D'autres adaptations ont également été réalisées : *Planète hurlante* de Dan O'Bannon, inspirée de sa *novella* « Nouveau modèle », et *Impostor* de Gary Fleder, basée sur l'histoire homonyme, sans parler du film français *Confessions d'un Barjo*, d'après son roman sur la vie aux États-Unis dans les années 1950. Sans parler non plus des projets avortés : l'intérêt de John Lennon pour son roman *The Three Stigmata of Palmer Eldritch* (en français *Le Dieu venu du Centaure*) — Dick avait un talent disons.. particulier pour les titres de ses livres, vous avez dû vous en rendre compte — ou les tentatives pour filmer *Substance Mort* (d'abord sous la direction de Terry Gilliam, Georges Clooney et Steven Soderbergh ont depuis pris une option dessus).

Pourtant, quand Dick est mort il y a vingt ans, à l'âge ridiculement jeune de 54 ans, son travail était peu connu en dehors d'un petit cercle de fervents admirateurs. Toute sa vie durant, il avait été relativement pauvre, parfois même dans la misère (dans un de ses articles il décrit avec humour l'époque où sa femme et lui étaient contraints de se nourrir avec des boîtes pour chiens) alors que d'autres écrivains américains de science-fiction, comme Isaac Asimov, Robert A. Heinlein et Frank Herbert étaient de riches auteurs de best-sellers vendus dans le monde entier. Et pourtant ces trois superstars ont en commun de n'avoir chacun qu'une seule adaptation à gros budget de leurs écrits (respectivement *L'homme bicentenaire*, *Starship Troopers* et *Dune*), un total que Dick égale à lui tout seul.

Pourquoi ? Pourquoi l'œuvre de cet écrivain sans le sou, dont la plupart des livres, parus directement en poche sous des couvertures criardes, ont été écrits en quelques semaines de marathons alimentés aux amphétamines (parfois jusqu'à six livres par an à son maximum), a attiré sur elle toute cette attention ?

Il faut commencer par dire que, de l'avis de beaucoup, si un seul auteur de SF mérite l'appellation de « génie », c'est bien Philip K. Dick. Ce n'était pas un grand styliste et il est évident qu'il écrivait trop vite. Mais de ses livres et ses histoires se déverse un torrent d'inventions, avec des décalages vertigineux dans la perception du réel qui constituent la marque de son œuvre. Sa façon de percevoir le futur était différente de celle d'autres écrivains ayant souvent bien plus de succès que lui. Quand ces derniers construisaient leurs histoires autour de concepts, lui les construisait autour de personnages. Et ces personnages n'étaient pas des héros ou des héroïnes traditionnels : c'étaient des citoyens ordinaires du futur, confrontés à diverses variantes de nos tracas quotidiens : ennuis d'argent, soucis professionnels, difficultés avec leurs proches.

Dans le monde futur qu'il imaginait, ces problèmes pouvaient se retrouver amplifiés de manière à la fois inventive et comique. Dans une histoire de Dick, si vous étiez en retard dans le paiement de votre loyer, la porte de votre appartement refusait de s'ouvrir et vous faisait un sermon sur vos responsabilités. Le taxi pouvait être un engin volant, avec un robot aux commandes ; mais *en route** vers votre destination, il donnait des conseils d'ordre psychiatrique mêlés de sagesse populaire. Le monde lui-même, très souvent, n'était pas ce que vous pensiez qu'il était : la réalité quotidienne à laquelle vous faisiez face se révélait en fait un savant trucage et, quand vous parveniez d'une façon ou d'une autre à retrouver votre chemin à travers le décor, ce qu'il y avait derrière était souvent pour le moins étrange.

La plupart des romanciers écrivent sur ce qu'ils connaissent, même s'ils le déguisent plus ou moins, et Dick ne faisait pas exception à cette règle. Il s'intéressait à la philosophie, particulièrement aux discussions sur la réalité et sa perception. Sa vie personnelle était souvent confuse ; il fut marié cinq fois. J'ai déjà évoqué ses éternels problèmes financiers. Comme la plupart des gens dans les années 1960, il consomma trop de drogues et en subit les conséquences à long terme. Dans les dix dernières années de sa vie, il expérimenta également ce qu'il interpréta comme des révélations mystiques (il s'agissait sans doute d'incidents cérébraux préfigurant les attaques qui l'ont tué)

* En français dans le texte.

et ses livres revêtirent un accent plus sombre, moins accessible.

Mais *Minority Report* fut écrit dans les dix premières années de sa carrière d'écrivain, une période où il publia un nombre énorme de nouvelles et la première douzaine de ses quelque quarante romans. Parce que ce texte n'est pas un roman, nous avons inclus dans ce livre un assortiment d'autres histoires ; entre autres « L'Imposteur », « Nouveau modèle » et « Souvenirs à vendre » — toutes trois adaptées au cinéma — auxquelles s'ajoutent une sélection de nouvelles choisies pour constituer une introduction représentative à l'un des écrivains les plus inventifs et les plus agréables qui soient.

Puisque le futur nous a rattrapés ces vingt dernières années — puisque même les plus folles prédic tions ont commencé à prendre forme — c'est la vision de Philip K. Dick, celle de gens ordinaires confrontés à des circonstances extraordinaires, qui décrit finalement le mieux la manière dont il nous apparaît — et c'est la raison majeure pour laquelle les réalisateurs se sont tournés vers ses livres et ses histoires, plus que vers aucune autre œuvre de science-fiction.

Que Philip K. Dick n'ait pas vécu assez pour voir cela a quelque chose de tragique : il a vu une avant première de *Blade Runner*, début 1982, mais il est mort avant que le film ne sorte et ne change complètement la vision du public sur son œuvre... Cela lui serait sans doute apparu comme une ultime ironie, en parfait accord avec sa vie. Et son œuvre demeure, aussi extraordinaire aujourd'hui que lorsqu'elle a été écrite

MALCOLM EDWARDS

(*Traduit de l'américain par Julie Pujos*)

Rapport minoritaire

Titre original :

THE MINORITY REPORT

in *Fantastic Universe*, janvier 1956.
Adapté au cinéma en 2002 par Steven Spielberg
sous le titre *Minority Report*.

I

Lorsque Anderton vit le jeune homme, sa première pensée fut : *Je deviens chauve. Chauve, gros et vieux.* Mais il ne le dit pas à haute voix. Au lieu de cela, il repoussa son fauteuil, se mit sur pied et fit résolument le tour de son bureau, le bras tendu avec une certaine raideur. Souriant avec une affabilité forcée, il serra la main du jeune homme.

« Witwer ? s'enquit-il en parvenant à introduire un semblant d'aménité dans sa voix.

— C'est cela, répondit l'autre. Mais pour vous, bien entendu, ce sera Ed. Du moins si vous partagez mon peu de goût pour le formalisme superflu. » À son air sûr de lui, on voyait bien que le jeune homme blond considérait la question comme réglée. Ils s'appelleraient donc par leurs prénoms ; entre eux, la coopération serait amicale dès le début.

« Vous n'avez pas eu trop de mal à trouver le bâtiment ? » interrogea Anderton en restant sur ses gardes, bien décidé à ne tenir aucun compte de cette entrée en matière par trop familière. *Bon sang, il fallait qu'il se raccroche à quelque chose !* La panique l'effleura et il se mit à transpirer. Witwer arpentait le bureau comme si c'était déjà le sien... comme pour voir si ses dimensions lui convenaient. Ne pouvait-il attendre un ou deux jours... un laps de temps décent ?

« Aucun mal », répondit Witwer, guilleret, les mains dans les poches. Il examina avidement les dossiers volumineux qui tapissaient les murs.

« Je n'arrive pas chez vous comme ça, à l'aveuglette, vous savez. J'ai quelques idées personnelles sur la façon dont fonctionne Précrime. »

Anderton alluma sa pipe d'une main mal assurée. « Et comment fonctionne donc Précrime ? J'aimerais bien le savoir.

— Pas mal du tout, dit Witwer. Et même fort bien, en fait. »

Anderton le regarda droit dans les yeux. « C'est votre opinion à vous ? Ou cherchez-vous simplement à me faire plaisir ? »

Witwer soutint innocemment son regard. « C'est mon opinion personnelle, mais aussi l'opinion générale. Le Sénat est très satisfait de votre œuvre. Ses membres sont même enthousiastes. » Il ajouta : « Aussi enthousiastes qu'on peut l'être à leur âge avancé. »

Anderton accusa le coup mais, extérieurement, parvint à rester impassible — non sans effort. Il se demanda ce que Witwer pensait *réellement*. Que se passait-il sous ce crâne aux cheveux ras ? Les yeux du jeune homme étaient bleus, vifs... et dangereusement intelligents. Non, décidément, Witwer ne devait pas s'en laisser conter. Et il était manifestement très ambitieux.

« D'après ce que j'ai cru comprendre. reprit prudemment Anderton, vous allez être mon assistant jusqu'à ce que je prenne ma retraite.

— C'est ce que j'ai compris aussi, répondit Witwer sans l'ombre d'une hésitation.

— Ce qui peut se produire cette année, l'an prochain... ou bien dans dix ans. » La pipe tremblait dans la main d'Anderton. « Je ne suis nullement obligé de partir. C'est moi qui ai fondé Précrime et je peux rester en poste aussi longtemps que je le désirerai. La décision n'appartient qu'à moi seul. »

Witwer hocha la tête, toujours avec la même candeur. « Bien entendu. »

Anderton s'efforça de se maîtriser. « Je voulais simplement que les choses soient bien claires.

— Dès le départ, acquiesça Witwer. Vous êtes le patron, c'est vous qui commandez. » Avec une apparence de totale sincérité, il poursuivit : « Voulez-vous me faire visiter ? J'aimerais me familiariser dès que possible avec le fonctionnement global de votre organisation. »

Tandis qu'ils longeaient les enfilades de bureaux éclairés et résonnant d'activité, Anderton déclara : « Naturellement, le postulat fondamental de Précrime ne vous est pas inconnu ? Je présume que nous pouvons partir de ce principe.

— Je ne sais que ce qui est à la disposition du public, répondit Witwer. Avec l'aide de vos mutants précogs, vous avez audacieusement et efficacement aboli le système punitif post-crime fondé sur l'emprisonnement et l'amende. Comme nous le savons tous, la perspective du châtiment n'a jamais été très dissuasive ; quant aux victimes, une fois mortes elles n'en retiraient guère de réconfort. »

Ils étaient arrivés devant l'ascenseur. Tandis que

la cabine les emportait à toute allure dans les profondeurs du bâtiment, Anderton reprit : « L'inconvénient fondamental, du point de vue juridique, inhérent à la méthodologie de Précrime ne vous a probablement pas échappé non plus. Nous arrêtons des individus qui n'ont nullement enfreint la loi.

— Mais s'y apprêtent, affirma Witwer avec conviction.

— Justement, non, par bonheur… puisque nous les arrêtons avant qu'ils puissent commettre un quelconque acte de violence. Donc, l'acte criminel proprement dit ne relève strictement que de la métaphysique. C'est nous qui proclamons ces gens coupables. Eux se prétendent éternellement innocents. Et en un sens, ils *sont* innocents. »

Quittant l'ascenseur, ils empruntèrent à nouveau un couloir éclairé par une lumière jaune.

« Notre société ne connaît plus le crime grave, poursuivit Anderton, mais nous avons tout de même un camp de détention peuplé de criminels potentiels. »

Ils franchirent une série de portes et se retrouvèrent dans le bâtiment d'analyse. Devant eux se dressaient d'imposants entassements de machines — récepteurs de données et calculateurs chargés d'étudier puis de restructurer les informations qui leur parvenaient. Derrière elles se tenaient les trois mutants qui disparaissaient presque dans un fouillis de câbles.

« Les voilà, dit sèchement Anderton. Qu'en pensez-vous ? »

Dans la pénombre baragouinaient trois idiots dont les moindres émissions vocales, si incohérentes et aléatoires qu'elles soient, étaient analysées, comparées, réorganisées sous forme de symboles visuels, transcrites sur cartes perforées classiques et dirigées vers différents canaux codés. Et toute la journée les idiots jacassaient, emprisonnés dans des fauteuils à haut dossier qui les contraignaient à se tenir bien droits, fermement maintenus par des cerclages métalliques, des masses de câbles et des grappins. Sur le plan physique, on subvenait automatiquement à tous leurs besoins. Quant aux exigences spirituelles, ils en étaient dépourvus. Véritables légumes, ils se contentaient de bredouiller, de sommeiller — l'existence réduite à sa plus simple expression. Ils étaient dotés d'un esprit primitif, confus, perdu dans les ombres.

Mais ce n'étaient pas les ombres du présent. Car, avec leur tête aux proportions anormales et leur corps au contraire tout ratatiné, ces trois créatures bafouillantes et gauches voyaient bel et bien l'avenir. Ce que les machines analytiques enregistraient, c'étaient des prophéties, et quand les trois idiots précogs parlaient, elles écoutaient attentivement.

Pour la première fois, Witwer perdit sa belle assurance. Le désarroi et le dégoût mêlés envahirent son regard, mélange de honte et de violente réprobation morale.

« Ce n'est pas… beau à voir, murmura-t-il. J'ignorais qu'ils étaient si… » Il s'agita, cherchant le mot juste. « Si difformes.

— Difformes et attardés, acquiesça aussitôt Anderton. Surtout cette fille, là, Donna. À quarante-cinq ans, elle en paraît dix. Leur don de précognition absorbe tout le reste. Le lobe psi modifie radicalement l'équilibre de l'aire frontale. Mais qu'est-ce que ça peut nous faire ? Du moment que nous obtenons des prophéties. Ils nous transmettent ce que nous avons besoin de savoir. Eux n'y comprennent rien, mais nous, si. »

Impressionné, Witwer alla s'immobiliser devant les machines, à l'autre bout de la pièce. Il ramassa une pile de cartes perforées que venait d'expulser une fente.

« Ce sont des noms trouvés par le système ? questionna-t-il.

— Manifestement, oui. » Fronçant les sourcils, Anderton lui prit le paquet de cartes. « Je n'ai pas encore eu le temps de les examiner », expliqua-t-il en donnant à son irritation le masque de l'impatience.

Fasciné, Witwer regarda la machine éjecter une nouvelle carte dans le plateau vide. Une deuxième suivit, puis une troisième. Une série de disques bourdonnants éjectaient une carte après l'autre. « Les précogs doivent voir très loin dans l'avenir ! s'exclama Witwer.

— Non, leur spectre est assez limité, rectifia Anderton. Une ou deux semaines au maximum. Une grande partie des données qu'ils nous fournissent ne nous sont d'aucune utilité parce qu'elles sont sans rapport avec nos recherches. Nous les communiquons aux organismes intéressés, qui, à leur tour, nous en renvoient d'autres. Chaque département de premier plan possède sa réserve de précieux *singes*.

— Des singes ? » Mal à l'aise, Witwer le regarda fixement. « Ah, je comprends. Les trois singes qui ne voient pas, ne parlent pas, n'entendent pas. Très bien trouvé.

— C'est surtout très approprié. » Machinalement, Anderton ramassa les nouvelles cartes éjectées par les appareils. « Il ne sera tenu aucun compte de certains de ces noms. Pour le reste, la plupart ne prédisent que des délits mineurs : vols, fraudes fiscales, agressions, chantages. Comme vous le savez certainement, Précrime a réduit la criminalité de quatre-vingt-dix-neuf virgule huit pour cent. Le meurtre ou la trahison sont devenus très rares, puisque le coupable sait que nous allons l'enfermer en camp de détention une semaine avant qu'il puisse commettre son crime.

— À quand remonte le dernier assassinat ?

— Cinq ans, répondit fièrement Anderton.

— Qu'est-ce qui l'a rendu possible ?

— Le criminel a échappé à nos équipes. Nous avions son nom, et même tous les détails du crime, y compris l'identité de la victime. Nous connaissions le moment et le lieu précis de l'acte de violence projeté. Mais le meurtrier a quand même accompli son forfait. » Anderton haussa les épaules. « Nous ne pouvons pas les attraper tous. » Il joua brièvement avec les cartes perforées. « Disons la plupart

— Un seul meurtre en cinq ans. » Witwer retrouvait son assurance. « Il y a de quoi être fier. C'est un score impressionnant !

— Mais j'en suis fier, dit calmement Anderton Quand j'ai mis au point le principe de base, il y a trente ans — à l'époque où certains n'y voyaient que leur profit personnel en se concentrant exclusivement sur le marché boursier, j'ai entrevu tout l'intérêt légal de la chose, son immense valeur sociale. »

Il lança le paquet de cartes perforées à Wally Page, son assistant responsable du bâtiment des « singes » « Tenez, triez ça. Fiez-vous à votre propre jugement. »

Page emporta les cartes et Witwer déclara pensivement : « C'est une lourde responsabilité

— En effet. Si nous laissons un criminel s'échapper — comme il y a cinq ans —, nous avons la perte d'une vie humaine sur la conscience. Nous sommes seuls responsables. Une erreur de notre part et quelqu'un meurt. » Amer, il tira d'un coup sec trois nouvelles cartes gisant sur le plateau. « C'est un service public.

— N'êtes-vous jamais tentés de… » Witwer hésita. « Je veux dire, certains des hommes que vous arrêtez doivent… vous proposer beaucoup d'argent.

— Cela ne servirait à rien. Un duplicata des cartes arrive au Q.G. de l'Armée. Cela fait contrepoids. Ils peuvent nous surveiller à leur guise. » Anderton jeta un rapide coup d'œil à la carte du dessus. « Donc, même si nous acceptions de nous laisser… »

Il s'interrompit et ses lèvres se pincèrent.

« Qu'y a-t-il ? » demanda Witwer intrigué.

Anderton plia soigneusement la carte en question et la rangea dans sa poche. « Rien, murmura-t-il. Rien du tout. »

Son ton plus que bourru fit monter le rouge aux joues de Witwer. « Je ne vous suis vraiment pas sympathique, observa-t-il.

— C'est exact, admit Anderton. Mais… »

Il avait du mal à croire que le jeune homme lui soit antipathique à ce point. Cela ne lui paraissait tout simplement pas possible. En fait, c'était même *impossible*. Quelque chose clochait. Hébété, il tenta de mettre de l'ordre dans ses idées brusquement embrouillées.

C'était son nom que révélait la carte. La ligne un l'accusait d'un meurtre encore à venir. À en croire les perforations, John A. Anderton, directeur de Précrime, allait tuer un homme avant une semaine.

Avec une conviction absolue, il refusa d'y croire.

II

Lisa, la svelte et séduisante jeune épouse d'Anderton, se trouvait dans l'antichambre du bureau. Absorbée par la discussion animée qui l'opposait à Page sur des questions de politique générale de l'entreprise, elle leva à peine les yeux lorsque son mari entra en compagnie de Witwer.

« Bonjour, ma chérie », dit Anderton.

Witwer garda le silence. Mais ses yeux pâles avaient imperceptiblement cillé en se posant sur la jeune femme aux cheveux châtains en impeccable uniforme de police. Lisa était maintenant cadre supérieur à Précrime, mais Witwer savait que jadis elle avait été la secrétaire d'Anderton.

Ce dernier remarqua l'intérêt que Witwer portait à sa femme et se prit à réfléchir. Pour introduire subrepticement la carte dans les machines, il fallait un complice dans la place, quelqu'un qui soit associé de très près à Précrime et qui ait accès aux machines analytiques. Lisa constituait une hypothèse improbable. Néanmoins, la possibilité existait.

Évidemment, la conspiration pouvait être beaucoup plus vaste, plus élaborée, impliquer bien plus qu'une carte « truquée » introduite à un moment donné du processus. C'était la donnée première elle-même qui avait pu être trafiquée. Il n'y avait aucun moyen de savoir où intervenait la modification. Glacé d'effroi, il entrevit soudain toutes les possibilités. Sa première impulsion — ouvrir les machines et en retirer toutes les données — était dérisoire, primitive. Les bandes magnétiques confirmaient sans doute la carte perforée ; il ne ferait que s'accuser davantage.

Il disposait d'environ vingt-quatre heures. Puis l'Armée vérifierait ses cartes et découvrirait l'anomalie, puisqu'elle aurait dans ses propres dossiers le double de la carte subtilisée. Tant qu'il en possédait un seul exemplaire, la carte pliée dans sa poche était aussi dangereuse que si elle s'était trouvée sur le bureau de Page au vu et au su de tout le monde.

Dehors retentissait le vrombissement des voitures de police partant pour leur tournée quotidienne. Combien d'heures avant qu'une d'entre elles ne s'arrête devant chez lui ?

« Qu'est-ce qu'il y a, mon chéri ? s'inquiéta Lisa. On dirait que tu viens de voir un fantôme. Qu'est-ce qui se passe ?

— Tout va bien », dit-il, rassurant.

Lisa parut prendre subitement conscience des regards admiratifs de Witwer. « Monsieur est ton nouvel adjoint, mon chéri ? »

Sur ses gardes, Anderton lui présenta Witwer. Lisa lui sourit amicalement. Y avait-il une entente secrète entre eux ? Il n'aurait su le dire. Bon sang, voilà qu'il commençait à soupçonner tout le monde ! Et pas seulement sa femme et Witwer, mais aussi une dizaine de ses subordonnés.

« Vous êtes de New York ? s'enquit Lisa.

— Non, répondit Witwer. J'ai passé presque toute ma vie à Chicago. Je suis descendu à l'hôtel, un des grands établissements du centre-ville. J'en ai inscrit le nom quelque part. »

Pendant qu'il fouillait dans ses poches, Lisa proposa : « Voulez-vous que nous dînions ensemble ? Puisque nous allons travailler en étroite collaboration, je pense que nous devrions faire plus ample connaissance. »

Surpris, Anderton fit un pas en arrière. Quelle chance y avait-il pour que la gentillesse de sa femme soit innocente, purement accidentelle ? Witwer allait rester en leur compagnie jusqu'au soir et avait désormais un prétexte pour les suivre chez eux. Profondément troublé, Anderton tourna les talons et se dirigea vers la porte.

« Où vas-tu ? s'étonna Lisa.

— Je retourne chez les singes. Je voudrais vérifier quelques bandes de données que je ne comprends pas avant que l'Armée les voie. » Avant qu'elle ait trouvé une raison plausible de le retenir, il était déjà sorti dans le couloir.

Il le parcourut au pas de course et descendait l'escalier menant à la rue lorsque Lisa, haletante, le rattrapa.

« Mais enfin, qu'est-ce qui te prend ? » Elle le prit par le bras et se planta devant lui. « J'étais sûre que tu allais sortir, s'exclama-t-elle en lui barrant le passage. Quelle mouche te pique ? Tout le monde pense que tu es... » Elle se reprit. « Tu te conduis si bizarrement... »

Sur le trottoir autour d'eux, les gens se pressaient comme d'habitude à cette heure de l'après-midi. Anderton libéra son bras. « Je m'en vais pendant qu'il en est encore temps.

— Mais... *pourquoi* ?

— On m'a tendu un piège... un piège délibéré et malveillant. Cet individu veut me prendre ma place. Le Sénat se sert de lui pour m'abattre. »

Lisa leva sur lui des yeux stupéfaits. « Pourtant, il a l'air d'un gentil jeune homme.

— Gentil comme un cobra royal, oui. »

L'étonnement de Lisa devint de l'incrédulité. « Je

n'arrive pas à y croire. Mon chéri, tu t'es vraiment surmené ces derniers temps.» Avec un sourire mal assuré, elle ajouta, hésitante : «Il n'est pas très plausible qu'Ed Witwer essaie de te faire tomber dans un piège. Et comment cela, d'ailleurs? Même s'il en avait l'intention? Mais non, de toute façon, Ed ne ferait sûrement pas une chose par…

— Ed?

— Eh bien oui, c'est bien ainsi qu'il se prénomme, non?»

Les yeux bruns de la jeune femme flamboyèrent tant étaient vives sa surprise et son incrédulité. «Grands dieux, tu soupçonnes tout le monde! Tu crois que je suis dans le coup d'une façon ou d'une autre, n'est-ce pas?»

Il réfléchit. «Je n'en suis pas sûr.»

Elle se rapprocha et riva sur lui un regard accusateur. «Ce n'est pas vrai. Tu le crois sincèrement. Tu devrais peut-être prendre quelques semaines de congé, finalement. Tu as grand besoin de repos. L'arrivée d'un homme plus jeune t'a crispé, traumatisé. Tu agis en paranoïaque. Tu ne le vois pas? Tu imagines qu'on complote contre toi. As-tu la moindre preuve formelle, au moins?»

Anderton sortit la carte pliée de son portefeuille, «Regarde bien ça.»

La jeune femme blêmit et réprima un hoquet.

«C'est assez clair, dit Anderton avec tout le calme dont il était capable. Ceci donne à Witwer un motif légal pour se débarrasser de moi immédiatement. Il n'aura pas besoin d'attendre ma démission.» Maussade, il ajouta : «Ils savent que je peux tenir encore quelques années.

— Mais..

— Ce sera la fin de l'équilibre actuel. Précrime ne sera plus une organisation indépendante. Le Sénat contrôlera la police, et après cela... » Il pinça les lèvres. « Le Sénat absorbera aussi l'Armée. En apparence, c'est assez logique en effet. *Bien sûr* que j'éprouve de l'hostilité, du ressentiment envers Witwer. *Bien sûr* que j'ai un mobile.

« Personne n'aime qu'on l'envoie paître et qu'on le remplace par un homme plus jeune. Oui, tout cela est parfaitement plausible, sauf que je n'ai pas la moindre intention de tuer Witwer. Mais je ne peux pas le prouver. Alors, que faire ? »

Livide, Lisa secoua la tête. « Je... je ne sais pas. Chéri, si seulement...

— Moi, coupa brusquement Anderton, je rentre à la maison faire ma valise. J'ai du mal à voir plus loin pour l'instant.

— Tu vas vraiment essayer de... te cacher ?

— Oui. Et même sur les planètes coloniales centauriennes, si nécessaire. Ça s'est déjà fait avec succès, et j'ai vingt-quatre heures d'avance. » Il tourna résolument les talons. « Retourne au bureau. Tu n'as aucune raison de m'accompagner.

— Parce que tu croyais que je voudrais venir avec toi ? » fit-elle d'une voix rauque.

Anderton sursauta. « Ah bon, tu n'en avais pas l'intention ? » Puis, de plus en plus stupéfait, il murmura : « Non, je vois que tu ne me crois pas. Tu es toujours persuadée que j'ai tout imaginé. » Il tapota sauvagement de l'index la carte perforée. « Même cette preuve-là ne te suffit pas.

— Non, reconnut Lisa. En effet. Tu ne l'as pas regardée assez attentivement, mon chéri. Le nom d'Ed Witwer n'y figure pas. »

Incrédule, Anderton lui reprit l'objet.

« Nul ne prétend que tu vas tuer Ed Witwer, enchaîna Lisa d'une petite voix fragile. La carte est *forcément* authentique, comprends-tu ? Et elle ne concerne en rien Ed Witwer. Il ne complote pas contre toi. *Personne* ne complote contre toi. »

Trop ébahi pour répondre, Anderton contemplait la carte. Lisa avait raison. Witwer n'était pas la victime. Sur la cinquième ligne la machine avait bien proprement inscrit un autre nom.

LEOPOLD KAPLAN

Interdit, il remit la carte dans sa poche. De sa vie il n'avait entendu parler de cet homme.

III

La maison était fraîche et déserte. Anderton entreprit aussitôt les préparatifs en vue du voyage. Tandis qu'il faisait ses bagages, de folles idées se présentèrent à son esprit.

Il se trompait peut-être au sujet de Witwer… mais comment en être sûr ? Quoi qu'il en soit, le complot contre lui était beaucoup plus complexe qu'il ne l'avait tout d'abord cru. Il se pouvait que Witwer n'en soit qu'un pion insignifiant, manipulé par une figure lointaine, indistincte, à peine discernable à l'arrière-plan.

Il avait eu tort de montrer la carte à Lisa. Elle allait la décrire minutieusement à Witwer. Il ne réussirait jamais à quitter la Terre, n'aurait jamais l'occasion d'apprendre à quoi ressemblait la vie sur une planète coloniale.

Tandis qu'il s'absorbait dans ses préoccupations, le parquet grinça derrière lui. Un vieux blouson à la main, il se détourna du lit et se retrouva nez à nez avec le canon gris-bleu d'un pistolet-A.

« Ça n'a pas traîné », dit-il en fixant avec amertume l'homme à la carrure imposante et aux lèvres serrées qui, vêtu d'un pardessus marron, tenait l'arme dans sa main gantée. « A-t-elle hésité, au moins ? »

L'inconnu demeura sans réaction. « Je ne sais pas de quoi vous voulez parler. Suivez-moi. »

Surpris, Anderton reposa le blouson sur le lit, « Vous ne faites pas partie de mon organisation, dit-il. Vous n'êtes pas de la police ? »

Perplexe et multipliant les protestations, il se laissa entraîner dehors, où attendait une limousine. Trois hommes armés jusqu'aux dents l'entourèrent instantanément. La portière claqua et la voiture s'engagea à toute vitesse sur l'autoroute, en s'éloignant de la ville. Impassibles, distants, ses ravisseurs oscillaient au gré des balancements du véhicule, qui filait à présent au milieu de vastes champs d'une noirceur sinistre.

Anderton essayait vainement de comprendre ce qui lui arrivait. Puis ils bifurquèrent vers une route secondaire creusée d'ornières et descendirent dans un garage souterrain plongé dans l'ombre. Quelqu'un cria un ordre. Un lourd dispositif de verrouillage se referma avec un grincement métallique et des lumières s'allumèrent au plafond. Le chauffeur coupa le contact.

« Vous me le paierez, menaça Anderton d'une voix éraillée tandis qu'on le faisait débarquer de force. Enfin, savez-vous qui je suis ?

— Mais oui », fit l'homme au pardessus marron.

Sous la menace des armes, Anderton dut monter

un escalier quittant le silence froid et humide du garage pour un hall d'entrée recouvert d'une épaisse moquette. Il se trouvait apparemment dans une luxueuse demeure privée, située dans la campagne ravagée par la guerre. À l'autre bout, il entrevit une pièce — un cabinet de travail aux murs tapissés de livres, meublé simplement mais avec goût. Assis sous une lampe, le visage partiellement dans l'ombre, l'attendait un homme qu'il n'avait jamais vu.

À l'approche d'Anderton l'inconnu chaussa nerveusement une paire de lunettes sans monture, referma l'étui d'un coup sec et se passa la langue sur les lèvres. Il pouvait être âgé de soixante-dix ans, voire plus, et sous son bras était coincée une fine canne à pommeau d'argent. Il était maigre, sec et nerveux, et arborait une posture étrangement rigide. Ses rares cheveux — d'un châtain poussiéreux — étaient soigneusement lissés sur son crâne livide, où ils formaient une espèce de tache incolore mais lustrée. Seuls ses yeux étaient vifs et alertes.

« C'est Anderton ? questionna-t-il d'un ton bougon en s'adressant à l'homme au pardessus marron. Où l'avez-vous trouvé ?

— Chez lui, répondit l'autre, en train de faire ses bagages, comme prévu. »

L'homme assis au bureau tressaillit. « Ses bagages, hein… » Il ôta ses lunettes et les remit dans leur étui avec des gestes saccadés. « Écoutez-moi, dit-il brusquement à Anderton. Qu'est-ce qui vous prend ? Êtes-vous donc fou à lier ? Comment pouvez-vous désirer tuer un homme que vous n'avez jamais vu ? »

Anderton comprit soudain que le vieil homme était Leopold Kaplan.

« Je vais vous poser une question à mon tour,

contra-t-il aussitôt. Vous rendez-vous compte de ce que vous avez fait ? Je suis préfet de police. Je peux vous faire condamner à vingt ans de détention. »

Il allait poursuivre mais l'étonnement fut plus fort que lui.

« *Comment avez-vous su ?* » Involontairement, il porta la main à sa poche, là où il avait caché la carte perforée. « Cela n'arrivera pas avant...

— Ce n'est pas par votre organisation que je l'ai appris, répliqua Kaplan avec une impatience irritée. Je ne suis pas tellement surpris que vous n'ayez jamais entendu parler de moi. Leopold Kaplan, général dans l'armée de l'Alliance fédérale du Bloc occidental. » À regret, il ajouta : « En retraite depuis la fin de la Guerre anglo-chinoise et la dissolution de l'A.F.B.O. »

C'était plausible. Anderton s'était déjà douté que, pour sa propre protection, l'armée traitait immédiatement les duplicatas des cartes. Il se détendit un peu et dit : « Eh bien ? Qu'allez-vous faire maintenant que vous m'avez fait venir ici ?

— Naturellement, dit Kaplan, je ne vais pas vous faire tuer ; sinon, ce serait apparu sur une de vos sales petites cartes. Vous m'intriguez. Il me paraissait incroyable qu'un homme de votre stature puisse envisager le meurtre de sang-froid d'un parfait inconnu. Il doit y avoir autre chose. À vrai dire, je suis perplexe. S'il s'agissait d'une quelconque stratégie policière... » Il haussa les épaules. « Vous n'auriez sûrement pas permis que le double de la carte nous parvienne.

— À moins, suggéra un de ses hommes, qu'on ne l'ait fait exprès. »

Kaplan fixa ses petits yeux brillants sur Anderton. « Qu'avez-vous à dire ?

— C'est exactement cela. » Anderton vit tout de suite l'avantage qu'il aurait à dire ce qui, pour lui, était l'entière vérité. « La prédiction de la carte a été délibérément fabriquée de toutes pièces par une cabale à l'intérieur de mon organisation. On truque une carte et me voilà pris au piège. Et on me décharge d'office de mes responsabilités ; alors mon adjoint intervient et prétend avoir empêché le meurtre avec l'efficacité coutumière de Précrime. Nul besoin de préciser qu'il n'existe ni meurtre ni intention de meurtre.

— Je suis d'accord sur le fait qu'il n'y aura pas meurtre, dit Kaplan en se renfrognant. Vous serez aux mains de la police. Je vais m'en assurer. »

Horrifié, Anderton protesta : « Vous allez me ramener là-bas ? Mais si je suis détenu, je ne pourrai jamais prouver que…

— Je m'en moque, coupa Kaplan. Tout ce qui m'intéresse, c'est de vous mettre hors d'état de nuire. » Glacial, il ajouta : « Pour ma propre sécurité.

— Il se préparait à filer, affirma un des hommes.

— C'est exact, dit Anderton, qui transpirait. Dès qu'on m'attrapera, on m'enfermera en camp de détention. Witwer prendra la suite, toutes mes attributions… » Sombre, il ajouta : « Sans parler de ma femme. Apparemment, ils agissent de concert ! »

Kaplan parut tergiverser un moment. « C'est possible », concéda-t-il en fixant attentivement Anderton. Puis il secoua la tête. « C'est un risque que je ne peux pas courir. Si on vous a tendu un traquenard, je le regrette, mais le fait est que cela ne me regarde pas. » Il eut un petit sourire. « Néanmoins, je vous souhaite bonne chance. » Se tournant vers ses hommes, il ordonna : « Emmenez-le au siège de la police et remettez-le à la plus haute autorité. » Il nomma le préfet de police par intérim et attendit la réaction d'Anderton.

« Witwer ! » répéta Anderton, incrédule.

Sans se départir de son imperceptible sourire, Kaplan alluma la radio. « Witwer a d'ores et déjà pris votre place. Manifestement, il compte tirer de cette affaire le meilleur parti possible. »

Après quelques parasites, la radio se mit brusquement à rugir. On entendit une voix sonore, toute professionnelle, lire un texte rédigé à l'avance.

« … Défense est faite à tous les citoyens de donner asile ou de prêter assistance de quelque façon que ce soit à ce dangereux individu désormais en marge de la société. Le fait extraordinaire qu'un criminel en fuite soit par là même en mesure de commettre un acte de violence représente un événement unique par les temps qui courent. Tous les citoyens sont avertis par le présent communiqué qu'au terme des dispositions légales toujours en vigueur, toute personne manquant de coopérer pleinement avec la police en vue de la capture de John Allison Anderton sera accusée de complicité. Je répète : l'Agence gouvernementale Précrime du Bloc fédéral occidental est en passe de retrouver et de neutraliser son ex-préfet de police, John Allison Anderton, qui, par les méthodes du système Précrime, est considéré comme un meurtrier en puissance et, à ce titre, perd ses droits à la liberté ainsi que toutes les prérogatives associées…

— Il n'a pas perdu de temps », murmura Anderton, atterré. Kaplan pressa un bouton et la radio se tut. « Lisa a dû aller le trouver immédiatement, spécula-t-il avec amertume.

— Pourquoi aurait-il dû attendre ? fit Kaplan. Vos

intentions étaient suffisamment claires. » Il fit signe à ses hommes. « Ramenez-le en ville. Sa présence me met mal à l'aise. Là-dessus, je suis d'accord avec le préfet Witwer. Je veux qu'on le neutralise dès que possible. »

IV

Une petite pluie froide martelait les trottoirs. La voiture roulait vers l'immeuble de la police à travers les rues sombres de New York.

« Vous devez comprendre Kaplan, fit un des hommes. À sa place, vous auriez pris des mesures aussi radicales. »

Anderton rivait droit devant lui un regard vengeur.

« De toute façon, poursuivit l'autre, vous n'êtes ni le premier ni le seul. Des milliers de gens ont déjà pris le chemin du camp de détention. Vous ne manquerez pas de compagnie. Peut-être même ne voudrez-vous plus en repartir ! »

Impuissant, Anderton regardait les passants se hâter sur les trottoirs battus par la pluie. Il ne ressentait plus rien, rien qu'une immense fatigue. Il repéra distraitement les numéros de rue : ils approchaient du siège de la police.

« Ce Witwer a l'art de saisir l'occasion, reprit un des hommes sur le ton de la conversation. Vous l'avez déjà rencontré ?

— Brièvement, dit Anderton.

— Il voulait votre poste, il vous a tendu un piège. Vous êtes sûr de ça ? »

Anderton grimaça. « Qu'est-ce que ça change ?

— Simple curiosité. » L'homme le contempla d'un air détaché. « Alors comme ça, vous êtes l'ex-préfet de police. Les détenus du camp seront contents de vous voir. Ils ne vous auront pas oublié.

— Sans doute, acquiesça Anderton.

— Witwer n'a vraiment pas perdu de temps. Kaplan a de la chance, avec un policier comme Witwer à votre place. » L'homme regarda Anderton d'un air presque suppliant. « Vous êtes vraiment convaincu que c'est un complot ?

— Bien sûr.

— Vraiment, vous ne toucheriez pas à un cheveu de Kaplan ? Pour la première fois dans l'Histoire, Précrime se serait trompé ? Un innocent serait donc condamné par les cartes perforées ? Mais alors, peut être qu'il y a eu d'autres innocents pris au piège avant vous ?

— C'est très possible, en effet, dit Anderton d'un ton morne.

— Peut-être est-ce tout le système qui révèle ainsi sa faille. Admettons que vous n'ayez pas eu l'intention de commettre un meurtre. Dans ce cas, les autres n'en auraient pas commis non plus, si cela se trouve. C'est pour ça que vous avez dit à Kaplan que vous vouliez rester libre d'agir ? Vous espériez démontrer la faillibilité du système ? Si vous voulez en parler, moi, j'ai l'esprit ouvert. »

Un autre se pencha pour demander : « Entre nous, c'est vrai cette histoire de complot ? Vous êtes réellement victime d'un coup monté ? »

Anderton soupira. Maintenant, il n'en était plus très certain lui-même. Peut-être était-il prisonnier d'une boucle temporelle close dépourvue de signification, sans mobile ni commencement ni fin. Il était presque tenté de se croire victime d'un fantasme névrotique, né de la lassitude et de l'insécurité grandissante. Il était prêt à se rendre sans combat, écrasé sous le poids d'un incommensurable épuisement. Il avait affaire à plus fort que lui... à un adversaire qui avait toutes les cartes en main. Le crissement des pneus le tira de sa léthargie. Cherchant frénétiquement à reprendre le contrôle de son véhicule, le conducteur se cramponna au volant et freina à fond, mais un énorme camion de livraison émergeant du brouillard venait en face d'eux. S'il avait donné toute la puissance, il aurait peut-être pu passer, mais il comprit trop tard son erreur et la voiture dérapa, fit une embardée, s'immobilisa un bref instant puis heurta le camion de plein fouet.

Le siège d'Anderton se souleva et le projeta tout droit contre la portière. Une douleur fulgurante, intolérable, éclata dans sa tête ; il tenta de reprendre son souffle, de se mettre à genoux. Affolé, il entendit crépiter des flammes ; bientôt un foyer lumineux se mit à palpiter en sifflant entre les volutes de brume qui envahissaient peu à peu la carcasse torturée de la voiture.

Tout à coup, des mains le saisirent. Il se rendit progressivement compte qu'on le tirait à travers la brèche qui remplaçait la portière. Un coussin de siège fut brutalement repoussé et Anderton se retrouva soudain debout, soutenu par une silhouette sombre qui le conduisait vers une ruelle obscure à une courte distance de là.

La plainte stridente des voitures de police s'éleva dans le lointain.

« Vous allez vous en tirer », lui grinça à l'oreille une voix à la fois pressante et contenue. Une voix qui lui était totalement inconnue, aussi désagréable que la pluie qui lui fouettait le visage. « Vous m'entendez ?

— Oui. » Anderton tirailla distraitement sur la manche déchirée de sa chemise. Sa joue entaillée commençait à le faire souffrir. Désorienté, il essaya de reprendre ses esprits. « Vous n'êtes pas…

— Taisez-vous et écoutez-moi. » L'homme était carré, presque gros. De sa poigne puissante, il plaqua Anderton contre les briques humides d'un mur de bâtiment, à l'abri de la pluie et de la lueur des flammes dévorant la voiture. « On a été obligés de s'y prendre de cette façon-là, déclara-t-il. On n'avait pas le choix. Pas le temps. On pensait que Kaplan vous garderait plus longtemps chez lui. »

Anderton parvint à dire : « Qui êtes-vous ? »

Le visage strié de pluie, l'autre eut un sourire dénué d'humour. « Je m'appelle Fleming. Vous me reverrez. Il nous reste peut-être cinq secondes avant l'arrivée de la police. Alors on se retrouvera au point de départ. » Il fourra un paquet plat dans les mains d'Anderton. « De l'argent. Ça devrait suffire. Plus un jeu de papiers d'identité. On vous contactera de temps en temps. » Son sourire s'accentua et il lâcha un petit rire nerveux. « Jusqu'à ce que vous ayez fait la preuve de ce que vous avancez. »

Anderton cilla. « C'est bien un coup monté, alors ?

— Mais bien sûr. » L'homme jura violemment. « Vous voulez dire qu'ils ont réussi à vous convaincre, vous aussi ?

— Je croyais… » Anderton avait du mal à parler. Une de ses dents de devant bougeait. « Mon hostilité envers Witwer… mon remplacement… ma femme avec un homme plus jeune… un ressentiment bien naturel…

— Ne vous racontez donc pas d'histoires. Vous êtes plus malin que ça. Toute l'affaire a été soigneusement montée, chaque phase en a été contrôlée. La carte était programmée pour sortir le jour de l'arrivée de Witwer. Ils ont réussi la première partie de l'opération. Witwer est maintenant préfet et vous un criminel traqué.

— Qui est derrière tout ça ?

— Votre femme. »

Anderton en eut le vertige. « Vous en êtes certain ? »

L'autre rit. « Vous pouvez parier votre tête là-dessus. » Il jeta un regard rapide aux alentours. « Voilà la police. Enfuyez-vous par cette ruelle. Prenez le bus et gagnez les quartiers pauvres. Louez une chambre et procurez-vous une pile de magazines, pour vous occuper. Achetez aussi d'autres vêtements. Vous êtes tout à fait capable de vous débrouiller tout seul. N'essayez pas de quitter la Terre. Tous les transports intersystèmes sont surveillés. Si vous pouvez disparaître une semaine, la partie est gagnée.

— Qui êtes-vous ? » insista Anderton.

Fleming le lâcha. Prudemment, il avança jusqu'à l'entrée de la ruelle et jeta un coup d'œil. La première voiture de police s'était avancée jusque sur le trottoir détrempé. Dans un grand bruit de moteur, elle s'approcha de l'épave fumante à l'intérieur de laquelle les hommes de Kaplan tentaient faiblement de s'extirper du tas d'acier et de plastique martelé par la pluie glaciale.

« Disons que nous sommes une société protectrice », dit Fleming à voix basse. Son visage rond, inexpressif, luisait d'humidité. « Une sorte de police qui surveille la police. Pour s'assurer, ajouta-t-il, que les chances restent égales. »

Il détendit brusquement le bras et, de sa grosse main, repoussa Anderton qui manqua tomber au milieu des débris de toutes sortes qui jonchaient la ruelle plongée dans la pénombre.

« Allez-y, fit brièvement Fleming, Et ne jetez pas le paquet. » Tandis qu'il se dirigeait à tâtons vers le bout de la ruelle, Anderton entendit l'homme lui lancer encore quelques mots : « Examinez-le attentivement et vous avez encore une chance de vous en sortir. »

V

Selon ses nouveaux papiers d'identité, il se nommait Ernest Temple ; électricien au chômage, il percevait une allocation hebdomadaire de l'État de New York. Il avait une épouse et quatre enfants à Buffalo et moins de cent dollars de biens réalisables. Une « carte verte » toute tachée de sueur l'autorisait à se déplacer sans avoir d'adresse fixe. Quand on cherchait du travail, on devait pouvoir circuler. Il serait peut-être obligé d'aller très loin…

En traversant la ville à bord d'un autobus presque vide, Anderton se plongea dans le signalement d'Ernest Temple. Manifestement, les cartes avaient été établies à son intention : tout concordait. Au bout d'un moment, il pensa aux empreintes digitales et au tracé E.E.G., ces signes distinctifs qui, eux, ne pouvaient pas coïncider. Ces papiers ne lui permettraient de franchir avec succès que les contrôles superficiels.

Mais c'était mieux que rien. En plus, il avait plus de dix mille dollars en billets. Il empocha le tout et passa à la feuille de papier proprement dactylographiée qu'il avait dû déplier pour examiner le contenu du paquet.

Tout d'abord, il ne comprit pas le message. Perplexe, il dut le relire à plusieurs reprises.

L'existence d'une majorité implique logiquement l'existence d'une minorité correspondante.

L'autobus avait pénétré dans les bas quartiers, l'immense périmètre d'hôtels borgnes et de taudis à demi en ruine qui avaient proliféré après les destructions massives de la guerre. Il s'arrêta enfin et Anderton se leva. Quelques passagers remarquèrent sans réagir sa joue entaillée et ses vêtements déchirés. Il ne leur prêta pas attention et descendit sur le trottoir luisant de pluie.

L'employé de l'hôtel ne s'intéressa qu'à l'encaissement de l'argent qui lui était dû. Anderton grimpa au deuxième étage et entra dans la chambre exiguë mais propre devenue désormais la sienne. Elle sentait le renfermé. Soulagé, il poussa le verrou et abaissa le store. Un lit, une commode, un calendrier chromo, un fauteuil, une lampe, un poste de radio destiné à accueillir vingt-cinq *cents*.

Il y glissa une pièce et se laissa pesamment tomber sur le lit. Toutes les grandes stations retransmettaient le communiqué de la police. C'était un véritable événement, sans précédent pour la génération actuelle. Pensez ! Un criminel en fuite ! Le public était avide de détails.

« … cet homme a profité de sa position haut placée pour préparer sa fuite, disait le commentateur avec une indignation toute professionnelle. Par sa charge, il avait accès aux données prévisionnelles, d'autre part, la confiance générale dont il jouissait lui a permis d'échapper à la procédure normale de détection et de placement en résidence surveillée. Dans l'exercice de ses fonctions, il a usé de son pouvoir pour envoyer des milliers de coupables potentiels en détention, épargnant ainsi la vie de futures victimes innocentes. Cet homme, John Allison Anderton, a joué un rôle décisif dans la création de Précrime, notre système de prédétection prophylactique de la criminalité par l'emploi ingénieux de mutants précogs capables de prévoir des événements et de transmettre oralement ces données à des appareils d'analyse. Ces trois mutants, dont le rôle est vital… »

Il entra dans sa minuscule salle de bains et la voix décrut. Il ôta sa veste et sa chemise, puis fit couler de l'eau chaude dans le lavabo. Il lava l'estafilade qui barrait sa joue. À la pharmacie du coin, il avait acheté de l'iode, des pansements, un rasoir, un peigne, une brosse à dents, bref, tous les accessoires dont il aurait besoin. Le lendemain il trouverait une boutique de vêtements d'occasion et achèterait une tenue plus digne d'un Ernest Temple. Après tout, il était maintenant électricien au chômage, et non plus un préfet de police ayant eu un accident de voiture.

Dans la chambre, la radio continuait de brailler. À peine conscient de son vacarme, il inspecta sa dent cassée devant le miroir craquelé.

« … le système à trois précogs a pour origine les ordinateurs du milieu de ce siècle. Comment vérifie-t-on les résultats fournis par l'ordinateur ? En introduisant les données dans un autre ordinateur de modèle identique. Mais cela ne suffit pas. Si chaque ordinateur arrivait à des conclusions différentes, il serait impossible de dire, a priori, lequel des deux a raison. La solution, fondée sur une étude approfondie des méthodes statistiques, consiste à utiliser un troisième ordinateur aux fins de vérification. De cette façon on obtient ce que l'on appelle un rapport majoritaire. Il existe une assez forte probabilité pour que cette concordance de deux ordinateurs sur trois désigne, entre les deux possibilités, la solution correcte. Il est en effet très peu vraisemblable que deux ordinateurs parviennent à des solutions identiquement fausses, et… »

Anderton laissa tomber l'essuie-mains et revint en courant dans la chambre. Tremblant, il se baissa pour mieux entendre les propos tonitruants émis par la radio.

« … l'unanimité des trois précogs est un phénomène espéré mais rarement constaté, nous a expliqué le préfet par intérim Witwer. Le plus souvent, on obtient un rapport majoritaire de la part de deux précogs, plus un rapport minoritaire comportant de légères variantes, le plus souvent en matière de date et de lieu, issu du troisième mutant. Cela s'explique par la théorie des *futurs multiples*. S'il n'existait qu'un seul sillon spatio-temporel, les informations précognitives n'auraient aucune valeur puisque, même en possédant ces données, il serait impossible de changer l'avenir. Au niveau du travail effectué par Précrime, il faut partir du principe que… »

Anderton se mit à arpenter furieusement la petite chambre. Un rapport majoritaire… Seuls deux mutants sur trois étaient tombés d'accord sur les informations ayant donné lieu à la fameuse carte. Voilà ce que signifiait le message du paquet : les révélations du troisième mutant, celles qui constituaient le rapport minoritaire, étaient manifestement importantes.

Mais en quoi ?

Il consulta sa montre. Minuit passé. Page n'était plus de service et ne serait de retour au bâtiment des « singes » que l'après-midi suivant. Ses chances étaient minces, mais le coup valait la peine d'être tenté. Page refuserait peut-être de l'aider. Mais il devait courir le risque.

Il fallait qu'il voie ce rapport minoritaire.

VI

Entre midi et une heure les rues jonchées d'ordures grouillaient de passants. Il choisit ce moment-là, le plus actif de la journée, pour aller téléphoner. Il jeta son dévolu sur une cabine dans un super-drugstore bourré à craquer, composa le numéro familier de la police et attendit, le récepteur froid plaqué contre son oreille. Il avait délibérément préféré la communication audio à la ligne vidéo. En effet, malgré ses vêtements d'occasion, son apparence générale négligée et ses joues mal rasées, on pouvait le reconnaître.

La voix de la standardiste ne lui rappela rien. Prudemment, il donna le numéro du poste de Page. Si Witwer avait décidé de changer le personnel et de le remplacer par des gens à lui, il risquait de tomber sur un parfait inconnu.

« Allô ! » C'était bien la voix bourrue de Page.

Soulagé, Anderton jeta un regard circulaire. Personne ne faisait attention à lui. Les clients déambulaient parmi les produits offerts et vaquaient à leurs occupations habituelles.

« Pouvez-vous parler ? Ou y a-t-il un problème de ce côté-là ? » lui demanda Anderton.

Un silence. Il imaginait la figure benoîte de Page crispée par l'incertitude tandis qu'il se demandait quoi faire. Enfin celui-ci prit la parole d'un ton hésitant. « Pourquoi m'appelez-vous ici ? »

Anderton passa outre : « Je n'ai pas reconnu la standardiste. On a embauché des nouveaux ?

— Vous pouvez le dire, acquiesça Page d'une petite voix étranglée. On licencie beaucoup en ce moment.

— C'est ce que j'avais cru comprendre. » Tendu, Anderton ajouta : « Et vous ? Vous ne risquez rien ?

— Un instant. » Page posa le récepteur. Anderton entendit des pas étouffés, suivis du claquement d'une porte qu'on fermait hâtivement. Page revint en ligne. « Nous pouvons parler plus tranquillement à présent, commenta-t-il d'une voix rauque.

— *Tout à fait* tranquillement ?

— Pas vraiment, non. Où êtes-vous ?

— Je me balade dans Central Park, dit Anderton. Je profite du soleil. » Comment savoir, en effet, si Page n'était pas tout simplement allé s'assurer que l'écoute était branchée ? Auquel cas une équipe de police aéroportée pouvait déjà être en chemin. Mais il devait courir le risque. « J'ai changé de métier, dit-il sobrement. Je suis électricien, maintenant.

— Ah ? fit Page, déconcerté.

— J'ai pensé que vous auriez peut-être du travail pour moi. Si possible, j'aimerais venir faire un saut histoire d'examiner votre installation d'information de base. Tout particulièrement les systèmes de stockage et d'analyse des données situées chez les singes. »

Nouveau silence. Puis Page répondit : « Euh… c'est peut-être faisable. Si c'est vraiment important

— Ça oui, fit Anderton. Quel est le moment qui vous conviendrait le mieux ?

— Eh bien…, dit Page, incertain. Des techniciens de maintenance doivent justement venir inspecter l'intercom. Le préfet par intérim veut l'améliorer afin de pouvoir agir plus vite. Vous pourriez en profiter.

— Très bien. Vers quelle heure ?

— Disons quatre heures. Entrée B, niveau 6. Je.. serai là pour vous attendre.

— Parfait, dit Anderton en se préparant déjà à raccrocher. J'espère que vous serez encore en poste à cette heure-là ! »

Il raccrocha, quitta précipitamment la cabine et se fraya un passage à travers la fourmilière humaine qui se pressait dans la cafétéria toute proche. Personne ne le trouverait là-dedans.

Il avait trois heures et demie devant lui. Mais l'attente allait lui paraître bien plus longue. En fait, ce fut la plus interminable de sa vie. Enfin, il retrouva Page à l'endroit convenu.

Les premiers mots de son ex-assistant furent : « Vous avez perdu la tête ! Qu'est-ce qui vous a pris de revenir ici ?

— Je n'en aurai pas pour longtemps. » Concentré, Anderton parcourut le bâtiment des singes, verrouillant systématiquement une porte après l'autre. « Ne laissez entrer personne. Je ne peux pas prendre le moindre risque.

— Vous auriez dû profiter de votre évasion. » Vert de peur, Page le suivait pas à pas. « Witwer, lui, profite à fond de la situation. Il a si bien fait que tout le pays réclame votre tête. »

Sans lui prêter attention, Anderton ouvrit d'un

geste brusque le panneau de contrôle principal donnant accès aux circuits analytiques. « Lequel des trois singes a livré le rapport minoritaire ?

— Ne me posez pas de questions ! Je m'en vais. » Page s'arrêta à mi-chemin de la sortie, désigna le mutant du centre puis disparut. La porte se referma. Anderton resta seul.

C'était donc le mutant du milieu. Il le connaissait bien, celui-là. Nain et difforme, il était prisonnier de sa nasse de câbles et de circuits depuis quinze ans. Le mutant ne leva pas la tête à son approche. Les yeux vitreux, le regard vide, il contemplait un monde qui n'existait pas encore et restait aveugle à la réalité qui l'entourait.

« Jerry » avait vingt-quatre ans. À l'origine, il avait été classé Idiot hydrocéphale, mais quand il avait atteint six ans, les testeurs psi avaient décelé chez lui un talent précog enfoui sous un amas de tissus lésés On l'avait placé dans une institution gouvernementale où son don latent avait été cultivé. Dès neuf ans Jerry possédait un talent exploitable. Mais il n'était jamais sorti du chaos brut de l'idiotie. Sa faculté précog croissante avait absorbé la totalité de sa personnalité.

Anderton s'accroupit et entreprit de démonter les boucliers protégeant les bandes magnétiques des appareils analytiques. S'aidant de schémas, il suivit les fils en remontant depuis les derniers éléments de la chaîne informatique jusqu'à l'endroit où le matériel de « Jerry » se différenciait des autres. Quelques minutes plus tard, tout tremblant, il en extrayait deux bandes de trente minutes chacune : les données récentes qui avaient été rejetées au lieu de fusionner avec les rapports majoritaires. Après avoir consulté la liste des codes, il repéra la section de bande se rapportant à sa propre carte.

Le souffle court, il plaça la bande dans un lecteur tout proche, activa le plateau tournant et prêta l'oreille. L'opération ne prit qu'une seconde. Dès les premiers mots du rapport il comprit ce qu'il s'était passé. Il tenait ce qu'il voulait savoir : nul besoin de chercher plus avant.

La vision de « Jerry » n'était pas en phase. La précognition étant en soi de nature erratique, le mutant voyait une zone spatio-temporelle légèrement différente de celle perçue par ses compagnons. Pour lui, la perspective d'Anderton commettant un meurtre était effectivement un facteur à intégrer au reste. L'assertion elle-même, ainsi que la réaction d'Anderton, n'était qu'une donnée comme les autres.

De toute évidence, le rapport de Jerry avait pris le pas sur le rapport majoritaire. Une fois informé qu'il allait perpétrer un crime, Anderton devait changer d'avis et s'abstenir. Le simple fait que le meurtre ait été prévu avait suffi à en supprimer la possibilité même. La prophylaxie avait agi aussitôt qu'Anderton avait été informé. Un nouveau sillon temporel s'était alors créé. Seulement, « Jerry » n'avait représenté qu'une voix contre deux.

Tremblant, Anderton rembobina la bande et actionna la tête d'enregistrement. Il effectua une copie à grande vitesse du rapport en question et ôta le duplicata du plateau. Il tenait la preuve que la carte était invalide, *obsolète.* Il n'avait plus qu'à la montrer à Witwer…

Puis il s'étonna de sa propre bêtise. Witwer avait indubitablement vu le rapport minoritaire ; et malgré cela il s'était emparé du poste de préfet et avait maintenu les recherches. Il n'avait aucunement l'intention de battre en retraite ; le fait qu'Anderton soit innocent lui importait peu.

Alors que faire ? Qui d'autre s'en préoccuperait ?

« Imbécile ! » grinça derrière lui une voix où perçait l'angoisse.

Il se retourna vivement. Vêtue de son uniforme de police, sa femme se tenait devant une des portes, les yeux écarquillés de désarroi. « Ne t'en fais pas, jeta-t-il en lui montrant la bande magnétique. Je m'en vais. »

Le visage crispé, Lisa se précipita vers lui. « Page m'a dit que tu étais ici, mais je n'arrivais pas à y croire. Il n'aurait jamais dû te laisser entrer. Il ignore totalement à qui il a affaire.

— Qu'est-ce à dire ? s'enquit Anderton sur un ton caustique. Avant de répondre, tu ferais peut-être bien d'écouter cet enregistrement.

— Je m'en moque ! Tout ce que je veux, c'est que tu t'en ailles ! Witwer sait qu'il y a quelqu'un ici. Page essaie de le retenir par tous les moyens, mais… » Elle se tut et tourna brusquement la tête, l'oreille aux aguets. « Il vient ! Il va entrer de force !

— Tu n'as donc pas d'influence sur lui ? Sois gracieuse, charmeuse. Il oubliera mon existence. »

Lisa posa sur lui un regard chargé d'amer reproche. « Il y a un vaisseau garé sur le toit. Si tu veux t'enfuir… » Sa voix lui fit défaut et elle dut rester un instant silencieuse. Puis elle reprit : « Je décolle dans quelques minutes. Si tu veux venir…

— D'accord », dit Anderton. Il n'y avait pas d'autre solution. Il tenait la bande, sa preuve, mais il n'avait pas préparé sa sortie. Trop heureux, il se lança derrière la mince silhouette de sa femme et tous deux quittèrent le bâtiment des singes par une porte latérale donnant sur un couloir d'entretien. Les talons de Lisa résonnèrent dans le passage obscur et désert.

« C'est un bon vaisseau, il est rapide, lança-t-elle par-dessus son épaule. Ses réservoirs sont pleins, en cas d'urgence. Il est prêt à décoller. J'allais justement superviser le travail de certaines équipes. »

VII

Une fois aux commandes du croiseur de police ultrarapide, Anderton résuma pour sa femme le contenu du rapport minoritaire. Lisa l'écouta sans faire de commentaires, le visage contracté, les traits tirés et les mains crispées sur ses genoux. Sous le croiseur, la campagne ravagée par la guerre se déployait comme une carte en relief, avec, entre les agglomérations, des zones désertes constellées de cratères, de fermes et de petites usines en ruine.

« Je me demande combien de fois cela s'est déjà produit, remarqua-t-elle quand il en eut fini.

— Tu veux parler des rapports minoritaires ? Très, très souvent.

— Je veux dire : un mutant déphasé se servant des deux autres rapports et prenant le pas sur eux. » Le regard sombre et grave, elle ajouta : « Peut-être y a-t-il dans les camps beaucoup de gens dans le même cas que toi.

— Mais non », affirma Anderton. Cependant, lui aussi commençait à se sentir mal à l'aise sur ce point. « Moi, j'ai pu voir la carte, examiner le rapport. C'est comme cela que tout est arrivé.

— Pourtant... » Lisa eut un geste éloquent. « Peut-être les autres auraient-ils tous réagi comme toi si on leur avait dit la vérité.

— Le risque aurait été trop grand », s'obstina-t-il.

Lisa eut un petit rire sans pitié. « Tu parles de risque, toi ? De hasard ? D'incertitude ? Avec des précogs à demeure ? »

Anderton se concentra sur le pilotage du petit croiseur rapide. « Le cas est unique, répéta-t-il. Et nous avons un problème urgent à résoudre. On réfléchira aux aspects théoriques plus tard. Il faut que je fasse parvenir cet enregistrement à certaines personnes... avant que ton jeune et brillant ami ne le détruise.

— Tu l'apportes à Kaplan ?

— Certainement. » Il tapota la bande placée sur la banquette, entre eux deux. « Ça ne manquera pas de l'intéresser. C'est tout de même la preuve que sa vie n'est pas en danger ; alors cela devrait même le passionner. »

Lisa sortit son étui à cigarettes de son sac. Ses mains tremblaient. « Et tu penses qu'il t'aidera.

— Peut-être. Mais peut-être pas. Cela vaut la peine de tenter le coup.

— Comment as-tu réussi à disparaître aussi vite ? s'enquit Lisa. Il est pourtant difficile de se procurer un déguisement vraiment efficace.

— Il suffit d'avoir de l'argent », répondit-il évasivement.

Tout en fumant, Lisa méditait. « Kaplan te protégera sans doute. Il est très puissant.

— Je croyais que ce n'était qu'un général en retraite.

— Théoriquement, c'est vrai. Mais Witwer a compulsé son dossier. Kaplan est à la tête d'une association très fermée d'anciens combattants. Une sorte de club peu banal, où ne sont admis que des officiers de haut grade… international, puisque les ex-ennemis y sont admis. Ils possèdent ici, à New York, une immense demeure, éditent trois luxueuses publications et s'offrent à l'occasion un peu de temps d'antenne à la télévision, ce qui leur coûte une petite fortune.

— Où veux-tu en venir ?

— Je veux simplement dire que tu m'as convaincue de ton innocence. Il est évident que tu ne t'apprêtes pas à commettre de meurtre. Toutefois, tu dois te dire à présent que le rapport original, le rapport majoritaire, *n'était pas un faux*. Personne ne l'a truqué. Il n'a pas été fabriqué par Witwer. Il n'y a pas de complot contre toi, et il n'y en a jamais eu. Si tu considères le rapport minoritaire comme authentique, tu dois *également* accepter le rapport majoritaire. »

Réticent, Anderton acquiesça : « Tu as sans doute raison. »

Lisa poursuivit : « Ed Witwer agit en toute bonne foi. Il croit sincèrement que tu es un criminel en puissance… Et pourquoi pas ? Le rapport majoritaire est sur son bureau, mais c'est toi qui as la carte perforée en poche.

— Je l'ai déchirée », fit calmement Anderton.

Sérieuse, Lisa se pencha vers lui. « Ed Witwer n'est pas animé par le désir de prendre ta place, mais par les motivations qui ont toujours été les tiennes. Il croit en Précrime. Il veut que le système se perpétue. Je lui ai parlé, et je suis certaine qu'il dit la vérité.

— Tu veux que je lui remette cette bande ? Il la détruira.

— Mais non, voyons, rétorqua Lisa. Il a les originaux à sa disposition depuis le début. Il aurait pu les détruire à tout moment.

— C'est juste, concéda Anderton. Il n'était peut-être pas au courant.

— Bien sûr que non. Réfléchis. Si Kaplan met la main sur cette bande, la police sera discréditée. Tu ne comprends donc pas ? Cela prouverait que le rapport majoritaire était erroné. Ed Witwer a parfaitement raison. Il faut que tu sois arrêté… si l'on veut que Précrime survive. Toi, tu ne penses qu'à ta propre sécurité. Mais pense un instant au système. » Elle éteignit sa cigarette et en chercha une autre dans son sac. « Qu'est-ce qui compte le plus pour toi… ta sécurité personnelle ou l'existence de Précrime ?

— Ma sécurité personnelle, répondit Anderton sans hésiter.

— Tu en es certain ?

— Si Précrime ne peut survivre qu'en emprisonnant des innocents, c'est le système qui mérite d'être jeté à bas. Ma sécurité personnelle, elle, est importante parce que je suis un être humain. De plus… »

Lisa sortit de son sac un revolver incroyablement petit… « Je crois, dit-elle d'une voix étouffée, que j'ai le doigt sur la détente. Je ne me suis jamais encore servie de cette arme, mais je suis toute disposée à essayer. »

Un silence. Puis Anderton lui demanda : « Tu veux que je fasse demi-tour ? C'est ça ?

— Oui. On retourne au siège de la police. Je regrette. Si tu avais pu placer le salut du système au-dessus de tes propres intérêts égoïstes…

— Rengaine ton sermon. Je fais demi-tour, d'accord, mais je refuse de t'entendre défendre un code de conduite auquel nul homme intelligent ne souscrirait. »

Les lèvres de Lisa se pincèrent, décolorées. Serrant le pistolet dans sa main, elle lui faisait face en le regardant intensément. Sous l'impulsion d'Anderton, le vaisseau décrivit un ample arc de cercle ; au moment où il vira en dressant majestueusement une aile vers le zénith, de menus objets tombèrent de la boîte à gants.

Anderton et sa femme étaient stabilisés par les bras métalliques de contention intégrés à leurs sièges. Mais ce n'était pas le cas du troisième passager.

Anderton surprit un mouvement du coin de l'œil. Simultanément, il y eut un bruit, celui d'un homme pesant se raccrochant pêle-mêle pour ne pas perdre l'équilibre, mais s'écrasant finalement contre le flanc renforcé du croiseur. Les événements s'enchaînèrent très rapidement. Fleming se remit immédiatement sur pied, instable mais aux aguets, et chercha à saisir le pistolet de Lisa. Anderton en resta trop ébahi pour pousser la moindre exclamation. Lisa se retourna, vit le troisième homme et cria. Fleming lui fit sauter l'arme des mains. L'objet roula bruyamment sur le sol.

Fleming écarta Lisa sans ménagement, puis récupéra le pistolet en grognant. « Désolé, fit-il en se redressant de son mieux. J'ai pensé qu'elle en dirait davantage, alors j'ai attendu.

— Vous étiez déjà là quand... » Anderton s'interrompit. Il était évident que Fleming et ses hommes l'avaient tenu sous surveillance. L'existence du croiseur de Lisa avait été notée, assimilée, et pendant que Lisa se demandait s'il était bien sage d'emmener son mari, Fleming s'y était glissé.

« Vous feriez mieux de me donner cette bande magnétique », dit ce dernier. Il tendit de gros doigts moites. « Vous aviez raison... Witwer l'aurait réduite en bouillie.

— Kaplan aussi ? questionna Anderton, encore sous le choc de l'apparition de Fleming.

— Kaplan travaille en liaison directe avec Witwer. C'est pour cela que son nom figurait à la cinquième ligne de la carte. Nous ne savons pas lequel des deux est le vrai patron. Ni l'un ni l'autre, peut-être. » Fleming jeta le minuscule pistolet et prit son arme personnelle, puissante et d'origine militaire. « Vous avez fait une belle ânerie en filant avec cette femme. Je vous avais bien dit qu'elle était derrière toute ça.

— Je n'arrive pas à y croire, protesta Anderton.

— Vous n'êtes pas très malin. C'est sur ordre de Witwer qu'on a préparé ce croiseur. Ils voulaient vous faire sortir du bâtiment par la voie des airs afin que nous ne puissions pas vous rejoindre. Sans nous, vous n'aviez plus la moindre chance. »

Une expression étrange passa sur le visage hagard de Lisa. « Ce n'est pas vrai, souffla-t-elle. Witwer n'a jamais vu ce croiseur. J'allais seulement inspecter les...

— Vous avez failli réussir, poursuivit inexorablement Fleming. Si nous n'avons pas de patrouilleur de police à nos trousses, nous aurons de la chance. On n'a pas eu le temps de vérifier. » Tout en parlant, il s'accroupit juste derrière le siège de Lisa. « La première chose à faire est de se débarrasser de cette femme. Il faudra qu'on vous fasse sortir de la région. Comme Page a décrit votre déguisement à Witwer, vous pouvez être sûr que tous les médias l'ont diffusé. »

Toujours accroupi, Fleming s'empara de Lisa. Il lança son arme imposante à Anderton, puis souleva de force le menton de Lisa jusqu'à ce que sa tempe soit collée contre le dossier du siège. Elle se débattit frénétiquement. Un son plaintif et terrifié s'échappa de sa gorge. Sans y prêter garde, Fleming referma ses grosses mains autour de son cou et entreprit de l'étrangler.

« Pas de blessure par balle, expliqua-t-il, haletant. Elle va tomber de l'appareil. Ce sera un accident banal. C'est fréquent. Mais dans ce cas précis... la nuque aura été brisée *avant* la chute. »

Curieusement, Anderton ne réagit pas tout de suite. Les doigts massifs de Fleming étaient déjà cruellement enfoncés dans la chair pâle de Lisa quand il abattit son lourd pistolet militaire sur la nuque de Fleming, dont les monstrueuses mains lâchèrent enfin prise. Fleming chancela, sa tête tomba en avant et il s'affala contre la paroi. Puis il voulut se reprendre et tenta faiblement de se redresser. Anderton le frappa à nouveau, cette fois au-dessus de l'œil gauche. L'autre bascula en arrière et ne bougea plus.

Lisa cherchait son souffle. Elle resta un moment recroquevillée, à se balancer d'avant en arrière. Peu à peu, son visage reprit des couleurs.

« Tu peux prendre les commandes ? lui demanda Anderton d'un ton pressant en la secouant légèrement.

— Oui, je crois. » Un peu mécaniquement, elle prit le volant. « Ça ira. Ne t'inquiète pas pour moi.

— Ce pistolet, reprit Anderton, a été délivré par l'armée. Mais il ne date pas de la guerre. C'est au contraire une des toutes dernières armes mises au point. Je peux me tromper du tout au tout, mais il y a une petite chance pour que... »

Il passa par-dessus son siège et rejoignit Fleming, dont il ouvrit la veste et fouilla les poches en s'efforçant de ne pas toucher à sa tête. Un instant plus tard il tenait en main son portefeuille tout trempé de sueur.

Selon ses papiers d'identité, Tod Fleming était major dans l'Armée de terre et rattaché aux services secrets internes du Renseignement militaire. Parmi les nombreux documents se trouvait un certificat signé du général Leopold Kaplan, attestant que Fleming était sous la protection particulière de son groupe, la Ligue internationale des anciens combattants.

Fleming et ses hommes avaient donc agi sur les ordres de Kaplan. Le camion, l'accident, tout avait été prémédité.

Cela signifiait que Kaplan lui avait sciemment évité de tomber aux mains de la police. L'opération remontait au moment où les hommes de Kaplan avaient débarqué chez lui alors qu'il faisait ses bagages. Incrédule, il vit ce qui s'était réellement passé : en l'accaparant, ils devançaient la police. Dès le début, ils avaient tout fait pour que Witwer ne puisse pas l'arrêter. Anderton regagna son siège.

« Tu disais vrai, déclara-t-il à sa femme en revenant à sa place. On peut entrer en contact avec Witwer ? »

Elle acquiesça en silence et lui indiqua les circuits de communication du tableau de bord. « Qu'est-ce que tu as découvert ?

— Appelle-moi Witwer. Je veux lui parler le plus vite possible. C'est très urgent. »

Elle composa nerveusement un numéro et obtint le canal confidentiel du Q.G. de la police à New

York. Un plan d'ensemble sur une série de policiers de grade peu élevé, puis une minuscule réplique des traits d'Ed Witwer apparut sur l'écran.

« Vous vous souvenez de moi ? » dit Anderton.

Witwer blêmit. « Bon Dieu, qu'est-ce qui s'est passé ? Lisa, vous nous l'amenez ? » Soudain ses yeux s'arrêtèrent sur l'arme que tenait Anderton. « Écoutez-moi ! dit-il sauvagement, ne lui faites pas de mal. Quoi que vous puissiez penser, elle n'y est pour rien.

— Ça, je le sais déjà, répondit Anderton. Pouvez-vous nous localiser ? On aura probablement besoin de protection sur le chemin du retour.

— *Vous revenez !* » Witwer le contempla avec incrédulité. « Vous vous rendez donc ?

— Mais oui. » D'une voix pressante, Anderton ajouta rapidement : « Il y a une mesure à prendre sans perdre une seconde : interdire le bâtiment des singes. Faire en sorte que personne n'y entre. Pas même Page. *Et surtout pas l'Armée.*

— Kaplan, fit l'image miniaturisée.

— Eh bien ?

— Il vient juste de partir. »

Le cœur d'Anderton s'arrêta. « Que faisait-il là ?

— Il a collecté des informations, transcrit des duplicatas des rapports précog vous concernant. Il prétendait qu'ils n'étaient destinés qu'à assurer sa propre protection.

— Alors il est déjà en sa possession, dit Anderton. Il est trop tard. »

Alarmé, Witwer rétorqua en haussant le ton : « Qu'est-ce que vous voulez dire ? Que se passe-t-il ?

— Je vous le dirai, fit Anderton d'une voix accablée, quand je serai de retour dans mon bureau. »

VIII

Witwer vint à sa rencontre sur le toit de l'immeuble. Au moment où le petit croiseur se posa, sa flottille d'escorteurs s'inclina sur l'aile puis s'éloigna. Anderton s'approcha immédiatement du jeune homme blond.

« Vous avez ce que vous vouliez, dit-il. Vous pouvez m'arrêter et m'envoyer en camp de détention. Mais ce ne sera pas suffisant. »

Le regard bleu de Witwer pâlit d'incertitude. « Je… je ne comprends pas…

— Ce n'est pas ma faute. Je n'aurais jamais dû quitter le siège de la police. Où est Wally Page ?

— Nous le tenons, répondit Witwer. Il ne nous causera pas d'ennuis. »

Anderton se renfrogna.

« Vous ne l'avez pas arrêté pour le bon motif. Ce n'était pas un délit que de me faire entrer chez les singes. En revanche, il est illégal de communiquer des informations aux militaires. Vous avez entretenu ici une taupe de l'Armée. » Il rectifia gauchement : « Enfin, c'est moi qui ai travaillé avec lui.

— J'ai annulé votre mandat d'arrêt. Maintenant, c'est Kaplan qu'on recherche.

— On l'a localisé ?

— Il est parti d'ici en camion militaire. On l'a suivi, mais il a pénétré dans une caserne de l'Armée de terre, et depuis un gros tank R-3 datant de la guerre en interdit l'accès. Le déloger, ce serait faire acte de guerre civile. »

Hésitante, Lisa s'écarta du croiseur. Elle était

encore pâle et secouée, et une vilaine meurtrissure se formait sur sa gorge.

« Que vous est-il arrivé ? » s'enquit Witwer. Puis il aperçut le corps inerte gisant à l'intérieur. Il regarda Anderton dans les yeux : « Enfin vous renoncez à prétendre que je suis l'auteur d'un complot contre vous.

— En effet.

— Vous ne croyez plus que *j'intriguais* pour prendre votre place, fit-il avec une grimace de dégoût.

— Oh, mais si ! De cela, tout le monde se rend coupable tôt ou tard. Moi-même, j'intrigue pour la garder. Mais il s'agit ici de bien autre chose... et là, votre responsabilité n'est pas engagée.

— Pourquoi affirmez-vous qu'il est trop tard pour vous rendre ? On va vous envoyer en camp, et dans une semaine Kaplan sera toujours en vie.

— Certes, admit Anderton, mais il peut prouver qu'il le serait aussi si je me promenais en liberté. Il détient les données montrant clairement que le rapport majoritaire est obsolète. Il peut provoquer l'effondrement de Précrime. Pile, il gagne, et face, nous perdons. L'Armée va nous déconsidérer ; sa stratégie aura triomphé.

— Mais pourquoi courent-ils un tel risque ? Que veulent-ils exactement ?

— Après la guerre anglo-chinoise, l'Armée a perdu beaucoup de son crédit. Elle n'est plus ce qu'elle était au bon vieux temps de l'Alliance fédérale du Bloc occidental. À l'époque elle détenait tous les pouvoirs aussi bien militaires que civils. Et elle faisait sa propre police.

— Comme Fleming, commenta faiblement Lisa.

— Après la guerre, le Bloc occidental a été démilitarisé. Les officiers comme Kaplan ont été écartés, mis d'office à la retraite. Or personne n'apprécie cela.» Anderton fit la grimace. «Je peux comprendre. Il n'est pas seul dans ce cas. Mais nous ne pouvions plus continuer ainsi. L'autorité devait être partagée.

— Vous dites que Kaplan a gagné, fit Witwer Mais n'y a-t-il rien qu'on puisse faire ?

— En tout cas pas le supprimer. Et il le sait aussi bien que nous. Il va sans doute proposer une sorte de compromis. Nous continuerons à exister, mais le Sénat nous retirera tout réel pouvoir. Et ça ne vous plairait guère, hein ?

— Non, fit Witwer avec force. Un de ces jours, c'est moi qui dirigerai cette organisation.» Il rougit. «Mais pas tout de suite, bien entendu.»

Anderton s'assombrit. «Dommage que vous ayez publié ce rapport majoritaire. Sinon, on aurait pu le faire disparaître discrètement. Maintenant, tout le monde connaît son existence. On ne peut plus démentir.

— Non, admit Witwer, mal à l'aise. Je… je ne suis peut-être pas aussi compétent à ce poste que je me l'imaginais.

— Ça viendra. Un jour, vous ferez un bon officier de police. Vous croyez au statu quo. Mais un conseil : apprenez à prendre les choses moins au tragique.» Anderton s'écarta. «Je vais étudier les bandes du rapport majoritaire. Je veux savoir exactement comment j'étais censé tuer Kaplan.» Pensif, il acheva : «Ça peut me donner des idées.»

Les bandes des précogs «Donna» et «Mike» étaient stockées séparément. Anderton choisit l'appareil chargé des analyses fournies par « Donna », ouvrit le bouclier protecteur et en étala le contenu devant lui. Là encore, les données codées lui désignèrent les bandes qui l'intéressaient, et en un instant il les avait placées dans le lecteur.

C'était en gros ce qu'il avait deviné. Il s'agissait des informations utilisées par « Jerry » — le sillon temporel rejeté où les agents du Renseignement militaire à la solde de Kaplan enlevaient Anderton comme il rentrait chez lui après le travail et l'emmenaient à la villa de Kaplan, Q.G. de la Ligue internationale des anciens combattants, où il recevait un ultimatum : démanteler le système Précrime ou se heurter à l'hostilité déclarée de l'Armée.

Dans ce sillon-là, en sa qualité de préfet de police, Anderton recherchait le soutien du Sénat, mais ce dernier le lui refusait. Pour éviter la guerre civile, les sénateurs ratifiaient la dissolution du système policier et décrétaient la loi martiale pour « faire face à l'état d'urgence ». Prenant avec lui un détachement de policiers fanatiques, Anderton localisait Kaplan et l'abattait, tirant aussi sur d'autres membres de la L.I.A.C. Mais seul Kaplan succombait. Les autres s'en sortaient. Et le coup d'État militaire réussissait.

Ça, c'était « Donna ». Il rembobina la bande et passa au rapport précog de « Mike ». Les deux devaient être identiques, puisque les mutants s'étaient accordés pour présenter le même tableau. En effet, « Mike » commençait comme « Donna » : Anderton apprenait l'existence d'une conspiration montée par Kaplan contre la police, mais là, quelque chose n'allait plus. Interloqué, Anderton se repassa la bande depuis le début. C'était incompréhensible, mais « Mike » et « Donna » ne concordaient pas. Il réécouta l'enregistrement avec la plus grande attention.

Le rapport de « Mike » était très différent de celui de « Donna ».

Une heure plus tard, ayant terminé ses investigations il quittait le bâtiment des « singes ». Aussitôt, Witwer lui demanda : « Qu'y a-t-il ? Je vois bien que quelque chose cloche.

— Non, répondit lentement Anderton, songeur. Ce n'est pas tout à fait ça... » Entendant du bruit dehors, il se dirigea distraitement vers la fenêtre.

La rue grouillait de monde. Des soldats en uniforme avançaient en colonne par quatre au milieu de la chaussée. Fusil à l'épaule, casque vissé sur la tête, ils arboraient une tenue miteuse datant de la guerre, et le vent glacé faisait claquer les glorieux étendards de l'Alliance du Bloc occidental.

« Une parade militaire, constata Witwer, abattu. Je me suis donc trompé. Ils ne vont pas proposer de compromis. Pourquoi le feraient-ils, d'ailleurs ? Kaplan va rendre les faits publics. »

Anderton n'éprouvait aucune surprise. « Il va lire le rapport minoritaire ?

— Apparemment. Ils vont exiger que le Sénat nous dissolve et nous retire toute autorité. Prétendre que nous avons arrêté des innocents, multiplié les descentes de police nocturnes, ce genre de chose. Que nous avons gouverné par la terreur.

— Vous pensez que le Sénat cédera ? »

Witwer hésita. « Je ne parierais pas là-dessus.

— Moi si, dit Anderton. Ce qui se passe en bas colle bien avec ce que j'ai appris chez les singes. Nous nous sommes fichus dans une impasse. Il ne nous reste plus qu'une issue. Qu'elle nous plaise ou non. » Ses yeux avaient l'éclat et la dureté de l'acier.

Inquiet, Witwer demanda : « Quelle issue ?

— Quand je vous l'aurai dit, vous vous demanderez pourquoi vous n'y avez pas songé vous-même. De toute évidence, je suis obligé de me conformer au rapport publié. Il faut que je tue Kaplan. C'est la seule façon d'empêcher l'Armée de nous discréditer.

— Mais..., fit Witwer, stupéfait, ce rapport majoritaire a été rejeté.

— Je peux le faire, rétorqua Anderton, mais ça nous coûtera cher. Vous savez ce qu'on risque en cas de meurtre avec préméditation ?

— C'est la prison à perpétuité.

— Au moins. Vous pourriez sans doute user de votre influence pour faire commuer ma peine en exil définitif. On m'enverra sur une des planètes coloniales mener une existence de pionnier.

— Et... vous préféreriez cela ?

— Bon Dieu non ! dit Anderton avec vigueur. Mais ce serait un moindre mal. Et il faut que ce soit fait.

— Je ne vois pas comment vous pourriez tuer Kaplan. »

Anderton soupesa le pistolet militaire de Fleming. « Avec ça.

— Ils vous laisseront approcher Kaplan ?

— Pourquoi pas ? Ils ont le rapport minoritaire affirmant que j'ai changé d'avis.

— Alors le rapport minoritaire est erroné ?

— Non. Il est rigoureusement exact. Mais je vais quand même tuer Kaplan. »

IX

Il n'avait jamais tué personne. Il n'avait même jamais assisté au moindre crime de sang. Alors qu'il était préfet de police depuis trente ans. Depuis une génération, le meurtre n'existait plus ; cela n'arrivait plus, tout simplement.

Une voiture de police le conduisit à une centaine de mètres du défilé militaire. Tapi sur le siège arrière, il examina laborieusement l'arme qu'il tenait de Fleming. Elle paraissait en parfait état. En fait, il ne doutait pas du résultat. Il était absolument certain de ce qui allait se passer durant les trente minutes à venir. Il rempocha le pistolet et descendit prudemment de voiture.

Personne ne fit attention à lui. Une foule de plus en plus nombreuse se pressait pour approcher du défilé et savoir ce qui se passait. Les uniformes prédominaient, et à la périphérie du périmètre dégagé étaient déployés chars d'assaut et armes lourdes — tous moyens offensifs qu'on continuait à produire.

L'Armée avait érigé une estrade métallique, à laquelle on accédait par quelques marches. Derrière flottait un grand étendard du Bloc occidental, emblème des puissances alliées qui avaient combattu pendant la guerre. Grâce à un étrange phénomène d'érosion, la L.I.A.C. comprenait maintenant des officiers ayant servi dans les rangs ennemis. Mais un général reste un général, et le temps avait effacé ce genre de distinction.

Le haut commandement de la Ligue occupait les premiers rangs ; derrière venaient les officiers de grade inférieur. Les étendards des différents régiments ondulaient au gré du vent en étalant leurs couleurs et leurs écussons. En définitive, ce rassemblement avait des allures de reconstitution historique relativement joyeuse. Sur l'estrade proprement dite étaient assis des dignitaires de la Ligue dont les visages trahissaient toute l'impatience. Sur les côtés, presque invisibles, quelques brigades de police ostensiblement là pour maintenir l'ordre mais constituées en réalité d'informateurs ayant pour mission d'observer tout ce qui se passait. Si l'on avait besoin de main tenir l'ordre, l'Armée s'en chargerait.

Le vent charriait le grondement assourdi de la foule compacte, à travers laquelle Anderton se fraya un passage en ayant l'impression de se noyer dans une véritable mer humaine. Figés par l'attente, les gens paraissaient pressentir qu'un événement spectaculaire allait se produire. Anderton s'ouvrit un passage parmi eux non sans difficulté, laissa derrière lui les rangées de sièges et arriva enfin au niveau des officiers de haut rang, au bord de l'estrade.

Kaplan était parmi eux. Mais c'était désormais le *général* Kaplan.

Gilet, montre de gousset, canne et discret costume civil… tout cela avait disparu. Pour l'occasion, Kaplan avait ressorti son vieil uniforme de la naphtaline. Très droit, imposant, il était entouré de son ex-état-major et arborait ses galons et autres décorations ; il portait bottes militaires, épée de parade et képi. Incroyable comme un képi de général, dans toute son austère autorité, pouvait transformer un homme au crâne dégarni.

Apercevant Anderton, Kaplan se détacha et s'approcha de lui à grands pas. Son expression constamment changeante reflétait son étonnement et sa satisfaction.

« Quelle surprise ! dit-il, en tendant une petite main gantée de gris. Et moi qui vous croyais arrêté par le préfet intérimaire !

— Je suis toujours en liberté, répliqua brièvement Anderton en serrant sa main tendue. Après tout, Witwer possède aussi la bande magnétique. » Il désigna le paquet que Kaplan serrait dans sa main gauche et regarda le général avec assurance.

En dépit de sa nervosité, le général Kaplan était de bonne humeur. « C'est un grand jour pour l'Armée, confia-t-il. Vous serez heureux d'apprendre que je vais livrer au public le compte rendu détaillé de la fausse accusation portée contre vous.

— Parfait, dit Anderton d'un ton neutre.

— Il sera clairement démontré que vous avez été injustement accusé. » Le général Kaplan essayait de savoir jusqu'à quel point Anderton était au courant de la situation. « Fleming a-t-il eu l'occasion de tout vous expliquer ?

— Plus ou moins. Vous n'allez lire que le rapport minoritaire ? C'est tout ce que vous avez là ?

— Je vais le comparer au rapport majoritaire. » Le général Kaplan fit signe à un aide de camp, qui lui apporta une serviette en cuir. « Tout est là, toutes les pièces à conviction dont nous avons besoin. Cela ne vous dérange pas d'être cité comme exemple, j'espère ? Votre cas illustre les arrestations injustifiées dont ont été victimes une multitude de gens innocents. » Kaplan consulta sa montre d'un geste plein de raideur. « Je dois y aller. Voulez-vous venir avec moi sur l'estrade ?

— Pourquoi ? »

Froidement, mais avec une espèce de véhémence contenue, le général Kaplan répondit : « Pour que tout le monde voie la preuve vivante de ce que j'avance. Le meurtrier et sa victime. Debout côte à côte, dévoilant toute la sinistre et terrible supercherie entretenue par la police.

— Volontiers, dit Anderton. Qu'est-ce qu'on attend ? »

Déconcerté, le général Kaplan s'avança vers l'estrade. Il jeta encore un regard inquiet à Anderton, se demandant visiblement pourquoi le préfet était venu, et ce qu'il savait au juste. Son incertitude s'accrut tandis qu'Anderton gravissait les marches et se trouvait un siège juste à côté de la tribune.

« Vous saisissez bien la portée ce que je vais annoncer ? s'enquit le général. Mes révélations auront des répercussions considérables. Le Sénat sera peut-être amené à reconsidérer la validité fondamentale du système Précrime.

— Je saisis, dit Anderton, les bras croisés. Allons-y. »

Le silence s'était fait dans la foule, mais il y eut une rumeur d'excitation lorsque le général Kaplan reprit la serviette en cuir et disposa son contenu devant lui.

« L'homme assis à mes côtés, commença-t-il d'une voix claire, est connu de vous tous. Vous êtes sans doute surpris de le voir, car tout récemment encore la police le considérait comme un dangereux criminel. »

Tous les yeux se reportèrent sur Anderton. On examinait avidement le seul et unique meurtrier en puissance qu'on ait jamais eu le privilège de voir de près.

« Toutefois, depuis quelques heures, poursuivit le général, l'ordre d'arrestation le concernant a été annulé ; est-ce parce que l'ex-préfet Anderton s'est volontairement rendu ? Non, ce n'est pas à strictement parler exact. S'il est ici, ce n'est pas parce qu'il s'est rendu, mais parce que la police ne s'intéresse plus à lui. John Allison Anderton est innocent de tout crime, passé, présent ou à venir. Les allégations formulées contre lui étaient des faux, des déformations diaboliques issues d'un système pénal fondé sur des prémices fausses — une machine à détruire gigantesque et impersonnelle qui a broyé une multitude d'innocents. »

Fascinée, la foule regardait à tour de rôle Kaplan et Anderton. La situation lui était familière.

« Oui, beaucoup d'hommes et de femmes ont été arrêtés et emprisonnés par la faute de Précrime, cette organisation qui se prétend prophylactique, poursuivit Kaplan, dont la voix gagnait peu à peu en chaleur et en force. Accusés, non pas de crimes qu'ils avaient commis, mais de crimes *qu'ils allaient commettre*. On nous affirme que, laissés en liberté, ces gens se seraient tôt ou tard rendus coupables d'actes criminels.

« Mais il ne peut pas y avoir de réelle connaissance du futur. Dès qu'une information précognitive est livrée, *elle s'annule d'elle-même*. L'affirmation selon laquelle cet homme commettra un crime dans l'avenir est un paradoxe. Le simple fait de posséder cette donnée la fausse. Dans tous les cas, sans exception, le rapport des trois précogs a toujours invalidé les données qu'ils avaient eux-mêmes fournies. Si personne n'avait été arrêté, les crimes prédits n'auraient pas été commis *non plus*. »

Anderton écoutait distraitement, mais la foule, elle, prêtait un intérêt passionné au discours de Kaplan, qui livrait à présent un résumé du rapport minoritaire. Il expliquait ce que c'était, comment il pouvait exister.

Anderton sortit son arme de sa poche et la posa sur ses genoux. Déjà Kaplan mettait de côté le rapport minoritaire, c'est-à-dire les données précog de «Jerry». De ses doigts osseux, il chercha d'abord le résumé du rapport «Donna», puis celui du rapport «Mike».

«Voici le rapport majoritaire original, expliqua-t-il. L'affirmation, par les deux premiers précogs, selon laquelle Anderton allait commettre un meurtre. Et maintenant, voici le matériau automatiquement invalidé. Je vais vous le lire.» Il ramassa prestement ses lunettes sans monture, les chaussa et entama lentement sa lecture.

Une étrange expression se peignit sur ses traits. Il s'interrompit, balbutia, puis se tut brusquement. Les papiers lui échappèrent des mains. Telle une bête traquée, il fit volte-face, rentra la tête dans les épaules, puis s'éloigna précipitamment de la tribune.

Son visage crispé passa durant une fraction de seconde devant Anderton, qui s'était levé à son tour. Le préfet braqua son arme, fit rapidement quelques pas en avant et tira. Emberlificoté dans les pieds des gens assis sur l'estrade, Kaplan poussa un unique cri aigu — un cri de terreur. Comme un oiseau abattu en plein vol, il tomba de l'estrade en battant des bras. Anderton s'approcha de la rambarde, mais tout était déjà fini.

Kaplan était mort, ainsi que le rapport majoritaire l'avait prédit. Sa maigre poitrine n'était plus qu'un trou fumant dont des cendres s'échappaient au gré des tressaillements du corps.

Écœuré, Anderton se détourna et se faufila sans attendre entre les officiers qui se levaient de leur siège, stupéfaits. L'arme était sa meilleure protection. Il sauta au bas de l'estrade et s'enfonça dans la foule désordonnée qui se pressait pour mieux voir. L'incident qui s'était produit sous leurs yeux leur était totalement incompréhensible, et il faudrait du temps pour que la terreur panique cède la place à l'acceptation.

Quand il parvint en marge de la foule, Anderton fut pris en charge par la police. « Vous avez eu de la chance de vous en sortir, souffla un des agents comme la voiture démarrait lentement.

— En effet », dit Anderton, distant. Il se cala contre son dossier et tenta de se donner une contenance. Il tremblait, la tête lui tournait. Brusquement, il se pencha en avant et s'abandonna à de violentes nausées.

« Pauvre diable », murmura un des policiers d'une voix compatissante.

Secoué par le malaise physique et moral, Anderton ne put déterminer si le policier parlait de Kaplan ou de lui-même.

X

Quatre robustes policiers aidèrent John et Lisa Anderton à emballer leurs affaires et à les charger dans les camions. C'est qu'en cinquante années, l'ex-préfet de police avait accumulé beaucoup de biens matériels. Sombre et pensif, il regarda les caisses défiler devant lui en direction des véhicules en attente.

Ensuite ils iraient directement au spatioport, et de là sur Centaure X par transport intersystèmes. Un bien long voyage, pour un si vieil homme. Mais un voyage sans retour.

« C'est l'avant-dernière caisse », déclara Lisa, tout à sa tâche.

En pull et pantalon, elle parcourait les pièces nues, vérifiant les derniers détails. « Je suppose qu'on ne pourra pas se servir de nos nouveaux appareils ménagers atroniques. Sur Cen-X, ils en sont encore à l'électricité.

— J'espère que ça ne t'ennuie pas trop, dit Anderton.

— On s'y fera, répliqua Lisa avec un sourire fugace. N'est-ce pas ?

— Je l'espère. Tu es certaine que tu ne regretteras pas ? Parce que sinon…

— Pas de regrets, affirma Lisa. Aide-moi à fermer cette caisse, tu veux ? »

Au moment où ils allaient monter dans le camion de tête, Witwer arriva à bord d'une voiture de patrouille. Il vint les rejoindre en courant, l'air étrangement hagard. « Avant de partir, dit-il à Anderton, il faut que vous me clarifiiez la situation concernant les précogs. Le Sénat me pose des questions. On veut savoir si le rapport moyen, la rétractation, était une erreur… ou quoi. » Confusément, il ajouta : « C'est quelque chose que je n'arrive toujours pas à m'expliquer. Le rapport minoritaire était bien erroné, n'est-ce pas ?

— Quel rapport minoritaire ? » fit Anderton, amusé.

Witwer cilla. « C'était donc ça. J'aurais dû comprendre. »

Assis sur le siège avant du camion, Anderton bourra sa pipe et l'alluma avec le briquet de Lisa, qui était retournée voir si rien de vital n'avait été oublié dans la maison.

« Il y avait trois rapports minoritaires », dit-il à Witwer en jouissant de sa perplexité. Un jour, le jeune homme apprendrait à ne pas se jeter tête baissée dans des situations qu'il ne comprenait pas entièrement. Pour Anderton, l'affaire se concluait sur une note de satisfaction. Malgré son âge et sa lassitude, lui seul avait compris la véritable nature du problème.

« Les trois rapports étaient consécutifs, expliqua-t-il. Le premier était celui de "Donna". Dans ce sillon temporel-là, Kaplan m'avisait du complot militaire et je l'assassinais promptement. "Jerry", phasé légèrement en avant de "Donna", s'est servi de son rapport à elle et a intégré le fait que j'en avais pris connaissance. Dans le deuxième sillon, tout ce que je voulais, c'était garder mon poste, sans tuer Kaplan. Je ne m'intéressais qu'à ma place, à mon propre sort.

— Et "Mike" était le troisième rapport ? Venu *après* le rapport minoritaire ? » Witwer se reprit : « Je veux dire qu'il s'est présenté en dernier ?

— "Mike" était le dernier des trois, en effet. Au vu du premier rapport, j'avais décidé de ne pas tuer Kaplan. D'où le deuxième rapport. Mais, informé par ce *deuxième* rapport, je changeais d'avis. Le deuxième rapport, la deuxième situation, représentaient les circonstances que Kaplan désirait créer. L'intérêt de la police était de recréer la situation numéro un. Et c'était à la police que je pensais alors.

J'avais compris le projet de Kaplan. Le troisième rapport invalidait le deuxième de la même façon que le second invalidait le premier. Nous étions revenus au point de départ. »

Lisa revint, le souffle court. « Partons. Nous en avons fini ici. » Souple et agile, elle grimpa dans le camion et s'installa entre son mari et le chauffeur.

« Les rapports étaient tous différents, conclut Anderton. Tous uniques. Mais deux d'entre eux étaient d'accord sur un point : si je restais en liberté, *je tuais Kaplan*. C'est ce qui a créé l'illusion d'un rapport majoritaire. Car ce n'était que cela — une illusion. "Donna" et "Mike" avaient prévu le même événement, mais dans deux sillons temporels complètement distincts et se produisant dans deux situations différentes. "Donna" et "Jerry", le "rapport minoritaire" et la moitié du "rapport majoritaire" se sont trompés. Seul "Mike" disait vrai... puisque aucun rapport ultérieur ne venait invalider le sien. Et voilà. »

Tenaillé par l'inquiétude, Witwer trottinait à côté du camion en marche. « Est-ce que ça se reproduira ? Faut-il revoir tout le système ?

— Ça ne peut se reproduire que dans un seul cas, fit Anderton. Le mien était unique, puisque j'avais accès à toutes les données. Cela *peut* arriver à nouveau... mais seulement au prochain préfet de police ! Donc, faites bien attention. » Il eut un petit sourire. L'expression tendue de Witwer lui causait une satisfaction non négligeable. À ses côtés, Lisa se contenta d'un léger tressaillement des lèvres et lui prit la main.

« Oui, soyez très vigilant, recommanda-t-il au jeune Witwer. La même chose pourrait très bien vous arriver, et à tout moment ! »

Un jeu guerrier

Titre original .
WAR GAME

in *Galaxy*, décembre 1959.

Wiseman entra dans son bureau, à l'Office terrien des critères d'importation, prit dans leur corbeille les notes de service de la matinée, puis s'assit à sa table de travail et disposa les documents devant lui. Enfin il mit ses lentilles cornéennes et alluma une cigarette.

« Bonjour », fit la première note d'une voix grêle et volubile une fois que Wiseman eut passé son pouce sur la bande magnétique qui y était collée. Il l'écouta d'une oreille distraite tout en contemplant le parking par la fenêtre ouverte. « Dites-moi, qu'est-ce que vous fabriquez là-bas ? On vous a expédié aux fins de test un lot de... » Une pause, le temps que le locuteur, chef des ventes dans une chaîne de magasins new-yorkais, jette un œil à ses dossiers. « ... de jeux d'origine ganymédienne. Vous savez qu'il nous faut les visas d'entrée pour nos achats d'automne, afin que nous puissions constituer nos stocks de Noël. » Bougon, le directeur des ventes conclut : « Les jeux guerriers auront encore la cote cette année. Nous avons l'intention d'en passer de grosses commandes. »

Wiseman fit glisser son pouce jusqu'au nom et au titre de son correspondant

« Joe Hauck, babilla la voix-note. Jouets Appeley. »

Tiens, se dit Wiseman. Il reposa la note, ce qui la fit taire ; il s'apprêta à remettre l'enregistrement au début puis dit à mi-voix : « C'est vrai, au fait, où sont-ils, ces jouets de Ganymède ? »

Il croyait que les labos de test les avaient analysés depuis longtemps. Au moins quinze jours.

Bien entendu, tous les produits importés de Ganymède étaient depuis quelque temps l'objet d'une surveillance particulière ; durant l'année écoulée, les Lunes avaient franchi un stade supplémentaire dans l'expansionnisme économique en préparant — à en croire les services de renseignement — des initiatives au caractère ouvertement militaire contre leurs concurrents, dont les Trois Planètes intérieures, le principal d'entre eux. Mais jusqu'alors, rien ne s'était concrétisé. Les exportations restaient d'une qualité satisfaisante, sans gags indésirables, ni peintures toxiques menaçant la santé des enfants, ni capsules recelant des bactéries.

Et pourtant…

Avec des gens aussi inventifs que les Ganymédiens, on pouvait s'attendre à toute forme de créativité, quel que fût leur champ d'activité. S'il leur prenait fantaisie de verser dans la subversion, ils y feraient montre de la même imagination et de la même subtilité que partout ailleurs.

Wiseman quitta son bureau et se dirigea vers le bâtiment distinct abritant les laboratoires.

Tout entouré d'articles à demi démontés, Pinario leva les yeux en voyant son supérieur, Leon Wiseman, refermer la porte de son laboratoire.

« Je me réjouis de votre visite », dit-il, alors qu'en réalité il essayait de gagner du temps ; il avait au moins cinq jours de retard sur son programme, il le savait, et l'entrevue ne lui vaudrait guère de félicitations. « Vous devriez enfiler une combinaison prophylactique — mieux vaut ne pas courir de risques. » Il s'exprimait d'un ton enjoué, mais le visage de Wiseman ne s'éclaira pas pour autant.

« Je m'intéresse aux troupes de choc qui prennent d'assaut une citadelle, ce jeu à six dollars », annonça Wiseman en s'avançant parmi les piles de cartons d'emballage intacts dont le contenu attendait d'être testé et autorisé.

« Les soldats ganymédiens ? » dit Pinario avec soulagement. Sur ce point, du moins, il était en paix avec sa conscience ; tous les testeurs des labos connaissaient les instructions spéciales émises par le gouvernement de Cheyenne sur le « risque de contamination issu de civilisations hostiles envers les innocentes populations urbaines ». Il pouvait toujours — et en toute légitimité — s'abriter derrière l'intitulé de cet oukase, d'une imprécision toute bureaucratique. « Je les ai laissés quelque temps livrés à eux-mêmes, dit-il en se levant pour accompagner Wiseman. Vu les risques inhérents à ce jeu.

— Allons voir, dit Wiseman. Ces précautions sont-elles vraiment justifiées, ou est-ce encore de la paranoïa à l'égard de “milieux extraterrestres” ?

— Il y a effectivement lieu d'être prudent, répondit Pinario. Surtout quand il s'agit d'articles destinés aux enfants. »

Il exécuta une série de signaux manuels et un panneau mural s'escamota pour dévoiler une pièce adjacente.

Au centre se trouvait un mannequin en plastique qui figea Wiseman sur place ; il représentait, grandeur nature, un enfant de cinq ans ordinairement vêtu, assis par terre au milieu de ses jouets. « J'en ai assez, faites autre chose », était-il en train de dire. Le mannequin observa un instant de silence, puis répéta : « J'en ai assez, faites autre chose. »

Conçus pour réagir à l'instruction orale, les jouets abandonnèrent leurs diverses occupations et recommencèrent de zéro.

« Cette méthode économise la main-d'œuvre, expliqua Pinario. Ces tas de ferraille doivent exécuter tout un répertoire avant qu'on décide que l'acheteur en aura pour son argent. Si nous devions rester sur place pour les faire marcher, nous ne sortirions plus d'ici. »

Juste devant le mannequin se trouvait le groupe de soldats ganymédiens, plus la citadelle qu'ils étaient destinés à prendre d'assaut. Ils avaient entamé un processus d'approche compliqué mais, sur l'ordre du mannequin, ils venaient de s'interrompre. Ils entreprenaient à présent de se regrouper.

« Vous enregistrez tout ? s'enquit Wiseman.

— Certainement ! » affirma Pinario.

Hauts d'environ quinze centimètres, les soldats étaient constitués d'un composé thermoplastique quasi indestructible qui avait fait la réputation des fabricants ganymédiens. Leurs uniformes, synthétiques, étaient un mélange des différentes tenues militaires en usage sur les Lunes et les planètes avoisinantes. La citadelle proprement dite — un bloc de métal à la noirceur menaçante — évoquait une forteresse de légende ; des meurtrières en ponctuaient la partie supérieure, le pont-levis — pour l'instant invisible —

était relevé, et une oriflamme de couleur vive ondulait en haut du donjon.

Il y eut un chuintement suivi d'une détonation assourdie et la citadelle tira un projectile sur ses assaillants. Il explosa au milieu d'un groupe de soldats en répandant un nuage de fumée inoffensive.

« Elle se défend, remarqua Wiseman.

— Mais elle finit par être prise, dit Pinario. C'est inévitable. Psychologiquement parlant, elle symbolise la réalité extérieure. Et la dizaine de soldats représente naturellement les tentatives que fait l'enfant pour s'y adapter. En participant au siège de la citadelle, il affronte la dure réalité du monde en en retirant une sensation d'adéquation. À la fin il triomphe, mais seulement après une pénible période d'effort et de patience. C'est du moins ce que prétend le manuel, ajouta-t-il en tendant un fascicule à Wiseman.

— Et la tactique d'assaut est toujours différente ? demanda Wiseman en le feuilletant.

— Il y a maintenant huit jours que nous faisons fonctionner le jeu sans relâche. Le même processus ne s'est jamais reproduit deux fois. C'est que les forces en présence sont multiples et complexes. »

Les soldats progressaient à couvert et encerclaient peu à peu la citadelle. Sur les murailles apparurent des détecteurs qui suivaient leurs mouvements. Les soldats se dissimulèrent derrière d'autres jouets en test.

« Ils savent utiliser les configurations de terrain aléatoires, expliqua Pinario. Ils sont dotés de tropismes vis-à-vis des objets ; s'ils aperçoivent par exemple une maison de poupée, ils s'y engouffrent comme des souris et ils l'investissent tout entière. »

Pour confirmer ses dires, il ramassa un gros astronef-jouet de fabrication uranienne et le secoua. Deux soldats en tombèrent.

« Quel est leur pourcentage de succès dans l'attaque de la citadelle ? questionna Wiseman.

— Jusqu'à présent, ils ont réussi une fois sur neuf. Il y a un bouton de réglage à l'arrière de la citadelle qui permet d'augmenter cette proportion. »

Il se fraya un passage parmi les soldats en marche ; Wiseman le suivit et ils se penchèrent pour examiner la citadelle.

« Vous voyez ici l'alimentation, dit Pinario. Très malin. C'est aussi de là que partent les directives adressées aux soldats. Transmission H.F. commandée par un boîtier contenant du petit plomb. »

Il ouvrit l'arrière de la citadelle et montra à son patron le réceptacle en question. Chaque grain représentait une instruction. Pour obtenir un schéma d'assaut, les grains de plomb étaient projetés en l'air, où ils évoluaient avant de retomber en dessinant une séquence nouvelle. On réalisait ainsi les conditions de l'aléatoire. Mais, puisque les grains étaient en nombre limité, les combinaisons ne pouvaient être infinies.

« Nous les essayons toutes, dit Pinario.

— Aucun moyen d'accélérer la procédure ?

— Nous sommes obligés de prendre notre temps. Le jeu peut très bien utiliser mille combinaisons et tout à coup…

— … en former une qui les pousse à prendre un virage à 90 degrés et à tirer sur le plus proche être humain, acheva Wiseman.

— Ou pis encore, dit Pinario d'un air sombre. Ce bloc d'alimentation contient pas mal d'ergs. Il est prévu pour fonctionner cinq ans. Mais imaginons qu'il se produise un concours de circonstances bien précis...

— Poursuivez les essais », dit Wiseman.

Ils échangèrent un regard, puis se retournèrent vers la citadelle. Les soldats l'avaient presque atteinte. Soudain une des murailles s'abattit, la gueule d'un canon apparut et les soldats s'écroulèrent.

« Je n'avais encore jamais vu ça », murmura Pinario.

Pendant un instant, rien ne bougea. Puis l'enfant-mannequin assis au milieu des jouets dit : « J'en ai assez, faites autre chose. »

Avec un léger frisson de malaise, les deux hommes regardèrent les soldats se relever et se regrouper.

Le surlendemain, le patron pénétra dans le bureau de Wiseman Fowler ; c'était un individu trapu au visage colérique et aux yeux globuleux. « Écoutez, dit-il. Je vous donne jusqu'à demain pour finir de tester ces maudits jouets ! » Il allait repartir quand Wiseman l'arrêta.

« Le problème est trop grave, dit-il. Venez avec moi au laboratoire et vous verrez. »

Fowler le suivit sans cesser une seconde d'argumenter. « Vous n'avez pas idée des capitaux investis dans ce produit par certaines sociétés, déclarait-il au moment où ils ouvrirent la porte. Pour chaque spécimen entreposé ici, il existe un vaisseau ou un entrepôt bourré à craquer sur Luna qui n'attend qu'un visa d'entrée pour livrer la Terre ! »

Pinario n'étant pas là, Wiseman utilisa sa clé personnelle lui permettant de se dispenser des signaux manuels et entra dans la salle de test.

L'enfant-mannequin y était toujours assis, entouré de nombreux jouets exécutant leur programme. Le tintamarre ambiant fit grimacer Fowler.

« Voici le spécimen dont je parlais », indiqua Wiseman en se penchant sur la citadelle, vers laquelle un soldat était justement en train de ramper. « Comme vous le voyez, les soldats sont au nombre de douze. Étant donné ce chiffre, plus l'énergie disponible et la complexité de la programmation…

— Je n'en vois que onze, interrompit Fowler.

— Il y en a sans doute un de caché, dit Wiseman.

— Non », intervint une voix derrière eux. Pinario s'approcha, l'air préoccupé. « J'ai fait faire des recherches. Un des soldats a disparu. »

Les trois hommes demeurèrent silencieux.

« C'est peut-être la citadelle qui l'a détruit ? suggéra enfin Wiseman.

— La loi de conservation de la matière est formelle, dit Pinario. Si la citadelle a "détruit" ce soldat, *qu'a-t-elle fait de ses restes* ?

— Elle les a peut-être convertis en énergie, dit Fowler, en examinant la citadelle et les soldats restants.

– Nous avons eu une idée ingénieuse, précisa Pinario, après avoir constaté la disparition de ce soldat. Nous avons pesé les onze autres en même temps que la citadelle. Le poids total est rigoureusement identique au poids d'origine, c'est-à-dire celui de la citadelle plus les douze soldats. Donc, il est sûrement quelque part là-dedans. » Il désigna la citadelle qui, pour le moment, braquait ses détecteurs sur les assaillants.

Le regard toujours rivé à la forteresse, Wiseman eut tout à coup une profonde intuition. Elle avait changé, bien qu'il ne puisse dire en quoi.

« Regardons vos enregistrements, fit Wiseman.

— Quoi ? » s'étonna Pinario. Puis il rougit. « Ah, oui ! Bien sûr. » Il alla éteindre l'enfant-mannequin, puis l'ouvrit et en retira la bobine vidéo, qu'il inséra dans le projecteur.

Les séquences enregistrées défilèrent sous leurs yeux ; les assauts se succédaient interminablement. Les trois hommes avaient les yeux tout rouges à force de scruter l'écran. Les soldats avançaient, battaient en retraite, essuyaient des tirs, se relevaient, reprenaient l'offensive...

« Arrêtez ! » ordonna soudain Wiseman.

On visionna de nouveau la dernière séquence.

Un des soldats s'avançait vers le pied des murailles. Un projectile qui le visait explosa et la fumée le dissimula momentanément. Les onze autres montaient à l'assaut de la citadelle. Le premier soldat émergea du nuage et poursuivit sa progression. Il atteignit le pied de la citadelle. Un pan de muraille coulissa, découvrant une ouverture.

Le soldat, dont la silhouette se confondait avec le mur menaçant, se servit de l'extrémité de son fusil comme d'un tournevis pour démonter sa tête, puis un de ses bras, puis ses deux jambes. Les pièces détachées furent introduites dans l'ouverture. Il ne resta bientôt plus qu'un bras et le fusil, qui entrèrent à leur tour en se tortillant comme des vers aveugles et disparurent. Enfin le pan de mur se remit en place.

Au bout d'un long moment, Fowler dit d'une voix cassée : « Les parents s'imagineront que l'enfant a perdu ou cassé un soldat. Petit à petit, le jeu va s'autodétruire... et ce sera l'enfant qui se fera gronder.

— Que nous conseillez-vous ? demanda Pinario.

— De laisser fonctionner le jeu tout seul, recommanda Fowlet, approuvé d'un hochement de tête par Wiseman. Qu'il aille jusqu'au bout de son cycle. Mais tenez-le à l'œil.

— À partir de maintenant, je vais le faire surveiller en permanence, assura Pinario.

— Mieux encore, chargez-vous-en personnellement », dit Fowler.

Nous ferions peut-être mieux de nous y mettre tous ensemble, songea Wiseman. *Ou au moins Pinario et moi.*

Je me demande ce que sont devenues les pièces détachées du soldat, pensa-t-il encore.

À quoi ont-elles servi ?

À la fin de la semaine, la citadelle avait absorbé quatre nouveaux soldats.

En l'observant sur son écran, Wiseman ne constatait aucun changement visible. Bien entendu : son évolution devait être rigoureusement interne, à l'abri des regards.

Les offensives se répétaient à l'infini ; les soldats s'approchaient à plat ventre, la citadelle tirait pour se défendre. Entre-temps, de nouveaux produits ganymédiens étaient venus s'accumuler. Toute une série de jouets récents à soumettre aux tests.

« Voyons un peu ça », se dit-il.

Le premier était apparemment d'une grande simplicité : un costume de cow-boy inspiré du folklore de l'ancien Far West américain. Mais il n'accorda qu'une attention superficielle à la notice explicative : on se moquait bien de ce que les Ganymédiens pouvaient avoir à en dire.

Il ouvrit la boîte et déplia le costume. Le tissu était gris et informe. *Vraiment minable*, se dit-il. Ça ne rappelait que vaguement une tenue de cow-boy ; la coupe était grossière, hésitante. Le tissu se déforma entre ses mains. Il se rendit compte qu'il en avait par mégarde introduit toute une partie dans une grande poche béante.

« Je ne comprends pas, dit Wiseman à Pinario. Ça ne se vendra jamais.

— Enfilez-le, répondit l'autre. Vous verrez. »

Wiseman réussit non sans mal à endosser le vêtement. « Il n'y a pas de danger au moins ? s'inquiéta-t-il.

— Aucun, répondit Pinario. Je l'ai essayé moi-même. C'est basé sur une idée apparemment inoffensive, mais qui ne manque pas d'impact. Pour déclencher le processus, il faut exercer votre imagination.

— Dans quel sens ?

— N'importe lequel. »

Comme le costume évoquait des cow-boys, il s'imagina de retour au ranch, marchant sur la route gravillonnée, le long du champ où les moutons à tête noire broutaient avec ce curieux mouvement de mâchoire inférieure, latéral et rapide, caractéristique de cette espèce. Il s'était arrêté devant la clôture — des barbelés ponctués de piquets — pour contempler les bêtes. Sur ce, ces dernières se mirent brusquement en rang, s'éloignèrent en direction d'un coteau ombragé et disparurent.

Il apercevait des conifères sur fond de lointaines montagnes. Très haut dans le ciel, un faucon battait régulièrement des ailes, *comme s'il faisait le plein d'air afin de prendre encore de l'altitude*, songea-t-il. Le rapace poursuivit énergiquement son vol plané, puis ralentit l'allure. Wiseman chercha sa proie des yeux mais ne vit que les champs desséchés par le soleil d'été et rasés par les moutons. Les sauterelles ne manquaient pas et, sur la route, il découvrit un crapaud à demi enfoui dans le sol dont seuls le dos et le dessus de la tête étaient encore visibles.

Au moment où il se penchait et tentait de rassembler assez de courage pour toucher la tête pustuleuse du crapaud, une voix d'homme s'éleva près de lui : « Alors, qu'en dites-vous ?

— Pas mal », répondit-il. Il s'emplit les poumons de l'odeur d'herbe sèche. « Dites, comment distingue-t-on un crapaud mâle d'un crapaud femelle ? À la forme des taches ?

— Pourquoi cette question ? demanda l'homme qui se tenait à la périphérie de son champ de vision.

— Parce que je viens d'en trouver un.

— À titre indicatif, dit l'autre, puis-je vous poser une ou deux questions ?

— Allez-y.

— Quel âge avez-vous ? »

La réponse était simple. « Dix ans et demi, s'enorgueillit-il.

— À quel endroit précis vous trouvez-vous en ce moment ?

— À la campagne, au ranch de Mr Gaylord où mon père nous emmène tous les week-ends, ma mère et moi.

— Faites demi-tour et regardez-moi, continua l'homme. Dites-moi si vous me reconnaissez. »

Wiseman abandonna à regret l'examen de son crapaud et obéit. Il vit alors un adulte au visage fin et au long nez de forme irrégulière. « C'est vous qui livrez le butane », affirma-t-il. Il regarda autour de lui et, comme il s'y attendait, le camion de butane se trouvait devant la cuve. « Mon père dit que le butane coûte cher, mais il n'y a pas d'autre… »

L'homme l'interrompit. « Simple curiosité : comment s'appelle la maison qui vous vend du butane ?

— C'est écrit sur le camion, répliqua Wiseman en déchiffrant les mots peints en grosses lettres. Pinario, distributeurs de butane, Petaluma, Californie. Vous êtes Mr Pinario.

— Seriez-vous prêt à jurer que vous avez dix ans et que vous êtes dans un champ près de Petaluma, Californie ? demanda Mr Pinario.

— Bien sûr. » Après le champ, il apercevait des collines boisées. Maintenant, il avait envie d'aller y faire un tour. Assez bavardé ! « À la prochaine ! fit-il en se mettant en marche. Faut que j'aille me promener un peu. »

Il s'élança sur le gravier. Les sauterelles s'envolaient sous ses pas. Haletant, il accéléra encore l'allure.

« Leon ! cria derrière lui Mr Pinario. Ce n'est pas la peine ! Arrêtez-vous !

— J'ai à faire dans ces collines, là-bas », haleta Wiseman sans ralentir. Brusquement, quelque chose le heurta de plein fouet ; il tomba à quatre pattes puis tenta de se relever. Devant lui, dans la chaleur sèche de midi, miroitait une forme vague ; brusquement apeuré, il recula. Cela se solidifia et un mur lisse apparut sous ses yeux…

« Vous n'arriverez jamais jusqu'aux collines, fit dans son dos la voix de Mr Pinario. Je vous conseille de ne pas trop bouger, sinon vous allez vous cogner partout. »

Wiseman avait les mains en sang ; il s'était coupé en tombant. Hébété, il regarda le sang couler…

Pinario l'aida à se défaire du costume de cow-boy. « C'est un jouet totalement malsain, commenta-t-il. Il suffirait qu'un enfant le garde un certain temps pour devenir incapable d'affronter la réalité contemporaine. Vous en êtes la preuve. »

Wiseman se remit debout à grand-peine et examina le costume dont Pinario l'avait dévêtu de force.

« Pas mal, observa-t-il d'une voix mal assurée. Ce jouet stimule manifestement la tendance au retrait en soi qui existe chez tout individu. J'ai toujours entretenu le fantasme latent de me réfugier dans mon enfance. À l'époque où nous vivions à la campagne.

— Voyez comme vous avez incorporé des éléments réels à votre fantasme, constata Pinario, afin de maintenir l'illusion le plus longtemps possible. Si vous en aviez eu le temps, vous auriez trouvé le moyen d'y incorporer le mur du laboratoire, en imaginant par exemple que c'était celui d'une grange.

— Je commençais déjà à distinguer l'ancienne laiterie où les paysans apportaient le lait destiné au marché, avoua Wiseman.

— Au bout d'un certain temps, conclut Pinario, il aurait été pratiquement impossible de vous sortir de là. »

Si ce jouet produit un tel effet sur un adulte, pensa Wiseman, *imaginons le résultat sur les enfants !*

« J'ai ici un autre jeu, poursuivit Pinario. Un truc assez tordu. Vous sentez-vous prêt à l'examiner ? Sinon, ça peut attendre.

— Je me sens très bien », assura Wiseman. Il s'empara du troisième produit et entreprit d'ouvrir le carton.

« C'est le même genre que l'ancien Monopoly, expliqua Pinario. Ça s'appelle Syndrome. »

Le jeu se composait d'un tablier, de billets de banque factices, de dés et de pions représentant les joueurs. Et de bons matérialisant des valeurs boursières.

« Il s'agit d'acheter des actions, comme dans tous les jeux de ce type », reprit Pinario. Il ne prit pas la peine de consulter la règle du jeu en détail. « Demandons à Fowler de descendre ; il faut être au moins trois. »

Ils eurent tôt fait d'appeler le chef du département. Les trois hommes s'assirent à une table au centre de laquelle ils placèrent le jeu.

« Chaque joueur démarre à égalité avec les autres, exposa Pinario. Comme dans tous les jeux de cette catégorie. Mais en cours de partie sa situation se modifie en fonction de la quantité d'actions qu'il achète à différents syndromes économiques. »

Les syndromes étaient représentés par de petits objets en plastique brillant rappelant nettement les hôtels et maisons archaïques du Monopoly.

Ils lancèrent les dés, déplacèrent leurs pions sur le tablier, firent des offres et achetèrent des immeubles, payèrent ou touchèrent des amendes et furent temporairement expédiés en « chambre de décontamination ». Pendant ce temps, derrière eux, les sept soldats-jouets restants donnaient l'assaut sans relâche.

« J'en ai assez, déclara l'enfant-mannequin. Faites autre chose. »

Les soldats se regroupèrent et, une fois de plus, reprirent l'attaque de zéro.

« Combien de temps faudra-t-il encore avant de savoir ce que cache ce jeu-citadelle ? s'agita Wiseman.

— Impossible à dire. » Pinario lorgna le tas d'actions pourpre et or que Fowler venait d'acquérir.

« Je suis preneur. C'est un gros gisement d'uranium sur Pluton. Vous voulez quoi en échange ?

— Des propriétés foncières, murmura Fowler en jetant un coup d'œil au reste de ses valeurs. Je suis prêt à échanger. »

Comment me concentrer sur la partie, se demanda Wiseman, *alors que la citadelle évolue vers... mais vers quoi ? Vers le but pour lequel elle a été fabriquée. Vers la masse critique*, pensa-t-il.

« Un instant », énonça-t-il prudemment. Il déposa devant lui sa poignée d'actions. « Et si la citadelle était une pile ?

— Une pile de quoi ? questionna distraitement Fowler, absorbé par la partie.

— Oublions la partie, lança Wiseman d'une voix forte.

— Intéressante, votre idée, remarqua Pinario en posant à son tour ses actions. Elle se transformerait pièce par pièce en pile atomique. En bombe. Jusqu'au moment où... » Il s'interrompit. « Non, nous avons déjà envisagé cette hypothèse. L'engin ne comporte pas d'éléments lourds. Ce n'est qu'une batterie prévue pour durer cinq ans, avec des petites machines télécommandées par des instructions émises à partir de la batterie elle-même. Impossible de construire une pile atomique avec ça.

— À mon avis, dit Wiseman, il serait plus sûr de s'en débarrasser. » Son expérience avec le costume de cow-boy lui avait inspiré un regain de respect pour les créateurs ganymédiens. Si ce costume était, de tous leurs articles, le plus inoffensif...

« Il n'y a plus que six soldats », constata Fowler en jetant un œil par-dessus son épaule.

Wiseman et Pinario se levèrent instantanément.

Fowler avait raison. Il ne restait plus que la moitié des soldats d'origine. Un nouvel élément avait atteint la citadelle et s'était fait absorber par elle.

« Faisons venir un démineur de l'Armée, proposa Wiseman. Cette histoire sort de nos attributions. » Il se tourna vers Fowler, qui était son supérieur direct. « Vous n'êtes pas d'accord ?

— Finissons d'abord la partie.

— Pourquoi ?

— Parce que nous devons savoir exactement à quoi nous avons affaire. » Toutefois, il était clair qu'il s'était pris au jeu et tenait absolument à continuer. « Que me proposez-vous en échange de ces valeurs plutoniennes ? J'attends votre offre. »

Il négocia une transaction avec Pinario. La partie se poursuivit encore une heure. Finalement, il se révéla que Fowler s'était assuré le contrôle de la majorité des actions. Il détenait cinq syndromes miniers, deux fabriques de matières plastiques, un monopole sur les algues, et les sept syndromes du commerce de détail. Ayant en sa possession la majorité des actions, il contrôlait logiquement tout l'argent disponible ou presque.

« Me voici éliminé », reconnut Pinario. Il ne lui restait plus que des valeurs mineures qui ne lui assuraient aucun contrôle sur rien. « Quelqu'un est-il intéressé par mon maigre capital ? »

Avec le peu d'argent qui lui restait, Wiseman lui fit une offre. Puis il reprit la partie en tête à tête avec Fowler. « Manifestement, ce jeu est une réplique des échanges économiques interculturels types, observa Wiseman. Quant aux syndromes de commerce de détail, de toute évidence ils représentent les holdings ganymédiens. »

Une étincelle d'enthousiasme l'anima ; deux ou trois coups de dés heureux lui permettaient à présent d'ajouter un stock d'actions à ses pauvres possessions. « Les enfants qui joueront à ce jeu développeront une attitude saine par rapport aux réalités économiques, déclara-t-il. Ainsi, ils se prépareront au monde des adultes. »

Toutefois, quelques minutes plus tard, son pion atterrit sur une case représentant un gros tas d'actions détenues par Fowler et la pénalité qui s'ensuivit le laissa à sec. Pour lui, la fin était proche.

Pinario regardait les soldats s'avancer vers la citadelle. « J'avoue, Leon, que je tends à partager votre opinion. Cet engin pourrait être un terminal de bombe. Une station réceptrice. Une fois entièrement montée, elle pourrait servir de relais pour une quelconque transmission d'énergie en provenance de Ganymède.

— La chose est-elle possible ? s'enquit Fowler en entassant et classant ses billets de banque factices selon leur dénomination.

— Qui sait de quoi ils sont capables ? dit Pinario en arpentant la pièce, les mains dans les poches. Vous avez bientôt fini la partie ?

— Il n'y en a plus pour longtemps, répondit Wiseman.

— Si je dis cela, insista Pinario, c'est qu'il ne reste plus que cinq soldats. Le processus s'accélère. Il a fallu une semaine pour que le premier disparaisse, et une heure seulement pour le septième. Au point où nous en sommes, les cinq autres pourraient être absorbés dans les deux heures à venir.

— Ça y est ! », dit Fowler. Il venait de s'approprier le dernier dollar et le dernier stock d'actions.

Wiseman se leva. « Je vais téléphoner à l'Armée. Quant à ce jeu-ci, ce n'est qu'un plagiat de notre Monopoly.

— Ils ignorent sans doute que nous le connaissons déjà sous un autre nom », dit Fowler.

Le tampon d'admissibilité fut apposé sur le jeu de Syndrome et l'importateur en fut informé. De retour dans son bureau, Wiseman appela les autorités militaires en exposant sa requête.

« On vous envoie un démineur, répondit une voix posée à l'autre bout du fil. Il vaudrait peut-être mieux que vous ne touchiez pas à l'objet, en attendant. »

Se sentant quelque peu inutile, Wiseman remercia son interlocuteur et raccrocha. Ils n'avaient pas réussi à élucider le mystère de ce jeu guerrier ; désormais, l'affaire n'était plus de leur ressort.

Le démineur était un jeune homme aux cheveux très courts qui posa son équipement à terre avec un sourire affable. Il portait une combinaison de travail banale, sans aucun dispositif protecteur.

« À mon avis, dit-il après avoir superficiellement examiné la citadelle, il faudrait d'abord déconnecter la batterie. Ou si vous préférez, attendre la fin du cycle, et la débrancher avant qu'il se produise une quelconque réaction. Autrement dit, laisser les derniers éléments mobiles pénétrer dans la citadelle. Là, on coupe tout et on ouvre pour voir ce qui s'y passe.

— C'est sans danger ? demanda Wiseman.

— Je pense que oui. Je ne décèle aucune trace de radioactivité. » Il s'assit derrière la citadelle, une pince à la main.

Il ne restait plus que trois soldats.

« Ça ne devrait plus être long », annonça le jeune homme d'un ton enjoué.

Un quart d'heure plus tard, un des trois soldats rampa jusqu'au pied de la citadelle, démonta sa tête, un de ses bras, ses jambes, puis son corps, et disparut en pièces détachées dans l'ouverture prévue à cet effet.

« Cela nous en laisse deux », observa Fowler.

Dix minutes après un des deux soldats restants suivait le même chemin.

Les quatre hommes s'entre-regardèrent. « On y est », dit Pinario d'une voix enrouée.

Le dernier soldat prit à son tour le chemin de la citadelle. Les canons lui lançaient des projectiles, mais il continuait d'avancer.

« Statistiquement parlant, dit tout haut Wiseman afin de soulager quelque peu la tension, le processus aurait dû se ralentir, puisque la citadelle a de moins en moins d'assaillants à repousser. Elle aurait dû commencer par observer un rythme rapide, puis les salves auraient dû se raréfier ; sur quoi l'ultime soldat aurait dû mettre au moins un mois à…

— Taisez-vous, dit le jeune démineur d'une voix neutre. Si ça ne vous dérange pas trop. »

Le dernier des douze soldats atteignit la citadelle. Comme les précédents, il entreprit de se démonter.

« Préparez la pince ! » grinça Pinario.

Les pièces détachées du soldat s'engouffrèrent dans la citadelle et le pan de muraille fit mine de se remettre en place. Un bourdonnement d'activité naissante s'éleva progressivement à l'intérieur.

« Allez-y, bon sang ! » s'écria Fowler.

Le démineur sectionna le câble « plus » de la batterie. Une étincelle jaillit de la pince et le jeune homme eut un sursaut réflexe ; l'outil lui échappa des mains. « Bon sang ! dit-il. Je devais être à la terre. » Encore étourdi, il tendit la main vers la pince.

« Votre bras touchait le bord de la citadelle », dit Pinario avec animation. Il saisit la pince, s'accroupit et chercha l'autre fil. « Il vaudrait mieux l'isoler avec un mouchoir, fit-il en fouillant dans ses poches. Vous n'auriez pas quelque chose que je puisse enrouler autour ? Je n'ai pas envie de m'électrocuter. On ne peut pas savoir combien de v…

— Passez-moi ça », exigea Wiseman, en lui prenant la pince des mains. Il écarta Pinario et referma les mâchoires de l'outil sur le fil.

« Trop tard ! » fit calmement Fowler.

Wiseman entendit à peine ce que disait son supérieur. Un bourdonnement lui emplissait le crâne ; il se boucha vainement les oreilles. Le bruit semblait passer directement de la citadelle à sa boîte crânienne, qui se comportait en caisse de résonance. *Nous avons trop tergiversé*, pensa-t-il. *Elle nous a eus. Elle a gagné la partie parce que nous sommes trop nombreux ; nous avions chacun notre opinion sur la marche à suivre, et…*

Dans sa tête, une voix déclara : « Félicitations. Grâce à ton courage, tu as gagné. »

Il fut envahi par le sentiment de satisfaction qu'éveille habituellement le succès.

« Tu avais une chance infime de l'emporter, poursuivit la voix. Tout autre que toi aurait échoué. »

Il sut alors qu'il n'y avait rien à craindre. Ils s'étaient fourvoyés.

« Ce que tu as fait là, continua la voix, tu pourras le répéter toute ta vie. Tu pourras toujours triompher de tes adversaires. Par la patience, la persévérance, tu te joueras toujours des obstacles. Au fond, l'univers n'est pas si intimidant... »

En effet, songea-t-il avec ironie.

« Les grands sont des gens ordinaires, disait la voix d'un ton apaisant. Et même si tu es seul contre tous, tu n'as rien à craindre. Laisse passer le temps... et ne t'en fais pas.

— D'accord », fit-il en retour.

Le bourdonnement cessa. La voix s'était tue.

« C'est fini, dit Fowler après un long silence.

— Je ne comprends pas, s'étonna Pinario.

— C'était cela, la fonction du jeu, exposa Wiseman. Il s'agit en fait d'un jouet thérapeutique. Grâce à lui, l'enfant acquiert progressivement de la confiance en soi. Le démontage des soldats... *(sourire)*... abolit la barrière entre lui et le monde. Il marque le moment d'intégration entre l'enfant et lui. Et par là même, l'un fait la conquête de l'autre.

— Alors le jeu est inoffensif, dit Fowler.

— Tout ce travail pour rien, gémit Pinario. Je suis désolé de vous avoir dérangé », dit-il au démineur.

La citadelle avait ouvert toutes grandes ses portes. Les douze soldats reconstitués en ressortirent. Le cycle était achevé ; l'assaut pouvait reprendre.

Soudain, Wiseman déclara : « Je refuse quand même d'habiliter ce jeu.

— Comment ? Mais pourquoi cela ? s'enquit Pinario.

— Je m'en méfie, dit Wiseman. Il est trop complexe pour ce qu'il accomplit réellement.

— Expliquez-vous, exigea Fowler.

— Il n'y a rien à expliquer. Voilà un gadget d'une complication insensée qui ne sait que se démonter et se réassembler. Cela doit cacher autre chose, même si nous ne...

— C'est un jeu thérapeutique, plaça Pinario.

— À vous de décider, Leon, dit Fowler. Si vous avez des doutes, n'accordez pas de permis. On ne saurait être trop prudent.

— Je me trompe peut-être, reprit Wiseman, mais je continue de me demander : *Dans quel but réel ce jeu a-t-il été créé ?* Il me semble que nous n'en savons toujours rien.

— Il y a aussi le costume de cow-boy, ajouta Pinario. Il ne faut pas non plus le mettre sur le marché.

— Non. Rien que l'autre jeu. Syndrome, ou je ne sais quoi. » Il se pencha pour regarder les soldats entamer un nouveau siège de la citadelle : explosions de fumée, regain d'activité, simulations d'offensives, replis stratégiques...

« À quoi pensez-vous ? demanda Pinario en le dévisageant attentivement.

— Il se peut que ce soit une diversion, dit Wiseman. Une façon de nous occuper l'esprit pour détourner notre attention. » Telle était son intuition, mais il avait du mal à l'expliciter. « Une fausse piste. Voilà pourquoi ce jeu est si compliqué. Il a justement été conçu pour éveiller nos soupçons. »

Perplexe, il posa le pied devant un soldat. Celui-ci s'abrita derrière son soulier, échappant ainsi aux détecteurs de la citadelle.

« Il doit y avoir quelque chose qui crève les yeux, dit Fowler. Sans que nous le remarquions.

— Possible », acquiesça Wiseman. Il se demandait s'ils résoudraient jamais l'énigme. « En tout cas, que ce jeu ne sorte pas d'ici, et qu'on le garde sous surveillance. »

Il s'assit confortablement et se prépara à observer les soldats pendant une période qui menaçait de se prolonger indéfiniment.

À six heures ce soir-là, Joe Hauck, directeur des ventes des Jouets Appeley, se gara devant chez lui, descendit de voiture et escalada quatre à quatre les marches de sa terrasse.

Il portait sous le bras un grand paquet plat : un « échantillon » qu'il s'était approprié.

« Ouais ! glapirent ses deux enfants, Bobby et Lora, en le voyant entrer. Tu nous as rapporté quelque chose, papa ? » Ils se bousculèrent autour de lui, lui barrant le passage. Attablée dans la cuisine, sa femme reposa son magazine.

« C'est un nouveau jeu que j'ai choisi pour vous », dit Hauck. Il défit l'emballage, très content de lui. Pourquoi ne se serait-il pas servi parmi les nouveautés ? Il avait passé des semaines au téléphone pour obtenir les permis d'importation, et finalement un seul des trois jeux testés avait reçu son visa.

Tandis que les enfants s'éloignaient avec leur cadeau, sa femme dit à voix basse : « Je vois que la corruption se répand en haut lieu. » Elle avait toujours considéré d'un mauvais œil ces prélèvements opérés sur les stocks.

« Il y en a des milliers en réserve, dit Hauck. Un entrepôt entier. Comment veux-tu que l'on remarque la disparition d'un seul carton ? »

Au cours du dîner, les enfants étudièrent attentivement la règle du jeu, sans s'occuper de rien d'autre.

« On ne lit pas à table ! » protesta leur mère.

Joe Hauck se laissa aller contre son dossier et poursuivit le compte rendu de sa journée. « Sais-tu combien de visas ils ont accordés, au bout de tout ce temps ? Rien qu'un ! Un seul misérable permis ! On aura de la chance si on en vend assez pour faire des bénéfices. C'est le jeu à base de troupes de choc qui aurait été le plus rentable. Mais là, Dieu sait quand la situation se débloquera. »

Il alluma une cigarette et se détendit, jouissant de la sérénité qui régnait chez lui, et de la présence de sa petite famille.

« Tu joues avec nous, papa ? lui demanda sa fille. Il paraît que plus on est de joueurs, plus c'est amusant.

— D'accord », dit Hauck.

Tandis que Mrs Hauck débarrassait la table, les enfants disposèrent le tablier, les pions, les dés, les billets de banque et les actions. Presque aussitôt, il se passionna pour le jeu ; ses souvenirs d'enfance affluaient — il avait aimé les jeux de société — et il déployait beaucoup d'astuce et d'originalité pour acquérir des parts. Vers la fin de la partie, il possédait la plupart des syndromes.

Il se rengorgea. « Et voilà ! dit-il à ses enfants. J'avais l'avantage, que voulez-vous ! Après tout je ne suis pas un novice dans ce type de jeu. » Le fait de détenir toutes les actions le remplissait d'aise. « Désolé d'avoir gagné, les enfants.

— Mais tu n'as pas gagné, rétorqua sa fille.

— Au contraire, renchérit son fils, tu as perdu.

— *Comment ?* s'exclama Joe.

— C'est la personne qui amasse le *plus* d'actions qui perd ! » dit Lora.

Elle lui montra la règle du jeu. « Tu vois ? Ça consiste à se *débarrasser* de ses actions. Tu es éliminé, papa.

— Ça alors ! s'écria Hauck, déçu. Qu'est-ce que c'est que ce jeu idiot ? s'exclama-t-il en oubliant son contentement. Ce n'est pas drôle du tout.

— Maintenant, nous ne sommes plus que deux, dit Bobby. Voyons qui va gagner.

— Je ne comprends pas, grommela Hauck en quittant la table. Quel est l'intérêt de terminer les mains vides ? »

Derrière lui, les enfants poursuivaient la partie. Ils s'animaient de plus en plus à mesure qu'actions et billets changeaient de mains. Lorsque la partie entra dans sa phase finale, les deux enfants baignaient dans un état de concentration quasi extatique.

Ils n'ont jamais connu le Monopoly, se dit Hauck. *C'est pourquoi ce jeu tordu ne leur paraît pas anormal.*

Enfin… l'important était que les enfants aiment jouer au Syndrome ; manifestement, le jeu se vendrait bien, et c'était l'essentiel. Déjà, les deux enfants apprenaient à se défaire tout naturellement de leurs possessions. Ils renonçaient avidement à leur capital, avec un empressement, un abandon qui leur faisait trembler les mains.

Levant sur son père des yeux brillants, Lora déclara : « C'est le meilleur jeu éducatif que tu nous aies jamais rapporté, papa ! »

Ce que disent les morts

Titre original :
WHAT THE DEAD MEN SAY

in *Worlds of Tomorrow*, juin 1964.

I

Il y avait une semaine que le corps de Louis Sarapis était exposé, dans un cercueil de plastique transparent sécurit, à la curiosité d'un public qui ne cessait de défiler. C'était la succession habituelle de reniflements, de visages tirés, de vieilles dames éplorées en habits de deuil.

Dans un coin de la vaste salle, Johnny Barefoot s'impatientait. Mais il n'était pas là pour voir le cadavre ; son rôle, stipulé en détail dans le testament de Sarapis, était tout autre. En tant que directeur du service de relations publiques du défunt, il lui incombait — tout simplement — de ramener Louis Sarapis à la vie.

« Bon Dieu », murmura-t-il en consultant sa montre. Encore deux heures avant la fermeture de la salle. Il avait faim. Et le froid qui émanait du système de réfrigération entourant le cercueil augmentait son inconfort.

Sa femme, Sarah Belle, s'approcha avec un thermos de café chaud. « Tiens, Johnny. » Elle releva de la main les mèches noires et brillantes, révélatrices de ses origines apaches, qui lui tombaient sur le front. « Tu as une sale tête.

— Oui, avoua-t-il. C'est dur à supporter. Je ne l'appréciais pas beaucoup de son vivant… et ce n'est pas avec tout ça que je vais l'aimer davantage. » Il désigna de la tête le cercueil et la file des visiteurs.

« Nil nisi bonum », murmura Sarah Belle.

Il tourna vers elle un regard intrigué, se demandant ce qu'elle venait de dire. Une phrase en langue étrangère, sans doute. Sarah Belle avait fait des études supérieures.

« Je citais le lapin Panpan, expliqua-t-elle avec un gentil sourire. "Si tu n'as rien de bon à dire, ne dis rien." C'est tiré de *Bambi*, un vieux classique du cinéma. Si tu assistais avec moi aux conférences données tous les lundis soir au musée d'Art moderne…

— Écoute, maugréa Johnny Barefoot, je n'ai aucune envie de ramener ce vieux filou à la vie, Sarah Belle. Qu'est-ce qui m'a pris de m'embarquer dans cette galère ? Quand son embolie l'a terrassé, j'étais persuadé que j'allais pouvoir dire adieu à tout ça. » Mais les choses ne s'étaient pas déroulées selon ses prévisions.

« Débranche-le ! dit Sarah Belle.

— Hein ? »

Elle rit. « Tu as peur ? Tu n'as qu'à débrancher le système de réfrigération et alors… plus de résurrection ! » Une lueur amusée brillait dans ses yeux gris-bleu. « Tu as peur de lui, je suppose. Pauvre Johnny. » Elle lui tapota le bras. « Je devrais divorcer, mais non ; tu as besoin d'une maman pour s'occuper de toi.

— Ce serait mal, protesta-t-il. Louis est sans défense dans son cercueil. Ce serait… inhumain de le débrancher. »

Sarah Belle déclara calmement : « Tôt ou tard, tu seras confronté à lui, Johnny. Et quand il se trouvera en semi-vie, tu auras l'avantage sur lui. Ce sera donc le moment favorable ; il se pourrait que tu t'en sortes sans y laisser une plume. »

Elle lui tourna le dos et s'éloigna d'un pas vif, les mains enfouies dans les poches de son manteau en raison du froid.

La mine sombre, Johnny alluma une cigarette et s'adossa au mur. Sa femme avait raison, naturellement. En tête à tête, un semi-vivant n'était pas en mesure de lutter contre une personne en vie. Pourtant cette perspective l'effrayait. Depuis son enfance, Louis l'avait toujours impressionné. Cet homme ambitieux avait régné sur un empire commercial, l'ensemble des transports entre la Terre et Mars, tel un passionné de modélisme manipulant des astronefs miniatures sur un plateau en papier mâché dans son sous-sol. Et à sa mort, à l'âge de soixante-dix ans, il contrôlait par l'intermédiaire des Assurances Wilhelmina une centaine d'industries — connexes ou non — sur les deux planètes. Impossible d'évaluer le montant de sa fortune, même pour le fisc, qui d'ailleurs ne s'y risquait pas.

C'est à cause de mes gamines, songeait Johnny. *Je pense à elles à l'école, là-bas, en Oklahoma.* Il n'aurait pas craint d'affronter Louis s'il n'avait pas été chargé de famille… Rien n'avait plus d'importance à ses yeux que ses deux petites filles, et Sarah Belle, naturellement. *Il faut que je pense à elles et non à moi*, se disait-il en attendant le moment de retirer le corps du cercueil selon les dernières volontés du vieil homme. *Réfléchissons. La durée totale de sa semi-vie sera d'environ un an, et il voudra qu'elle soit répartie en tranches stratégiques, par exemple au terme de chaque année fiscale. Il la distribuera sur une vingtaine d'années, un mois par-ci, un mois par-là, puis, à mesure qu'il s'approchera de la fin, une semaine. Et au bout du compte… un jour ou deux.*

Finalement, il ne lui resterait plus que quelques heures ; le signal se ferait de plus en plus ténu, la fragile étincelle d'activité électrique encore présente dans son cerveau pétrifié se mettrait à vaciller, les mots sortant de l'amplificateur deviendraient de plus en plus faibles, de plus en plus indistincts. Puis ce serait le silence et le tombeau. Mais tout cela pourrait durer vingt-cinq ans ; on atteindrait l'an 2100 avant que l'activité cérébrale du vieil homme ne s'interrompe définitivement.

Tout en grillant sa cigarette, Johnny Barefoot revoyait le jour où il s'était aventuré dans le bureau du personnel de l'Archimédienne pour confier timidement à la secrétaire qu'il était à la recherche d'un emploi ; il avait quelques idées brillantes à vendre, des idées qui permettraient de mettre fin aux grèves, aux actes de violence dont l'astroport était le théâtre en raison de l'ingérence juridique de syndicats rivaux… des idées grâce auxquelles, en gros, Sarapis échapperait complètement à l'emprise des syndicats. C'était un plan peu honnête, il le savait, mais il voyait juste en pensant qu'il valait de l'argent. La secrétaire l'avait conduit chez Pershing, le directeur du personnel, et celui-ci l'avait présenté à son tour à Sarapis.

« Faire partir les astronefs de l'*océan* ? s'était exclamé ce dernier. Depuis l'Atlantique, hors des eaux territoriales ?

— Les syndicats sont des organismes nationaux, avait répondu Johnny. Aucun d'entre eux ne possède de juridiction sur la haute mer. En revanche, les organismes commerciaux sont internationaux.

— J'aurai besoin d'hommes là-bas. Il m'en faudra le même nombre, sinon plus. Où les trouver ?

— En Birmanie, en Inde, en Malaisie. Recrutez de la main-d'œuvre jeune et inexpérimentée et amenez-la sur place. Formez vos travailleurs sur la base de contrats d'apprentissage. En d'autres termes, les frais de leur transport seront remboursés par leurs gains. » Cela revenait à adapter le système des péons, il en avait conscience. Et l'idée avait plu à Louis Sarapis. Un petit empire sur la haute mer, et des ouvriers sans droits reconnus. L'idéal.

Il avait mis le projet à exécution et engagé Johnny dans son service de relations publiques : l'emploi rêvé pour un homme ayant des idées brillantes dans un domaine non technique — autrement dit, un homme sans formation, un inutile, un inadapté, un hors rang dépourvu de diplômes.

« Dites-moi, Johnny, avait demandé un jour Sarapis, comment se fait-il qu'un sujet aussi doué que vous n'ait pas fait d'études ? Une pareille carence est fatale de nos jours. S'agirait-il d'une tendance à l'autodestruction ? » Il avait souri, découvrant ses dents en acier inoxydable.

« Exact, Louis, avait-il répondu d'un ton désabusé J'ai envie de mourir. Je me hais moi-même. » Il s'était alors souvenu de son idée : revenir au système des péons. Mais cette disposition d'esprit lui était venue lorsqu'il avait laissé tomber l'école, il ne pouvait donc pas tout mettre sur le compte de l'esclavagiste qu'il était. « Je devrais peut-être consulter un psychanalyste, avait-il ajouté.

— Des fumistes. Pas un pour racheter l'autre. Je le sais : j'en ai six dans mon personnel, parfois à mon service exclusif. Ce qui ne va pas chez vous, c'est que vous êtes du genre envieux. Il vous faut tout ou rien. L'ascension patiente, la longue bataille, vous n'en voulez pas. »

N'empêche que j'ai tout, s'avisa — et s'était alors avisé — Johnny. *Ce n'est pas rien de travailler pour vous. Tout le monde veut entrer chez Sarapis ; il donne des emplois à toutes sortes d'individus.*

Les endeuillés qui défilaient devant le cercueil… tous ces gens étaient-ils des employés de Sarapis, ou des parents d'employés ? À moins que ce ne soient les bénéficiaires des allocations chômage que Sarapis avait fait voter au Congrès, lors de la crise qui avait frappé le pays trois ans plus tôt. Dans sa vieillesse, Sarapis était devenu la providence des pauvres, des affamés, des chômeurs. De ceux qui faisaient la queue à la soupe populaire. Comme maintenant.

Si ça se trouvait, c'étaient les mêmes qui faisaient la queue ici, en ce moment.

Un des gardes le poussa du coude, le faisant sursauter. « Pardon, vous n'êtes pas Mr Barefoot, le directeur des relations publiques de ce vieux Louis ?

— Si. » Johnny éteignit sa cigarette et dévissa le couvercle du thermos que Sarah Belle lui avait apporté. « Vous en voulez ? À moins que vous n'ayez l'habitude du froid qui règne dans ces salles municipales. » La ville de Chicago avait mis ce local à la disposition de la famille en témoignage de gratitude pour l'œuvre que Sarapis avait accomplie dans la région. Les usines qu'il avait créées, les hommes qui lui devaient leur salaire.

« Non, je n'en ai pas l'habitude, dit le garde en acceptant une tasse de café. Je vous ai toujours admiré, Mr Barefoot, parce que vous êtes parti de rien, ce qui ne vous a pas empêché d'obtenir une grosse situation et un salaire en proportion, sans parler de la notoriété. Vous êtes un exemple pour les gens comme moi qui n'ont pas d'instruction. »

Johnny émit un vague grommellement et but son café.

« Naturellement, continua le garde, c'est Sarapis qu'il faudrait remercier, à mon avis ; c'est lui qui vous a donné votre chance. Mon beau-frère a travaillé pour lui il y a cinq ans, à l'époque où personne n'embauchait sauf lui. On prétend que c'était un requin, qu'il ne voulait pas entendre parler des syndicats, et tout le reste. Mais il a pensionné tant de vieillards… Mon père a vécu jusqu'à sa mort d'une pension obtenue grâce à Sarapis. Et tous ces projets de lois qu'il a fait passer au Congrès ; sans lui, aucune des mesures favorables aux nécessiteux n'aurait été adoptée. »

Et Johnny de grommeler.

« Pas étonnant qu'il y ait autant de monde ici, poursuivit le garde. Qui viendra en aide aux petites gens, à ceux qui n'ont pas de bagage, comme vous et moi, maintenant qu'il est parti ? »

Johnny ne trouva pas de réponse, ni pour lui-même ni pour le garde.

En tant que propriétaire du funérarium des Frères Bien-Aimés, Herbert Schoenheit von Vogelsang était légalement requis d'entrer en contact avec le conseiller juridique et fondé de pouvoir du défunt Mr Sarapis, le fameux Claude Saint Cyr. Il était essentiel qu'il sache avec précision comment les périodes de semi-vie seraient distribuées, puisqu'il entrait dans ses attributions de prendre les dispositions matérielles à cet effet.

Cette entrevue aurait dû n'être qu'une formalité,

mais une difficulté se présenta d'emblée. Il lui était impossible de joindre Claude Saint Cyr.

Bon sang! s'exclama intérieurement Herbert en raccrochant le téléphone qui s'obstinait à sonner dans le vide. *Il doit y avoir quelque chose qui ne tourne pas rond; chez un homme aussi important, c'est sans précédent.*

Il avait appelé de la remise — l'entrepôt où les sujets en semi-vie étaient maintenus en état de congélation. Pendant ce temps, un individu à l'allure d'employé de bureau attendait à la réception, un bon de retrait à la main. Manifestement, il était là pour prendre livraison d'un parent. Le jour de la Résurrection — jour férié au cours duquel on honorait publiquement les semi-vivants — approchait; bientôt ce serait la ruée.

« Oui, monsieur, fit Herbert avec un sourire affable. Je vais m'occuper de vous personnellement.

— C'est une vieille dame, dit le client. Dans les quatre-vingts ans, toute petite et ratatinée. Je ne voulais pas seulement lui parler; je voulais la sortir un peu. C'est ma grand-mère, précisa-t-il.

— Un moment. » Herbert regagna la remise à la recherche du numéro 3054039-B.

Quand il l'eut trouvé, il étudia la fiche jointe. Il ne lui restait plus que quinze jours de semi-vie. Machinalement, il actionna l'amplificateur portatif placé dans la coque de verre du cercueil, le régla, puis guetta sur la fréquence adéquate l'indication d'une activité encéphalique.

Du haut-parleur sortit une voix faible : « … et puis Tillie s'est cassé la cheville, et on a bien pensé que ça ne guérirait jamais; elle était tellement têtue, à vouloir tout de suite se remettre à marcher… »

Satisfait, il débrancha l'amplificateur et alerta un employé pour faire transporter le numéro 3054039-B à la plate-forme de chargement, d'où le client pourrait embarquer la vieille dame dans son hélice, ou sa voiture.

« Vous l'avez bien vérifiée ? demanda l'homme en s'acquittant de la somme due.

— Je m'en suis chargé personnellement, répondit Herbert. Elle fonctionne à merveille. » Il accompagna ses paroles d'un sourire. « Heureux Jour de Résurrection, Mr Ford.

— Merci », dit le client en se dirigeant vers la plate-forme de chargement.

Quand je mourrai, se dit Herbert Schoenheit von Vogelsang, *je demanderai par testament que mes héritiers ne me réveillent qu'une fois par siècle. Comme ça, je pourrai observer le destin de l'humanité.* Mais cela impliquait des frais d'entretien plutôt élevés, et tôt ou tard ses héritiers se révolteraient, ils feraient sortir son corps de la capsule de réfrigération et — juste ciel ! — l'enterreraient.

« L'enterrement est un rite barbare, murmura Herbert à haute voix. Une survivance des origines primitives de notre civilisation.

— Oui, monsieur », approuva Miss Beasman, sa secrétaire, assise à sa machine à écrire.

À l'intérieur de la remise, plusieurs clients s'entretenaient avec leurs parents semi-vivants, dans un silence recueilli, distribués à intervalles plus ou moins réguliers le long des allées qui séparaient les cercueils. C'était un spectacle paisible que celui de ces fidèles venant régulièrement présenter leurs respects. Ils apportaient aux semi-vivants des messages, des nouvelles du monde extérieur ; ils égayaient leur mélancolie durant ces périodes où leur activité cérébrale était ranimée. Et... ils payaient Herbert Schoenheit von Vogelsang. Diriger un funérarium était une affaire rentable.

« Mon père a l'air de faiblir. » Un jeune homme venait d'attirer l'attention d'Herbert. « Je vous serais très reconnaissant de bien vouloir prendre un moment pour le contrôler.

— Certainement », dit Herbert en accompagnant le client jusqu'à son parent décédé. La fiche n'indiquait plus que quelques jours, ce qui expliquait la diminution de l'activité cérébrale. Quoi qu'il en soit, il haussa le niveau de l'amplificateur, et la voix du semi-vivant se fit un peu plus forte. *Il est près de la fin*, pensa Herbert. Il était évident que le fils ne voulait pas voir la fiche, qu'il refusait de savoir que le contact avec son père s'étiolait. Aussi Herbert s'abstint-il de tout commentaire ; il se contenta de s'éloigner, le laissant communiquer avec le défunt. À quoi bon lui expliquer ce qu'il en était ? À quoi bon lui annoncer la mauvaise nouvelle ?

Un camion venait d'apparaître sur la plate-forme de chargement. Deux hommes en descendirent, dans un uniforme bleu pâle qu'il connaissait bien. Les Transports et Magasinages interplanétaires Atlas, s'avisa Herbert. Ils amenaient un nouveau semi-vivant ou venaient en chercher un qui avait fini son temps. Sans hâte, il se dirigea vers eux. « Messieurs ? » s'enquit-il.

Le chauffeur du camion pencha la tête dehors. « Nous venons livrer Mr Louis Sarapis. La place est prête ?

— Absolument, répondit aussitôt Herbert. Mais je n'arrive pas à contacter Mr Saint Cyr afin de mettre au point les détails du programme. Quand doit-on le réanimer ? »

Un autre homme — cheveux noirs, petits yeux luisants — descendit du camion. « Je suis John Barefoot. Aux termes du testament, je dois m'occuper de Mr Sarapis. Il faut le ramener à la vie immédiatement ; telles sont les instructions.

— Je vois, acquiesça Herbert. C'est parfait. Amenez-le et nous le brancherons.

— Il fait froid ici, remarqua Barefoot. Encore plus froid que dans la salle où était exposé le cercueil.

— Naturellement ! » répondit Herbert.

L'équipe se mit en devoir de véhiculer le cercueil. Herbert aperçut le visage gris et massif du cadavre, un visage qui semblait sortir d'un moule. *Impressionnant, le vieux pirate*, pensa-t-il. *Heureusement pour nous tous qu'il est enfin mort, malgré ses œuvres de charité. Qui a envie de charité de nos jours ? Surtout celle qui venait de lui.* Naturellement, il se garda de faire part de ses réflexions à Barefoot ; il se contenta de diriger l'équipe vers l'endroit prévu.

« Il parlera dans un quart d'heure, promit-il à Barefoot, qui semblait tendu. Ne vous inquiétez pas. En principe, nous n'avons jamais de difficultés à ce stade ; la charge résiduelle initiale est généralement suffisante.

— Je suppose que c'est plus tard, dit Barefoot, quand elle a diminué… que vous avez des problèmes techniques.

— Pourquoi a-t-il voulu être réanimé aussi vite ? » questionna Herbert.

Barefoot fronça les sourcils sans répondre.

« Excusez-moi. » Herbert continua à s'affairer sur les fils qui devaient être reliés à la prise cathodique du cercueil. « À basse température, murmura-t-il, le courant circule sans entrave. À moins 150 degrés, il n'existe aucune résistance mesurable ; donc... » Il rabattit le couvercle de l'anode. « Le signal devrait être parfaitement clair. » Il mit en marche l'amplificateur.

Un bourdonnement. Rien d'autre.

« Alors ? dit Barefoot.

— Je vais revérifier, répondit Herbert, se demandant ce qui s'était passé.

— Écoutez, articula Barefoot avec calme, si par suite d'une fausse manœuvre vous laissiez l'étincelle s'éteindre... » Il n'eut pas besoin d'achever ; Herbert avait compris.

« Il veut participer à la Convention nationale du Parti républicain-démocrate ? » demanda-t-il. La Convention devait se tenir dans le courant du mois, à Cleveland. Par le passé, Sarapis avait beaucoup manœuvré en coulisses lors des conventions d'investiture des partis républicain-démocrate et libéral. C'était même lui, disait-on, qui avait personnellement fait désigner le précédent candidat républicain-démocrate, Alfonse Gam. L'élégant et distingué Gam avait été battu, mais de peu.

« Toujours rien ? demanda Barefoot.

— Hum... on dirait que..., avoua Herbert.

— Rien. C'est évident. » Barefoot prit un air menaçant. « Si vous ne le réanimez pas dans les dix minutes, j'en référerai à Claude Saint Cyr ; nous retirerons Louis de votre dépôt et nous vous poursuivrons pour faute professionnelle.

— Je fais de mon mieux, s'écria Herbert, en sueur, tout en tripotant les plombs du cercueil. Nous n'avons pas vérifié le système de réfrigération. C'est peut-être là que se situe l'anomalie. »

À présent un bruit de friture se superposait au bourdonnement constant.

« C'est lui qui se manifeste ? s'enquit Barefoot.

— Non », admit Herbert, très perturbé. En réalité, c'était mauvais signe.

« Continuez », dit Barefoot. Mais cette recommandation était inutile. Herbert Schoenheit von Vogelsang mettait en œuvre toutes ses forces et toutes ses années d'expérience sans aucun résultat. Louis Sarapis demeurait silencieux.

Je n'y arriverai pas, se dit Herbert, la peur au ventre. *Je ne comprends pas pourquoi.* QU'EST-CE *QUI* CLOCHE ? *Un gros bonnet comme Sarapis, et il faut que ça foire.* Il poursuivit ses efforts, sans oser regarder Barefoot.

Au radiotélescope de l'Abîme Kennedy, sur la face cachée de la Lune, le chef technicien Owen Angress capta un signal émanant d'une zone située à une semaine-lumière du système solaire, en direction de Proxima. Ordinairement, cette région de l'espace aurait présenté peu d'intérêt pour la Commission internationale des communications spatiales à grande distance, mais cela, s'avisa Owen Angress, était exceptionnel.

Amplifiée par la grande antenne du radiotélescope, c'était une voix humaine qui lui parvenait, faiblement mais avec netteté.

« ... sans doute de laisser faire, déclarait la voix. Si je les connais bien, et je crois pouvoir affirmer que oui. Ce Johnny ! Il retournerait sa veste si je ne le tenais pas à l'œil, mais en tout cas ce n'est pas un escroc comme Saint Cyr. J'ai bien fait de virer Saint Cyr. À supposer que je puisse faire coller ça... » La voix s'évanouit momentanément.

Qu'est-ce qu'il y a donc là-bas? se demanda Angress, ahuri. « À un cinquante-deuxième d'année-lumière, murmura-t-il en traçant rapidement les coordonnées sur une carte spatiale. Rien d'autre que des nuages de poussière cosmique. » Il ne parvenait pas à comprendre. Le signal était-il réfléchi sur la Lune par un transmetteur voisin ? Autrement dit, s'agissait-il d'un simple écho ?

Ou bien se trompait-il dans la lecture de ses évaluations ?

En tout cas, il y avait là quelque chose de totalement anormal. Un individu soliloquant devant un quelconque émetteur au-delà du système solaire… un homme qui pensait tout haut, sans se presser, dans un état de demi-sommeil, comme par association d'idées… cela n'avait aucun sens.

Je ferais bien d'adresser un rapport à Wycoff, de l'Académie des sciences soviétique, se dit-il. Wycoff était son supérieur du moment ; le mois prochain ce serait Jamison, de l'Institut de technologie du Massachusetts. *Peut-être s'agit-il d'un astronef au long cours qui…*

La voix se fit à nouveau clairement entendre. « … ce Gam est un imbécile ; j'ai fait le mauvais choix. À présent je sais à quoi m'en tenir, mais il est trop tard. Allô ? » Les pensées devinrent plus précises, les mots plus distincts. « Je reviens ?… Bon Dieu, il n'est que temps. Hé, Johnny ! C'est vous ? »

Angress décrocha le téléphone et forma le numéro de code permettant d'obtenir l'Union soviétique.

« Parlez, Johnny ! demandait plaintivement la voix. Allez, fiston ; j'ai tant de choses en tête. Tant à faire. La Convention a commencé, non ? Je n'ai pas le sens du temps dans cette prison, je ne peux ni voir ni entendre ; attendez de m'avoir rejoint et vous comprendrez… » De nouveau la voix s'éteignit.

Voilà tout à fait ce que Wycoff aime appeler un « phénomène », songea Angress.

Et je comprends pourquoi.

Au journal télévisé du soir, Claude Saint Cyr entendit le présentateur dégoiser à propos d'une découverte faite par le radiotélescope lunaire, mais il n'y prêta qu'une attention modérée, occupé qu'il était à préparer des cocktails pour ses invités.

« Oui, disait-il à Gertrude Harvey, si ironique que ça puisse paraître, c'est moi qui ai procédé à l'établissement du testament, y compris la clause qui me donnait automatiquement congé à l'heure même de sa mort. Je vais vous dire pourquoi Louis a fait ça. Il avait envers moi des soupçons de paranoïaque, et il s'est imaginé qu'avec cette clause il se garantissait contre le risque… » Il s'interrompit pour mesurer un doigt de vin blanc sec destiné à accompagner le gin. « … d'être prématurément expédié dans l'autre monde. » Il sourit et Gertrude, qui avait pris une pose affectée sur le canapé, lui rendit son sourire.

« Pour le bien qu'il en a retiré ! s'exclama Phil Harvey, assis à côté de son épouse.

— Bon sang, protesta Saint Cyr. Je ne suis pour rien dans sa mort. Il a succombé à une embolie. Un énorme caillot de graisse coincé comme un bouchon dans un goulot de bouteille. » Sa comparaison le fit rire. « La Nature a ses propres remèdes !

— Écoutez, dit Gertrude, la télévision annonce des choses bizarres. » Elle se rapprocha du récepteur et se pencha pour écouter.

« Sans doute ce balourd de Margrave qui prononce un discours », dit Saint Cyr. Margrave était président depuis quatre ans. Candidat du Parti libéral, il avait réussi à distancer Alfonse Gam, dont l'investiture avait été imposée par Louis Sarapis. En réalité, malgré ses défauts, Margrave était un habile politicien. Il était parvenu à convaincre une large fraction de l'électorat qu'il n'était pas si génial de choisir pour Président un fantoche manipulé par Sarapis.

« Non, dit Gertrude en tirant sa robe sur ses genoux, c'est… l'administration spatiale, je crois. Il s'agit d'une information scientifique.

— Scientifique ! s'écria Saint Cyr en riant. Dans ce cas, écoutons. J'admire la science. Montez le son. » *Je suppose qu'ils ont découvert une nouvelle planète dans le système d'Orion*, se dit-il. *Un nouveau but à donner à notre existence collective.*

« Une voix venue des profondeurs de l'espace, déclarait le présentateur, plonge dans la perplexité les savants des États-Unis et d'Union soviétique.

— Oh ! non, s'étrangla Saint Cyr. Une voix venue des profondeurs de l'espace ! C'est trop ! » Pris d'un fou rire, il s'écarta du téléviseur ; il lui était impossible d'en entendre davantage. « Voilà de quoi nous avons besoin, dit-il à Phil. Une voix qui viendrait de… Qui vous savez.

— Qui donc ? demanda Phil.

— Mais Dieu, naturellement. Le radiotélescope de l'Abîme Kennedy a recueilli la voix de Dieu, et maintenant nous allons recevoir une nouvelle série de commandements divins, ou à tout le moins quelques rouleaux de parchemin. » Il ôta ses lunettes et s'essuya les yeux à l'aide de son mouchoir en lin irlandais.

« Personnellement, je suis de l'avis de ma femme, dit Phil Harvey avec le plus grand sérieux. Ça semble passionnant.

— Écoutez, mon vieux, assura Saint Cyr, vous le savez bien : on va finir par s'apercevoir qu'il n'y a derrière tout ça qu'un transistor perdu par un étudiant japonais au cours d'un voyage entre la Terre et Callisto. Les ondes radio auront dérivé hors du système solaire, le radiotélescope les aura captées, et voilà un énorme mystère pour les scientifiques. » Il reprit son sérieux. « Coupez cette télé, Gertrude, nous avons à discuter de choses un peu plus sérieuses. »

À regret, elle obéit. « Est-il vrai, Claude, demanda-t-elle en se levant, que le funérarium n'a pas pu réanimer le vieux Louis ? Qu'il ne se trouve pas en semi-vie comme prévu ?

— Personne ne me tient plus au courant chez les cadres, répondit Saint Cyr, mais j'ai effectivement entendu courir des bruits. » En fait, il connaissait la vérité. Il avait conservé des amis dans la place mais n'aimait pas en parler. « En effet, ce n'est pas impossible. »

Gertrude frissonna. « Imaginez qu'on ne puisse plus revenir ! Ce serait effrayant !

— C'était pourtant la norme autrefois, fit observer son mari en buvant son cocktail. Personne n'avait accès à la semi-vie jusqu'à la fin du siècle dernier.

— Mais nous en avons pris l'habitude, s'obstina Gertrude.

— Poursuivons notre entretien, dit Saint Cyr à Phil Harvey.

— Entendu, répondit celui-ci en haussant les épaules. Si vous estimez que ça en vaut la peine. » Il fixa Saint Cyr d'un œil critique. « Je peux vous prendre comme conseiller juridique… si vous êtes certain de le désirer. Mais il m'est impossible de vous confier le genre d'affaires dont vous aviez la charge chez Louis. Ce ne serait pas honnête à l'égard des juristes qui travaillent déjà pour moi.

— Évidemment », admit Saint Cyr. En fait, l'entreprise de transports de Harvey était mineure par rapport à l'empire de Sarapis. Dans son domaine, Harvey n'occupait pas le premier rang.

Mais c'était précisément ce que Saint Cyr désirait. En moins d'un an, pensait-il, grâce à l'expérience et aux relations qu'il avait acquises chez Sarapis, il pourrait supplanter Harvey et s'assurer le contrôle des Entreprises Elektra.

La première femme de Harvey se prénommait Elektra. Saint Cyr l'avait connue et, après le divorce, avait continué à la voir de manière plus intime — et plus fougueuse. Il avait toujours eu le sentiment qu'Elektra Harvey s'était fait léser dans cette séparation. Harvey avait employé un avocat expérimenté, qui avait écrasé sans peine celui d'Elektra… lequel se trouvait être l'associé de Saint Cyr, Harold Faine. Après coup, Saint Cyr s'en était voulu de ne pas avoir pris lui-même l'affaire en main. Mais il était alors trop absorbé par les intérêts de Sarapis… la chose n'avait pas été possible.

Maintenant que Sarapis était mort et que les contrats le liant aux sociétés Atlas, Wilhelmina et à l'Archimédienne étaient résiliés, Saint Cyr aurait le temps de réparer cette injustice. Il pourrait venir en aide à la femme qu'incontestablement il aimait.

Mais d'abord il lui fallait s'introduire dans l'équipe juridique de Harvey — à tout prix. Et de toute évidence, c'était en bonne voie.

« Marché conclu ? dit-il à Harvey en lui tendant la main.

— Entendu », répondit celui-ci avec nonchalance. Ils se serrèrent la main. « À propos, j'ai quelques renseignements — fragmentaires mais précis — sur les raisons qui ont poussé Sarapis à vous rayer de son testament. Ce ne sont pas du tout celles que vous m'avez données.

— Ah ? fit Saint Cyr sans se démonter.

— À ce que j'ai cru comprendre, il soupçonnait quelqu'un — vous, peut-être — de chercher à s'opposer à son retour à la semi-vie. Il pensait que vous alliez choisir un funérarium bien particulier, dirigé par certaines de vos relations... qui se trouveraient incapables de le réanimer. » Il leva les yeux sur Saint Cyr. « Et chose curieuse, on dirait que c'est précisément ce qui s'est produit ! »

Un silence s'ensuivit.

Gertrude reprit enfin la parole. « Pour quelle raison Claude chercherait-il à empêcher la résurrection de Louis Sarapis ?

— Je n'en ai aucune idée. » Harvey se caressa pensivement le menton. « Je n'arrive même pas à comprendre tout à fait ce phénomène de la semi-vie. Ne dit-on pas que le semi-vivant se retrouve souvent doté d'une sorte de perspicacité, d'une nouvelle vision des choses, d'une perspective dont il était dépourvu de son vivant ?

— J'ai entendu des psychologues en parler, remarqua Gertrude. C'est ce que les anciens théologiens appelaient une *conversion*.

— Claude redoutait peut-être la perspicacité dont risquait de faire preuve le vieux Louis, dit Harvey. Mais il ne s'agit que d'une supposition.

— Une supposition, en effet, renchérit Saint Cyr. Jusque dans le projet qu'elle sous-entend Je ne connais absolument personne dans le milieu des funérariums. » Il avait fait cette déclaration avec fermeté. Mais tout cela était délicat, se dit-il. Plutôt embarrassant.

Sur ce, la bonne vint annoncer que le dîner était servi. Phil et Gertrude se levèrent, et Saint Cyr les rejoignit au moment où ils entraient dans la salle à manger.

« Dites-moi, demanda Harvey à Saint Cyr. Qui est l'héritier de Sarapis ?

— Sa petite-fille. Elle vit sur Callisto. Elle s'appelle Kathy Egmont et c'est quelqu'un de bizarre… Vingt ans, et elle est déjà allée cinq fois en prison, en général pour usage de stupéfiants. Dernièrement, à ce que j'ai cru comprendre, elle a réussi à décrocher et elle donne aujourd'hui dans le mysticisme. Je ne l'ai jamais rencontrée, mais j'ai eu entre les mains des volumes de correspondance entre elle et le vieux Louis.

— Et une fois le testament homologué, elle hérite de la fortune entière ? Avec tout le pouvoir politique que cela entraîne ?

— Ma foi, répliqua Saint Cyr, le pouvoir politique ne se lègue pas par testament. Ce dont Kathy hérite, c'est le complexe économique. Comme vous le savez, il fonctionne par le biais d'une holding parfaitement légale au regard de la juridiction du Delaware, les Assurances Wilhelmina. Tout cela lui appartient, si elle veut s'en servir… et si elle comprend la nature de son héritage.

— Vous ne semblez guère optimiste, dit Phil Har vey.

— Toute sa correspondance montre — du moins à mes yeux — que c'est une personnalité très excentrique et instable, une malade, pratiquement une psychopathe. La dernière personne que j'aimerais voir hériter de la fortune de Louis. »

Sur ces paroles, ils prirent place à table.

Au cours de la nuit, Johnny Barefoot fut réveillé par le téléphone. Il se redressa et tâtonna dans le noir à la recherche du combiné. Sarah Belle bougea près de lui au moment où il disait d'une voix graillonnante : « Allô. À qui diable ai-je l'honneur ?

— Excusez-moi, Mr Barefoot, murmura une petite voix féminine. Je suis désolée de vous déranger dans votre sommeil. Mais mon conseiller juridique m'a recommandé de vous appeler dès mon arrivée sur Terre. » Elle ajouta : « Kathy Egmont à l'appareil. Mrs Kathy Sharp, en fait, si vous voulez mon vrai nom. Vous savez qui je suis ?

— Oui », dit Johnny en se frottant les yeux et en bâillant. Le froid qui régnait dans la pièce le faisait frissonner ; Sarah Belle tira les couvertures sur ses épaules et lui tourna le dos. « Voulez-vous que je vienne vous chercher ? Avez-vous un endroit où descendre ?

— Je ne connais personne sur Terre, mais les employés de l'astroport m'ont indiqué un bon hôtel, le Beverely ; c'est là que je vais me rendre. J'ai quitté Callisto dès que j'ai appris la mort de mon grand-père,

— Vous n'avez pas perdu de temps », remarqua-t-il. Il n'attendait pas son arrivée avant vingt-quatre heures.

« Serait-il possible... » Il y avait de la timidité dans

sa voix. « Serait-il possible que je loge chez vous, Mr Barefoot ? J'avoue que ce grand hôtel anonyme me fait un peu peur.

— Je regrette, dit-il aussitôt. Je suis marié. » Il se rendit compte que sa réponse n'était pas seulement incongrue, mais franchement grossière. « C'est-à-dire, se hâta-t-il d'ajouter, que je n'ai pas de chambre d'ami. Restez cette nuit au Beverely et demain nous vous trouverons quelque chose plus à votre convenance.

— Très bien », fit Kathy. Elle paraissait résignée mais toujours anxieuse. « Au fait, Mr Barefoot, comment s'est passée la résurrection de mon grand-père ? Est-il en semi-vie à l'heure qu'il est ?

— Non, avoua Johnny. On n'a pas encore réussi à le réanimer. Mais on y travaille. »

Lorsqu'il avait quitté le funérarium, cinq techniciens s'affairaient autour du cercueil, cherchant à déterminer l'origine de l'anomalie.

« J'avais envisagé cette éventualité, dit Kathy.

— Pourquoi donc ?

— Eh bien, mon grand-père… était tellement différent des autres. Vous le savez mieux que moi… après tout, vous étiez chaque jour à ses côtés. Je n'arrivais pas à me le représenter inanimé comme les semi-vivants. Passif, impuissant. Vous arrivez à l'imaginer ainsi, après tout ce qu'il a accompli ?

— Nous en parlerons demain, biaisa Johnny. Je serai à votre hôtel vers neuf heures, d'accord ?

— Parfait. Je suis contente de vous avoir parlé, Mr Barefoot. J'espère que vous continuerez à travailler à l'Archimédienne… pour moi. Au revoir. » Un déclic ; elle avait raccroché.

Ma nouvelle patronne, pensa Johnny. *Juste ciel !*

« Qui était-ce ? marmonna Sarah Belle. À une heure pareille ?

— Le grand chef de l'Archimédienne. Mon patron,

— Louis Sarapis ? » Sarah Belle se redressa en sursaut. « Oh ! tu veux parler de sa petite-fille… Elle est déjà arrivée ? Quelle impression elle t'a faite ?

— Difficile à dire, répondit-il pensivement. Elle a surtout l'air apeurée. Elle vient d'un petit monde clos. Rien à voir avec la Terre. » Il garda pour lui ce qu'il savait sur Kathy — sa toxicomanie, ses séjours en prison.

« Elle peut prendre la succession tout de suite ? s'enquit Sarah Belle. Ne doit-elle pas attendre que Louis ait terminé sa semi-vie ?

— Officiellement, il est mort. Ses dispositions testamentaires sont exécutoires. » *Et d'ailleurs*, se dit-il avec causticité, *il n'est même pas en semi-vie. Il est silencieux et mort dans sa capsule de réfrigération, où de toute évidence on ne l'a pas mis assez vite.*

« Tu penses que tu pourras t'entendre avec elle ?

— Je n'en sais rien, avoua-t-il. Je ne sais même pas si je tenterai l'expérience. » Il lui déplaisait de devoir travailler sous les ordres d'une femme, surtout plus jeune que lui. Surtout si, en plus, elle était aussi déséquilibrée qu'on le prétendait. Pourtant, au téléphone, elle ne lui avait pas donné cette impression. Il retournait ces pensées dans sa tête, bien éveillé à présent.

« Elle doit être très jolie, dit Sarah Belle. Tu vas probablement tomber amoureux d'elle et me quitter.

— Sûrement pas, se récria-t-il. Rien d'aussi spectaculaire. J'essaierai sans doute de travailler pour elle, de tenir quelques mois. Et si ça ne marche pas, je chercherai ailleurs. » *Et pendant ce temps*, se demandait-il, *qu'en sera-t-il de Louis ? Arriverons-nous à le réanimer, oui ou non ?* C'était là la véritable grande inconnue.

Si on ramenait Sarapis à la semi-vie, il pourrait guider sa petite-fille. Bien qu'officiellement et physiquement mort, il pouvait dans une certaine mesure garder la main sur l'organisation économique et politique complexe qu'il avait bâtie. Enfin pour l'instant, il n'en était pas question.

Pourtant le vieil homme avait compté être réanimé au plus vite, en tout cas avant la Convention républicaine-démocrate. Louis savait certainement — ou plutôt, il avait dû savoir — à quel genre de personne il léguait sa fortune. Sans aide, elle n'avait aucune chance de s'en sortir, *Et moi, je ne peux rien pour elle*, pensait Johnny. *Claude Saint Cyr en aurait été capable, mais les dispositions testamentaires le mettent hors circuit. Alors ? Il ne reste qu'une chose à faire : continuer de tout tenter pour réanimer le vieux Louis, au besoin en faisant appel à tous les funérariums des États-Unis, de Cuba et de Russie.*

« Tu as l'air désorienté, dit Sarah Belle. Ça se voit à ta figure. » Elle avait allumé la petite lampe de chevet et tendait la main vers sa robe de chambre. « N'essaie pas de résoudre de gros problèmes en pleine nuit. »

C'est ainsi qu'on doit se sentir en semi-vie, se dit-il en s'endormant. Il secoua la tête, pour essayer d'y remettre de l'ordre, mais en vain.

Le lendemain matin, il gara sa voiture dans le parking souterrain de l'hôtel Beverely et prit l'ascenseur pour se rendre à la réception, où il fut accueilli par l'employé de jour, tout sourire. L'hôtel était d'apparence modeste, estima Johnny. C'était néanmoins un établissement propre, familial, qui louait sans doute au mois la plupart de ses chambres et comprenait parmi ses pensionnaires une majorité de personnes âgées et de retraités. Kathy devait avoir l'habitude d'une vie modeste.

En réponse à sa demande, le réceptionniste lui indiqua la cafétéria voisine. « Vous la trouverez là, en train de prendre son petit déjeuner. Elle nous a prévenus de votre visite, Mr Barefoot. »

Il y avait beaucoup de monde dans la cafétéria. Il s'arrêta en se demandant qui était Kathy. Cette jeune fille brune empruntée, aux traits figés, dans l'angle le plus éloigné de la salle ? Il se dirigea vers elle. Ses cheveux devaient être teints. L'absence de maquillage rendait son visage anormalement pâle ; son teint avait quelque chose d'austère, comme si la jeune femme avait beaucoup souffert — mais pas le genre d'épreuves qui vous aguerrissent ou vous font mûrir, bref, vous rendent « meilleur ». On sentait là de la souffrance brute, sans aspects rédempteurs, décréta-t-il en l'examinant.

« Kathy ? » interrogea-t-il.

La jeune fille tourna la tête. Regard vide, absence totale d'expression. D'une voix fluette elle répondit : « Oui. Vous êtes John Barefoot ? » Tandis qu'il s'approchait du box et s'installait en face d'elle, elle le fixa, l'air de croire qu'il s'apprêtait à bondir sur elle pour — Dieu l'en préserve — la violer sur place. *Un petit animal solitaire, acculé dans un coin face au monde entier*, pensa-t-il.

Son teint livide était peut-être dû à l'abus de la drogue. Mais cela n'expliquait pas entièrement l'intonation impersonnelle, les traits rigoureusement inexpressifs. Pourtant… elle était jolie. Elle avait un visage délicat, régulier… animé, il serait devenu intéressant. Il en avait peut-être été ainsi autrefois. Des années plus tôt.

« Il ne me reste que cinq dollars, dit Kathy. Après avoir payé mon voyage, ma chambre et mon petit déjeuner. Pourriez-vous… » Elle hésita. « Pourriez-vous me dire… est-ce que je peux déjà disposer de quelque chose sur mon héritage ?

— Je vais vous faire un chèque de cent dollars. Vous me rembourserez plus tard, dit Johnny en tirant son chéquier de sa poche.

— Vraiment ? » Elle semblait stupéfaite et, pour la première fois, elle eut un faible sourire. « C'est gentil de me faire confiance. À moins que vous ne tentiez de m'impressionner ? Vous dirigiez le service des relations publiques de mon grand-père, n'est-ce pas ? Quelles dispositions a-t-il prises à votre égard dans le testament ? Je ne m'en souviens plus. Tout s'est passé si vite, ça s'embrouille dans ma tête.

— Eh bien, je n'ai pas été congédié comme Claude Saint Cyr.

— Alors vous restez dans l'entreprise. » Cette constatation parut la soulager. « Je me demande… serait-il correct de dire que vous travaillerez dorénavant pour *moi* ?

— Vous pouvez le dire. À supposer que vous ayez besoin d'un chargé de relations publiques. Ce qui n'est peut-être pas le cas. La moitié du temps, Louis n'était pas persuadé de mon utilité.

— Expliquez-moi ce qu'on a fait pour tenter de le réanimer. »

Il lui exposa la situation en quelques mots

« Et ces détails ne sont pas connus du public ? demanda-t-elle.

— Absolument pas. Je suis au courant. Ainsi qu'un propriétaire de funérarium qui porte le nom extravagant de Herbert Schoenheit von Vogelsang. Il se peut que la nouvelle ait filtré jusqu'à certains personnages haut placés de l'industrie des transports, comme Phil Harvey. Et je suppose que Claude Saint Cyr est maintenant dans la confidence. Bien sûr, à mesure que le temps passe, et que Louis reste sans faire de déclaration d'ordre politique à la presse…

— Nous devrons les concocter nous-mêmes, déclara Kathy. Et prétendre qu'elles viennent de lui. Tel sera votre rôle, Mr Drôle de nom. » Elle sourit pour la deuxième fois. « Transmettre à la presse des déclarations provenant de mon grand-père, jusqu'à ce qu'il soit réanimé ou que nous renoncions à le faire revivre. Pensez-vous qu'on en arrivera là ? » Un temps, puis elle reprit doucement : « J'aimerais le voir, si c'est possible. Si vous croyez que la chose est convenable.

— Je vais vous conduire au funérarium des Frères Bien-Aimés. De toute façon, je devais y aller d'ici une heure. »

Kathy hocha la tête et termina son petit déjeuner.

Johnny Barefoot se tenait près de la jeune fille qui observait intensément le cercueil transparent. Il avait la curieuse impression qu'elle allait frapper contre la paroi pour dire : « Réveille-toi, grand-père ! » Et si ça se trouvait, elle réussirait là où les autres avaient échoué.

Herbert Schoenheit von Vogelsang se tordait les mains en balbutiant : « C'est incompréhensible,

Mr Barefoot. Nous avons travaillé toute la nuit, à tour de rôle, sans obtenir la moindre étincelle. L'électroencéphalogramme montre une activité cérébrale très faible mais indéniable. L'après-vie est donc là, mais impossible d'établir le contact. Nous avons disposé des palpeurs sur toute la surface du crâne, comme vous pouvez le voir. » Il désigna l'entrelacs de fils, de l'épaisseur d'un cheveu, qui reliaient la tête du mort au dispositif d'amplification entourant le cercueil. « Je ne sais plus quoi faire, monsieur.

— Existe-t-il un métabolisme cérébral mesurable ? demanda Johnny.

— Oui. Nous avons convoqué des experts et ils l'ont détecté. En quantité normale, qui plus est, correspondant exactement à ce qui est attendu aussitôt après la mort. »

Kathy prit la parole d'une voix calme. « Je sais que c'est sans espoir. Il est au-dessus de ça. C'est bon pour les parents âgés, les grands-mères à qui on fait faire un petit tour une fois par an, le jour de la Résurrection. » Elle se détourna du cercueil. « Allons-nous-en », dit-elle à Johnny.

Ils sortirent du funérarium et, sans échanger un mot, se mirent à marcher sur le trottoir. C'était une belle journée de printemps ; les arbres qui jalonnaient la rue étaient couverts de petites fleurs roses. Des cerisiers, estima Johnny.

« La mort, murmura enfin Kathy. Et la renaissance. Un miracle technique. Peut-être qu'après avoir vu ce qu'il y avait de l'autre côté, Louis a changé d'avis... peut-être qu'il n'a tout simplement *pas envie* de revenir.

— Quoi qu'il en soit, dit Johnny, l'étincelle électrique existe. Louis est à l'intérieur de ce cercueil et il pense. » Il laissa Kathy lui prendre le bras pour traverser la rue. « On m'a dit, poursuivit-il à mi-voix, que vous étiez attirée par le mysticisme.

— En effet, répondit Kathy sur le même ton. Voyez-vous, à l'époque où je me droguais, j'ai été victime d'une overdose — peu importe de quoi — et mon cœur a cessé de battre. Pendant plusieurs minutes, j'ai été officiellement et cliniquement morte. On m'a réanimée par un massage cardiaque direct et des électrochocs. Dans cet intervalle de temps, j'ai éprouvé ce que doivent ressentir les personnes ramenées à la semi-vie.

— C'était mieux qu'ici ?

— Non, différent. On aurait dit… un rêve. Rien de vague ni d'irréel. Mais la même logique, avec une sensation d'apesanteur. C'est là la grande différence. On se sent libéré de la gravité. Il est difficile de réaliser l'importance de ce facteur, mais pensez à tous les aspects du rêve qui en découlent.

— Et ça vous a changée.

— J'ai réussi à surmonter la dépendance afférente aux aspects oraux de ma personnalité, si c'est ce que vous voulez dire. J'ai appris à contrôler mes appétits. Mon avidité. » Devant un éventaire de presse, Kathy s'arrêta pour lire les gros titres. « Regardez », dit-elle.

UNE VOIX VENUE DE L'ESPACE
INTRIGUE LES SAVANTS

« Intéressant ! » s'exclama Johnny.

Kathy prit un journal et parcourut l'article correspondant. « Étrange, fit-elle. Ils sont en contact avec une entité vivante et pensante… Tenez, lisez. » Elle lui passa le journal. « Ça me rappelle ce qui m'est arrivé quand je suis morte… J'ai dérivé dans l'espace, loin du système solaire; j'ai échappé à l'attraction planétaire, puis à celle du soleil. Je me demande de qui il s'agit. » Elle reprit le journal et se pencha à nouveau sur l'article.

« Dix *cents*, monsieur ou madame », récita brusquement le robot vendeur.

Johnny lui jeta une pièce.

« Croyez-vous que c'est mon grand-père ? demanda Kathy.

— J'en doute.

— Je crois que si, dit-elle, le regard lointain, plongée dans ses pensées. Je sais que c'est lui. Regardez, la chose a commencé une semaine après sa mort, et la distance est d'une semaine-lumière. Les périodes coïncident. Et regardez la transcription. » Elle désigna un passage. « Il est question de vous, Johnny, de moi et de Claude Saint Cyr, ce juriste qu'il a mis à la porte, et aussi de la Convention. Tout y est, mais complètement embrouillé. C'est comme ça que les pensées se présentent après la mort : en masse et non les unes à la suite des autres. » Elle sourit à Johnny. « Nous voilà avec un terrible problème. Nous le captons par l'intermédiaire du radiotélescope de l'Abîme Kennedy. Mais lui ne peut pas nous entendre.

— Vous ne croyez quand même pas...

— Oh, que si ! dit-elle sur le ton de l'évidence. Je savais qu'il ne se contenterait pas de l'état de semi-vie. C'est une vie complète qu'il mène maintenant dans l'espace, au-delà du système solaire. Et je ne vois aucun moyen d'intervenir; quoi qu'il fasse... » Elle se remit en route, suivie de Johnny. « Quoi qu'il fasse, ce sera au moins du niveau de ce qu'il a réalisé sur Terre. Vous pouvez en être sûr. Vous avez peur ?

— Holà ! protesta Johnny, je ne suis même pas

convaincu, et encore moins effrayé ! » Pourtant… elle avait peut-être raison. Elle semblait si sûre d'elle. Il ne pouvait pas s'empêcher de se sentir un rien impressionné, un rien convaincu.

« Vous devriez avoir peur, reprit Kathy. Il se peut qu'il soit très puissant là-bas. Il se peut qu'il soit en mesure de faire des tas de choses. De nous influencer… d'agir sur nos actes, nos paroles, nos pensées. Même sans radiotélescope… il se peut qu'il soit en contact avec nous en ce moment même. De façon subliminale.

— Je n'en crois rien », déclara Johnny. Mais il y croyait malgré lui. Elle avait raison ; c'était exactement le genre de conduite que l'on pouvait attendre de Louis Sarapis.

« Nous en saurons davantage à l'ouverture de la Convention, puisque c'est une de ses préoccupations, dit Kathy. Aux dernières élections, il n'est pas arrivé à faire passer Gam — un des rares échecs de sa carrière.

— Gam ! s'exclama Johnny. Ce ringard ? Serait-il toujours de ce monde ? Il a complètement disparu de la circulation depuis quatre ans…

— Mon grand-père ne renoncera pas à le soutenir, dit Kathy, songeuse. Il vit toujours. Il a un élevage de dindes ou je ne sais quoi sur Io. Peut-être des canards. Il attend.

— Il attend quoi ?

— Que mon grand-père reprenne contact avec lui. Comme il y a quatre ans, au moment de la Convention.

— Personne n'irait revoter pour Gam ! » N'en croyant pas ses oreilles, il regarda fixement la jeune femme.

Kathy souriait sans rien dire. Mais elle lui serra le bras et se pressa contre lui. Comme si la peur l'avait reprise, songea-t-il, cette peur qu'il avait sentie dans sa voix la nuit précédente, quand il lui avait parlé au téléphone. Mais qui semblait encore accrue.

III

Claude Saint Cyr traversait la salle d'attente de Saint Cyr et Faine Associés pour se rendre au tribunal, quand un homme d'âge mûr se leva pour l'interpeller — élégant, portant beau, il arborait un gilet et une cravate étroite, à l'ancienne mode. « Mr Saint Cyr... »

Ce dernier lui jeta un regard et murmura : « Je suis très pressé ; demandez un rendez-vous à ma secrétaire. » Puis il reconnut le personnage. C'était Alfonse Gam.

« J'ai là un télégramme. De Louis Sarapis. » Il fouilla dans sa poche.

« Je regrette, coupa Saint Cyr. Je travaille avec Mr Phil Harvey à présent. Mes rapports professionnels avec Mr Sarapis ont cessé il y a plusieurs semaines. » Mais la curiosité le retint. Il avait déjà rencontré Gam, à l'époque de la campagne électorale, quatre ans plus tôt ; il l'avait même côtoyé de près — en fait, il l'avait représenté dans plusieurs procès en diffamation, Gam se trouvant être soit le plaignant, soit l'accusé. Il n'aimait pas le bonhomme.

« Ce télégramme m'est parvenu avant-hier, précisa Gam.

— Mais Sarapis est... » Saint Cyr s'interrompit. « Faites voir. » Il tendit la main. Gam lui remit le télégramme.

Il s'agissait d'une déclaration où Sarapis assurait Gam de son soutien sans réserve dans la bataille qui s'annonçait à la prochaine Convention. Et Gam avait raison : le télégramme était bien daté de l'avant-veille. Cela n'avait pas de sens.

« Je n'ai pas d'explication à proposer, Mr Saint Cyr, dit Gam d'un ton sec. Mais c'est bien le style de Louis. Il veut que je fasse de nouveau acte de candidature. Comme vous pouvez le constater. J'étais bien loin d'y penser ; personnellement, je me suis retiré de la vie politique pour me consacrer à l'élevage de pintades. Je me suis dit que vous seriez peut-être au courant, que vous sauriez qui a expédié ce télégramme et pourquoi. » Il ajouta : « À supposer que ce ne soit pas ce vieux Louis.

— Comment aurait-il pu l'expédier ? demanda Saint Cyr.

— En le rédigeant avant sa mort et en chargeant une autre personne de l'expédier à une date convenue. Vous, peut-être. » Gam haussa les épaules. « Non, de toute évidence, ce n'était pas vous. Peut-être Mr Barefoot ? » Il tendit la main pour reprendre le télégramme.

« Avez-vous vraiment l'intention de présenter votre candidature ? s'enquit Saint Cyr.

— Si Louis le désire.

— Pour subir un nouvel échec ? Pour conduire de nouveau le parti à la défaite, simplement parce qu'un vieillard vindicatif et obstiné… » Saint Cyr n'acheva pas sa phrase. « Retournez donc élever vos pintades. Laissez tomber la politique. Vous êtes un perdant, Gam. Tout les membres du parti le savent. Toute l'Amérique, en fait.

— Comment puis-je joindre Mr Barefoot ?

— Je n'en ai aucune idée. » Saint Cyr fit un pas vers la porte.

« J'ai besoin d'un conseil juridique.

— Pour quelle raison ? Avec qui êtes-vous en procès ? Vous n'avez pas besoin de conseil juridique, Gam ; vous avez besoin d'un médecin, d'un psychiatre qui vous explique pourquoi vous voulez de nouveau être candidat. Écoutez-moi… » Il se pencha vers Gam. « Si Louis n'a pas pu vous faire élire de son vivant, comment en serait-il capable maintenant qu'il est mort ? » Et il le planta là.

« Attendez. »

À regret, Saint Cyr se retourna.

« Cette fois je serai élu », affirma Gam. Il semblait convaincu de ce qu'il disait ; sa voix, d'ordinaire ténue et mal assurée, était ferme.

« Eh bien, bonne chance. Pour vous et pour Louis, dit Saint Cyr, mal à l'aise.

— Donc il *est* vivant. » Les yeux de Gam cillèrent.

« Je n'ai pas dit cela. J'ironisais.

— Il est vivant, j'en suis sûr, fit Gam, songeur. J'aimerais bien savoir où il se trouve. J'ai rendu visite à divers funérariums, mais je ne l'ai trouvé nulle part ; en tout cas, s'il y était, on n'a pas voulu m'en informer. Je vais continuer mes recherches. Je veux m'entretenir avec lui. » Il ajouta : « C'est pour cela que je suis venu de Io. »

Saint Cyr réussit enfin à se débarrasser de lui et à s'éclipser. *Quel médiocre*, se dit-il. *Une nullité, une simple marionnette entre les mains de Louis.* Il frissonna. *Dieu nous protège d'avoir un homme pareil pour Président !*

Imaginons qu'on devienne tous *semblables à Gam !*

Une pensée peu agréable ; guère propre à l'inspirer pour une journée qui s'annonçait plutôt rude.

En tant que conseiller juridique de Phil Harvey, il était chargé de faire une proposition à Kathy Sharp, ex-Kathy Egmont, au sujet des Assurances Wilhelmina. Le but était de redistribuer les actions afin d'assurer à Harvey le contrôle de Wilhelmina. La valeur de la compagnie n'étant pas chiffrable, Harvey ne proposait pas d'argent en échange, mais des biens fonciers. Il possédait sur Ganymède d'immenses territoires, dont le gouvernement de l'Union soviétique lui avait fait don dix ans auparavant en remerciement de l'assistance technique qu'il avait fournie à ce pays et à ses colonies.

Les chances que Kathy accepte le marché étaient égales à zéro.

N'empêche qu'il fallait faire cette offre. L'étape suivante — dont la seule pensée lui faisait rentrer la tête dans les épaules — impliquait une lutte à mort, en termes de compétition économique, entre la compagnie de transports d'Harvey et celle de la jeune femme. Or, du côté de Kathy, il le savait, la situation n'était pas plus des plus brillantes ; depuis la mort du vieux Louis, il y avait du tirage avec les syndicats. Ce que ce dernier redoutait le plus était en cours : les dirigeants syndicaux avaient lancé leur offensive contre l'Archimédienne.

Pour sa part, Saint Cyr avait de la sympathie pour les syndicats. Il était temps pour eux d'occuper le devant de la scène. Seules les manœuvres sans scrupule et l'énergie sans limite du vieillard, sans parler de son imagination aussi fertile qu'impitoyable, avaient réussi à les contenir. Kathy ne possédait pas de telles ressources. Quant à Johnny

Barefoot... *Que peut-on attendre d'un individu qui n'a pas fait d'études?* rumina-t-il, caustique. *Qu'il transforme le plomb de la médiocrité en l'or d'une brillante stratégie?*

Et puis il était bien trop occupé à restaurer l'image de Kathy auprès du public; il avait à peine obtenu quelques résultats quand la grogne syndicale avait éclaté. Une ex-droguée, une fondue de mysticisme, une femme ayant un casier judiciaire... Johnny avait du pain sur la planche.

C'était avec l'apparence physique de la jeune femme qu'il avait eu le plus de succès. Elle avait un air doux, empreint de gentillesse, voire de pureté; presque de sainteté. Johnny en avait tiré parti. Au lieu de publier ses déclarations dans la presse, il avait répandu des photos d'elle, plus édifiantes les unes que les autres : avec des chiens, des enfants, dans les foires régionales, les hôpitaux, participant à des campagnes de charité — la totale.

Malheureusement, Kathy avait saboté l'image qu'il avait fabriquée d'elle, et cela d'une façon fort insolite.

Kathy prétendait — tout simplement — qu'elle était en communication avec son grand-père. Que c'était lui qui se trouvait à une semaine-lumière dans l'espace, sa voix que captait le radiotélescope de l'Abîme Kennedy. Elle l'entendait comme le reste du monde... et par l'effet de quelque miracle, lui l'entendait en retour.

Dans l'ascenseur montant vers la terrasse où était garé son hélico, Saint Cyr éclata de rire. La folie mystique de Kathy n'avait pu être dissimulée aux colporteurs de ragots... Elle avait fait trop de déclarations dans des lieux publics, restaurants et bars célèbres. Même avec Johnny à ses côtés. Même lui était incapable de l'empêcher de dire n'importe quoi.

Il y avait également eu cet incident au cours d'une réception où elle s'était déshabillée en prétendant que l'heure de la purification était venue. Elle avait barbouillé diverses parties de son corps de vernis à ongles, comme si elle accomplissait une cérémonie rituelle... Naturellement, elle avait beaucoup bu.

Et c'est la femme qui dirige l'Archimédienne, pensa Saint Cyr.

La femme que nous devons chasser, pour notre bien et *pour le bien public.* À ses yeux, c'était pratiquement un mandat à remplir au nom du peuple. Une œuvre de salubrité publique. Et le seul à ne pas partager ce point de vue était Johnny.

Johnny l'aime bien, voilà ce qui se passe. Je me demande ce qu'en pense Sarah Belle.

Le cœur léger, Saint Cyr grimpa dans son hélico, referma la portière et mit le contact. Puis il repensa à Alfonse Gam, et sa bonne humeur s'estompa.

Deux personnes, réfléchit-il, *agissent en partant du principe que le vieux Louis Sarapis est vivant : Kathy Egmont Sharp et Alfonse Gam.*

Deux êtres peu recommandables, en plus. Et malgré lui, il était forcé de s'associer à eux. C'était apparemment son destin.

Ma situation n'est pas meilleure que du temps du vieux Louis. Par certains côtés, elle est même pire.

L'hélico prit son essor, en route vers le centre-ville de Denver, où se trouvaient les bâtiments de la firme de Phil Harvey.

Comme il était en retard, il brancha le petit émetteur, prit le micro et lança un appel à Harvey, « Phil, m'entendez-vous ? Ici Saint Cyr, je me dirige vers l'ouest. » Il attendit la réponse.

Au bout d'un moment, il perçut une bizarre cacophonie en provenance du haut-parleur, un murmure lointain qui ressemblait à un vague fratras de mots. Il reconnut cette bouillie sonore ; il en avait déjà eu des échantillons à l'occasion de tel ou tel journal télévisé.

« … malgré les attaques qui cherchent à vous discréditer, vous êtes très supérieur à Chambers, à qui on ne ferait même pas confiance pour être portier dans une maison close. Gardez confiance, Alfonse. Le peuple sait reconnaître les hommes de valeur. Attendez. La foi déplace les montagnes. Je sais de quoi je parle, voyez ce que j'ai réalisé dans mon existence… »

C'était l'entité située à une semaine-lumière qui émettait à présent un signal toujours plus puissant. Comme les taches solaires, il parasitait les transmissions normales. Saint Cyr poussa un juron, se renfrogna et coupa l'appareil.

Il brouille les communications, se dit-il. *C'est sûrement illégal ; il faudra que j'en parle à la Commission fédérale des communications.*

Fortement ébranlé, il poursuivit sa route au-dessus d'une région de terres cultivées.

Mon Dieu, pensa-t-il, *ça ressemblait bien à la voix du vieux Louis !*

Était-il possible que Kathy Egmont Sharp ait raison ?

Johnny Barefoot arriva à son rendez-vous avec Kathy au siège de l'Archimédienne, dans le Michigan. Il la trouva dans un état extrêmement dépressif.

« Vous ne comprenez donc pas ce qui se passe ? » lui lança-t-elle du fond du bureau qui avait été celui de Louis. « Je dirige l'entreprise d'une façon lamentable. Tout le monde le sait. Pas vous ? » Elle le regardait avec des yeux fous.

« Non », répondit Johnny. Mais au fond de lui, il devait reconnaître qu'elle avait raison. « Restez calme et asseyez-vous, poursuivit-il. Harvey et Saint Cyr seront ici d'une minute à l'autre, et il est impératif que vous contrôliez vos nerfs en leur présence. » Il aurait voulu lui éviter cette rencontre. Mais il s'était rendu compte qu'il faudrait tôt ou tard en passer par là, et il avait laissé Kathy donner son accord.

« J'ai quelque chose d'affreux à vous apprendre, dit la jeune femme.

— De quoi s'agit-il ? Ça ne peut pas être si affreux. » Il retint son souffle, redoutant le pire.

« J'ai recommencé à me droguer, Johnny. Toute cette responsabilité, cette tension ; c'est trop pour moi. Je suis désolée. » Elle baissa tristement les yeux.

« Vous prenez quoi comme drogue ?

— J'aimerais mieux ne pas le dire. Des amphétamines. J'ai lu ce qu'on a écrit à leur sujet ; je sais qu'elles peuvent engendrer des psychoses quand on en arrive aux doses où j'en suis. Mais ça m'est égal. » Haletante, elle lui tourna le dos. Il vit alors à quel point elle avait maigri. Et il y avait ce visage émacié, ces yeux creux ; désormais il en comprenait la cause. Les amphétamines faisaient fondre son corps, convertissant la matière en énergie. À mesure que la dépendance se réinstallait, son métabolisme altéré la transformait en pseudo-hyperthyroïdienne — tous les processus somatiques se trouvaient accélérés.

« Je suis vraiment navré », dit Johnny. Il avait redouté cette éventualité. Pourtant il n'avait rien vu venir ; il avait fallu que ce soit Kathy qui l'informe. « Vous devriez voir un médecin », ajouta-t-il. Il se demanda où elle se procurait la drogue. Mais pour elle, compte tenu de ses années d'expérience, ce ne devait pas être difficile.

Il s'approcha d'elle et lui mit la main sur l'épaule. « Écoutez, quand Harvey et Saint Cyr seront là, je crois que vous feriez bien d'accepter leur offre.

— Ah, dit-elle en hochant la tête. Très bien.

— Ensuite, je veux que vous vous fassiez hospitaliser.

— Le nid de coucous, commenta Kathy d'un ton amer.

— Vous serez mieux une fois débarrassée des responsabilités que vous avez ici, à l'Archimédienne. Il vous faut un repos prolongé. Vous êtes mentalement et physiquement épuisée… mais tant que vous prendrez des amphétamines…

— … je tiendrai le coup, acheva la jeune femme. Johnny, je ne peux pas vendre à Harvey et Saint Cyr.

— Pourquoi ?

— Ce serait contraire à la volonté de Louis. Il… » Elle marqua une longue pause. « Il dit non.

— Mais votre santé… votre vie…. objecta Johnny.

— Ma raison, vous voulez dire.

— Vous avez bien trop à perdre. Au diable Louis ! Au diable l'Archimédienne ! Vous voulez vous retrouver en semi-vie dans un funérarium ? Ça n'en vaut pas la peine ; il ne s'agit là que de biens matériels, alors que vous êtes un être vivant. »

Elle sourit. À ce moment une lampe s'alluma sur le bureau et un interphone bourdonna. « Mr Harvey et Mr Saint Cyr sont ici, Mrs Sharp. Dois-je les faire entrer ?

— Oui. »

La porte s'ouvrit et les deux hommes s'empressèrent d'entrer. « Salut, Johnny », dit Saint Cyr. Il paraissait sûr de lui ; tout comme Harvey, à ses côtés.

« Je laisserai à Johnny le soin de mener la plus grande partie de l'entretien », annonça Kathy.

Il la regarda. Cette phrase signifiait-elle qu'elle était d'accord pour vendre ? « Quel genre de marché avez-vous en tête ? attaqua-t-il. Qu'offrez-vous en échange d'une participation majoritaire au sein des Assurances Wilhelmina ? J'ai du mal à l'imaginer.

— Ganymède, répondit Saint Cyr. Une planète entière. Ou presque.

— Je vois, dit Johnny. La concession territoriale que vous avez reçue de l'U.R.S.S. A-t-elle été approuvée par les instances internationales ?

— Parfaitement, dit Saint Cyr. Et reconnue valide. Sa valeur est inestimable. Et chaque année elle ne fera qu'augmenter, voire doubler. C'est une proposition solide, Johnny. Nous nous connaissons assez pour que vous sachiez que je dis vrai. »

Probable, estima Johnny. Sous bien des aspects, c'était une offre généreuse ; Harvey n'essayait pas de blouser Kathy.

« Parlant au nom de Mrs Sharp... », commença Johnny. Mais Kathy lui coupa la parole.

« Non ! dit-elle vivement. Je ne peux pas vendre. Il ne veut pas.

— Vous m'avez laissé toute autorité pour négocier, Kathy, observa Johnny.

— Eh bien, je vous la retire, répliqua-t-elle sèchement.

— Si je dois continuer à travailler avec vous et pour vous, il faudra suivre mes conseils. Nous étions d'accord pour... »

La sonnerie du téléphone retentit.

« Écoutez-le vous-même », déclara la jeune femme. Elle décrocha et lui tendit le récepteur. « Il va vous expliquer tout ça. »

Johnny porta le récepteur à son oreille. « Qui est à l'appareil ? » demanda-t-il. Il entendit alors un bourdonnement. Inquiétant et lointain, comme si on grattait un long fil métallique.

« ... impératif de garder la majorité. Votre opinion est absurde. Elle peut se reprendre ; elle a les qualités voulues. Vous cédez à l'affolement ; vous avez peur parce qu'elle est malade. Un bon médecin peut la remettre d'aplomb. Trouvez-en un ; obtenez son concours. Assurez-vous les services d'un juriste pour qu'elle ne tombe pas sous le coup de la loi. Coupez-lui sa source d'approvisionnement en drogue. Insistez sur... » Johnny écarta le récepteur de son oreille, refusant d'en supporter davantage. Il raccrocha en tremblant.

« Vous l'avez entendu, dit Kathy. N'est-ce pas ? *C'était Louis.*

— Oui, admit Johnny.

— Il a pris des forces, continua la jeune femme. Maintenant nous le captons en direct ; plus seulement par l'intermédiaire du radiotélescope de l'Abîme Kennedy. Je l'ai entendu hier soir, clairement, pour la première fois, au moment d'aller me coucher. »

Johnny se tourna vers Saint Cyr et Harvey. « Nous allons devoir réfléchir à votre proposition, c'est évident. Évaluer les biens fonciers que vous offrez. Et de votre côté, vous voudrez sûrement examiner les comptes de la Wilhelmina. Tout cela prendra du temps. » Il sentait sa voix chevroter ; il ne s'était pas remis du choc qu'il avait éprouvé en entendant au téléphone la voix de Louis Sarapis.

Après s'être entendu avec Saint Cyr et Harvey pour les revoir un peu plus tard dans la journée, Johnny emmena Kathy prendre un petit déjeuner tardif ; elle avait avoué à contrecœur n'avoir rien mangé depuis la veille au soir.

« Je n'ai tout simplement pas faim, dit-elle en picorant dans son assiette d'œufs au bacon et toasts à la confiture.

— Même si c'était bien Louis Sarapis, déclara Johnny, vous ne...

— Il n'y a pas de si ! le coupa-t-elle. Vous savez parfaitement que c'est lui. Sa puissance augmente sans cesse. Peut-être un effet du soleil.

— Admettons que ce soit Louis, concéda-t-il. N'empêche qu'il vous faut agir dans votre intérêt et non le sien.

— Ses intérêts et les miens se confondent. Ils passent par le maintien de l'Archimédienne sous notre contrôle.

— Peut-il vous venir en aide ? Vous apporter ce qui vous manque ? Il ne prend pas au sérieux votre toxicomanie, c'est évident. Tout cela se résumait à un sermon à mon intention. » Il sentait la colère l'envahir. « On ne peut pas dire qu'il nous aide beaucoup, vous ou moi, dans la situation présente.

— Johnny, je le sens tout le temps près de moi. Je n'ai pas besoin de la télévision ni du téléphone... je le *sens*. C'est mon côté mystique, je pense. Mon intuition religieuse. Cela m'aide à maintenir le contact avec lui. » Elle but une gorgée de jus d'orange.

« C'est la psychose amphétaminique, oui ! lui assena brutalement Johnny.

— Je n'irai pas à l'hôpital, Johnny. Je ne me ferai pas interner. Je suis malade, mais pas à ce point. Je peux me sortir de cette rechute par moi-même parce que je ne suis pas seule. J'ai mon grand-père et... » Elle sourit. « Je vous ai, vous ! Malgré Sarah Belle.

— Vous ne me garderez pas, Kathy, répondit-il calmement. À moins de vendre à Harvey. D'accepter les territoires de Ganymède.

— Vous me quitteriez ?

— Oui. »

Après un silence, elle reprit : « Mon grand-père dit : "Tant pis, il n'a qu'à s'en aller." » Ses yeux étaient sombres, dilatés et glacés.

« Je ne crois pas qu'il parlerait ainsi.

— Dans ce cas, vérifiez auprès de lui.

— Comment cela ? »

Kathy désigna le téléviseur dans le coin du restaurant. « Allumez-le et écoutez. »

Johnny se leva. « Inutile ; j'ai déjà pris ma décision. Je serai à mon hôtel au cas où vous changeriez d'avis. » Il la laissa seule à table. Allait-elle le rappeler ? Il prêta l'oreille en s'éloignant. Mais elle resta muette.

Il fut bientôt dehors. Il avait voulu bluffer. Mais elle l'avait pris au mot, et il s'était retrouvé au pied du mur. Il avait bel et bien donné sa démission.

Assommé, il marcha au hasard. Pourtant... il avait raison. Il le savait. Simplement... Saleté, pensa-t-il. Pourquoi n'avait-elle pas cédé ? À cause de Louis, évidemment. Sans l'intervention du vieillard, elle aurait accepté le marché, échangé ses actions majoritaires contre les territoires de Ganymède. Saleté de Sarapis, plutôt, se dit-il avec fureur.

Et maintenant, que faire ? Retourner à New York ? Chercher un emploi ? Proposer ses services à Alfonse Gam, par exemple ? Il y avait de l'argent à gagner s'il pouvait se faire embaucher. Ou bien au contraire demeurer dans le Michigan, en espérant que Kathy changerait d'avis ?

Elle ne tiendra pas le coup, décréta-t-il. *Quels que soient les conseils de Sarapis. Ou ce qu'elle considère comme tel. Va savoir de quoi il s'agit réellement.*

Il héla un taxi et donna au conducteur l'adresse de son hôtel. Peu après, il pénétrait dans le hall de l'Antler et regagnait la chambre qu'il avait quittée tôt dans la matinée, la pièce inhospitalière où il n'aurait d'autre ressource qu'attendre l'hypothétique appel de Kathy. Cette fois, il n'était plus question de rendez-vous.

Juste comme il arrivait devant sa chambre, il entendit sonner le téléphone.

Johnny resta un moment sur le pas de la porte, la clé à la main, écoutant le bruit strident qui s'obstinait. *Est-ce Kathy ?* se demandait-il. *Ou bien lui ?*

Il introduisit la clé dans la serrure et entra. Puis, décrochant d'un geste vif : « Allô ? »

La voix lointaine et ronronnante poursuivait son soliloque, l'éternelle récitation dont elle se berçait. « … pas bien du tout de la quitter, Barefoot. C'est une véritable trahison ; je vous croyais conscient de vos responsabilités. Vous avez envers elle les mêmes devoirs qu'envers moi, et moi, vous ne m'auriez jamais laissé tomber sur un coup de tête. C'est exprès que j'ai mis mon corps à votre disposition, pour m'assurer de votre fidélité. Vous ne pouvez pas... » Là, Johnny raccrocha, frigorifié.

Aussitôt la sonnerie reprit.

Cette fois il ne décrocha pas. *Va te faire voir !* s'exclama-t-il intérieurement. Il s'approcha de la fenêtre et contempla la rue en contrebas, se souvenant d'une conversation avec Louis, des années auparavant, qui était restée gravée dans son esprit. Il en était ressorti que s'il n'avait pas réussi à faire des études, c'était parce qu'en fait il avait envie de mourir. Les yeux fixés sur la rue, il songea : *Pourquoi ne pas sauter ? Au moins, c'en serait fini des coups de téléphone... c'en serait fini de tout ça !*

Le pire, se dit-il, *c'est sa* sénilité. *Ses pensées ne sont ni claires ni précises ; elles ont le côté irrationnel des rêves. Le vieux n'est pas réellement vivant, il n'est même pas en état de semi-vie. Sa conscience sombre peu à peu dans les ténèbres. Et nous sommes obligés de suivre le déroulement de cette déchéance, étape par étape, jusqu'à la mort totale, définitive.*

Mais même dans cet état de dégénérescence mentale, il éprouvait des désirs. Il exerçait sa *volonté* — et avec quelle puissance —, il avait des exigences auxquelles il voulait le plier lui, ainsi que Kathy ; ce qui subsistait de Louis Sarapis était suffisamment énergique et intelligent pour trouver des moyens de le poursuivre, d'obtenir ce qu'il voulait. C'était une sorte de caricature des envies qui avaient animé Louis au temps où il était vivant, mais il était difficile d'en ignorer l'existence, et à plus forte raison d'y échapper.

Le téléphone continuait de sonner.

Et si ce n'était plus Louis, mais Kathy ? Il souleva

le récepteur. Et raccrocha aussitôt. Il avait reconnu le bourdonnement, les fragments de personnalité de Louis Sarapis... Il frissonna. Cette voix se faisait-elle entendre seulement ici ? Était-elle sélective ?

Il avait la pénible impression que non.

Il alla allumer le téléviseur à l'autre bout de la pièce. L'écran s'éclaira, mais l'image restait étrangement floue. On distinguait les contours vagues... d'un visage, semblait-il.

Et tout le monde voit la même chose, s'avisa-t-il. Il changea de chaîne. Même visage aux traits imprécis ; le vieillard était là, à demi matérialisé sur l'écran. Et du haut-parleur sortait son sempiternel marmonnement : « ... je vous ai cent fois répété que votre responsabilité première était de... » Johnny éteignit le téléviseur ; les mots et le visage brouillé retombèrent dans le néant. Seule demeura la sonnerie du téléphone.

Il saisit le récepteur. « Louis, vous m'entendez ?

— ... au moment de l'élection, ils verront. Un homme qui a le courage d'entamer une seconde campagne, d'assumer les risques financiers, car il n'y a que les riches qui peuvent se permettre de faire face aux frais d'une candidature... » La voix poursuivait sa litanie. Non, le vieillard ne l'entendait pas. Ce n'était pas une conversation mais un monologue. Il n'y avait pas de véritable communication.

Et pourtant Sarapis était au courant de ce qui se passait sur Terre ; il avait compris, et même, d'une manière ou d'une autre, il avait vu que Johnny avait quitté son poste.

Barefoot reposa le récepteur, s'assit et alluma une cigarette.

Je ne peux pas reprendre ma place auprès de Kathy,

à moins de changer d'avis et de lui conseiller de ne pas vendre. Ce qui est impossible. Hors de question. Qu'est-ce qu'il me reste à faire ?

Pendant combien de temps Sarapis peut-il me traquer ? Où me réfugier ?

Il s'approcha une fois de plus de la fenêtre et contempla la rue.

Claude Saint Cyr s'arrêta devant un présentoir de presse, jeta quelques pièces de monnaie et prit le journal.

« Merci, monsieur ou madame », dit le robot vendeur.

L'article de tête… Saint Cyr cligna des yeux, se demanda s'il perdait la raison. Il n'arrivait pas à comprendre ce qu'il lisait — ou plutôt ce qu'il était incapable de lire. Cela n'avait aucun sens ; le système d'imprimerie homéostatique, le journal à microrelais entièrement automatisé était manifestement en dérangement. Il ne distinguait qu'une suite de mots aléatoire. Pire que *Finnegans Wake*.

Mais était-ce vraiment un effet du hasard ? Un paragraphe attira son attention.

> À la fenêtre de l'hôtel, prêt à sauter dans le vide. Si vous voulez monter d'autres affaires avec elle, vous feriez bien d'y aller. Elle dépend de lui, elle a besoin d'un homme depuis que son mari, Paul Sharp, l'a abandonnée. Hôtel Antler, chambre 604. Je crois que vous avez le temps. Johnny est trop impulsif ; il n'aurait pas dû essayer de bluffer. Quand on est de mon sang, on ne se laisse pas avoir au bluff, et elle est de mon sang, je

Saint Cyr dit en hâte à Harvey qui se tenait à ses côtés : « Johnny Barefoot se trouve dans une chambre à l'hôtel Antler et se prépare à sauter par la fenêtre. C'est le vieux Sarapis qui nous prévient. Il faut y aller. »

Harvey tourna les yeux vers lui. « Barefoot est de notre côté ; on ne peut pas le laisser se suicider. Mais pour quelle raison Sarapis…

— Ne perdons pas de temps ! » dit Saint Cyr en s'élançant vers son hélico. Harvey le suivit en courant.

IV

Brusquement le téléphone cessa de sonner. Johnny se retourna… et vit Kathy Sharp qui venait de décrocher. « Il m'a appelée, expliqua-t-elle. Il m'a dit où vous étiez et ce que vous vous prépariez à faire.

— Rien du tout ! Je ne me préparais à rien du tout. » Il s'écarta de la fenêtre.

« Il pensait que si.

— Ce qui prouve qu'il peut se tromper. » Voyant que sa cigarette s'était consumée jusqu'au filtre, il l'écrasa dans le cendrier posé sur la commode.

« Mon grand-père a toujours eu de l'affection pour vous, continua Kathy. Il ne voudrait pas qu'il vous arrive malheur. »

Johnny haussa les épaules. « Pour ma part, je n'ai plus rien à voir avec Louis Sarapis. »

Kathy avait porté le récepteur à son oreille et ne faisait plus attention à lui. Elle écoutait son grand-père. Il cessa de parler, puisque cela ne servait à rien.

« Il dit, annonça Kathy, que Claude Saint Cyr et Phil Harvey sont en route. Il leur a demandé de venir, à eux aussi.

— C'est gentil de sa part, dit-il sèchement.

— Moi aussi j'ai de l'affection pour vous, Johnny. Je vois ce que mon grand-père aimait et admirait en vous. Vous voulez vraiment défendre mes intérêts, n'est-ce pas ? Je pourrais peut-être me faire hospitaliser. Pour une courte période en tout cas, une semaine… quelques jours.

— Ce serait suffisant ?

— Peut-être. » Elle lui tendit le récepteur. « Il veut vous parler. Vous feriez bien de l'écouter. De toute façon, il trouvera toujours le moyen de vous atteindre. Vous le savez parfaitement. »

À regret, Johnny prit l'appareil.

« … Malheureusement vous n'avez plus de travail et c'est ce qui vous déprime. L'oisiveté vous donne un sentiment d'insignifiance ; c'est dans votre caractère. Cela me plaît. Je suis fait du même bois. Écoutez, j'ai du travail pour vous. À la Convention. Vous orchestrerez le battage pour que Gam reçoive l'investiture ; je suis sûr que vous ferez du bon boulot. Appelez Gam. Appelez Alfonse Gam. Johnny, appelez Gam. Appelez… »

Il raccrocha.

« J'ai du travail, annonça-t-il à Kathy. Je vais m'occuper de la propagande de Gam. Enfin, c'est ce que dit Louis.

— Vous accepteriez ? Vous prendriez en main les relations publiques pour la Convention ? »

Il haussa les épaules. Pourquoi pas ? Gam avait les

moyens ; il le paierait bien. Après tout, il valait bien le président Kent Margrave. Et puis… *Il faut absolument que je travaille*, s'avisa-t-il. *Il faut que je vive. J'ai une femme et deux enfants ; pas question de rigoler.*

« Croyez-vous que Gam ait une chance cette fois ? demanda Kathy.

— Non, je ne pense pas. Mais en politique il se produit parfois des miracles ; rappelez-vous l'incroyable retour de Nixon en 1968.

— Quelle est la meilleure tactique pour Gam ? »

Il la lorgna. « J'en discuterai avec lui. Pas avec vous.

— Vous continuez de m'en vouloir parce que je refuse de vendre, remarqua Kathy avec calme. Écoutez, Johnny, supposez que je vous confie la direction de l'Archimédienne. »

Au bout d'un moment, il demanda : « Qu'est-ce que Louis en dit ?

— Je ne lui ai pas posé la question.

— Vous savez bien qu'il répondra non. Je suis trop inexpérimenté. Je sais comment l'affaire fonctionne, naturellement ; j'y ai participé dès le début. Mais…

— Ne vous sous-estimez pas, dit Kathy à mi-voix.

— Je vous en prie, pas de sermon. Essayons de rester amis… sereinement et en gardant nos distances. » *S'il y a une chose que je ne peux pas supporter*, pensa-t-il, *c'est de me faire donner des leçons par une femme.*

La porte de la chambre s'ouvrit à la volée ; Saint Cyr et Harvey firent irruption. Ils virent Kathy, puis Johnny, et leurs épaules s'affaissèrent. « Si je comprends bien, il vous a dit de venir à vous aussi, lâcha Saint Cyr en s'efforçant de reprendre sa respiration.

— Oui, fit Kathy. Il était très inquiet pour Johnny. » Elle lui tapota le bras. « Voyez comme vos amis sont nombreux. À la fois attentionnés et sereins.

— Oui », reconnut-il, mais pour une raison qu'il ignorait il se sentait profondément, affreusement triste.

L'après-midi du même jour, Claude Saint Cyr prit le temps de se poser près de la demeure d'Elektra Harvey, l'ex-épouse de son nouveau patron.

« Écoute, chérie, lui dit-il, je fais de mon mieux pour défendre tes intérêts dans cette affaire. Si je réussis... » Il l'enlaça et la serra contre lui. « Tu récupéreras une partie de ce que tu as perdu. Pas la totalité, mais assez pour te rendre la vie un peu plus belle. » Il l'embrassa, et comme d'habitude elle lui rendit son baiser ; elle se tortilla avec une redoutable efficacité, l'attira sur elle, se pressa contre lui d'une façon étrangement troublante. Non seulement ce fut très agréable, mais cela dura longtemps. Et ce ne fut pas comme d'habitude.

Enfin Elektra se dégagea et demanda : « À propos, pourrais-tu me dire ce qui cloche avec le téléphone et la télévision ? Impossible de passer un appel... on dirait qu'il y a toujours quelqu'un en ligne. Et l'image qu'on a à l'écran... elle est floue, déformée, et c'est toujours la même : une espèce de *visage*.

— Ne t'inquiète pas, dit Claude. On y travaille. On fait des recherches. » Des hommes à sa solde se rendaient de funérarium en funérarium ; on finirait bien par trouver le corps de Louis. Et c'en serait fini de cette aberration... au soulagement général.

Elektra se dirigea vers le bar pour préparer les cocktails. « Phil est-il au courant de nos relations ? »

Elle dosa soigneusement le bitter dans les verres à whisky, trois gouttes pour chaque ration.

« Non, dit Saint Cyr, et de toute façon, ça ne le regarde pas.

— Mais Phil nourrit de fortes préventions envers ses ex-épouses. Ça ne lui plairait pas. Il te soupçonnerait de déloyauté ; étant donné qu'il me déteste, tu es censé partager son antipathie. C'est ce que Phil appelle l'intégrité.

— Je suis ravi de l'apprendre, mais je n'y peux pas grand-chose. De toute façon, il ne découvrira jamais rien.

— N'empêche que quelque chose me tracasse, dit Elektra en lui tendant son verre. J'étais en train d'essayer de régler la télé et… tu vas trouver ça complètement fou, mais j'ai eu l'impression… » Elle marqua un temps. « Eh bien, il m'a semblé que le présentateur parlait de nous. Mais on aurait dit qu'il bredouillait, ou alors le son était mauvais. En tout cas, je crois bien avoir entendu mon nom… et le tien. » Elle le regardait avec gravité, en réajustant distraitement la bretelle de sa robe.

Il en eut froid dans le dos. « C'est ridicule, ma chérie. » Il alla allumer le téléviseur.

Bon sang, pensa-t-il, *Louis Sarapis serait-il donc* partout ? *Est-ce qu'il voit tout ce que nous faisons depuis son espèce de retraite au fond de l'espace ?*

Ce n'était pas une pensée réconfortante, surtout dans la mesure où il cherchait à faire conclure à la petite-fille de Louis une affaire que le vieux désapprouvait.

Il cherche à se venger de moi, se dit Saint Cyr tout en s'efforçant, les doigts gourds, de régler la réception de l'image.

« À vrai dire, Mr Barefoot, je comptais vous appeler, dit Alfonse Gam. J'ai reçu de Louis Sarapis un télégramme où il me conseille de faire appel à vos services. Je crois toutefois qu'il nous faudra jouer sur des thèmes entièrement nouveaux. Margrave a une confortable avance sur nous.

— Exact, acquiesça Johnny. Mais soyons réalistes ; cette fois nous aurons de l'aide. Celle de Louis Sarapis.

— Louis m'a soutenu la dernière fois, fit remarquer Gam, et ça n'a pas suffi.

— Cette fois, son appui sera fort différent. » *Après tout*, pensa Johnny, *le vieux contrôle tous les médias, journaux, radio et télévision, même le téléphone. Avec un pareil pouvoir, Louis pourra faire presque tout ce qu'il voudra.*

Il n'a pratiquement pas besoin de moi, conclut-il avec ironie. Mais il se garda de faire part de cette réflexion à Gam ; apparemment, ce dernier ne comprenait pas ce qui se passait avec Louis. Et puis un emploi était un emploi.

« Avez-vous regardé la télévision récemment ? demanda Gam. Essayé de téléphoner, ou même acheté un journal ? Partout on retrouve les mêmes discours confus. Si c'est bien Louis qui parle, il ne nous sera pas d'un grand secours à la Convention. Il… il a perdu les pédales. Il radote.

— Je sais, dit prudemment Johnny.

— J'ignore quels projets Louis avait faits pour sa semi-vie, mais je crains qu'il ne se soit fourvoyé », reprit Gam, l'air morose. Il n'avait pas l'air d'un homme qui s'attend à gagner les élections. « L'admiration que vous vouez à Louis est assurément plus grande que la mienne, au stade où nous en sommes. À dire vrai, Mr Barefoot, j'ai eu une longue conversation avec Saint Cyr, et j'ai trouvé sa vision des choses profondément décourageante. Je suis décidé à me battre, mais franchement... » Il fit un geste. « Claude Saint Cyr ne m'a pas envoyé dire que j'étais vaincu d'avance.

— Vous allez le croire sur parole ? Il se trouve dans l'autre camp maintenant, avec Phil Harvey. » Johnny était étonné de le voir aussi naïf et influençable.

« Je lui ai répondu que j'allais gagner, murmura Gam. Mais sincèrement, ce radotage perpétuel qu'on entend dès qu'on allume la télévision ou qu'on décroche le téléphone... c'est épouvantable. Ça me décourage ; ça me donne envie de fuir au bout du monde.

— Je comprends, dit Johnny après un silence.

— Louis n'était pas comme ça autrefois, poursuivit Gain d'un ton plaintif. Il ne fait plus que ressasser. Et puis, même s'il peut me faire élire... en ai-je vraiment envie ? Je suis fatigué, Mr Barefoot. Très fatigué. » Un silence s'ensuivit.

« Si vous comptiez sur moi pour vous remonter le moral, vous n'avez pas frappé à la bonne porte », dit Johnny. La voix au téléphone et à la télévision lui faisait le même effet. Il se sentait incapable de réconforter Gam.

« Vous êtes un spécialiste des relations publiques, dit Gam. Ne pouvez-vous faire naître l'enthousiasme à partir de rien ? Emplissez-moi de conviction, Barefoot, et je convaincrai les gens. » Il tira un télégramme de sa poche. « Voilà ce que j'ai reçu de Louis l'autre jour. Apparemment, il peut s'immiscer dans les lignes télégraphiques comme dans les autres moyens de communication. » Il tendit le télégramme à Johnny, qui le lut.

« À ce moment-là, ses pensées étaient plus cohérentes, observa-t-il.

— C'est ce que je voulais dire ! Il se dégrade rapidement. Lorsque la Convention commencera — c'est-à-dire après-demain — à quel stade en sera-t-il ? J'ai l'impression qu'il va se passer quelque chose de terrible. Et je ne tiens pas à y être mêlé. » Il ajouta : « Et j'ai quand même envie de me présenter. Alors, Barefoot… arrangez-vous avec Louis en mon nom ; vous servirez d'intermédiaire… de psychopompe.

— Que signifie ce mot ?

— C'est ainsi que l'on appelle l'intermédiaire entre Dieu et l'homme, expliqua Gam.

— Si vous vous servez de mots pareils, jamais vous n'obtiendrez l'investiture, je vous le garantis. »

Gam lui adressa un sourire forcé. « Que diriez-vous d'un verre ? » Gam quitta le salon pour se rendre à la cuisine. « Bourbon ? Scotch ?

— Bourbon, indiqua Johnny.

— Dites-moi, que pensez-vous de la petite-fille de Louis ?

— Je l'aime bien. » Et c'était vrai ; il était parfaitement sincère.

« Bien que ce soit une psychotique, une droguée ? Bien qu'elle ait fait de la prison et donne de surcroît dans le délire mystique ?

— Oui, persévéra Johnny.

— Vous êtes fou, dit Gain en revenant avec les verres. Mais je vous approuve. C'est une fille bien. En fait, je la connais depuis un certain temps. Franchement, je ne comprends pas ce qui lui a fait suivre cette pente. Sans vouloir jouer au psychologue, je crois que ça a à voir avec Louis. Elle lui porte une sorte de dévotion bizarre, une loyauté à la fois infantile et fanatique. Et de mon point de vue, attendrissante.

— Ce bourbon est infect, dit Johnny après avoir porté le verre à ses lèvres.

— De l'Old Sir Muskrat, l'informa Gain en faisant la grimace. Effectivement.

— Vous auriez intérêt à mieux choisir vos alcools, si vous ne voulez pas ruiner votre carrière politique.

— Voilà pourquoi ai besoin de vous. Vous comprenez ?

— Je comprends. » Johnny emporta son verre à la cuisine pour le reverser dans la bouteille — et aller flairer le scotch.

« Comment allez-vous vous y prendre pour me faire élire ? s'enquit Gam.

— Je crois que la meilleure solution, la seule en fait, serait de jouer sur la corde sensible des gens, sur l'émotion inspirée par la mort de Louis. J'ai vu les foules défiler devant son cercueil ; c'était impressionnant. Ça n'arrêtait pas. De son vivant, nombreux étaient ceux qui le craignaient, lui et sa puissance. Mais maintenant ils peuvent respirer ; il n'est plus là, et les aspects redoutables de…

— Mais si, Johnny, il est toujours là ! l'interrompit Gain. C'est bien là tout le problème. Ce radotage qui encombre tous les moyens de communication… c'est lui !

— Sauf que les gens n'en savent rien. Le public est perplexe… comme l'était la première personne qui a capté sa voix. Ce technicien de l'Abîme Kennedy. » Puis, d'un ton catégorique : « Pourquoi verraient-ils un rapport entre Louis Sarapis et un phénomène électrique dont l'origine se situe à une semaine-lumière de la Terre ? »

Un ange passa. « Je pense que vous vous trompez, Johnny, dit enfin Gam. Mais Louis m'a dit de vous prendre à mon service, et j'obéirai. Je vous donne carte blanche ; je m'en remets à votre expérience.

— Merci. » Mais intérieurement, Johnny doutait de lui. *Le public est peut-être plus intelligent que je ne le crois*, s'avisa-t-il. *Je suis peut-être en train de commettre une erreur.* Mais quelle autre solution avait-il ? Aucune ; ou ils exploitaient les liens unissant Gam à Louis, ou ils se retrouvaient sans rien pour le signaler à l'attention du public.

Un fil bien mince pour y suspendre toute une campagne d'investiture… et à un jour seulement de l'ouverture de la Convention. Cela ne lui disait rien qui vaille.

Le téléphone du salon sonna.

« C'est probablement lui, dit Gam. Voulez-vous lui parler ? Sincèrement, j'ai peur de décrocher.

— Laissez sonner. » Johnny comprenait Gam ; c'était vraiment insupportable.

« Mais nous ne pourrons pas lui échapper s'il veut entrer en contact avec nous, lui fit remarquer Gam. Si ce n'est pas le téléphone, ce seront les journaux. Hier je me suis mis à ma machine à écrire électrique ; au lieu de la lettre que je voulais rédiger, j'ai obtenu la même bouillie… un texte de *lui.* »

Aucun d'eux ne fit un geste pour décrocher le téléphone.

« Désirez-vous une avance ? demanda Gam. Du liquide ?

— Avec plaisir. Dès aujourd'hui, je démissionne de l'Archimédienne. »

Gam plongea une main dans sa veste pour en retirer son portefeuille. « Je vais vous faire un chèque. » Il lorgna Johnny. « Vous l'aimez bien, mais vous ne pouvez pas travailler avec elle, c'est ça ?

— Exactement. » Johnny s'abstint d'entrer dans les détails, et Gam se garda d'insister. C'était un homme bien élevé, à défaut d'autre chose. Et Johnny appréciait cela.

Au moment où le chèque changeait de mains, le téléphone cessa de sonner.

Y avait-il un lien entre les deux faits ? se demanda Johnny. Ou était-ce un hasard ? Impossible de le savoir. Louis semblait être au courant de tout... de toute façon, c'était sa volonté ; il la leur avait signifiée à tous les deux.

« Je crois que nous avons fait le bon choix, décréta Gam. Écoutez, Johnny, j'espère que vous vous réconcilierez avec Kathy Egmont Sharp. Pour son bien. Elle a besoin d'aide. De beaucoup d'aide. »

Johnny émit un grognement.

« Maintenant que vous n'êtes plus à son service, faites un nouvel essai, poursuivit Gam. D'accord ?

— J'y penserai.

— Cette fille est très malade, et de lourdes responsabilités pèsent sur elle. Vous le savez aussi bien que moi. Quelle que soit la cause de votre différend, tâchez de trouver un terrain d'entente *avant qu'il soit trop tard*. C'est la seule ligne de conduite à adopter. »

Johnny resta muet. Il savait au fond de lui que Gam avait raison.

Mais comment faire ? Il n'en avait aucune idée. Comment s'y prenait-on avec une psychotique ?

Comment combler un fossé aussi profond ? C'était déjà difficile dans les situations les plus ordinaires... et celle-ci comportait tellement d'éléments sous-jacents !

Dont Louis, à tout le moins. Et les sentiments de Kathy à son égard. Il faudrait qu'ils changent. Cette adoration aveugle... il faudrait que cela cesse.

« Qu'est-ce que votre femme pense d'elle ? » interrogea Gam.

Johnny sursauta. « Sarah Belle ? Elle n'a jamais vu Kathy. Pourquoi me demandez-vous ça ? »

Gam le dévisagea sans répondre.

« Drôle de question, murmura Johnny.

— Drôle de fille, cette Kathy. Plus que vous ne le croyez, cher ami. Vous êtes loin de détenir toutes les données du problème. » Il ne précisa pas davantage sa pensée.

« Il y a une chose que j'aimerais savoir, dit Phil Harvey à Claude Saint Cyr. Un problème auquel nous devons absolument trouver une solution, si nous voulons devenir un jour majoritaires dans la Wilhelmina. *Où se trouve le corps ?*

— Nous cherchons, répondit patiemment Saint Cyr. Nous explorons tous les funérariums. Mais l'argent est passé par là. Sans aucun doute, quelqu'un paie les propriétaires pour qu'ils se taisent, et si nous voulons les faire parler...

— Cette fille, dit Harvey, agit selon des instructions venues d'outre-tombe. Louis a beau se trouver en pleine désagrégation mentale... elle continue de lui prêter attention. C'est... anormal. » Il secoua la tête d'un air écœuré.

« Je partage votre avis. Et vous l'avez parfaitement

formulé. Ce matin, en me rasant, je l'ai entendu à la télévision.» Il frissonna. «Désormais nous sommes soumis à un véritable siège.

— C'est aujourd'hui que s'ouvre la Convention.» Debout devant la fenêtre, Harvey regardait le va-et-vient des passants et des voitures. «L'attention de Louis va se concentrer là-dessus, il va s'efforcer de faire basculer les votes en faveur d'Alfonse Gam. C'est là que se trouve Johnny, à travailler pour Gam — conformément à l'idée de Louis. Le moment est peut-être venu d'agir avec plus de succès. Vous me suivez ? Il y a des chances que Louis ait oublié Kathy ; bon sang, il ne peut tout de même pas exercer sa surveillance partout à la fois.

— Mais Kathy n'est plus à l'Archimédienne, objecta tranquillement Saint Cyr.

— Où est-elle alors ? Dans le Delaware ? À la Wilhelmina ? Il ne devrait pas être très difficile de la retrouver.

— Elle est malade. Elle a été hospitalisée pas plus tard qu'hier soir. Pour une cure de désintoxication, je suppose.»

Un silence s'ensuivit.

«Vous êtes bien renseigné, remarqua enfin Harvey. Comment avez-vous appris ça ?

— En écoutant le téléphone et la télévision. Mais j'ignore dans quel hôpital elle a été admise. Il se pourrait même que ce soit loin de la Terre, sur la Lune ou sur Mars, voire là d'où elle vient. J'ai l'impression qu'elle est gravement atteinte. La défection de Johnny l'a beaucoup affectée.» Saint Cyr fixa un regard sombre sur son patron. «C'est tout ce que je sais, Phil.

— Pensez-vous que Barefoot sache où elle est ?

— J'en doute.

— Je suis persuadé qu'elle va essayer de l'appeler, déclara Harvey après un instant de réflexion. Si nous pouvions brancher un système d'écoute sur le téléphone de Johnny... acheminer ses appels jusqu'ici...

— Les lignes sont saturées par les radotages de Louis», dit Saint Cyr d'un ton las. Il se demanda ce qu'allait devenir l'Archimédienne si Kathy était déclarée inapte à la diriger, si elle était destituée. Très compliqué, tout dépendait si on en appelait à la juridiction terrestre ou bien...

«Nous ne pouvons ni la retrouver ni retrouver le corps, continuait Harvey. Et pendant ce temps la Convention s'inaugure, et on va donner l'investiture à ce pantin de Gam.» Il enveloppa Saint Cyr d'un regard hostile. «Jusqu'à présent, vous ne m'avez pas été d'une grande utilité, Claude.

— On va ratisser tous les hôpitaux. Mais il y en a des milliers. Si Kathy ne se trouve pas dans la région, elle peut être n'importe où.» Il sentait le découragement l'envahir. *On tourne en rond*, se dit-il.

Eh bien, on peut toujours surveiller la télévision, décréta-t-il. *Ce sera mieux que rien.*

«Je vais à la Convention, annonça Harvey. À plus tard. Si vous avez du nouveau, ce dont je doute, vous pourrez me joindre là-bas.» Il gagna la porte en quelques enjambées et Saint Cyr se retrouva seul.

Bon sang, qu'est-ce que je vais faire? se demanda-t-il. *Je devrais peut-être aller à la Convention moi aussi.* Cependant, il avait un dernier funérarium à contrôler; ses hommes y étaient déjà passés, mais il voulait y jeter un coup d'œil personnellement. C'était exactement le genre d'établissement qui aurait pu plaire à Louis, dirigé qu'il était par un personnage onctueux au nom impossible: Herbert Schoenheit von Vogelsang, ce qui signifiait en allemand Herbert Beauté-du-Chant-d'Oiseau — patronyme particulièrement indiqué pour le patron du funérarium des Frères Bien-Aimés, au cœur de Los Angeles, avec des succursales à Chicago, New York et Cleveland.

Arrivé au funérarium, Saint Cyr insista pour voir Herbert Schoenheit von Vogelsang en personne. L'endroit était en pleine effervescence ; le jour de la Résurrection arrivait et la petite-bourgeoisie, qui affluait à ce genre de cérémonie, faisait la queue pour prendre livraison d'un parent en semi-vie.

« Monsieur, dit Schoenheit von Vogelsang lorsqu'il fit enfin son apparition à la réception. Vous avez demandé à me parler ? »

Saint Cyr posa sa carte de visite sur le comptoir ; elle faisait toujours mention de sa qualité de conseiller juridique auprès de l'Archimédienne. « Claude Saint Cyr, déclara-t-il. Vous avez peut-être entendu parler de moi. »

Schoenheit von Vogelsang jeta un coup d'œil à la carte, pâlit et balbutia : « Je vous assure, Mr Saint Cyr, que nous poursuivons nos efforts. Nous avons dépensé plus de mille dollars en fonds propres pour essayer d'établir le contact. Nous avons fait venir des équipements ultrasensibles du Japon, pays qui a l'apanage de leur conception et de leur fabrication. Et toujours aucun résultat. » En proie à une agitation fébrile, il s'éloigna du comptoir. « Venez vous rendre compte par vous-même. Pour parler franc, je suis convaincu que nous sommes victimes d'une manœuvre malveillante ; pareil échec ne saurait avoir une origine naturelle, si vous voyez ce que je veux dire.

— Menez-moi auprès de lui.

— Certainement. » Toujours pâle et nerveux, le propriétaire du funérarium le conduisit sur place. Saint Cyr aperçut enfin, toujours en l'état, le cercueil de Louis Sarapis. « Avez-vous l'intention d'intenter une action en justice ? demanda timidement le propriétaire. Je vous assure que…

— Je suis simplement venu reprendre possession du corps, déclara Saint Cyr. Faites-le-moi livrer.

— Très bien, Mr Saint Cyr », répondit docilement Herbert Schoenheit von Vogelsang. Il fit signe à deux employés et entreprit de leur donner des instructions. « Disposez-vous d'un véhicule à cet effet, Mr Saint Cyr ? s'informa-t-il.

— Vous allez m'en fournir un », dit Saint Cyr d'un ton qui n'admettait pas de réplique.

Le cercueil fut bientôt chargé sur un camion de la compagnie. Le chauffeur se tourna vers Saint Cyr pour recevoir ses instructions. Celui-ci lui donna l'adresse de Phil Harvey.

« Et cette action judiciaire ? s'inquiéta Schoenheit von Vogelsang au moment où Saint Cyr prenait place à côté du chauffeur. Vous n'avez pas l'intention d'invoquer une faute professionnelle de notre part, n'est-ce pas ? Parce que dans ce cas…

— En ce qui nous concerne, l'affaire est classée », répondit laconiquement Saint Cyr avant de donner au chauffeur le signal du départ.

Dès qu'ils eurent quitté le funérarium, Saint Cyr se mit à rire.

« Qu'est-ce qu'il y a de si drôle ? demanda le chauffeur.

— Rien », répondit Saint Cyr en continuant de glousser.

Lorsque le corps, toujours dans sa capsule de réfrigération, eut été déposé au domicile de Harvey et que le chauffeur fut reparti, Saint Cyr décrocha le téléphone. Mais rien à faire pour obtenir le siège de la Convention. Seule parvenait à ses oreilles, à son grand dam, l'étrange et lointaine litanie de Louis Sarapis… Il raccrocha, écœuré, mais en même temps animé d'une farouche détermination.

C'en est assez, se dit-il. *Je n'attendrai pas l'accord de Harvey ; je peux m'en passer.*

Il fouilla la salle de séjour et trouva dans un tiroir un pistolet laser. Il le braqua sur le cercueil et appuya sur la détente.

La coque réfrigérée se mit à fumer ; le cercueil lui-même grésilla à mesure que le plastique fondait. À l'intérieur, le corps noircit, se racornit, pour se transformer enfin en une petite masse carbonisée impossible à identifier.

Satisfait, Saint Cyr remit le pistolet dans le tiroir.

Il décrocha à nouveau le téléphone et composa son numéro.

Et une fois de plus lui parvint la voix monotone : «… personne d'autre que Gam ne peut y arriver ; Gam, l'homme qu'on réclame… un bon slogan pour vous, Johnny. Gam, l'homme qu'on réclame ; souvenez-vous-en. Laissez-moi la parole. Donnez-moi le micro et je leur dirai : Gam, l'homme qu'on réclame. Gam… »

Saint Cyr reposa brutalement le récepteur et se tourna, sans comprendre, vers le tas de cendres noircies. Lorsqu'il alluma le téléviseur, ce fut pour entendre la même voix monocorde ; rien n'avait changé.

La voix de Louis Sarapis n'émanait pas du corps !

Car le corps n'existait plus. Il n'y avait aucun rapport entre les deux.

Il s'assit et alluma une cigarette d'une main tremblante, essayant de saisir ce que tout cela signifiait. Il y était presque, semblait-il, il tenait presque l'explication.

Mais pas tout à fait.

V

Encore sous le choc, Saint Cyr emprunta le monorail — il avait laissé son hélico au funérarium des Frères Bien-Aimés — pour gagner le siège de la Convention. Bien entendu, l'endroit était noir de monde. Toutefois, malgré la confusion générale, il réussit à obtenir les services d'un chasseur robot et Phil Harvey fut prié par haut-parleur de rallier une des salles annexes mises à la disposition des délégations désirant délibérer à huis clos.

Harvey apparut, les vêtements tout en désordre à force de jouer des coudes dans la foule des spectateurs et des délégués. « Qu'y a-t-il, Claude ? » Puis il remarqua l'expression de son conseiller juridique. « Dites-moi tout, reprit-il à voix basse.

— La voix qu'on entend, lâcha Saint Cyr. Ce n'est pas celle de Louis ! C'est quelqu'un d'autre qui essaie de se faire passer pour lui !

— Comment le savez-vous ? »

Saint Cyr lui rapporta ce qu'il avait fait.

Harvey hocha la tête. « Vous êtes sûr que c'est bien le corps de Sarapis que vous avez réduit en cendres ? Aucune substitution n'a eu lieu au funérarium ?

— Je n'en jurerais pas, mais j'en ai la conviction, comme j'en ai eu la conviction sur le moment.» De toute façon, il était trop tard pour en avoir la preuve; les restes du corps ne pouvaient se prêter à une analyse concluante.

«Mais alors ce serait qui? interrogea Harvey. Enfin, cette voix nous parvient d'au-delà du système solaire! Pourrait-il s'agir d'extraterrestres? D'une sorte d'écho, d'un canular, d'une réaction d'éléments inertes encore inédite? D'un effet du hasard?»

Saint Cyr se mit à rire. «Vous dites n'importe quoi, Phil. Arrêtez.»

Harvey opina. «Comme vous voudrez, Claude. Si vous pensez que c'est quelqu'un d'ici…

— Je n'en sais rien, avoua Saint Cyr en toute sincérité. Mais j'ai l'impression qu'il s'agit de quelqu'un qui se trouve sur notre planète, quelqu'un qui connaissait assez bien Louis pour se pénétrer de ses manies au point d'être capable de les imiter.» Il se tut. Il ne pouvait pousser plus loin la logique de son raisonnement. Au-delà, c'était l'inconnu. Un inconnu effrayant.

Il y a là-dedans, pensa-t-il, *une part de démence. Ce que nous prenions pour de la décrépitude mentale… c'est plutôt une forme de folie. À moins que folie et décrépitude ne soient une seule et même chose.* Comment savoir? Il n'était pas compétent en matière de psychiatrie, sauf en ce qui concernait les aspects juridiques. Et les aspects juridiques n'avaient rien à faire ici.

«Est-ce que la candidature de Gam a déjà été présentée? demanda-t-il à Harvey.

— Non, mais ça ne saurait tarder. C'est un délégué du Montana qui s'en chargera, paraît-il.

— Johnny Barefoot est là ?

— Oui. Il s'affaire auprès des délégués et ne tient pas en place. Il court d'une délégation à l'autre, on ne voit que lui. Aucun signe de Gam, naturellement. Il ne se présentera qu'à la fin du discours d'investiture, et alors ce sera le cirque. Vivats, défilés, banderoles... les supporters de Gam sont fin prêts.

— Aucune manifestation de... » Saint Cyr hésita. « ... ce que nous supposons être Louis ? De sa présence ? » *Ou de la présence de* cette chose, rectifia-t-il mentalement.

« Pas encore.

— Je crois que nous en entendrons parler avant la fin de la journée. »

Harvey hocha la tête ; c'était aussi son avis.

« Vous avez peur ? questionna Saint Cyr.

— Évidemment. Surtout maintenant que nous ne savons plus à qui ou à quoi nous avons affaire.

— Vous avez raison de prendre les choses ainsi. » Saint Cyr éprouvait les mêmes sentiments.

« Il faudrait peut-être prévenir Johnny ? suggéra Harvey.

— Laissons-le découvrir la vérité par lui-même.

— Comme vous voudrez. Après tout, c'est vous qui avez fini par découvrir le corps de Louis. Je vous fais entière confiance. »

En un sens, songea Saint Cyr, *je préférerais n'avoir rien découvert du tout. Je préférerais ignorer ce que je sais maintenant. Nous étions plus tranquilles en croyant que c'était ce vieux Louis qui nous parlait via le téléphone, la presse et la télévision.*

Sale histoire... mais là, c'est encore pire.

Et pourtant j'ai l'impression que la réponse est là, quelque part, presque à portée de main.

Il faut que j'essaie, se dit-il. *Que je trouve.*

Seul dans une salle annexe, un Johnny Barefoot tendu suivait le déroulement de la Convention sur le circuit de télévision intérieur. La distorsion, la voix envahissante venue de l'espace avait momentanément disparu, et il voyait et entendait à l'écran le délégué du Montana prononcer son allocution en faveur de l'investiture d'Alfonse Gam.

Il se sentait fatigué. La Convention, ses discours, ses cortèges, ses vociférations l'excédaient, le prenaient à rebrousse-poil. *Quel cirque*, songeait-il. Pourquoi tout ce tumulte ? Si Gam voulait être désigné, il en avait les moyens ; le reste était inutile.

Ses pensées personnelles tournaient autour de Kathy Egmont Sharp.

Il ne l'avait pas revue depuis son départ pour l'hôpital universitaire de San Francisco. Il n'avait pas de nouvelle de son état de santé et ignorait si elle avait commencé sa cure de désintoxication.

Une intuition secrète lui disait que non.

À quel point Kathy était-elle malade ? Sans doute était-elle profondément atteinte, que la drogue y soit ou non pour quelque chose. Peut-être ne quitterait-elle plus jamais l'hôpital ; c'était tout à fait concevable.

D'un autre côté, si elle voulait en sortir, *elle en trouverait le moyen.* Et cela, son intuition le lui indiquait avec encore plus de force.

Tout dépendait d'elle. S'étant fait hospitaliser volontairement, elle ressortirait de même. Personne ne pouvait la contraindre… c'était dans son caractère. Et cela, s'avisa-t-il, pouvait fort bien être symptomatique de son état mental.

La porte de la salle s'ouvrit. Ses yeux se détournèrent de l'écran.

Claude Saint Cyr se tenait sur le seuil, un pistolet laser à la main. Il visait Johnny. « Où est Kathy ? lança-t-il.

— Je ne sais pas. » Johnny se leva lentement, sur ses gardes.

« Si, vous le savez. Dites-le-moi, sinon je vous tue !

— Pourquoi ? » Il se demandait ce qui poussait Saint Cyr à de telles extrémités.

« Elle est sur Terre ? » Il s'approcha de Johnny sans cesser de braquer son pistolet sur lui.

« Oui ! admit Johnny à contrecœur.

— Dans quelle ville ?

— Quelles sont vos intentions ? Ce n'est pas votre genre, Claude. Vous avez toujours agi dans la plus parfaite légalité.

— Je crois que la voix, c'est Kathy, lâcha Saint Cyr. Je sais maintenant que ce n'est pas Louis ; à partir de là, on entre dans le domaine des suppositions. *Kathy est la seule personne de ma connaissance à être assez déséquilibrée, assez détériorée pour cela.* Donnez-moi le nom de l'hôpital.

— La seule façon de savoir que la voix ne provient pas de Louis, ce serait de détruire son corps, avança Johnny.

— Précisément. » Et Saint Cyr d'accompagner sa réponse d'un hochement de tête.

Ainsi, c'est ce que tu as fait, se dit Johnny. *Tu as trouvé le bon funérarium ; tu as contacté Herbert Schoenheit von Vogelsang.* Ce n'était pas plus compliqué que cela.

La porte se rouvrit brutalement. Un groupe de supporters de Gam pénétra dans la salle dans un concert d'acclamations ; ils soufflaient dans des mirlitons, lançaient des serpentins, brandissaient de grandes pancartes peintes à la main. Saint Cyr se retourna… et Johnny Barefoot en profita pour se glisser derrière les arrivants et bondir dans le couloir.

Il poursuivit son chemin au pas de course. Quelques instants plus tard il émergeait dans la grande salle centrale où la manifestation en faveur de Gam battait son plein. Diffusée par les haut-parleurs, une voix laissait tomber des phrases tonitruantes.

« Votez pour Gam, l'homme qu'on réclame. Gam, Gam, Votez pour Gam, votez pour Gam, l'inattaquable. Votez pour Gam, l'homme qu'on réclame. Gam, Gam, Gam, sans état d'âme… »

Kathy, pensa-t-il. *Ça ne peut pas être vous ; c'est impossible !* Continuant de courir, il quitta la salle, se faufilant parmi les délégués en délire qui dansaient, les hommes et les femmes aux yeux vitreux coiffés de chapeaux clownesques qui agitaient leurs banderoles… Il atteignit la rue, pleine d'hélicos et de voitures à l'arrêt assiégés par des hordes de gens qui se bousculaient pour y prendre place.

Si c'est vous, réfléchit-il, *c'est que votre état est désespéré. Même si vous avez le désir de guérir. Attendiez-vous la mort de Louis ? C'est ça ? Vous nous haïssez ? Vous avez peur de nous ? Comment expliquer vos agissements ? Quelle est la* raison *de tout cela ?*

Il héla un hélico marqué TAXI. « À San Francisco », dit-il au pilote.

Peut-être n'avez-vous pas conscience de ce que vous faites, songea-t-il. *Peut-être est-ce un processus autonome qui prend naissance dans votre subcons-*

cient. Dans une personnalité dissociée, l'une existant en surface, celle que nous voyons, l'autre étant...

Celle que nous entendons.

Faut-il vous plaindre ? Ou vous haïr, avoir peur de vous ? Quel mal pouvez-vous faire ? C'est là l'essentiel. Je vous aime, songea-t-il. *En un sens, du moins. Je m'intéresse à vous, et c'est une forme d'amour, différent de celui que je porte à ma femme ou à mes enfants, mais relevant de la même sollicitude. Bon sang, c'est affreux. Mais Saint Cyr peut se tromper ; ce n'est peut-être pas vous.*

L'hélico s'arracha du sol, franchit l'obstacle des bâtiments et prit la direction de l'ouest, ses pales au maximum de leur vélocité.

À terre, devant le siège de la Convention, Saint Cyr et Harvey regardèrent partir l'appareil.

« Ça a marché, dit Saint Cyr. Je lui ai donné le coup de pouce nécessaire. Je suppose qu'il est en route pour Los Angeles ou San Francisco. »

Un deuxième appareil, hélé par Harvey, vint se poser devant eux. Les deux hommes embarquèrent et Harvey dit : « Vous voyez le taxi qui vient de décoller ? Suivez-le. En essayant de ne pas vous faire repérer, si possible.

— Et comment ça ? fit le pilote. Si je peux le voir, il peut me voir. » Il n'en mit pas moins son compteur en marche et prit de l'altitude. « Je n'aime pas ce genre de truc, maugréa-t-il. Ça peut être dangereux.

— Branchez donc votre radio, lui lança Saint Cyr, si vous voulez entendre quelque chose de dangereux.

— Vous rigolez ? dit le conducteur, écœuré. La radio ne marche pas. Un genre d'interférence, les taches solaires ou peut-être un radio amateur... J'ai loupé des tas de courses parce que le standard ne peut pas me contacter. Il me semble que la police devrait prendre des mesures, non ? »

Saint Cyr ne répondit pas. À côté de lui, Harvey ne quittait pas des yeux l'hélico qui les devançait.

Quand son taxi eut atteint l'hôpital universitaire de San Francisco et se fut posé sur la terrasse du bâtiment principal, Johnny Barefoot vit un autre appareil décrire un cercle au lieu de poursuivre sa route et comprit qu'il ne s'était pas trompé : il était suivi depuis son départ. Mais il ne s'en inquiéta pas ; c'était sans importance.

Empruntant les escaliers, il s'arrêta au troisième étage et s'approcha d'une infirmière. « Mrs Sharp, dit-il. Où est-elle ?

— Renseignez-vous à la réception. De toute façon, les visites ne sont autorisées qu'à partir de... »

Il continua sur sa lancée jusqu'à ce qu'il ait trouvé la réception.

« Mrs Sharp occupe la chambre 309 », lui indiqua l'infirmière de service, une dame d'un certain âge portant lunettes. « Mais il faut demander l'autorisation de la voir au Dr Gross. Pour l'instant, je crois qu'il déjeune ; il devrait être de retour vers deux heures. Si vous voulez bien patienter... » Elle lui montra une salle d'attente.

« Merci, dit-il. Je vais attendre. » Mais une fois dans la salle, il alla ouvrir la porte opposée, qui donnait sur un corridor, et chercha le numéro 309. Après l'avoir trouvé, il entra dans la chambre, referma la porte et regarda autour de lui.

Il y avait bien là un lit, mais vide.

« Kathy », dit-il.

Elle était à la fenêtre, en peignoir. Elle tourna vers lui un visage sournois, déformé par la haine. Ses lèvres remuèrent et, les yeux fixés sur lui, elle lâcha, pleine d'aversion : « Je veux Gam, j'y tiens comme à mon âme. » Elle s'approcha, les mains levées, les doigts recroquevillés, et cracha : « À Gam la palme ! » Dans ses yeux, il vit vaciller les derniers vestiges de sa personnalité. « Gam, Gam, Gam », répéta-t-elle ; puis elle le gifla.

Il battit en retraite. « C'est donc vous, dit-il. Saint Cyr avait raison, C'est bon, je m'en vais. » Il chercha à tâtons la poignée de la porte derrière lui. Un vent de panique l'emporta. Il ne pensait plus qu'à fuir. « Kathy, s'écria-t-il, arrêtez ! » Les ongles enfoncés dans son épaule, elle s'accrochait à lui, le regardant de biais, un sourire aux lèvres.

« Vous êtes mort, déclara-t-elle. Allez-vous-en. Vous puez le cadavre.

— C'est ça, je m'en vais. » Il réussit à trouver la poignée de la porte. C'est alors qu'elle le lâcha. Il vit sa main droite se lever, vive comme l'éclair, les ongles dirigés vers son visage, ses yeux peut-être. Il se baissa et esquiva le coup. « Laissez-moi partir », dit-il en se protégeant le visage des deux bras.

Kathy murmura : « Je suis Gam, je suis Gam. Je suis la seule qui existe. Je suis vivante. Gam vivant. » Elle éclata de rire. « C'est ça, reprit-elle en imitant à la perfection la voix de Johnny. Saint Cyr avait raison. C'est bon, je m'en vais. Je m'en vais. Je m'en vais. » Elle se trouvait désormais entre la porte et lui. « La fenêtre, dit-elle. Allez-y, maintenant, faites ce que vous vouliez faire quand je vous en ai empêché. » Elle se précipita sur lui et il recula, pas à pas, jusqu'au moment où il se sentit le dos au mur.

« Tout est dans votre esprit, dit-il. Toute cette haine. On a tous de l'affection pour vous. Moi, Gam, Saint Cyr et Harvey. À quoi ça rime, tout ça ?

— À quoi ça rime ? Eh bien, je vous montre ce que vous êtes en réalité. Vous ne le savez pas encore ? Vous êtes pire que moi. Au moins, je fais preuve d'honnêteté.

— Pourquoi avez-vous fait semblant d'être Louis ?

— Mais je suis Louis. À sa mort, il n'est pas entré en semi-vie parce que je l'ai mangé ; il est devenu moi. C'est ce que j'attendais. Alfonse et moi avions tout combiné, l'émetteur, là-bas, avec les bandes préenregistrées… On vous a fichu la trouille, hein ? Vous avez peur, trop peur pour vous mettre en travers de sa route. Il aura l'investiture ; il l'a déjà, je le sens, je le sais.

— Pas encore.

— Mais ça ne saurait tarder. Et je serai sa femme. » Elle sourit. « Et vous serez mort, vous et les autres. » Elle s'avança vers lui en psalmodiant : « Je suis Gam, je suis Louis, et quand vous serez mort je serai vous, John Barefoot, et tous les autres ; je vous mangerai tous. » Elle ouvrit largement la bouche, et il aperçut ses dents aiguës, blanches comme la mort elle-même.

« Et vous régnerez sur les morts ! » s'écria Johnny en la frappant de toutes ses forces à la joue, près de la mâchoire.

Elle tomba à la renverse, puis se redressa aussitôt et bondit sur lui. Il fit un écart, le temps d'apercevoir fugitivement ses traits déformés, saccagés par la force de son coup de poing. Puis, tout d'un coup, la porte s'ouvrit sur Saint Cyr et Harvey, accompagnés de deux infirmières. Kathy s'immobilisa. Johnny fit de même.

« Venez, Barefoot », dit Saint Cyr avec un brusque mouvement de la tête.

Johnny les rejoignit.

Tout en renouant la ceinture de son peignoir, Kathy dit d'une voix neutre : « Tout ça était donc concerté. Il devait me tuer. Johnny. Et vous autres n'aviez plus qu'à être là pour profiter du spectacle.

— Ils ont un gigantesque émetteur dans l'espace, raconta Johnny. Il est prêt depuis longtemps… peut-être des années. Et pendant tout ce temps, ils ont attendu la mort de Louis ; si ça se trouve, ce sont eux qui l'ont tué. Leur plan visait à faire désigner et élire Gam en terrorisant tout le monde avec ces émissions. C'est une malade. Bien plus atteinte que nous ne le pensions, que *vous* le pensiez. Mais la plus grande partie de son mal se dissimulait sous la surface. »

Saint Cyr haussa les épaules. « Eh bien, aux experts de rendre leur verdict. » Il était calme mais s'exprimait avec une lenteur inhabituelle. « Le testament m'a nommé curateur ; je peux représenter la succession contre elle, remplir la demande d'internement et déposer lors de l'expertise médicale.

— Je demanderai à passer devant un jury, dit Kathy. Je peux convaincre un jury que je suis saine d'esprit ; ce n'est pas très difficile, finalement ; je l'ai déjà fait.

— Peut-être bien, rétorqua Saint Cyr. Mais d'ici là l'émetteur aura disparu ; les autorités y auront mis le holà.

— Il faudra des mois pour l'atteindre, objecta

Kathy. Même avec l'astronef le plus rapide. À ce moment-là les élections auront eu lieu et Alfonse sera président. »

Saint Cyr jeta un coup d'œil à Barefoot. « Possible, murmura-t-il.

— C'est pourquoi nous l'avons installé aussi loin, poursuivit Kathy. L'effet conjugué de l'argent d'Alfonse et de mes talents. J'ai hérité des dons de Louis, voyez-vous. Je peux faire n'importe quoi. Rien ne m'est impossible si je le désire ; je n'ai qu'à le désirer *suffisamment.*

— Vous désiriez me voir sauter par la fenêtre, intervint Johnny. Et je ne l'ai pas fait.

— Une minute de plus, et ça y était. Si les autres n'étaient pas intervenus. » Elle avait repris son sang-froid. « Mais cela finira par arriver ; je ne vous lâcherai pas. Vous ne pourrez vous cacher nulle part ; je vous suivrai partout et je vous retrouverai. Tous les trois. » Son regard les enveloppa l'un après l'autre.

« Je possède de l'influence et de l'argent, dit Harvey. Nous pourrons mettre Gam en échec, même s'il obtient l'investiture.

— Vous avez certes de l'influence, admit Kathy, mais pas d'imagination. Malgré tout ce que vous possédez, vous n'êtes pas de taille à vous mesurer avec moi. » Elle était d'un calme, d'une assurance incroyables.

« Allons-nous-en ! » fit Johnny. Et il se jeta dans le couloir, fuyant la chambre 309 et Kathy Egmont Sharp.

Johnny montait et descendait les rues escarpées de San Francisco, les mains dans les poches, sans voir les immeubles ni les passants, se contentant d'avancer. L'après-midi tirait à sa fin; les lumières de la ville s'allumèrent sans même qu'il s'en rende compte. Il couvrit des kilomètres et des kilomètres jusqu'à ce que ses pieds lui fassent souffrir le martyre, jusqu'à ce qu'il s'aperçoive qu'il avait une faim de loup... qu'il était presque dix heures du soir et qu'il n'avait rien mangé depuis le matin. Il s'arrêta et regarda autour de lui.

Où se trouvaient Claude Saint Cyr et Phil Harvey ? Il ne se souvenait pas de les avoir quittés ; il ne se souvenait même pas d'avoir quitté l'hôpital. Mais Kathy, oui ; il se souvenait d'elle. Il n'aurait pu l'oublier même s'il l'avait voulu. Et il n'en avait pas envie. Ce qui s'était passé était trop important pour que les témoins puissent jamais l'oublier.

Sur un présentoir à journaux, une énorme manchette attira son regard.

GAM OBTIENT L'INVESTITURE
ET PROMET UNE CAMPAGNE MUSCLÉE
POUR L'ÉLECTION DE NOVEMBRE

Ainsi elle y est arrivée, songea Johnny. *Ils y sont arrivés, tous les deux ; ils ont exactement ce qu'ils voulaient. Il ne leur reste plus qu'à battre Kent Margrave. Et cette chose là-bas, à une semaine-lumière de la Terre, continue à débiter ses litanies. Et ça va être comme ça pendant des mois.*

Ils gagneront, conclut-il.

Dans un drugstore il trouva une cabine téléphonique ; il inséra une pièce dans la fente et composa le numéro de son domicile afin de parler à Sarah Belle.

Un déclic. Puis la voix monocorde bien connue

psalmodia : « Gam en novembre, Gam en novembre. Gagnez avec Gam, le président Alfonse Gam, notre candidat. Je suis pour Gam. *Je suis pour Gam de toute mon âme. Pour GAM !* » Il raccrocha et quitta la cabine. C'était sans espoir.

Il commanda un sandwich et un café au comptoir. Il mangea mécaniquement ; il subvenait à ses besoins physiques sans plaisir ni désir, par pur réflexe. Puis il fut temps de régler l'addition. *Que faire ?* se répétait-il. *Qui peut faire quelque chose ? Tous les moyens de communication sont inutilisables ; les médias sont sous contrôle. Ils tiennent la radio, la télévision, les journaux, les télécommunications... tout ce qui se transmet par micro-ondes et par l'électronique. Ils ont tout accaparé, sans rien nous laisser, à nous leurs adversaires, pour répondre à leurs coups.*

La défaite, pensa-t-il. *Telle est la sinistre réalité qui nous attend. Et quand ils prendront le pouvoir, ce sera notre... mort.*

« Ça fera un dollar dix », annonça la serveuse.

Il paya et quitta le drugstore.

Quand un hélico marqué TAXI vint pirouetter dans le voisinage, il lui fit signe.

« Chez moi, lança-t-il au pilote.

— O.K., répondit l'autre aimablement. Mais c'est où chez vous, l'ami ? »

Il lui donna son adresse à Chicago et s'installa en vue de son long voyage. Il renonçait à la lutte ; il abandonnait, retournait auprès de Sarah Belle et des enfants. Pour lui, le combat était terminé.

Quand elle le vit sur le seuil, Sarah Belle s'écria . « Mon Dieu, Johnny, tu as une mine de déterré. » Elle l'embrassa et l'emmena retrouver la chaude atmosphère du salon. « Je pensais que tu étais en train de fêter ta victoire !

— Ma victoire ? s'étonna-t-il d'une voix rauque.

— Ton candidat a obtenu l'investiture.

— Ah oui, dit-il en hochant la tête. C'est vrai, j'étais son responsable des relations publiques. J'avais oublié.

— Tu devrais t'étendre. Je ne t'ai jamais vu aussi abattu, Johnny ; je n'y comprends rien. Qu'est-ce qui t'est arrivé ?

— Rien.

— Est-ce Louis Sarapis qu'on entend partout au téléphone et à la télévision ? On en jurerait. J'en parlais justement aux Nelson ; d'après eux, c'est exactement sa voix.

— Non. Ce n'est pas Louis. Louis est mort.

— Mais sa période de semi-vie…

— Il est mort, je te dis. Oublie ça.

— Tu sais qui sont les Nelson, n'est-ce pas ? Ce sont les gens qui ont emménagé dans l'appartement que…

— Je n'ai pas envie de parler. Ni qu'on me parle. »

Sarah Belle se tut une minute, puis reprit : « Ils ont dit entre autres… ça ne te plaira sans doute pas. Les Nelson sont des gens simples, directs… Ils ont dit que même si Alfonse Gam obtenait l'investiture, ils ne voteraient pas pour lui. C'est bien simple, ils ne peuvent pas le sentir. »

Il laissa échapper un grognement.

« Ça t'embête ? demanda Sarah Belle. Je pense que c'est leur façon de réagir à la pression que Louis n'arrête pas d'exercer à la télévision et au téléphone. Ça ne leur plaît pas beaucoup. Je pense que tu as forcé la dose, Johnny. » Elle lui lança un regard hésitant. « C'est la vérité ; je dois l'avouer. »

Il se leva. « Je vais voir Phil Harvey, dit-il. À plus tard. »

Elle le regarda partir, les yeux pleins d'inquiétude.

Une fois chez Harvey, il trouva Phil et Gertrude ainsi que Claude Saint Cyr assis dans la salle de séjour, un verre à la main. Personne ne parlait. Harvey lui jeta un bref regard avant de détourner les yeux.

« Allons-nous nous avouer vaincus ? demanda Johnny.

— Je suis en contact avec Kent Margrave, dit Harvey. Nous allons essayer de détruire l'émetteur. Mais à cette distance, nous n'avons qu'une chance sur un million de l'atteindre. Et même avec le missile le plus rapide, ça prendra un mois.

— C'est mieux que rien », dit Johnny. Au moins leur resterait-il un peu de temps avant les élections ; quelques semaines pour mener leur propre campagne. « Est-ce que Margrave comprend la situation ?

— Oui, répondit Claude Saint Cyr. Je lui ai pratiquement tout dit.

— Mais ce n'est pas suffisant, renchérit Harvey. Il nous reste une tâche à accomplir. Voulez-vous en être ? Voulez-vous tirer à la courte paille ? » Il désigna la table à café sur laquelle étaient disposées une moitié d'allumette et deux entières. Harvey en ajouta une quatrième.

« En premier lieu, se débarrasser d'elle, dit Saint Cyr. Le plus tôt possible, voire tout de suite. Et après de Gam, si nécessaire. »

Johnny en eut la chair de poule.

« Prenez-en une », dit Harvey en saisissant les quatre allumettes qu'il disposa et redisposa entre ses doigts avant d'en présenter les extrémités soigneusement alignées aux autres occupants de la pièce. « Allez-y, Johnny. Vous êtes le dernier entré, à vous de tirer le premier.

— Non, pas moi.

— Dans ce cas nous nous passerons de vous », dit Gertrude Harvey en tirant une allumette. Phil tendit les trois restantes à Saint Cyr, qui en prit une.

« J'étais amoureux d'elle, avoua Johnny. Et je le suis toujours. »

Harvey opina. « Je sais. ».

Le cœur lourd, Johnny céda. « Entendu, je vais choisir. » Il prit une des deux allumettes.

C'était l'allumette cassée.

« J'ai la plus courte, dit-il. C'est moi.

— Vous vous en sentez capable ? » s'enquit Claude Saint Cyr.

Il demeura silencieux, puis haussa les épaules. « Oui. Pourquoi pas ? » *Eh oui, pourquoi pas ?* s'interrogea-t-il. *Une femme dont j'étais en train de tomber amoureux. Bien sûr que je peux l'assassiner. Puisqu'il le faut ; puisque nous ne pouvons pas nous en sortir autrement.*

« Ce ne sera peut-être pas aussi difficile que nous le pensons, reprit Saint Cyr. Nous avons consulté quelques-uns des techniciens de Phil, qui nous ont donné des avis intéressants. La plupart de leurs émissions ne viennent pas de très loin, pas d'une semaine-lumière en tout cas. Je vais vous dire comment nous le savons. Certaines de leurs interventions ont suivi de près le cours des événements. Un exemple : votre tentative de suicide à l'hôtel Antler. *Il n'y avait pas le moindre décalage temporel.*

— Ces interventions n'ont rien de surnaturel, Johnny, ajouta Gertrude Harvey.

— Par conséquent, continua Saint Cyr, la première chose à faire est de repérer leur base sur Terre, ou tout au moins dans le système solaire. Ce pourrait être le ranch où Gam élève ses pintades, sur Io. Essayez là-bas, au cas où elle aurait quitté l'hôpital.

— Entendu, dit Johnny en inclinant légèrement la tête.

— Que diriez-vous d'un verre ? » lui proposa Harvey.

Nouveau signe d'acquiescement de Johnny.

Assis en cercle, ils burent tous les quatre, lentement et en silence.

« Vous avez une arme ? s'enquit Saint Cyr.

— Oui ! » Il reposa son verre et se leva.

« Bonne chance », lui lança Gertrude.

Johnny ouvrit la porte et s'enfonça, seul, dans la nuit froide.

Ah, être un Gélate…

Titre original :
OH, TO BE A BLOBEL !

in *Galaxy*, février 1964

Il introduisit dans la fente une pièce de vingt dollars en platine. Au bout de quelques instants l'analyste s'alluma. Ses yeux se mirent à briller d'amabilité. Il pivota sur sa chaise, prit sur son bureau un stylo et un bloc de papier jaune tout en longueur.

« Bonjour, monsieur, dit-il, vous pouvez commencer.

— Bonjour, docteur. Je suppose que vous n'êtes pas le Dr Jones qui a écrit la biographie définitive de Freud ; c'était il y a un siècle. » Il eut un rire nerveux. Étant assez pauvre, il n'avait pas l'habitude des nouveaux psychanalystes entièrement homéostatiques. « Euh, reprit-il, qu'est-ce que je dois faire : associer librement, vous parler de mon passé ?

— Peut-être pourriez-vous commencer par me dire qui vous êtes, *und warum mich...* et pourquoi vous m'avez choisi *moi*.

— Je m'appelle George Munster, passerelle n° 4, bâtiment WEF-395, condominium de San Francisco établi en 1996.

— Enchanté, Mr Munster. » Ce dernier serra la main que lui tendait le Dr Jones. Il lui trouva une température agréable. Elle était tiède et douce, mais virile.

« Voyez-vous, reprit Munster, je suis un ancien G.I. Un ancien combattant. C'est comme ça que j'ai obtenu mon appartement en copropriété au WEF-395. Les vétérans y ont priorité.

— Bien, bien, répondit le Dr Jones tandis que son minuteur tictaquait discrètement. La guerre contre les Gélates.

— Oui, j'ai combattu trois ans », fit Munster en passant une main nerveuse dans ses longs cheveux noirs qui commençaient à se faire rares. « Je haïssais les Gélates, c'est pourquoi je me suis porté volontaire. J'avais dix-neuf ans et un bon métier, mais une seule chose comptait pour moi : la croisade pour débarrasser le système de Sol des Gélates.

— Moui, dit le Dr Jones en hochant la tête et sans cesser de tictaquer.

— Je me suis bien battu, continua George Munster. En fait j'ai eu droit à deux décorations et à une citation. Parce que j'ai balayé tout seul un satellite d'observation plein de Gélates. Nous ne saurons jamais combien ils étaient, puisqu'ils se mélangent et se divisent continuellement, comme font tous les Gélates, ce qui ne facilite pas le décompte. » L'émotion l'empêcha de poursuivre. La seule évocation de ses souvenirs de guerre était déjà trop pour lui. Il s'étendit sur le divan, alluma une cigarette et essaya de retrouver son calme.

Les Gélates étaient originaires d'un autre système, probablement Proxima du Centaure. Cela faisait plusieurs milliers d'années qu'ils s'étaient installés sur Mars et sur Titan et avaient montré des aptitudes remarquables pour l'agriculture. Ils avaient évolué à partir d'organismes unicellulaires et, pour être de bonne taille et posséder un système nerveux très développé, n'en restaient pas moins des amibes à pseudopodes se reproduisant par scissiparité, toutes choses que les colons terriens trouvaient extrêmement repoussantes.

Au départ, les causes de la guerre avaient été d'ordre écologique. La Commission internationale d'aide aux planètes avait conçu le projet de modifier l'atmosphère martienne afin de la rendre plus conforme aux besoins des colons terriens. Mais cela n'avait pas été du goût des Gélates déjà présents. D'où la querelle.

Et il était bien évident, songea Munster, qu'on ne pouvait changer seulement la *moitié* d'une atmosphère planétaire, le mouvement brownien étant ce qu'il était. En dix ans l'atmosphère modifiée s'était répandue sur toute la planète, causant mille maux aux Gélates — du moins fut-ce ce qu'ils alléguèrent. Par mesure de représailles, une véritable armada gélate vint placer en orbite autour de la Terre une série de satellites technologiquement très évolués dont l'objectif était à terme d'altérer l'atmosphère de la Terre. Mais rien de tel n'arriva : naturellement, la Commission de défense planétaire de l'ONU était entrée en action. On avait fait sauter les satellites à l'aide de missiles autoguidés. Et la guerre avait continué.

« Êtes-vous marié, Mr Munster ? demanda le Dr Jones.

— Non. Et... » Il frémit. « Vous comprendrez pourquoi quand j'aurai terminé. Voyez-vous, docteur... » Il écrasa sa cigarette. « Je serai franc. J'étais un espion terrien. On m'avait assigné cette tâche à cause de mon courage au combat ; je n'étais pas volontaire.

— Je vois, murmura le Dr Jones.

— Vraiment ? » La voix de Munster se brisa. « Vous savez ce qu'on devait faire à l'époque pour infiltrer avec succès un Terrien parmi les Gélates ? »

Le Dr Jones hocha la tête. « Oui, Mr Munster. Il fallait renoncer à sa forme humaine et prendre celle, si répugnante qu'elle fût, des Gélates. »

Munster serrait les poings sans rien dire. Face à lui, le Dr Jones cliquetait toujours.

Ce soir-là, une fois rentré dans son petit appartement du WEF-395, Munster ouvrit une bouteille de Teacher's et but son scotch à petites gorgées dans une tasse, n'ayant même pas le courage d'aller chercher un verre dans le placard au-dessus de l'évier.

Qu'avait-il retiré de cette séance avec le Dr Jones ? Rien, tout bien considéré. Et cela avait largement entamé son budget, lequel était déjà bien maigre, car…

Car malgré tous ses efforts et ceux de la Commission sanitaire des vétérans, douze heures par jour il reprenait sa forme de Gélate. Dans son appartement du WEF-395, il redevenait un globule gélatineux, unicellulaire et informe.

Ses ressources se ramenaient à une petite pension du ministère de la Guerre ; trouver un emploi lui était impossible car, dès qu'il était engagé, le stress le faisait changer de forme sur-le-champ, sous les yeux de son employeur et de ses collègues.

Cela ne facilitait guère les rapports à l'intérieur de l'entreprise.

D'ailleurs, tandis que huit heures du soir sonnaient, il sentit que la transformation commençait à s'opérer. C'était une sensation familière qu'il avait en horreur. Il se dépêcha de terminer le scotch qui restait dans la tasse, posa celle-ci sur la table... et se sentit devenir une espèce de flaque homogène.

Le téléphone sonna.

« Je ne peux pas répondre », lui cria-t-il.

L'appareil capta cette déclaration angoissée et la relaya jusqu'à son correspondant. Maintenant, Munster n'était plus qu'une masse gélatineuse transparente au milieu du tapis. Il se dirigea en ondulant vers le téléphone, qui continuait à sonner malgré son message. Il était furieux et plein de rancœur ; comme s'il n'avait pas déjà assez d'ennuis !

Il étendit un pseudopode et souleva prestement le récepteur. Au prix d'un grand effort, il réussit à modeler sa substance malléable pour former un semblant d'appareil phonatoire qui rendit un son creux. « Je suis occupé, dit-il d'une voix de stentor. Rappelez plus tard. » *Demain matin*, pensa-t-il en raccrochant. *Quand j'aurai repris forme humaine.*

L'appartement retrouva sa tranquillité.

Munster soupira et sa masse s'écoula sur le tapis pour rejoindre la fenêtre, où elle forma un pilier qui lui permit de voir au-dehors. Il y avait un point photosensible sur sa surface extérieure, et bien qu'il ne possédât pas de véritable cristallin, il put apprécier, et avec quelle nostalgie, le spectacle de la baie de San Francisco, le Golden Gate Bridge, et ce parc d'attractions pour petits enfants qu'était l'île d'Alcatraz.

Quelle poisse ! pensa-t-il amèrement. *Je ne peux pas me marier ; je ne peux pas mener une existence normale, puisque je reprends tout le temps la forme que le ministère de la Guerre m'a obligé à adopter jadis, pendant la guerre...*

Quand il avait accepté cette mission, il ne savait pas que la transformation aurait des effets irréversibles. On lui avait assuré que c'était « temporaire, jusqu'à nouvel ordre », ce genre de baratin. *Temporaire, mon cul !* pensa Munster, tout à sa rage impuissante. *Ça fait onze ans maintenant !*

Les problèmes psychologiques que cela créait et la tension imposée à son psychisme étaient énormes. C'est pourquoi il était allé trouver le Dr Jones.

Le téléphone sonna à nouveau.

« Très bien », dit à voix haute Munster, qui s'écoula laborieusement vers l'appareil. « Vous voulez me parler ? » continua-t-il en approchant. Le trajet, pour un être ayant forme de Gélate, était interminable. « Puisque c'est comme ça, je vais vous répondre. Vous pouvez même brancher le vidécran et me *regarder.* » Quand il fut devant l'appareil, il bascula d'un geste rageur l'interrupteur permettant à la communication d'être visuelle aussi bien qu'auditive. « Rincez-vous l'œil », dit-il en étalant sa masse informe devant le scanner du vidécran.

Ce fut la voix du Dr Jones qui lui parvint. « Je suis désolé de vous déranger chez vous, Mr Munster, surtout alors que vous vous trouvez dans ce... cette... enfin cette situation désagréable. » L'analyste homéostatique marqua une pause. « Mais j'ai pris un peu de temps pour réfléchir à votre problème. Il se peut que j'aie trouvé une solution partielle.

— Comment ? dit Munster, frappé de surprise, Voudriez-vous dire par là que la médecine sait aujourd'hui...

— Non, non, coupa hâtivement le Dr Jones. L'aspect matériel de la question n'est pas de mon ressort ; il faut que vous gardiez bien cela présent à l'esprit, Munster. Quand vous êtes venu me consulter, c'était à une amélioration d'ordre psychologique que je...

— Je viens tout de suite pour en parler», dit Munster. Puis il se rendit compte que c'était impossible. Sous sa forme de Gélate, il lui faudrait plusieurs jours pour traverser la ville en ondulant afin de rallier le cabinet du Dr Jones. «Jones, reprit-il, au désespoir, vous voyez ce qu'il me faut affronter. Je suis cloué ici tous les soirs de huit heures à sept heures du matin ou presque. Je ne peux même pas aller vous consulter, me faire aider...

— Du calme, Mr Munster, reprit le Dr Jones. J'essaie de vous dire quelque chose. *Vous n'êtes pas le seul dans cette situation*. Le saviez-vous ? »

Accablé, Munster répondit : «Évidemment. En tout, quatre-vingt-trois Terriens ont été transformés en Gélates à un moment ou à un autre de la guerre. Sur le nombre... » Il savait cela par cœur. «Soixante et un ont survécu, et il existe à présent une association appelée "Les Vétérans des guerres contre nature", qui compte cinquante membres dont moi. Nous nous réunissons deux fois par mois, nous reprenons notre ancienne forme en chœur. » Il s'apprêta à raccrocher. Si c'était pour cela qu'il avait gaspillé son argent ! L'association, ce n'était pas nouveau. «Au revoir, Dr Jones», murmura-t-il.

Il y eut un bourdonnement agité au bout du fil. «Mr Munster, je ne veux pas parler des autres Terriens. J'ai fait des recherches en votre nom et découvert que, selon certains renseignements pris à l'ennemi et entreposés à la Bibliothèque du Congrès, quinze *Gélates* ont, eux, été transformés en pseudo-Terriens aux fins d'espionnage *sur la Terre*. Vous comprenez ?

— Pas exactement, dit Munster après quelques instants de silence.

— Vous ne voulez pas qu'on vous aide, vous faites un blocage psychologique, scanda le Dr Jones. Mais voici ce que je veux que vous fassiez, Mr Munster. Soyez à mon cabinet demain matin à onze heures. Nous trouverons alors une solution à votre problème. Bonne nuit.

— Quand je suis sous cette forme, je n'ai pas l'esprit vif, dit Munster d'une voix lasse, vous voudrez bien m'excuser. » Il raccrocha, toujours perplexe. Ainsi donc, quinze Gélates se baladaient sur Titan à cette minute même, condamnés à revêtir forme humaine… Bon, et alors ? En quoi cela pouvait-il l'aider, lui ?

Peut-être découvrirait-il la solution de l'énigme le lendemain à onze heures.

Quand il pénétra dans la salle d'attente du Dr Jones, il vit, installée dans un profond fauteuil d'angle, près d'une lampe, une jeune femme extrêmement séduisante occupée à lire *Fortune*.

Machinalement, Munster choisit un siège d'où il pourrait la contempler. Ses cheveux décolorés en blanc, comme c'était la grande mode, étaient nattés dans son dos. Il l'admira avec délice en faisant semblant de lire le même magazine. Elle avait des jambes parfaites, des coudes petits et délicats, des traits bien dessinés, un regard intelligent, le nez fin… Ravissante, songea-t-il en la contemplant admirativement. Puis, brusquement, elle leva la tête et le regarda avec froideur.

« Ce n'est pas drôle de devoir attendre, bredouilla-t-il.

— Vous consultez souvent le Dr Jones ? demanda la jeune femme.

— Non, reconnut-il. Ce n'est que la deuxième fois.

— Moi, je ne suis jamais venue. J'allais voir un autre psychanalyste électronique, entièrement homéostatique lui aussi, à Los Angeles ; et puis, hier soir, mon analyste, le Dr Bing, m'a appelée et m'a dit de prendre l'avion pour venir ici voir le Dr Jones dès ce matin. Est-ce un bon psychanalyste ?

— Euh… reprit Munster. Je crois que oui. » *Nous verrons bien*, pensait-il, *c'est justement ce que nous ne savons pas encore.*

La porte de communication avec le cabinet s'ouvrit et le Dr Jones apparut. « Bonjour, Miss Arrasmith, dit-il en saluant la jeune femme d'un signe de tête. Bonjour, Mr Munster. » Même mouvement de tête. « Entrez donc tous les deux, si vous voulez bien.

— Qui va payer les vingt dollars ? » demanda Miss Arrasmith en se levant.

Mais l'analyste resta silencieux. Il s'était éteint.

« Je vais payer, reprit Miss Arrasmith en sortant son portefeuille.

— Non, non, s'écria Munster, permettez-moi. » Il prit une pièce de vingt dollars et la glissa dans la fente de l'analyste. « Vous êtes un gentleman », dit immédiatement le Dr Jones. Souriant, il fit entrer ses deux clients. « Asseyez-vous, je vous en prie. Miss Arrasmith, laissez-moi sans préambule expliquer votre… heu… situation, à Mr Munster. Miss Arrasmith, continua-t-il, se tournant vers Munster, est une Gélate. »

Munster la regarda sans mot dire.

« De toute évidence, elle est actuellement sous sa

forme humaine. Tel est, pour elle, le résultat de la régression involontaire. Pendant la guerre, elle a opéré derrière les lignes terriennes pour le compte de la Ligue guerrière gélate. Elle a été capturée, puis la guerre s'est terminée et elle n'a pas été jugée.

— On m'a relâchée, dit Miss Arrasmith d'une voix basse et maîtrisée. J'avais toujours ma forme humaine. Je suis restée ici parce que j'avais honte. Je ne pouvais pas retourner sur Titan... » La voix lui manqua.

« Chez les Gélates des castes supérieures, cet état est jugé fort méprisable », reprit l'analyste.

Miss Arrasmith acquiesça d'un signe de tête. Elle serrait un petit mouchoir en lin et s'efforçait de paraître posée. « C'est exact, docteur, murmura-t-elle. Je suis d'ailleurs allée sur Titan pour discuter de ce qui m'arrive avec les autorités médicales. Après une thérapie longue et coûteuse, on a réussi à me rendre à peu près ma forme naturelle... » Elle hésita. « Un quart du temps. Mais pendant les trois autres quarts... je suis telle que vous me percevez en ce moment. »

Elle baissa la tête et porta son petit mouchoir à son œil droit.

« Dites donc, fit Munster, vous avez bien de la chance ! La forme humaine est infiniment supérieure à la forme gélate. Je suis bien placé pour le savoir. Quand on est un Gélate, il faut ramper. On est comme une grosse méduse, sans squelette pour se tenir droit. Et puis cette histoire de scissiparité, c'est dégoûtant, absolument dégoûtant, par comparaison avec notre moyen de... enfin... de reproduction », acheva-t-il en rougissant.

Au bout de quelques tic-tac, le Dr Jones reprit la parole. « Pendant une période de six heures, vous avez tous les deux forme humaine en même temps Puis, pendant une heure, vous avez tous les deux forme de Gélate. Donc, en tout, vous revêtez forme identique pendant sept heures sur vingt-quatre. À mon avis... » Il joua un instant avec son crayon et son bloc-notes. « Sept heures, ce n'est pas si mal que ça, si vous suivez mon raisonnement.

— Mais, dit Miss Arrasmith après quelques secondes de silence, Mr Munster et moi sommes ennemis, par notre nature même. »

Le psychanalyste acquiesça. « Il est exact que Miss Arrasmith reste gélate, et que vous, Munster, êtes un Terrien. Toutefois... » Un grand geste. « Vous êtes tous deux des parias dans votre propre société. Vous êtes des apatrides, et vous perdez graduellement votre moi profond. Je prévois pour vous deux une détérioration graduelle qui se terminera par une maladie mentale grave. À moins que vous ne réussissiez à opérer un rapprochement. » L'analyste se tut.

« Je crois que nous avons beaucoup de chance, Mr Munster, fit doucement la jeune femme. Comme le dit le Dr Jones, nous nous recoupons sept heures par jour... Nous pouvons profiter de ce temps-là ensemble ; fini la solitude atroce. » Elle lui adressa un sourire plein d'espoir et remit un peu d'ordre dans sa tenue. *Certes, elle est bien faite*, songea Munster ; son décolleté en témoignait avantageusement.

Il l'examina et réfléchit.

« Laissez-lui un peu de temps, dit Jones à Miss Arrasmith. Je l'ai analysé et mes conclusions sont qu'il se fera une idée juste du problème et qu'il le résoudra de manière pertinente. »

Elle continua à arranger son manteau en tamponnant ses grands yeux noirs, et attendit.

Quelques années plus tard, le téléphone sonna au cabinet du Dr Jones, Il répondit selon son habitude : « Monsieur ou madame, merci de verser vingt dollars si vous désirez me parler.

— Écoutez, fit une rude voix mâle à l'autre bout du fil, ici le ministère de la justice des Nations-Unies, on n'a pas à verser quoi que ce soit pour parler à qui bon nous semble. Alors outrepassez votre mécanisme intégré, Jones.

— Bien, monsieur », dit le Dr Jones qui, de la main droite, abaissa derrière son oreille le levier qui lui permettait de discuter gratuitement.

« En 2037, reprit l'expert juridique de l'ONU, vous avez bien conseillé à un couple de se marier ? Un nommé George Munster et une certaine Viviane Arrasmith, actuellement Mrs Munster ?

— Ma foi oui, dit l'analyste après avoir consulté ses banques de mémoire.

— Aviez-vous pris des renseignements sur les conséquences légales de l'affaire ?

— Euh… eh bien, dit le Dr Jones, ça ne relève pas de ma compétence.

— On peut inculper les gens qui recommandent des démarches contraires aux lois des Nations-Unies, vous savez.

— Aucune loi n'interdit le mariage entre Terriens et Gélates.

— Très bien, docteur, rétorqua l'expert. Je me contenterai d'examiner par votre intermédiaire les dossiers de ces deux individus.

— Jamais de la vie. Ce serait contraire à l'éthique de ma profession.

— Alors nous obtiendrons un mandat afin de les faire mettre sous séquestre.

— Ne vous gênez pas pour moi, repartit l'analyste en passant la main derrière son oreille pour se débrancher.

— Attendez un peu. Il vous intéressera peut-être d'apprendre que les Munster ont aujourd'hui quatre enfants. Or, conformément aux lois de Mendel, leur progéniture comprend une fille gélate, un garçon hybride, une fille hybride et une fille terrienne. Le problème juridique qui se pose est donc le suivant : le Conseil suprême gélate revendique la fille de pur sang gélate au titre de citoyenne de Titan et suggère par ailleurs qu'un des deux hybrides soit définitivement placé sous la tutelle du Conseil. Voyez-vous, expliqua le juriste, les Munster sont sur le point de divorcer et c'est un véritable casse-tête que de savoir quelle juridiction s'applique dans leur cas.

— J'imagine, admit le Dr Jones. Qu'est-ce qui a provoqué la rupture ?

— Je n'en sais rien et ça m'est égal. Peut-être le fait que les deux adultes et deux des quatre enfants passent sans arrêt de la forme terrienne à la forme gélate. Cela a peut-être créé une tension insupportable. Si vous voulez les conseiller du point de vue psychologique, prenez contact avec eux. Au revoir. » Là-dessus, l'expert raccrocha.

Aurais-je fait une erreur en leur conseillant de se marier ? se demanda le Dr Jones. *Je devrais peut-être essayer de les joindre. Je leur dois bien ça.*

Il ouvrit l'annuaire de Los Angeles et feuilleta les pages « M ».

Ces six années n'avaient pas été faciles pour les Munster.

Tout d'abord, George avait déménagé de San Francisco à Los Angeles. Viviane et lui s'étaient installés, en copropriété, dans un appartement de trois pièces au lieu de deux. Ayant forme terrienne les trois quarts du temps, Viviane avait pu trouver du travail; devant tout le monde, elle donnait les horaires au Cinquième Aéroport de Los Angeles. Quant à George…

Sa pension ne représentait qu'un quart du salaire de sa femme et cela blessait son amour-propre. Pour augmenter ses revenus, il avait cherché à travailler à domicile. Un jour, dans une revue, il avait trouvé une annonce prometteuse.

GAGNEZ DE L'ARGENT RAPIDEMENT
SANS BOUGER DE CHEZ VOUS !
ÉLEVEZ DES GRENOUILLES GÉANTES
JUPITÉRIENNES, CAPABLES DE FAIRE
DES SAUTS DE 25 MÈTRES,
DONC SUSCEPTIBLES D'ÊTRE
UTILISÉES DANS LES COURSES
DE GRENOUILLES (LÀ OÙ CELLES-CI
SONT LÉGALES) ET…

Aussi, en 2038, avait-il acheté son premier couple de grenouilles importées de Jupiter dans le but de gagner rapidement de l'argent sans bouger de chez lui, et ce dans un coin du sous-sol que Leopold, le portier partiellement homéostatique, lui laissait gratuitement.

Malheureusement, comme la gravité terrienne relativement faible leur permettait d'accomplir des sauts prodigieux, le sous-sol se révéla vite trop exigu : les grenouilles rebondissaient d'un mur à l'autre comme des balles de ping-pong vertes et ne tardaient pas à mourir. D'évidence, il fallait plus qu'un sous-sol au QEK-604 pour héberger tout un troupeau de ces satanées bestioles, George dut bien l'admettre.

Puis leur premier enfant était né. Il était de pur sang gélate. Vingt-quatre heures sur vingt-quatre, c'était un globule gélatineux que George attendait vainement de voir prendre forme humaine, ne fût-ce que quelques instants.

Il le reprocha amèrement à Viviane pendant une période où ils avaient tous les deux forme humaine.

« Comment puis-je le considérer comme mon enfant ? Pour moi... c'est une forme de vie extraterrestre, fit-il, déprimé et pour tout dire horrifié. Le Dr Jones aurait dû prévoir cette éventualité. C'est ton enfant à toi... il te ressemble trait pour trait.

— Tu dis ça pour m'insulter, fit Viviane, les yeux pleins de larmes.

— Un peu, oui. Nous nous sommes tout de même battus contre vous, créatures de malheur. À l'époque, on n'avait pas plus d'estime pour vous que pour les raies pastenagues du Portugal. » Sombre, il mit son pardessus. « Je vais au Q.G. des Vétérans des guerres contre nature boire une bière avec les copains. » Sur quoi il partit rejoindre ses anciens camarades de régiment, trop content de sortir de chez lui.

Le Q.G. des V.G.C.N. se trouvait dans un bâtiment en béton décrépit du centre de Los Angeles qui datait du XXe siècle et aurait eu besoin d'un sérieux coup de peinture. Malheureusement, l'association était pauvre car principalement constituée de pensionnés des Nations-Unies comme George Munster.

Cependant, il y avait là un billard, un vieux poste de télé en 3D, quelques dizaines de bandes magnétiques de musique populaire et un jeu d'échecs. Le plus souvent George buvait une bière en jouant aux échecs avec ses amis, que ce soit sous forme humaine ou gélate — là au moins, les deux étaient acceptées.

Ce soir-là, il prit à part Pete Ruggles, un vétéran qui avait lui aussi épousé une Gélate qui se transformait périodiquement en humaine, comme Viviane.

« Pete, dit George, je ne peux plus continuer comme ça. J'ai pour enfant une masse gélatineuse. Moi qui toute ma vie ai désiré un enfant ! Voilà que je me retrouve avec un monstre qui a l'air d'avoir été rejeté par la mer. »

Pete but une gorgée de bière. (À ce moment, ils avaient tous deux forme humaine.) « Ça, je t'accorde que c'est une drôle de situation, mais enfin, tu devais savoir à quoi tu t'exposais quand tu l'as épousée. Et puis, si l'on en croit les lois de Mendel, le prochain enfant devrait être…

— Non, coupa George. Ce que je veux dire, c'est que je ne respecte même pas ma propre épouse. C'est ça le fond du problème. Je vois en elle une… *chose*. Et en moi aussi, d'ailleurs. Nous sommes tous les deux des *choses*. » Il avala d'un trait le reste de son verre.

« Encore que, du point de vue gélate…, fit pensivement Pete.

— Dis donc, de quel bord es-tu ? l'interrompit George.

— Ne me parle pas sur ce ton ou je te casse la figure. »

Une seconde plus tard ils se décochaient de furieux coups de poing. Par bonheur, Peter se changea en

Gélate en moins de temps qu'il n'en faut pour le dire et personne ne fut blessé. George se retrouva bientôt seul, sous forme humaine, tandis que Pete s'écoulait ailleurs, sans doute à la recherche d'autres amis également sous forme gélate.

On pourrait peut-être fonder une société nouvelle quelque part sur une lune éloignée, se dit George avec humeur. *Une civilisation qui ne serait ni terrienne ni gélate.*

Il faut que je retourne auprès de Viviane, décida-t-il. *Que me reste-t-il à part elle ? J'aurai bien de la chance si je la trouve encore là. Sans elle je ne serais qu'un ancien combattant qui passe ses journées et ses soirées à engloutir de la bière au siège de l'association, sans avenir, sans espoir, sans existence digne de ce nom.*

Il avait un autre plan pour gagner de l'argent à domicile. La vente par correspondance. Il avait fait mettre une annonce dans le *Saturday Evening Post* : AIMANTS NATURELS RÉPUTÉS PORTER BONHEUR. IMPORTÉS D'UN LOINTAIN SYSTÈME ! Les pierres venaient de Proxima et on pouvait les avoir sur Titan ; c'était Viviane qui avait pris les contacts commerciaux avec ses compatriotes. Mais jusque-là, bien peu de gens avaient envoyé le dollar et demi qu'il réclamait.

Je suis un raté, se dit George.

Heureusement, l'enfant qui naquit au cours de l'hiver 2039 se révéla être un hybride — humain la moitié du temps. Enfin George avait-il un enfant de sa propre espèce — au moins de temps en temps.

Il en était encore à fêter la naissance de Maurice quand une délégation de locataires du QEK-604 vint frapper à la porte.

Leur porte-parole s'avança, se balançant d'un pied sur l'autre, l'air embarrassé. « Nous avons ici une pétition, dit-il, vous demandant, à vous et à Mrs Munster, de quitter l'immeuble.

— Mais pourquoi ? demanda George, stupéfait. Vous ne vous étiez pas opposés à notre présence jusqu'ici.

— C'est parce que maintenant vous avez un petit hybride qui voudra jouer avec nos enfants à nous, et nous trouvons malsain pour nos gosses de… »

George leur claqua la porte au nez.

Mais il ne cessait de sentir la pression, l'hostilité des gens autour d'eux. *Quand je pense*, songeait-il amèrement, *que c'est pour sauver ces gens-là que j'ai fait la guerre ! Ça n'en valait vraiment pas la peine !*

Une heure plus tard il était une fois de plus au Q.G. des Vétérans, à boire de la bière et discuter avec son copain Sherman Downs, qui lui aussi avait épousé une Gélate.

« Sherman, ça n'en vaut plus la peine. Personne ne veut de nous ; il nous faut émigrer. On va peut-être essayer Titan, la patrie de Viviane.

— Pour l'amour du ciel, dit Sherman, je n'aime pas te voir craquer comme ça, George. Et ta ceinture magnétique amaigrissante, elle ne commence pas à se vendre ? »

Car depuis quelques mois, George fabriquait et vendait un gadget amaigrissant complexe que Viviane l'avait aidé à concevoir, puisque son principe s'inspirait d'un appareil très courant sur Titan mais inconnu sur Terre. Et ça avait bien marché. George avait plus de commandes qu'il n'en pouvait satisfaire.

« Il m'est arrivé quelque chose de terrible, Sherm, confia George. J'étais dans une pharmacie, l'autre jour, et on m'a passé une grosse commande de ceintures amaigrissantes ; cela m'a mis dans un tel état de joie que... » Il s'interrompit. « Tu devines ce qui s'est passé. Je me suis transformé sous les yeux d'une centaine de clients. Quand mon acheteur a vu ça, il a annulé sa commande. C'est ce que nous redoutons tous. Si tu avais vu leur changement d'attitude !

— Embauche quelqu'un pour faire les démarches à ta place. Un Terrien de pure souche.

— Je *suis* un Terrien de pure souche, dit George d'une voix sourde. Tâche de ne pas l'oublier.

— Je voulais juste dire...

— Je sais bien ce que tu voulais dire », reprit George, qui décocha un coup de poing à Sherman. Heureusement, il le manqua, et dans leur énervement ils se transformèrent tous deux en Gélates. Pendant quelques instants ils se mélangèrent avec virulence, mais leurs camarades réussirent à les séparer.

« Je ne suis pas moins terrien que les autres, reprit-il par rayonnement de pensée, à la manière gélate, et j'aplatirai comme une crêpe quiconque osera dire le contraire. »

Sous forme gélate, il était incapable de rentrer chez lui. Il fallait qu'il téléphone à Viviane pour qu'elle vienne le chercher. Et ça, c'était humiliant.

Le suicide, décréta-t-il. *Voilà la solution.*

Voyons, comment s'y prendre ? Gélate, il ne ressentait pas la douleur. C'était donc le meilleur moment. Plusieurs substances étaient susceptibles de le dissoudre. Il pouvait par exemple se laisser tomber dans une piscine fortement chlorée ; il y en avait justement une à l'étage récréatif du QEK-604.

Viviane, alors sous forme humaine, le trouva un soir tard, hésitant au bord du bassin.

« George, je t'en supplie, retourne voir le Dr Jones.

— Non », tonna-t-il d'une voix lasse en formant un quasi-appareil phonatoire avec une portion de sa masse. « Ça ne servirait à rien, Viv, je n'ai plus *envie* de continuer. » Même les ceintures avaient été une idée de Viviane. Dans ce domaine-là aussi il était toujours second. Toujours derrière elle, se laissant distancer un peu plus chaque jour.

« Tu as tant à donner aux enfants », dit Viv.

Ce qui était vrai. « Je vais peut-être faire un tour à l'ONU, au ministère de la Guerre, histoire de voir si la médecine n'aurait pas inventé quelque nouvelle thérapeutique susceptible de me stabiliser.

— Mais si tu te stabilises sous forme terrienne, que vais-je devenir ?

— Dans ce cas on aurait *dix-huit heures par jour* à passer ensemble. Tout le temps où tu as forme humaine !

— Tu ne voudras plus de moi ; parce que alors, George, tu pourras te trouver une Terrienne. »

Ça n'aurait pas été juste pour elle, il s'en rendit bien compte ; aussi abandonna-t-il le projet.

Au printemps 2041 naquit leur troisième enfant ; c'était encore une fille et, comme Maurice, elle était hybride : gélate la nuit, terrienne le jour.

Entre-temps, George trouva une solution à certains de ses problèmes.

Il prit une maîtresse.

George et Nina se retrouvaient à l'hôtel Elysium, une baraque en bois au cœur de Los Angeles.

George buvait son Teacher's à petites gorgées, installé à côté d'elle sur le sofa miteux de l'hôtel.

« Nina, dit-il en jouant avec les boutons de son corsage, tu as redonné un sens à ma vie.

— Je te respecte, dit Nina Glaubman en l'aidant à défaire les boutons, bien que... euh, tu sois un ex-ennemi de mon peuple.

— Ah, non ! Ne pensons pas à cette époque lointaine, protesta George. Il faut fermer son esprit au passé. » *Et ne plus penser qu'à l'avenir*, ajouta-t-il intérieurement.

Son entreprise de ceintures amaigrissantes s'était si bien développée qu'il employait désormais quinze Terriens à plein temps et possédait une petite usine moderne aux environs de San Fernando. Si l'ONU n'avait pas prélevé des impôts déraisonnables, il aurait été un homme riche. Remâchant cette contrariété, il en vint à se demander quel était le taux d'imposition en territoire gélate, sur Io par exemple. Il avait peut-être intérêt à se renseigner.

Une nuit, au Q.G. des V.G.C.N., il en discuta avec Reinholt, le mari de Nina, qui, naturellement, ignorait tout du *modus vivendi* adopté par George et Nina.

« Reinholt, énonça-t-il avec difficulté après avoir bu une gorgée de bière, j'ai de grands projets. Le socialisme pratiqué par les Nations-Unies et qui ne vous lâche pas du berceau à la tombe... très peu pour moi. Il m'étrangle. La Ceinture magnétique magique Munster... » Geste large à l'appui. « ... a trop d'avenir pour se limiter à la civilisation terrienne. Tu me suis ?

— Mais George, tu es un Terrien, dit froidement Reinholt. Si tu émigrais en territoire gélate avec ton usine, ce serait une trahison vis-à-vis de...

— Écoute-moi. J'ai un enfant qui est un authentique Gélate, deux qui le sont à moitié, et un quatrième en route. Des liens *émotionnels* très forts m'attachent aux habitants de Titan et d'Io.

— Tu es un traître », répéta Reinholt, qui le frappa en pleine figure. « Et en plus », poursuivit-il en lui expédiant un autre coup de poing, cette fois à l'estomac, « tu as une liaison avec ma femme. Je vais te tuer. »

Pour lui échapper, George se transforma en Gélate et les assauts de Reinholt ne rencontrèrent que de la gelée. Alors, Reinholt prit à son tour forme gélate et abattit sur lui une masse meurtrière dans l'intention évidente de consumer et absorber proprement le noyau vital de son rival.

Par bonheur, leurs camarades vétérans réussirent à les détacher l'un de l'autre avant qu'ils n'aient pu s'endommager définitivement.

Un peu plus tard ce même soir, alors qu'il était installé au salon avec Viviane dans la suite de huit pièces qu'ils occupaient dans le grand immeuble neuf baptisé ZGF-900, George en tremblait encore. Il l'avait échappé belle, et maintenant Reinholt allait sûrement tout dire à Viv. Ce n'était qu'une question de temps. Il le pressentait, leur union allait prendre fin. Ils passaient peut-être leurs derniers moments ensemble.

« Viv, fit-il d'une voix pressante. Il faut me croire : je t'aime. Toi et les enfants — plus l'affaire des ceintures, naturellement —, vous êtes toute ma vie. » À court d'inspiration, il lâcha soudain : « Émigrons tout de suite, dès ce soir. Prenons les enfants et partons pour Titan à la minute.

— Je ne peux pas, répondit Viviane. Je sais bien comment mes compatriotes me traiteraient et vous traiteraient *vous*, les enfants et toi. Vas-y, toi, George. Déménage l'usine sur Io. Moi, je reste ici.» Ses yeux noirs étaient pleins de larmes.

«Comment ? dit George. Et quelle vie ce serait, toi sur Terra et moi sur Io ? Ce n'est pas un mariage, ça. Et qui prendra les enfants ?» Viviane en aurait probablement la charge. Toutefois, il employait de brillants juristes qui sauraient peut-être résoudre ses problèmes domestiques.

Le lendemain matin, Viviane apprit la vérité sur Nina et prit aussitôt un avocat.

«Écoutez, dit George au téléphone à son meilleur juriste, Henry Ramarau. Obtenez-moi la garde de mon quatrième enfant; ce sera un Terrien. Et pour les deux hybrides, on trouvera un compromis; je prendrai Maurice, elle pourra garder Kathy. Et naturellement, qu'elle prenne le globule, mon prétendu premier "enfant". En ce qui me concerne, je ne le lui contesterai pas.» Il raccrocha violemment et se tourna vers la réunion de son conseil d'administration. «Bon ! où en étions-nous ? fit-il d'un ton impérieux. Nous parlions des taux d'imposition sur Io tels que mis en évidence par nos recherches.»

Au cours des semaines qui suivirent, l'idée d'un départ pour Io apparut de plus en plus rentable.

«Vous avez le feu vert pour acheter du terrain sur Io, ordonna George à Tom Hendricks, son homme de terrain. Et pour pas cher, hein ? Il faut partir du bon pied.» Il reprit à l'adresse de sa secrétaire, Miss Nolan : «Je ne veux voir personne dans mon bureau jusqu'à nouvel ordre. Je sens que je vais avoir une crise. Je me fais trop de mauvais sang à cause de ce départ pour Io, qui représente une initiative majeure.

Et à cause aussi de certains ennuis personnels, ajouta-t-il.

— Bien, monsieur, répondit Miss Nolan en faisant sortir Tom Hendricks. Personne ne vous dérangera. » On pouvait compter sur elle pour empêcher les gens d'entrer quand George reprenait forme gélate ; cela lui arrivait fréquemment ces temps-ci car il était tendu à l'extrême.

Quand, plus tard dans la journée, il reprit forme humaine, George apprit de la bouche de Miss Nolan qu'un certain Dr Jones avait téléphoné.

« Ça alors, fit-il en se reportant six ans en arrière. Je le croyais à la ferraille, depuis tout ce temps. Appelez-le et prévenez-moi quand vous l'aurez en ligne. Je trouverai bien une minute pour parler à cette machine. » Cela lui rappelait l'époque où il vivait à San Francisco.

Miss Nolan eut bientôt le Dr Jones au bout du fil.

« Bonjour, docteur », dit George en se laissant aller en arrière dans son fauteuil, qu'il fit pivoter de droite à gauche, en tripotant une orchidée sur son bureau. « Content de vous entendre. »

La voix de l'analyste homéostatique résonna à son oreille. « Je vois que vous avez une secrétaire, Mr Munster.

— Oui. Je suis un caïd, maintenant. La ceinture magnétique amaigrissante, c'est moi ; vous savez, comme les colliers anti-puces pour chats. Alors, qu'y a-t-il pour votre service ?

— Il paraît que vous avez quatre enfants maintenant…

— Trois, en fait, et un quatrième pour bientôt. Et ce quatrième-là est vital pour moi, docteur ; d'après les lois de Mendel, ce sera un Terrien pur sang, et je vous assure que je ferai tout ce qui est en mon pouvoir pour qu'il me soit confié, Viviane — vous vous en souvenez, n'est-ce pas ? — est de retour sur Titan ; parmi les siens. Là où est sa vraie place. Et moi, je vais engager les meilleurs médecins pour me faire stabiliser. J'en ai assez de ces transformations continuelles. J'ai trop à faire pour perdre mon temps avec de telles stupidités.

— Je vois à votre ton que vous êtes devenu quelqu'un d'important et de très occupé, Mr Munster, dit le Dr Jones. Vous avez fait beaucoup de chemin depuis la dernière fois que je vous ai vu.

— Ne tournez pas autour du pot, docteur, dit George avec impatience. Pourquoi m'appelez-vous ?

— Eh bien, euh… je pensais pouvoir opérer un rapprochement entre vous et Viviane.

— Peuh ! dit George avec mépris. Moi avec cette femme ? Jamais de la vie. Écoutez, docteur, il faut que je raccroche maintenant. Nous sommes en passe de mettre la dernière main à notre stratégie commerciale de base, ici, chez Munster et Cie.

— Mr Munster, reprit le Dr Jones, y a-t-il une autre femme dans votre vie ?

— Il y a une autre Gélate, si vous tenez à le savoir », dit George avant de raccrocher. *Deux Gélates valent mieux qu'aucune*, se dit-il. Sur quoi il se remit au travail. Il enfonça un bouton sur son bureau et Miss Nolan passa aussitôt la tête par la porte. « Appelez-moi Hank Ramarau, dit-il, je veux savoir si…

— Mr Ramarau attend justement sur l'autre ligne ; il dit que c'est urgent. »

Munster passa donc sur l'autre ligne et lança : « Salut, Hank, quoi de neuf ?

— Je viens de découvrir que pour monter votre usine sur Io vous devez être citoyen de Titan.

— Vous arriverez bien à m'arranger ça.

— C'est que... pour être citoyen de Titan... » Ramarau hésita. « Je vais vous présenter ça avec le maximum de ménagements, George. Il faut que vous soyez un Gélate.

— Mais bon sang, j'en suis un ! Enfin, une partie du temps. Ça ne suffit donc pas ?

— Non, dit Ramarau. J'ai vérifié, connaissant vos problèmes dans ce domaine : il faut que ce soit vingt-quatre heures sur vingt-quatre.

— Aïe ! dit George. C'est la tuile. Mais on trouvera un moyen. Écoutez, Hank, j'ai justement rendez-vous avec Eddy Fullbright, mon coordinateur médical. Je vous rappelle après, d'accord ? » Il raccrocha et se frotta le menton, l'air soucieux. *Ma foi*, décida-t-il, *il faut ce qu'il faut. C'est comme ça et on doit faire avec.*

Il reprit le téléphone et composa le numéro de son médecin, Eddy Fullbright.

La pièce de vingt dollars en platine glissa dans la fente et mit les circuits en marche. Le Dr Jones s'alluma et découvrit une jeune femme fort séduisante, à la poitrine avantageuse, qu'une rapide consultation de ses mémoires lui permit d'identifier comme étant Mrs George Munster, née Viviane Arrasmith.

« Bonjour, Viviane, dit-il avec chaleur. Je vous croyais sur Titan. » Il se leva et lui offrit une chaise.

Viviane renifla, tamponna ses grands yeux noirs et dit : « Docteur, tout s'écroule autour de moi. Mon mari a une liaison avec une autre femme. Tout ce que je sais, c'est qu'elle s'appelle Nina et que tout le monde en parle au Q.G. des Vétérans. Sans doute une Terrienne. Nous demandons tous deux le divorce, et nous nous livrons une bataille juridique sans merci au sujet des enfants. J'attends le quatrième, ajouta-t-elle en se drapant pudiquement dans son manteau.

— Je sais, dit le Dr Jones. Un Terrien à 100 % cette fois, à en croire les lois de Mendel. Quoique… je croyais qu'elles ne s'appliquaient qu'aux animaux.

— Je suis allée sur Titan consulter des juristes et des médecins, reprit Mrs Munster, désespérée. J'ai vu des gynécologues, et surtout des conseillers matrimoniaux. J'ai reçu toutes sortes de conseils, ces dernières semaines. Et maintenant que je suis de retour, George est introuvable.

— J'aimerais pouvoir vous aider, Viviane, dit le Dr Jones. J'ai eu une brève conversation téléphonique avec votre mari, l'autre jour, mais il n'a dit que des généralités. Manifestement, c'est maintenant un personnage tellement important qu'on ne peut guère l'approcher.

— Quand je pense qu'il a si bien réussi en partant d'une idée à *moi* ! Une idée gélate ! pleurnicha Viviane.

— Ironie du sort ! fit le Dr Jones. Maintenant, Viviane, si vous voulez garder votre mari…

— Je suis bien décidée à le garder, docteur. En toute franchise, j'ai suivi un traitement sur Titan, le dernier cri, ce qu'il y a plus cher, et cela parce que j'aime George — je l'aime plus que mon propre peuple, ma propre planète.

— Et alors ?

— Alors, les techniques médicales les plus perfectionnées qui se puissent trouver dans tout le système de Sol ont réussi à me stabiliser. Maintenant, Dr Jones, j'ai forme humaine vingt-quatre heures sur vingt-quatre au lieu de dix-huit. J'ai renoncé définitivement à ma forme naturelle pour sauvegar der mon union avec George.

— Le sacrifice suprême, dit le Dr Jones, ému.

— À présent, si je pouvais seulement le *retrouver* docteur.. »

Pour le premier coup de pioche sur Io, il y eut une cérémonie. George Munster coula jusqu'à la pelle, étendit un pseudopode et entreprit de creuser un trou symbolique. « C'est un grand jour », fit-il d'une voix monocorde sortant de l'appareil vocal sommaire qu'il façonnait à partir de la substance visqueuse et malléable constituant son corps unicellulaire.

« C'est vrai, George », dit Hank Ramarau, debout près de lui, une liasse de contrats à la main.

Le représentant officiel d'Io, un globule transparent géant, comme George, se répandit jusqu'à Ramarau, prit les documents et tonna : « Je vais transmettre ces documents à mon gouvernement, je suis certain que tout est en règle, Mr Ramarau.

— Je vous certifie, dit ce dernier, que Mr Munster ne reprend plus jamais forme terrienne. Il a recouru aux techniques les plus avancées de la médecine pour se stabiliser à la phase unicellulaire de son précédent cycle de transformation. Un Munster ne saurait tricher. »

Les pensées de la masse visqueuse qu'était devenu George Munster rayonnèrent en direction de la foule de Gélates originaires du coin qui assistaient à la cérémonie. « Ce moment historique va entraîner une élévation du niveau de vie pour les Ioniens qui seront engagés. C'est la prospérité assurée pour la région, sans parler de la fierté nationale que vous êtes en droit de ressentir à l'égard de la Ceinture magnétique Munster, qui est une invention authentiquement gélate. »

Des hourras mentaux rayonnèrent de la foule.

« Oui, c'est un grand jour pour moi », poursuivit George Munster, en s'écoulant progressivement vers sa voiture, dont le chauffeur le conduirait bientôt à son hôtel d'Io City.

Un jour, il en serait propriétaire. Il investirait tous ses bénéfices dans l'immobilier local, ses compatriotes ioniens, donc Gélates, l'ayant informé que c'était là la manière la plus patriotique — et la plus rentable — de placer son argent.

« Enfin je suis un homme arrivé », émit-il à l'intention de tous ceux qui étaient suffisamment proches pour capter ses émanations.

Ce fut au milieu d'acclamations frénétiques qu'il gravit en ondulant le plan incliné lui permettant de pénétrer dans sa voiture de fabrication titane.

Souvenirs à vendre

Titre original :

WE CAN REMEMBER IT FOR YOU WHOLESALE

in *Fantasy & Science Fiction*, avril 1966.
Adapté au cinéma en 1990 par Paul Verhoeven
sous le titre *Total Recall*.

Aussitôt réveillé, il eut envie de Mars. *Ses vallées*, songea-t-il. *Comment est-ce, d'en fouler le sol?* Le rêve prenait de l'ampleur à mesure que la conscience lui revenait. Le rêve et le désir ardent. Il sentait presque la présence enveloppante de cet autre monde que seuls les agents du gouvernement et les personnalités haut placées avaient pu visiter. Les petits fonctionnaires comme lui n'avaient que très peu de chances d'y aller.

« Tu te lèves, oui ou non ? » demanda Kirsten, sa femme, d'une voix ensommeillée où pointait une mauvaise humeur aussi virulente que coutumière. « Quand tu seras debout, appuie sur le bouton "café chaud" de cette maudite cuisinière.

— D'accord », répondit Douglas Quail qui, pieds nus, se rendit à la cuisine du conapt.

Il s'exécuta docilement puis s'assit à la table et sortit une petite boîte jaune d'excellent tabac à priser de marque Dean Swift. Il inhala énergiquement et le mélange « Beau Nash » lui picota le nez avant de lui embraser le palais. Il continua quand même à renifler ; ça le réveillait et permettait à ses rêves, ses désirs nocturnes, ses aspirations aléatoires de se cristalliser en revêtant un semblant de cohérence.

Un jour j'irai, se dit-il. *Je verrai Mars avant de mourir.*

C'était impossible, bien sûr, et il le savait pertinemment, si rêveur qu'il fût. Pourtant, la lumière du jour, le bruit si banal de sa femme qui se brossait les cheveux devant le miroir de la chambre à coucher… tout contribuait à lui rappeler ce qu'il était en réalité. *Un minable petit salarié*, se dit-il amèrement. Kirsten le lui rappelait au moins une fois par jour et il ne pouvait pas le lui reprocher ; aux épouses de ramener les maris sur terre. *Sur terre*, s'esclaffa-t-il. C'était le cas de le dire.

« Qu'est-ce qui te fait ricaner ? » demanda sa femme en pénétrant en coup de vent dans la cuisine, vêtue d'une longue robe de chambre rose dragée dont les pans flottaient derrière elle. « Un rêve, je parie ; tu en as toujours la tête farcie.

— En effet », admit-il. Il regarda par la fenêtre de la cuisine les aéros, les circuloirs et les petites silhouettes pleines d'entrain qui se rendaient en hâte au travail. Dans un moment il se mêlerait à elles. Comme d'habitude.

« Il y a une femme, c'est ça ? lança Kirsten avec mépris.

— Mais non, répliqua-t-il, il s'agit d'un dieu. Du dieu de la guerre. Il possède de magnifiques cratères au fond desquels poussent mille sortes de végétaux.

— Écoute-moi. » Kirsten s'accroupit à côté de lui. Sur un ton empreint de sérieux et qui, momentanément, n'avait plus rien de revêche, elle lui dit : « Les fonds marins — *nos* fonds marins — sont bien plus beaux, infiniment plus beaux que cela. Tu le sais parfaitement ; tout le monde le sait. Tu n'as qu'à louer des tenues à branchies pour nous deux et prendre une semaine de congé ; on descendra séjourner dans une station subaquatique ouverte toute l'année. En plus… » Elle s'interrompit. « Tu ne m'écoutes pas. Tu as tort ! Je te propose une chose qui vaut mille fois cette idée fixe, cette obsession de Mars, et tu n'écoutes même pas ! » Sa voix se fit perçante. « Bonté divine ! Tu files un mauvais coton, Doug ! Que vas-tu devenir ?

— Je vais aller au travail », fit-il en se levant. Il ne pensait plus au petit déjeuner. « Voilà ce qui va m'arriver. »

Elle le dévisagea. « Ton état empire chaque jour ; tu es de plus en plus détraqué. Je me demande comment ça va finir.

— Sur Mars », déclara-t-il. Puis il alla prendre dans le placard une chemise propre pour aller travailler.

C'était le milieu de la matinée. Une fois descendu du taxi, Douglas Quail traversa sans se presser trois circuloirs piétons surpeuplés pour s'arrêter enfin devant une entrée moderne, d'allure engageante. Sans se soucier de perturber la circulation, il lut attentivement l'enseigne au néon dont la couleur ne cessait de changer. Ce n'était certes pas la première fois… mais jamais il ne s'en était autant approché. Aujourd'hui c'était différent. Il avait fait un pas dans une direction que, tôt ou tard, il lui faudrait suivre jusqu'au bout.

MÉMOIRE S.A.

Était-ce là la solution ? Après tout, les illusions, si convaincantes soient-elles, n'étaient *que* des illusions. Du moins objectivement. En revanche, subjectivement, c'était le contraire.

Et quoi qu'il en fût, il avait rendez-vous ; dans cinq minutes.

Il inspira à pleins poumons l'air légèrement pollué de Chicago puis franchit l'éblouissant chatoiement polychrome de l'entrée et se dirigea vers le comptoir de la réception.

Une blonde à l'élocution impeccable, aux seins nus mais à la mise par ailleurs impeccable, lui dit sur un ton affable : « Bonjour, Mr Quail.

— Oui, fit-il. Je viens pour un traitement Mémoire ; mais vous êtes manifestement au courant.

— On ne dit pas MémoiRe mais Mémoi-*Re* », corrigea la réceptionniste. Elle décrocha le vidphone placé près de son coude à la peau bien lisse et annonça dans l'appareil : « Mr McClane ? Mr Douglas Quail est là ; peut-il entrer ou bien est-ce trop tôt ?

— Ou oué ouet ouet tsuit tsuit, marmonna une voix dans le combiné.

— Allez-y, Mr Quail, dit-elle. Vous êtes attendu ; Mr McClane va vous recevoir. » Comme il se mettait en marche d'un air un peu hésitant, elle lui lança : « Bureau D, Mr Quail, à votre droite. »

Après une désagréable mais brève sensation de désorientation, il trouva la pièce en question. La porte était béante et, à l'intérieur, derrière un grand bureau en noyer véritable, était assis un homme entre deux âges, l'air aimable, qui portait un costume gris en peau de grenouille martienne dernier cri. Rien qu'à sa tenue, Quail devinait qu'il s'adressait à la bonne personne.

« Asseyez-vous, Douglas », enjoignit McClane en agitant sa main grassouillette pour désigner une chaise faisant face au bureau. « Alors comme ça, vous voulez être allé sur Mars. C'est parfait. »

Quail s'assit, un peu tendu. « Je ne suis pas très sûr que cela vaille le prix demandé, déclara-t-il. Ça coûte très cher, et autant que je sache, je ne reçois rien en échange. » *Ça coûte presque autant que d'y aller pour de vrai*, songea-t-il.

« Vous recevez des preuves tangibles de votre voyage, protesta énergiquement McClane. Toutes les pièces à conviction qu'il vous faudra. Tenez, je vais vous faire voir. » Il fouilla dans un tiroir de son impressionnant bureau. « Le talon du billet. » Il ouvrit une chemise en papier bulle et en sortit un petit carré de carton gravé en relief. « Ceci prouve que vous y êtes allé — et que vous en êtes revenu. Des cartes postales. » Il étala méticuleusement sur son bureau quatre cartes affranchies, en couleurs et en trois dimensions. « Un film ; des vues de sites touristiques locaux que vous aurez prises avec une caméra louée sur place. » Il les lui montra à leur tour. « Plus le nom des gens que vous aurez rencontrés, des souvenirs pour une valeur de deux cents poscreds, qui arriveront de Mars dans le courant du mois suivant. Et le passeport, des certificats de vaccination, etc. » Relevant la tête, il jeta à Quail un regard pénétrant. « Vous serez convaincu d'y être allé, ne vous en faites pas. Vous ne vous souviendrez ni de nous, ni de cette entrevue, ni de votre passage ici. Dans votre mémoire, ce sera un *vrai* voyage ; nous vous le garantissons. Quinze jours de souvenirs, remémorés dans le moindre détail. N'oubliez jamais ceci : si un jour vous doutiez d'avoir réellement effectué un séjour prolongé sur Mars, revenez et vous serez intégralement remboursé. Vous voyez !

— Seulement voilà : je n'y *suis pas* allé, insista Quail. Je n'y *serai pas* allé quelles que soient les preuves que vous me fournirez. » Il prit une profonde inspiration saccadée. « Et je n'ai *jamais* été un agent secret d'Interplan. » Il lui paraissait impossible que l'implantation de souvenirs extra-factuels par MémoiRe S.A. fonctionne effectivement, quoi qu'il eût entendu dire autour de lui.

« Mr Quail, reprit patiemment McClane. Comme vous nous l'avez expliqué dans votre lettre, vous n'avez pas la moindre chance d'aller un jour sur Mars ; vous n'en avez pas les moyens et, beaucoup plus important, vous ne présentez pas les qualités requises pour être agent secret chez Interplan ou ailleurs. Ce que nous vous proposons est donc la seule manière de réaliser… hum, le rêve de votre vie. Est-ce que je me trompe ? Non, vous ne pouvez ni être agent secret ni vous rendre pour de vrai sur Mars. » Il gloussa. « Mais vous pouvez *l'avoir été* et *y être allé*. Nous nous en chargerons. Et notre tarif est raisonnable, sans mauvaises surprises. » Il eut un sourire encourageant.

« Le souvenir extra-factuel est-il à ce point convaincant ? interrogea Quail.

— Plus vrai qu'un vrai. Si vous étiez vraiment allé sur Mars comme agent d'Interplan, à l'heure actuelle vous auriez oublié la quasi-totalité de votre mission ; nos analyses du système vérimémoriel — la remémoration authentique des grands événements de la vie — démontrent qu'une foule de détails s'évanouissent très rapidement. Et définitivement. Dans le contrat global que nous offrons, les souvenirs sont si profondément implantés que rien n'est oublié. Le matériau qu'on vous injecte pendant votre coma artificiel a été créé par des experts remarquablement formés qui ont passé des années sur Mars ; dans tous les cas, nous vérifions tout dans les moindres détails. De plus, vous avez choisi un système extra-factuel relativement facile ; si vous aviez choisi Pluton, ou si vous aviez voulu être empereur de l'Alliance des Planètes intérieures, nous aurions eu beaucoup plus de mal... et le coût aurait été nettement plus élevé. »

Quail chercha son portefeuille dans sa veste et concéda : « D'accord. Ça a toujours été ma grande ambition et je vois bien que je ne la réaliserai jamais pour de vrai. Je crois qu'il faudra que je me contente de ça.

— Ne voyez pas les choses sous cet angle, protesta sévèrement McClane. Ce n'est pas un pis-aller. C'est le vrai souvenir — avec tout ce qu'il comporte d'imprécisions, d'omissions et d'ellipses, pour ne pas dire de déformations — qui est le pis-aller. » Il prit l'argent et appuya sur un bouton de son bureau. « Bien », dit-il comme la porte de son bureau s'ouvrait et que deux solides gaillards entraient prestement. « Vous voilà parti pour Mars en tant qu'agent secret. » Il se leva, fit le tour de son bureau pour serrer la main moite et nerveuse de Quail. « Ou plutôt vous y *êtes parti*. Cet après-midi à quatre heures et demie, vous... euh, vous serez "de retour" ici, sur Terra ; un taxi vous déposera à votre conapt, et comme je vous l'ai dit, vous ne vous souviendrez plus jamais de m'avoir vu ni d'être venu ici. En fait, vous n'aurez même jamais entendu parler de nous. »

La bouche sèche sous l'effet de l'angoisse, Quail sortit du bureau à la suite des deux techniciens ; la suite dépendrait d'eux.

Croirai-je véritablement être allé sur Mars ? se demanda-t-il. *Et avoir réussi à satisfaire mon ambition la plus chère ?* Une intuition bizarre et persistante lui disait que quelque chose tournerait de travers. Mais quoi au juste ? Il ne le savait pas.

Il lui faudrait attendre pour le découvrir.

Sur le bureau de McClane, l'intercom qui le reliait directement à la salle de traitement bourdonna et une voix annonça : « Mr Quail est à présent sous sédation, monsieur. Voulez-vous superviser personnellement l'opération ou bien pouvons-nous poursuivre ?

— C'est un cas des plus banals, observa McClane. Allez-y, Lowe ; je ne pense pas qu'il y ait le moindre risque. » Les programmations de souvenirs artificiels retraçant un voyage sur une autre planète — avec ou sans le piquant supplémentaire qu'ajoutait le rôle d'agent secret — réapparaissaient avec une régularité monotone sur l'agenda de la société. *En un mois*, calcula-t-il avec une ironie légèrement amère, *on doit bien en faire vingt... L'ersatz de voyage interplanétaire est devenu notre ordinaire.*

« Comme vous voudrez, Mr McClane », fit la voix de Lowe ; sur quoi l'intercom se tut.

McClane se rendit dans la chambre forte de la pièce située derrière son bureau, se mit en quête d'une pochette numéro Trois — "Voyage sur Mars" — et d'une pochette Soixante-deux : "Agent secret d'Interplan". il regagna son bureau, s'installa confortablement et vida les pochettes de leur contenu — les objets qui seraient déposés dans le conapt de Quail pendant que les techniciens du labo s'occupaient de lui implanter de faux souvenirs.

Une furtidague à un poscred, songea-t-il. *L'article le plus volumineux. Celui qui nous revient le plus cher.* Puis venait un émetteur de la taille d'une pilule qui pouvait être avalé si l'agent était capturé. Un manuel de codage ressemblant étonnamment à un vrai… Les accessoires fournis par la société étaient des reproductions très fidèles, copiées autant que possible sur d'authentiques modèles réglementaires de l'armée américaine. Tout un bric-à-brac dépourvu de signification intrinsèque mais qu'on tisserait dans la trame même du voyage imaginaire et qui coïnciderait avec les souvenirs : la moitié d'une ancienne pièce de cinquante *cents* en argent, plusieurs citations incorrectes de sermons de John Donne écrites séparément sur des morceaux de papier de soie, plusieurs pochettes d'allumettes provenant de bars martiens ; une cuiller en acier inoxydable où était gravée l'inscription : PROPRIÉTÉ DU KIBBOUTZ NATIONAL DU DÔME MARTIEN, une bobine de fil électrique permettant de poser une dérivation et de…

L'intercom bourdonna. « Mr McClane, je suis désolé de vous déranger mais il se passe quelque chose d'assez inquiétant. Il vaudrait peut-être mieux que vous veniez, finalement. Quail est sous sédation, il a bien réagi à la narkidrine, il est totalement inconscient et réceptif. Seulement…

— J'arrive tout de suite. » Pressentant des ennuis, McClane quitta son bureau ; un instant plus tard il pénétrait dans la salle de traitement.

Allongé sur un lit stérile, Douglas Quail respirait lentement et régulièrement, les yeux pratiquement clos. Il semblait conscient, mais très vaguement, de la présence des deux techniciens, et désormais de celle de McClane.

« Comment ça, il n'y a pas de créneau où introduire les faux souvenirs ? » McClane céda à l'agacement. « Vous n'avez qu'à faire sauter quinze jours de travail, il est fonctionnaire à l'Office d'émigration de la côte Ouest. C'est une agence gouvernementale ; il a donc forcément eu quinze jours de vacances dans le courant de l'année passée. Ça devrait faire l'affaire. » Les petits détails l'énervaient. Et l'énerveraient toujours.

« Notre problème, rétorqua sèchement Lowe, est d'un autre ordre. » Il se pencha sur le lit et glissa à Quail : « Répétez devant Mr McClane ce que vous nous avez dit. » Il recommanda à McClane : « Écoutez bien ! »

Les yeux gris-vert de l'homme étendu sur le lit se rivèrent au visage de McClane. Ce dernier remarqua avec un léger malaise qu'ils avaient acquis une certaine dureté, un aspect glacé, inorganique de gemmes polies. Ils ne lui disaient rien de bon ; ils brillaient d'un éclat trop froid.

« Qu'est-ce que vous me voulez, maintenant ? fit Quail d'une voix tranchante. Vous avez percé ma couverture à jour. Sortez avant que je vous démolisse tous. » Il observa McClane. « Vous, surtout, poursuivit-il ; c'est vous le chef de cette contre-opération. »

Lowe interrogea : « Combien de temps êtes-vous resté sur Mars ?

— Un mois, grinça Quail.

— Et le but de votre séjour là-bas ? » demanda Lowe.

Les lèvres minces de Quail se contractèrent ; il le lorgna sans répondre. Finalement, étirant les mots afin d'exprimer le maximum d'hostilité, il déclara : « Agent d'Interplan, comme je vous l'ai déjà dit. Vous n'enregistrez donc pas tout ce qui se dit ? Repassez donc la bande vidaudio à votre patron et fichez-moi la paix. » Il ferma les yeux et l'éclat de pierre disparut. McClane ressentit aussitôt une bouffée de soulagement.

Lowe commenta calmement : « C'est un dur à cuire, Mr McClane.

— Ça ne va pas durer, assura McClane. Quand on lui aura refait perdre le fil de ses souvenirs, il sera aussi doux qu'avant. » Puis, s'adressant à Quail : « Voilà donc pourquoi vous vouliez tant aller sur Mars. »

Sans ouvrir les yeux, Quail affirma : « Je n'ai jamais eu *envie* d'aller sur Mars. On m'y a envoyé en mission — d'office : j'étais coincé. D'accord, je reconnais que j'étais curieux — qui ne le serait pas ? » Il rouvrit les yeux et dévisagea les trois hommes en insistant sur McClane. « Fameux sérum de vérité votre truc, là ; cela m'a remis en mémoire des choses dont je n'avais absolument aucun souvenir. » Il resta songeur. « Et Kirsten, là-dedans ? réfléchit-il à voix haute. Se peut-il qu'elle soit dans le coup ? Comme agente d'Interplan chargée de me tenir à l'œil... de s'assurer que je ne recouvrais pas la mémoire ? Pas étonnant qu'elle se soit tant moquée de mon envie de Mars. » Un pâle sourire lui vint aux lèvres tandis qu'il saisissait l'ensemble de la situation, mais s'envola presque aussitôt.

McClane reprit : « Croyez-moi, Mr Quail, nous sommes tombés là-dessus tout à fait accidentellement. Dans le travail que nous faisons...

— Je vous crois », admit Quail. Il paraissait las, soudain. La drogue continuait à agir et à l'enfoncer dans le sommeil. « Où est-ce que j'ai dit que j'avais été ? murmura-t-il. Sur Mars ? Je ne me rappelle plus très bien... J'aimerais y aller, ça oui ; comme tout le monde. Sauf que moi... » Sa voix s'atténua. « N'suis rien qu'un employé, un petit employé de rien du tout. »

Lowe se redressa et dit à son supérieur : « Il veut qu'on lui implante un faux souvenir qui corresponde à un voyage qu'il a effectivement accompli. Avec un faux motif qui est en réalité le *vrai*. Il dit la vérité : il est complètement sous l'effet de la narkidrine. Ce voyage est très net dans sa mémoire… du moins sous sédation. Mais autrement, il ne s'en souvient pas, apparemment. On a dû effacer ses souvenirs conscients dans un quelconque labo de l'armée ; tout ce qu'il savait, c'était qu'aller sur Mars représentait quelque chose d'important pour lui, et que le fait d'être agent secret était également important. Ils n'ont pu effacer cela ; ce n'est pas un souvenir mais un désir, sans doute celui-là même qui, à l'origine, l'a poussé à se porter volontaire pour la mission. »

L'autre technicien, un dénommé Keeler, demanda à McClane : « Qu'est-ce qu'on fait ? On greffe une fausse mémo-structure sur le vrai souvenir ? On ne peut pas savoir ce que ça donnerait ; il pourrait se rappeler en partie son vrai voyage, et la confusion risquerait de provoquer un épisode psychotique. Il se retrouverait contraint de faire coexister dans son esprit deux postulats opposés : je suis allé sur Mars/je n'y suis pas allé, je suis un authentique agent d'Interplan/je ne suis pas un agent d'Interplan, c'est un leurre. On devrait le ranimer sans lui implanter de faux souvenir et s'en débarrasser ; cette histoire sent mauvais.

— D'accord », fit McClane. Une idée lui vint. « Pouvez-vous prévoir ce dont il se souviendra quand il se réveillera ?

— Impossible à dire, répondit Lowe. Sans doute

aura-t-il désormais un souvenir confus de son vrai voyage. Et il doutera très fort de son authenticité ; il en conclura probablement que nous avons foiré quelque part. Et il se rappellera sûrement être venu chez nous ; ce souvenir-là ne sera pas effacé — à moins que vous ne le désiriez.

— Moins nous tripatouillerons dans sa tête, fit McClane, mieux je me porterai. N'allons pas nous mêler de cette histoire ; nous avons déjà été assez bêtes — ou assez malchanceux — pour percer la couverture d'un authentique espion d'Interplan — une couverture si parfaite que jusqu'à aujourd'hui, même lui ne savait pas ce qu'il était réellement — ou plutôt ce qu'il *est.* » Plus vite ils se laveraient les mains de l'individu qui se faisait appeler Douglas Quail, mieux cela vaudrait.

« Va-t-on placer chez lui les pochettes Trois et Soixante-deux ? s'enquit Lowe.

— Non, fit McClane. Et on va lui rembourser la moitié du paiement.

— La moitié ! Pourquoi la moitié ?

— Cela me paraît un bon compromis », expliqua McClane sans grande conviction.

Dans le taxi qui le ramenait à son conapt, dans les faubourgs résidentiels de Chicago, Douglas Quail se disait : *C'est drôlement bon d'être de retour sur Terra.*

Déjà son séjour d'un mois sur Mars commençait à s'estomper dans sa mémoire ; il n'en conservait que l'image de profonds cratères béants, de collines victimes d'une érosion omniprésente et millénaire qui gommait jusqu'au moindre signe de vitalité, voire de mouvement. Il revoyait un monde de poussière où il n'arrivait presque jamais rien, où on passait une bonne partie de la journée à vérifier et revérifier sa réserve d'oxygène portative. Et puis il y avait les formes de vie : les humbles cactées gris-brun, les ascarides.

D'ailleurs, il avait ramené plusieurs créatures moribondes représentatives de la faune martienne qu'il avait passées en fraude à la douane. Elles ne représentaient aucune menace, ne pouvant survivre dans la pesante atmosphère terrestre.

Il fouilla dans la poche de sa veste à la recherche de sa boîte d'ascarides martiens.

Et trouva une enveloppe à la place.

Il découvrit, perplexe, qu'elle contenait cinq cent soixante-dix poscreds en petites coupures.

D'où cela me vient-il ? N'ai-je pas dépensé tous mes creds pendant le voyage ?

Avec l'argent, une feuille de papier portant la mention suivante : *Remboursement de la moitié du paiement, de la part de McClane.* Suivait une date, celle du jour.

« MémoiRe, dit-il tout haut.

— Vos quoi, monsieur ou madame ? s'enquit respectueusement le robot-chauffeur.

— Avez-vous un annuaire ? demanda Quail.

— Certainement, monsieur ou madame. »

Une fente s'ouvrit et il en tomba un annuaire microfilmé du comté de Cook.

« Je me souviens. Ça s'écrit bizarrement », fit Quail en feuilletant les pages jaunes. Il sentait la peur le gagner ; une peur tenace. « Là, voilà ! s'exclama-t-il. Emmenez-moi chez MémoiRe, S.A. ; j'ai changé d'avis, je ne veux plus aller chez moi.

— Bien, monsieur ou madame selon le cas »,

acquiesça le chauffeur. Un instant plus tard, le taxi filait dans la direction opposée.

« Je peux me servir de votre téléphone ? demanda-t-il.

— Je vous en prie », répondit le robot-chauffeur. Il lui présenta un vidphone *emperor* 3-D couleur ; flambant neuf.

Il composa le numéro de son conapt et, au bout d'un court instant, se trouva confronté à l'image miniature, mais d'un réalisme qui le glaça, de Kirsten sur le minuscule écran. « Je suis allé sur Mars, expliqua-t-il.

— Tu es saoul. » Les lèvres de la jeune femme se plissèrent de mépris. « Ou pis.

— C'est la vérité, j'te jure.

— Quand ça ? questionna-t-elle.

— Je l'ignore. » Il ne savait plus très bien où il en était. « C'était un voyage simulé, je crois. Chez une de ces sociétés qui t'implantent des souvenirs artificiels, ou extra-factuels, je ne sais plus comment on dit. Mais ça n'a pas marché. »

Kirsten reprit dédaigneusement : « Tu es *vraiment* saoul. » Sur ce elle coupa la communication. Il raccrocha ; il sentait le rouge lui monter aux joues. *Toujours ce ton*, se dit-il, échauffé. *Et elle a toujours le dernier mot, comme si elle savait tout et moi rien. Tu parles d'une union !* pensa-t-il, accablé.

Un instant plus tard, le taxi s'arrêtait le long du trottoir devant un charmant petit immeuble moderne rose au-dessus duquel une enseigne au néon polychrome indiquait : MémoiRe S.A.

La réceptionniste, très chic et nue jusqu'à la taille, sursauta d'étonnement puis se reprit magistralement. « Tiens ! Rebonjour Mr Quail, dit-elle avec nervosité.

Co… comment allez-vous ? Vous avez oublié quelque chose ?

— Le reste de mon paiement », rétorqua-t-il.

La réceptionniste s'était presque ressaisie. Elle s'étonna : « Votre paiement ? Vous devez faire erreur, Mr Quail. Vous êtes venu voir si vous pouviez faire un voyage extra-factuel par notre entremise, mais… » Elle haussa les épaules, qu'elle avait lisses et blanches. « Si j'ai bien compris, aucun voyage n'a été effectué.

— Je me souviens de tout, mademoiselle, rétorqua Quail. Ma lettre à MémoiRe S.A., qui a mis cette affaire en branle. Mon arrivée ici, mon entretien avec Mr McClane, puis les deux techniciens qui m'ont embarqué et administré une drogue pour me mettre K.-O. » Pas étonnant que la société lui ait remboursé la moitié de son paiement. Le faux souvenir de son « voyage sur Mars » n'avait pas pris — du moins pas entièrement, comme on le lui avait assuré.

« Mr Quail, fit la jeune femme. Malgré votre statut de petit fonctionnaire, vous êtes bel homme ; or vous vous enlaidissez en vous mettant en colère. Si ça devait vous être agréable, je pourrais… euh, vous permettre de m'inviter au… »

Alors la rage envahit Quail. « Je me souviens de vous, rugit-il furieusement. Et notamment de vos seins : ils sont maquillés en bleu ; ça m'a marqué. Et aussi de la promesse que m'a faite McClane : si je me rappelais être venu chez MémoiRe, S.A., je serais intégralement remboursé. Où est McClane ? »

Après un moment d'attente — qu'on fit sans doute durer le plus longtemps possible — il se retrouva une fois de plus assis face à l'imposant bureau en noyer, comme une heure plus tôt.

« Bravo pour votre méthode ! » lança-t-il d'un ton

sardonique. Sa déception — comme sa rancœur — avait pris des proportions énormes. « J'ai, à propos d'un voyage sur Mars en tant qu'agent secret d'Interplan, un prétendu “souvenir” flou, vague et bourré de contradictions, Et je me rappelle parfaitement nos tractations, ici même. Je devrais porter l'affaire devant l'Office de protection des consommateurs ! » Il fulminait ; le sentiment d'avoir été floué le submergeait et réduisait à néant son aversion habituelle pour les querelles publiques.

L'air morose et prudent à la fois, McClane déclara : « Nous capitulons, Quail. Nous allons vous rembourser en totalité, je reconnais honnêtement que nous n'avons absolument rien fait pour vous. » Son ton était résigné.

Quail accusa : « Vous ne m'avez même pas fourni les divers artefacts qui, d'après vous, devaient me “prouver” que j'étais bien allé sur Mars. Tout le baratin que vous m'avez servi… du vent ! Je n'ai même pas un malheureux talon de billet. Ni carte postale, ni passeport, ni certificat de vaccination, ni…

— Écoutez, Quail, trancha McClane. Et si je vous disais que… » Il s'interrompit. « Non, rien. » Il appuya sur le bouton de l'intercom : « Shirley, veuillez établir un chèque au nom de Douglas Quail pour un montant de cinq cent soixante-dix creds, je vous prie ; merci. » Il relâcha le bouton et fixa Quail d'un air furibond.

Le chèque arriva ; la réceptionniste le posa devant McClane et s'éclipsa, laissant les deux hommes toujours face à face, chacun d'un côté du grand bureau en noyer.

« Je voudrais vous donner un petit conseil, fit McClane en signant le chèque avant de le lui glisser.

Ne racontez votre… euh, récent voyage sur Mars à personne.

— Quel voyage ?

— Euh, c'est justement le problème. » McClane s'obstina. « Celui dont vous vous souvenez partiellement. Faites comme si vous ne vous rappeliez plus rien, comme s'il n'avait jamais eu lieu. Ne me demandez pas pourquoi ; suivez mon conseil, croyez-moi : cela vaudra mieux pour tout le monde. » Il s'était mis à transpirer. « Maintenant, Mr Quail, j'ai d'autres affaires en cours, d'autres clients à voir. » Il se leva et accompagna Quail à la porte.

En ouvrant la porte, ce dernier déclara : « Une maison qui travaille aussi mal ne devrait pas avoir de clients du tout. » Et il referma la porte derrière lui.

Dans le taxi qui le ramenait chez lui, il rédigea mentalement la lettre de protestation qu'il adresserait à l'Office de protection des consommateurs, section de Terra. Il s'y mettrait dès qu'il aurait accès à sa machine à écrire ; de toute évidence, son devoir était d'alerter les gens afin qu'ils fuient MémoiRe S.A.

Arrivé à son conapt, il s'assit devant son Hermès Rocket portative, fourragea dans les tiroirs jusqu'à trouver du papier carbone… et remarqua une petite boîte qui lui était familière. Une boîte où il avait soigneusement placé, sur Mars, des spécimens de faune martienne que, plus tard, il avait passés en fraude à la douane.

Il y découvrit, incrédule, six ascarides morts et plusieurs variétés de créatures unicellulaires dont se nourrissaient les vers martiens. Des protozoaires desséchés, poussiéreux mais aisément reconnaissables ; il lui avait fallu fouiller une journée entière parmi les gros rochers sombres de Mars pour les trouver.

Ç'avait été une merveilleuse expédition remplie de découvertes exaltantes.

Mais je ne suis pas *allé sur Mars*, se dit-il.

Pourtant, d'un autre côté…

Kirsten apparut dans l'encadrement de la porte, serrant contre elle un sac en papier brun clair plein d'articles d'épicerie. « Qu'est-ce que tu fais à la maison au beau milieu de la journée ? » Elle s'exprimait sur le ton accusateur dont elle ne se départait jamais.

« *Suis-je allé sur Mars ?* lui demanda-t-il. Tu es bien placée pour le savoir.

— Bien sûr que non, tu n'es pas allé sur Mars : c'est *toi* qui es bien placé pour le savoir, non ? Tu es tout le temps à pleurnicher que tu veux y aller. »

Il reprit : « Bon Dieu, je crois que j'y suis allé, pourtant. » Au bout d'un moment il ajouta : « Et en même temps, je pense que je n'y suis *pas* allé.

— Décide-toi.

— Comment veux-tu ? » Il fit un geste. « J'ai les deux souvenirs greffés dans la tête ; l'un est vrai mais je ne sais pas lequel. Pourquoi ne puis-je me fier à toi ? Toi, ils ne t'ont pas trafiquée. » Elle pouvait bien lui rendre ce service, elle qui n'avait jamais rien fait.

Kirsten annonça d'une voix égale et posée : « Doug, si tu ne te reprends pas, c'est fini entre nous. Je vais te quitter.

— Je suis dans le pétrin. » Sa voix était altérée, mal assurée. « Peut-être au bord de l'épisode psychotique ; j'espère que non, mais c'est possible. Ça expliquerait bien des choses. »

Posant son sac à provisions, Kirsten se dirigea à grandes enjambées vers le placard. « Je ne plaisantais pas », lui dit-elle calmement. Elle sortit un manteau, l'enfila et regagna la porte du conapt. « Je t'appelle un de ces jours, annonça-t-elle d'une voix sans timbre. Adieu, Doug. J'espère que tu finiras par t'en sortir. Je le souhaite de tout cœur ; pour ton bien.

— Attends, implora-t-il désespérément. Dis-moi seulement une chose, et sans me laisser le moindre doute : j'y suis allé ou pas ? Dis-le-moi. » *Mais peut-être ont-ils aussi modifié tes souvenirs à toi*, songea-t-il.

La porte se referma. Sa femme était partie. Enfin !

Alors une voix lança dans son dos : « Voilà qui est fait ; maintenant, les mains en l'air, Quail. Et tournez-vous par ici, s'il vous plaît. »

Il s'exécuta, mais sans lever les mains.

L'homme portait l'uniforme prune de l'Agence de police d'Interplan et son arme semblait être un modèle réglementaire de l'O.N.U. Bizarrement, il ne lui était pas inconnu ; mais il en gardait un souvenir vague, déformé, insaisissable. Il leva des mains tremblantes.

« Vous vous rappelez votre voyage sur Mars, dit le policier. Nous savons ce que vous avez fait aujourd'hui, ce que vous avez pensé... en particulier les pensées très importantes qui vous sont venues pendant le trajet de chez MémoiRe S.A., à chez vous. » Il s'expliqua : « Nous vous avons implanté un télétransmetteur dans le crâne ; il nous renseigne en permanence. »

Un émetteur télépathique ! Une application d'un plasma vivant découvert sur Luna. Il frissonna de dégoût envers lui-même. La chose vivait en lui, à l'intérieur de son propre cerveau, elle se nourrissait, écoutait, se nourrissait encore. Mais la police d'Interplan se servait bel et bien de ces créatures, il le savait ; on en avait même parlé dans les homéo-journaux. Sans doute était-ce donc vrai, si affreux que ce fût.

« Pourquoi moi ? » protesta Quail d'une voix éraillée. Qu'avait-il fait — ou pensé ? Et qu'est-ce que tout cela avait à voir avec MémoiRe S.A. ?

« À la base, répondit le flic d'Interplan, cela n'a rien à voir avec MémoiRe ; c'est entre vous et nous. » Il tapota son oreille droite. « Je capte toujours vos processus mentaux via le transmetteur encéphalique. » Il portait un petit bouchon en plastique blanc dans l'oreille. « Donc, je dois vous prévenir : tout ce que vous pensez peut être retenu contre vous. » Il sourit. « Mais ça n'a plus d'importance maintenant ; à cause de ce que vous avez pensé, de ce que vous avez exprimé, vous vous êtes d'ores et déjà condamné à l'oubli. Ce qui m'ennuie, c'est que chez MémoiRe S.A., sous l'effet de la narkidrine, vous ayez mentionné votre voyage devant les techniciens et leur patron, McClane ; vous leur avez révélé où vous êtes allé, pour le compte de qui, et — en partie — ce que vous y avez fait. Vous leur avez fait une peur bleue. Ils regrettent amèrement d'avoir fait votre connaissance. » Il ajouta d'un air pensif : « Et ils n'ont pas tort. »

Quail répliqua : « Je n'ai jamais fait ce voyage, ce sont les techniciens de McClane qui m'ont mal implanté une fausse séquence mémorielle. » Puis il repensa à la boîte trouvée dans le tiroir de son bureau, celle qui contenait les formes de vie martiennes. Et au mal qu'il avait eu à les ramasser. Ce souvenir-là semblait bien réel. Pour ce qui était de la boîte, c'était une certitude. À moins que McClane ne l'ait placée chez lui. Peut-être s'agissait-il d'un des fameux « artefacts à conviction » dont il lui avait rebattu les oreilles.

Le souvenir de mon voyage sur Mars me paraît peut-être douteux, songea-t-il, *mais malheureusement la police d'Interplan, elle, est tout à fait convaincue. Pour elle, je suis vraiment allé sur Mars, et elle pense que je m'en rends compte, du moins partiellement.*

« Nous savons non seulement que vous êtes allé sur Mars, confirma le flic d'Interplan, répondant ainsi à ses pensées, mais aussi que vous avez suffisamment retrouvé la mémoire pour nous causer des ennuis. Et il ne nous servirait à rien d'effacer cela de votre mémoire consciente : vous retourneriez simplement chez MémoiRe S.A. et tout recommencerait. Et nous ne pouvons rien faire contre eux car notre juridiction ne s'étend qu'à nos propres agents. Quoi qu'il en soit, McClane n'a commis aucun délit. » Il considéra Quail. « D'ailleurs, concrètement, vous non plus. Vous n'êtes pas allé chez MémoiRe S.A. dans le but de recouvrer la mémoire mais, nous le voyons bien, pour la même raison que les autres clients : l'attrait de l'aventure qu'éprouvent les gens ordinaires, dépourvus de talent particulier. » Il ajouta : « Malheureusement, vous n'êtes ni ordinaire ni dénué de talent, et vous avez déjà connu trop de sensations fortes ; un traitement MémoiRe était bien la dernière chose au monde — que dis-je, dans l'univers entier ! — qu'il vous fallait. Rien n'aurait pu vous être plus fatal — à vous et à nous par la même occasion. Sans parler de McClane. »

Quail demanda : « En quoi le souvenir de mon voyage — de ce *prétendu* voyage peut-il vous "causer des ennuis" ?

— C'est que..., expliqua le molosse d'Interplan, vos faits et gestes sur place ne correspondent pas à notre image de marque de père irréprochable, défenseur de la veuve et de l'orphelin. Vous avez accompli pour nous ce que nous ne faisons jamais ; ainsi que vous allez bientôt vous en souvenir — grâce à la narkidrine. Il y a six mois que cette boîte de vers et d'algues morts traîne dans votre tiroir de bureau — depuis votre retour. À aucun moment vous n'avez manifesté la moindre curiosité à son endroit. Nous ne savions même pas que vous l'aviez avant que vous ne vous en souveniez en rentrant de chez MémoiRe ; nous sommes alors venus la chercher en quatrième vitesse. » Il ajouta bien inutilement : « Sans aucune chance de réussir ; nous n'avions pas le temps. »

Un deuxième flic d'Interplan vint rejoindre le premier et ils se consultèrent brièvement. Pendant ce temps, Quail réfléchissait à toute allure. En effet, il se rappelait mieux maintenant ; le flic avait raison pour la narkidrine. À la police on devait s'en servir aussi. Mais non : il savait *pertinemment* qu'on s'en servait ; il avait vu leurs agents l'utiliser sur un prisonnier. Où donc ? Quelque part sur Terra ? *Plus vraisemblablement sur Luna*, estima-t-il en découvrant la scène qui émergeait de sa mémoire encore très déficiente... mais lui revenait de plus en plus vite.

Alors il se souvint d'autre chose : la raison pour laquelle on l'avait envoyé sur Mars ; la mission qu'il avait accomplie.

Pas étonnant qu'on ait effacé sa mémoire.

« Mon Dieu ! » s'écria le premier des deux flics en interrompant sa conversation avec l'autre. De toute évidence, il avait capté les pensées de Quail. « Les choses se gâtent ; c'est même ce qui pouvait arriver de pire ! » Il s'approcha de Quail en braquant à nouveau son pistolet sur lui. « Nous devons vous tuer, annonça-t-il. Immédiatement. »

Inquiet, son collègue intervint. « Pourquoi "immédiatement" ? Et si on le transportait simplement à Interplan New York en laissant les autres…

— *Lui* sait bien pourquoi », répliqua le premier flic. À son tour il paraissait nerveux, mais Quail comprit que c'était pour une autre raison. Sa mémoire était maintenant presque entièrement revenue et il comprenait parfaitement l'effroi de l'agent.

« Sur Mars, fit Quail d'une voix rauque, j'ai tué un homme. Après être passé outre à quinze gardes du corps, dont certains équipés de furtidagues comme vous. » Interplan l'avait formé durant cinq ans pour en faire un assassin, un tueur professionnel. Il savait mettre hors de combat les adversaires armés… comme ces deux agents ; et celui à l'écouteur le savait aussi.

S'il agissait assez rapidement…

Le coup de feu partit. Mais il avait déjà fait un bond de côté et, simultanément, du tranchant de la main, assené un coup à l'agent qui tenait le pistolet. En un instant il s'appropria l'arme et tint en respect l'autre agent, hébété.

« Il a capté mes pensées, fit Quail en reprenant son souffle. Il savait ce que j'allais tenter, mais je l'ai fait quand même. »

Tout en essayant de se relever, l'agent blessé dit d'une voix grinçante : « Il ne se servira pas de ce pistolet sur toi, Sam ; ça aussi je le capte. Il sait qu'il est fichu, et il sait aussi que nous le savons. Allons, Quail. » Laborieusement, grognant de douleur, il se remit debout en vacillant et tendit la main. « Le pistolet, intima-t-il à Quail. Vous ne pouvez pas vous en servir, et si vous me le remettez, je vous promets de ne pas vous tuer ; vous serez jugé et c'est quelqu'un de plus haut placé qui statuera. Peut-être pourra-t-on effacer une nouvelle fois votre mémoire ; je ne sais pas. Mais vous, vous *savez* pourquoi j'allais vous tuer ; je ne pouvais pas vous empêcher de vous en souvenir. Aussi, en un sens, je n'ai plus vraiment de raison de vouloir vous tuer. »

Serrant toujours le pistolet, Quail sortit d'un bond du conapt et fonça vers l'ascenseur. *Si vous me suivez*, pensa-t-il, *je vous tuerai.* Il écrasa le bouton d'appel et au bout d'un moment les portes coulissantes s'ouvrirent.

Les policiers ne l'avaient pas suivi. Ils avaient dû capter ses pensées dans toute leur sécheresse, toute leur détermination, et décidé de ne pas courir le risque.

L'ascenseur descendit en l'emmenant dans ses flancs. Il leur avait échappé — pour le moment, mais ensuite ? Où aller ?

L'ascenseur atteignit le rez-de-chaussée. Un instant plus tard Quail se fondait dans la foule des piétons qui se pressaient dans les circuloirs. La tête lui faisait mal et il avait la nausée. Mais au moins avait-il échappé à la mort. Dire qu'ils avaient failli l'abattre sur place, dans son propre conapt !

Et ils recommenceront sans doute, se dit-il, *quand ils me retrouveront. Avec l'émetteur que j'ai dans la tête, ça ne saurait tarder.*

Ironiquement, il avait obtenu exactement ce qu'il avait demandé à MémoiRe S.A. : l'aventure, le risque, la police d'Interplan en action, un voyage secret et dangereux sur Mars qui mettait sa vie en jeu — tout ce qu'il avait souhaité avoir sous forme de faux souvenir.

Si seulement cela pouvait n'être qu'un souvenir, justement…

Seul sur un banc de jardin public, il observait,

maussade, un groupe de guillerets — un semi-oiseau importé des deux lunes de Mars qui se montrait capable de vol plané en dépit de l'énorme pesanteur terrestre.

Je peux peut-être me débrouiller pour retourner sur Mars, pensa-t-il. Et après ? Non, là-bas ce serait encore pire ; le parti politique dont il avait assassiné le chef le repérerait dès sa descente du vaisseau ; il les aurait *eux* à ses trousses, en plus d'Interplan,

Vous m'entendez penser ? se demandait-il. C'était la porte ouverte à la paranoïa que d'être assis là tout seul à les sentir chercher sa fréquence émettrice, l'espionner, l'enregistrer, discuter son cas… Il frémit puis se releva et se mit à errer sans but, les mains profondément enfoncées dans ses poches. *Où que j'aille*, constata-t-il, *vous serez toujours là avec moi. Tant que j'aurai ce machin dans la tête.*

Je vais vous proposer un marché, se dit-il — et *leur* dit-il. *Pouvez-vous m'imprimer encore une fois une mémomatrice fictive, qui cette fois me fasse croire que j'ai toujours vécu une petite vie tranquille, sans jamais être allé sur Mars ? Que je n'ai jamais vu de près un uniforme d'Interplan, ni tenu un pistolet ?*

Une voix répondit dans sa tête : « Comme on vous l'a clairement expliqué, ce ne serait pas suffisant. »

Stupéfait, il s'immobilisa.

« Nous avons déjà communiqué avec vous de cette manière, poursuivit la voix. Quand vous opériez sur le terrain, sur Mars. Nous ne l'avons plus fait depuis des mois ; d'ailleurs, nous étions persuadés de ne plus avoir à le faire. Où êtes-vous ?

— Je marche, répondit Quail, vers ma mort. » *Je tomberai sous les balles de vos agents*, épilogua-t-il mentalement. « Comment pouvez-vous être sûrs que ce ne sera pas suffisant ? demanda-t-il. Le procédé MémoiRe ne marche pas ?

— On vous l'a dit : quand on vous dote d'un jeu de souvenirs ordinaires, moyens, cela vous rend... agité. Vous retourneriez immanquablement chez MémoiRe ou un de ses concurrents. Et nous ne tenons pas à ce que ça se reproduise.

— Supposons, avança Quail. Une fois mes vrais souvenirs effacés, on pourrait m'implanter quelque chose de plus important que des souvenirs ordinaires. Une mémoire qui répondrait à mes désirs profonds. Cela a été démontré ; c'est sans doute pourquoi vous m'avez engagé initialement. Mais il vous faudrait trouver une autre solution... quelque chose d'équivalent. Par exemple, j'étais l'homme le plus riche de Terra mais en fin de compte j'ai fait don de ma fortune à des œuvres éducatives. Ou alors j'ai été un célèbre explorateur des lointaines contrées de l'espace. Un truc dans ce genre, non ? »

Silence.

« Pourquoi ne pas tenter le coup ? fit-il, à court d'arguments. Convoquez vos meilleurs psychiatres militaires, explorez mon esprit. Percez à jour mon rêve le plus cher. » Il se creusa la cervelle. « Pourquoi pas des femmes ? suggéra-t-il. Des milliers de femmes, comme Don Juan. Je pourrais être un ex-play-boy interplanétaire, avec une maîtresse dans chaque ville de Terra, Luna, Mars. J'aurais laissé tomber pour cause d'épuisement. Je vous en prie, supplia-t-il. Essayons au moins !

— Dans ce cas, vous vous rendriez de vous-même ? demanda la voix dans sa tête. Si nous acceptions de trouver une solution de ce genre ? En *admettant* que cela soit possible ? »

Après un temps d'hésitation, il répondit : « Oui. » *Je prends le risque*, pensa-t-il, *de croire que vous ne me ferez pas tout bonnement abattre.*

« À vous de faire le premier pas, reprit la voix. Venez vous rendre et nous étudierons les possibilités qui s'offrent à nous. Toutefois, si nous échouons, si vos véritables souvenirs se mettent à réapparaître, comme en ce moment… » Il y eut un silence, puis : « Nous serons forcés de vous supprimer. Vous devez le comprendre. Alors, Quail, vous voulez toujours faire l'essai ?

— Oui », répondit-il. Car l'autre terme de l'alternative était la mort immédiate et certaine. Au moins de cette façon, il avait une chance, si mince qu'elle fût.

« Présentez-vous au siège new-yorkais, indiqua la voix. 580, Cinquième Avenue, onzième étage. Dès que vous vous serez rendu, nos psychiatres se mettront au travail sur vous ; on vous fera passer des tests de personnalité. On tentera de découvrir votre fantasme fondamental ; ensuite, on vous ramènera ici, chez MémoiRe S.A. ; on les mettra dans le coup afin qu'ils réalisent ce fantasme par substitution rétroactive. Après cela… bonne chance. Nous vous devons bien cela ; vous avez été un précieux instrument, pour nous. » Il n'y avait aucune malveillance dans la voix ; on avait — l'organisation avait — plutôt de la sympathie pour lui.

« Merci », dit Quail.

Sur ce, il se mit à la recherche d'un robot-taxi.

« Mr Quail », expliqua le psychiatre d'Interplan, un homme d'un certain âge à l'expression sévère. « La nature de votre désir-fantasme de base est des plus intéressantes. Et elle n'a sans doute rien à voir avec ce que, consciemment, vous pouvez imaginer ou supposer. C'est généralement le cas et j'espère que cela ne vous troublera pas trop de vous l'entendre révéler. »

Un officier d'Interplan était présent ; il était très haut placé. Il commenta sèchement : « Il n'a pas intérêt à être trop troublé s'il ne veut pas y passer.

— Contrairement au fantasme qui consiste à vouloir être un agent secret d'Interplan, continua le psychiatre, fantasme d'ailleurs assez cohérent dans la mesure — relative — où il est le produit d'une certaine maturité, l'aspiration sous-jacente correspond à un rêve saugrenu remontant à votre enfance ; rien d'étonnant, donc, à ce que vous n'en ayez plus souvenir. Votre fantasme est le suivant, Mr Quail : vous avez neuf ans et vous marchez seul sur un chemin de campagne. Une flotte de vaisseaux spatiaux d'un genre inconnu, venus d'une autre galaxie, atterrit juste devant vous. Personne d'autre que vous ne les voit. Les créatures qu'ils renferment sont minuscules, inoffensives, un peu comme des mulots, ce qui ne les empêche pas de vouloir envahir la Terre. Des dizaines de milliers de vaisseaux identiques vont bientôt débarquer, dès que les éclaireurs leur auront donné le feu vert.

— Et j'imagine que je les arrête à moi tout seul, intervint Quail avec un mélange d'amusement et de dégoût. Je les élimine sans aide, sans doute en les écrasant sous mon pied.

— Pas du tout, poursuivit patiemment le psychiatre. Vous empêchez l'invasion, certes, mais pas en les anéantissant. Au lieu de cela, vous faites preuve de bonté et de générosité à leur égard, tout en sachant par télépathie — leur mode de communication — pourquoi ils sont là. N'ayant jamais rencontré d'organisme intelligent manifestant une telle humanité, afin de vous prouver leur gratitude, ils concluent un pacte avec vous. »

Quail compléta : « Ils n'envahiront pas la Terre tant que je serai vivant.

— Exactement. » Le psychiatre s'adressa à l'officier d'Interplan. « Vous voyez, cela correspond à sa personnalité, malgré le mépris qu'il affecte.

— Ainsi, par le simple fait que j'existe, reprit Quail en sentant croître en lui un sentiment de plaisir, que je vis, j'empêche la Terre de tomber sous un joug étranger. Dans ce cas, je suis effectivement la personne la plus importante au monde. Sans lever le petit doigt.

— C'est tout à fait ça, acquiesça le psychiatre. Et le fantasme constitue le pivot même de votre psyché ; c'est un fantasme d'enfance qui vous a marqué pour la vie et que, sans psychothérapie, sans thérapie médicamenteuse, vous ne vous seriez jamais remémoré. Il a toujours été en vous, mais enfoui. »

Le gradé de la police demanda à McClane qui, assis à côté de lui, écoutait attentivement : « Pouvez-vous lui implanter un mémomodèle extra-factuel aussi poussé ?

— On nous présente toutes les formes possibles et imaginables de fantasme, répondit McClane, et franchement, j'ai déjà entendu bien pire. C'est dans nos possibilités. D'ici vingt-quatre heures, il ne se contentera pas seulement de souhaiter avoir sauvé la Terre ; il croira dur comme fer qu'il l'a fait. »

L'officier supérieur de la police déclara : « Bon, vous pouvez y aller. En prévision du nouvel implant, nous avons une fois de plus effacé le souvenir de son voyage sur Mars. »

Quail intervint : « Quel voyage sur Mars ? »

Comme personne ne répondait, il renonça à sa question… mais à contrecœur. De toute façon, un véhicule de la police venait de faire son apparition ; McClane, l'officier supérieur et lui s'y tassèrent, et ils prirent la direction de Chicago.

« Attention à ne pas commettre d'erreur cette fois, conseilla l'officier à McClane, qui semblait inquiet.

— Je ne vois pas ce qui pourrait clocher, marmonna ce dernier en transpirant. Cela n'a rien à voir avec Mars ou Interplan cette fois. Empêcher à soi tout seul l'invasion de la Terre par les habitants d'une autre galaxie… » Il secoua la tête. « Dites donc, les gosses ont de ces fantasmes ! Et à force de vertu, pardessus le marché, pas par la force. Un peu tordu, je trouve. » Il se tamponna le front avec un grand mouchoir en lin.

Personne ne dit rien.

« Dans le fond, ajouta-t-il, c'est touchant.

— Mais présomptueux, rectifia froidement le policier. Dans la mesure où l'invasion reprendra quand il mourra. Pas étonnant qu'il n'en soit pas conscient ; c'est le fantasme le plus extravagant que j'aie jamais rencontré. » Il jeta un regard désapprobateur à Quail. « Quand je pense que ce type émargeait chez nous. »

Arrivés chez MémoiRe S.A., ils furent fiévreusement accueillis par Shirley, la réceptionniste. « Contente de vous revoir, Mr Quail », fit-elle en battant des paupières ; ses seins ronds comme des melons — ce jour-là maquillés en orange lumineux — tressautaient d'émoi. « Je suis navrée que tout se soit si mal passé la dernière fois; je suis sûre que ça ira bien mieux cette fois-ci. »

McClane, qui continuait à se tamponner machinalement le front avec son mouchoir bien plié, ajouta : « On a intérêt à ce que ça marche, en effet. » Il alla prestement chercher Lowe et Keeler et tous gagnèrent la salle de traitement. Là, il les abandonna et alla attendre dans son bureau en compagnie de Shirley et de l'officier supérieur.

« Avons-nous une pochette adéquate, Mr McClane ? » demanda Shirley qui, dans son agitation, le heurta au passage et rougit pudiquement.

« Il me semble que oui. » Il fouilla dans sa mémoire, puis renonça et consulta le tableau de références. « On va utiliser une combinaison des pochettes Quatre-vingt-un, Vingt et Six », décida-t-il à haute voix. Il rapporta de la chambre forte les pochettes correspondantes et entreprit de les inspecter. « Dans la Quatre-vingt-un, expliqua-t-il, une baguette magique qui guérit les maladies lui a été offerte — je parle du client, en l'occurrence Mr Quail — par des êtres d'une autre galaxie en signe de gratitude.

— Elle marche? demanda l'officier de police avec curiosité.

— Elle a marché, expliqua McClane. Mais il l'a épuisée il y a bien longtemps en s'en servant pour guérir tout et n'importe quoi. Maintenant, ce n'est plus qu'un souvenir. Mais il se rappelle qu'elle fonctionnait remarquablement. » Il gloussa, puis ouvrit la pochette Vingt. « Un papier du Secrétaire général de l'O.N.U. le remerciant d'avoir sauvé la Terre; ça ne concorde pas tout à fait car dans le fantasme de Quail personne n'est au courant de l'invasion à part lui, mais on va le rajouter pour faire vraisemblable. »

Il examina ensuite la pochette Six. Qu'y avait-il donc là-dedans ? Il ne se souvenait plus ; fronçant les sourcils il plongea la main dans le sachet en plastique sous l'œil attentif de Shirley et du policier.

« Ce sont des inscriptions, dit Shirley. Rédigées dans une drôle de langue.

— Ce document explique qui étaient ces êtres, déclara McClane, et d'où ils venaient. Il y a même une carte stellaire détaillée qui retrace leur trajet jusqu'ici et leur système d'origine. Naturellement, comme c'est écrit dans leur langue, il ne peut le déchiffrer. Mais il se souvient qu'ils le lui ont lu dans sa langue à lui. » Il rassembla les trois artefacts au centre de son bureau. « Il faut faire déposer ces objets chez Quail, dit-il au policier. Afin qu'il les trouve en rentrant. Ils confirmeront son fantasme. C'est la P.O.S. — la procédure opératoire standard. » Il eut un petit gloussement nerveux ; il se demandait ce qui se passait du côté de Lowe et Keeler.

À ce moment-là l'intercom bourdonna : « Mr McClane, je suis désolé de vous déranger, mais… » C'était justement Lowe. Pétrifié, McClane resta sans voix. « Il y a un problème. Vous devriez peut-être venir et superviser les opérations. Comme la dernière fois, Quail a bien réagi à la narkidrine ; il est inconscient, détendu, réceptif, mais… »

McClane s'élança vers la salle de traitement.

Allongé sur une table d'auscultation, Douglas Quail respirait lentement et régulièrement. Les yeux mi-clos, il était vaguement conscient de ceux qui l'entouraient.

« Nous avons voulu l'interroger, dit Lowe, tout pâle, pour savoir où situer exactement le souvenirfantasme d'avoir sauvé la Terre à lui seul. Et assez curieusement...

— Ils m'ont demandé de ne rien dire, marmonna Quail d'une voix que le médicament rendait pâteuse. C'était ça, le marché qu'on avait conclu. Je n'étais même pas censé m'en souvenir. Mais comment oublier une chose pareille ? »

Ça ne doit pas être facile, en effet, se dit McClane. *Vous y êtes pourtant parvenu — jusqu'à aujourd'hui.*

« Ils m'ont même remis un parchemin signifiant leur reconnaissance, murmura Quail. Il est caché dans mon conapt ; je vous le montrerai. »

S'adressant à l'officier d'Interplan qui l'avait suivi, McClane déclara : « Ma foi, si je puis me permettre une suggestion, il vaudrait mieux ne pas le tuer. Sinon ils reviendront.

— Ils m'ont aussi donné une baguette magique invisible qui permet d'éliminer n'importe quoi, marmonna Quail dont les yeux étaient à présent hermétiquement clos. C'est avec ça que j'ai tué le type que vous m'aviez envoyé descendre sur Mars. Elle est dans mon tiroir, avec la boîte d'ascarides et de plantes séchées en provenance de Mars. »

Sans mot dire, l'officier d'Interplan tourna les talons et sortit à grands pas.

Je n'ai plus qu'à ranger mes pochettes d'artefacts à conviction, songea McClane avec résignation. Il regagna son bureau à pas comptés. *Y compris les félicitations du Secrétaire général de l'O.N.U. Après tout...*

Les vraies ne tarderaient sans doute pas à arriver.

La foi de nos pères

Titre original :

FAITH OF OUR FATHERS

in *Dangerous Visions* (en français : *Dangereuses visions*),
Doubleday, 1967.

En marchant dans les rues d'Hanoi, il croisa un camelot cul-de-jatte qui, installé sur une planche à roulettes, apostrophait les passants d'une voix stridente. Tchien ralentit et prêta l'oreille, sans toutefois s'arrêter. Les affaires qui l'appelaient au ministère de l'Artisanat culturel absorbaient trop son attention pour qu'elle pût se fixer ailleurs. C'était comme s'il était seul, comme si les bicyclettes, les vélomoteurs et les motos à réaction n'existaient pas. Pas plus que le camelot cul-de-jatte.

« Camarade », l'interpella néanmoins ce dernier en se lançant à sa poursuite sur sa planche à roulettes — actionnée par une batterie à hélium. « Camarade, je possède un assortiment complet d'herbes médicinales éprouvées par les siècles et recommandées par des milliers d'utilisateurs fidèles. Fais-moi part de tes maux et je te viendrai en aide. »

Tchien ralentit encore. « C'est que… je ne souffre d'aucun mal. » *Si l'on excepte*, ajouta-t-il en son for intérieur, *l'affection chronique des employés du Comité central, cet arrivisme qui veut qu'on cherche constamment à s'imposer aux postes à responsabilité de la fonction publique. Y compris le mien.*

« Je sais guérir le mal des radiations, par exemple, psalmodia derrière lui la voix du cul-de-jatte. Ou intensifier si besoin est les facteurs de la prouesse sexuelle. Je sais enrayer l'évolution cancéreuse, même le redoutable mélanome malin, également appelé tumeur noire. » Soulevant un plateau où étaient disposés des flacons, de petites boîtes en aluminium et des pots en plastique contenant diverses poudres, le camelot poursuivit de sa voix chantante : « Si quelque rival persistait à vouloir usurper l'enviable position que tu occupes dans la bureaucratie, je pourrais fournir un onguent qui, tout en se présentant sous la forme d'un inoffensif baume dermique, est en réalité une toxine dont l'action ne pardonne pas. Quant à mes prix, camarade, ils sont fort peu élevés. À titre de faveur très spéciale envers une personne aussi distinguée que toi, j'accepterai même en guise de paiement des dollars papier inflationnistes d'après-guerre — ceux qui, prétendument agréés par la communauté internationale, n'ont en réalité guère plus de valeur que le papier hygiénique.

— Va au diable », fit Tchien en hélant un taxi aéroglisseur de passage. Il était déjà en retard de trois minutes et demie à son premier rendez-vous de la journée et, au ministère, les divers ronds-de-cuir qu'il avait pour supérieurs devaient en prendre mentalement note — de même que ses subordonnés, d'ailleurs, qui en feraient carrément des gorges chaudes.

Le camelot poursuivit tranquillement : « Mais, camarade, il *faut* que tu m'achètes quelque chose.

— Et pourquoi donc ? » fit Tchien. Indignation.

« Parce que, camarade, je suis un ancien combattant. J'ai fait la Colossale Guerre finale de Libération nationale aux côtés du Front démocratique populaire uni contre les impérialistes ; j'ai perdu mes extrémités pédestres à la bataille de San Francisco. » Son ton se fit triomphant et roué à la fois. « *C'est la loi.* Quand on refuse d'acheter quelque chose à un ancien combattant, on est passible d'une amende, voire d'une peine de prison — sans parler du déshonneur encouru. »

D'un geste las, Tchien fit signe à l'aérotaxi de poursuivre son chemin. « C'est vrai, fit-il. Je le reconnais : je suis obligé de t'acheter quelque chose. » Il examina d'un rapide coup d'œil le maigre étalage d'herbes médicinales. « Ça », décida-t-il en pointant son index au hasard sur un sachet en papier à l'arrière du plateau.

Le camelot se mit à rire. « Ça, camarade, c'est un spermicide destiné aux femmes qui, pour des raisons politiques, ne peuvent se voir prescrire la pilule. Ça ne peut t'être que d'une utilité médiocre, voire nulle, puisque tu es un homme.

— La loi, répliqua Tchien avec acidité, ne m'oblige aucunement à t'acheter quelque chose d'utile. Donc, je prends ça. » Il passa la main dans sa veste matelassée et en ressortit un portefeuille gonflé de coupures inflationnistes d'après-guerre ; en tant que fonctionnaire, il en touchait quatre fois par semaine une certaine quantité.

« Dis-moi quels sont tes problèmes », fit le camelot.

Tchien le dévisagea, atterré par cette intrusion dans sa vie privée — émanant qui plus est d'un individu non membre du gouvernement.

« C'est bon, camarade, reprit le camelot en voyant son expression. Je n'insisterai pas. Excuse-moi. Mais en tant que docteur — guérisseur herboriste — il convient que j'en sache le plus possible. » Il prit un air méditatif et son visage décharné s'assombrit. « Regardes-tu exagérément la télévision ? » demanda-t-il abruptement.

Pris de court, Tchien répondit : « Tous les soirs. Sauf le vendredi, où je vais à mon club pratiquer l'art ésotérique importé de l'Occident vaincu qu'est la capture des bouvillons au lasso. » C'était sa seule faiblesse ; à part cela, il se consacrait entièrement aux activités du Parti.

Le camelot avança la main, choisit un sachet en papier gris. « Soixante dollars standard, annonça-t-il. Garantie totale ; si tu n'obtiens pas l'effet escompté, rends-moi le reste et tu seras intégralement remboursé. Et avec le sourire.

— Et quel est, demanda Tchien d'un ton mordant, cet effet garanti ?

— Ceci soulagera la fatigue oculaire causée par la contemplation d'insipides péroraisons officielles, répondit le camelot. C'est une préparation lénifiante — à absorber dès que tu te trouveras exposé aux sempiternels sermons interminables et creux dont… »

Tchien donna l'argent, prit le sachet en échange et s'éloigna à grands pas. *La barbe !* fulmina-t-il en son for intérieur. *Un vrai racket, ce décret érigeant les anciens combattants en classe privilégiée. Ils nous vampirisent, nous, la jeune génération ; de véritables rapaces.*

Oublié, le sachet gris resta dans la poche de sa veste tandis qu'il pénétrait dans l'imposant édifice du ministère de l'Artisanat culturel de l'après-guerre, puis dans son non moins considérable bureau, afin d'entamer sa journée de travail.

Un Caucasien corpulent d'âge moyen, vêtu d'un complet en soie marron made in Hongkong auquel ne manquaient ni les doubles revers ni le gilet, attendait Tchien dans son bureau. À côté de l'inconnu se tenait son supérieur hiérarchique immédiat, Ssu-Ma Tso-pin. Tso-pin fit les présentations en cantonais, dialecte qu'il malmenait quelque peu.

« Mr Tung Tchien, voici Mr Darius Pethel, qui est appelé à diriger le nouvel établissement culturel à vocation idéologico-culturelle qui ouvrira bientôt ses portes à San Fernando, en Californie. » Et il ajouta : « Mr Pethel a derrière lui une longue et fructueuse carrière de serviteur du peuple dans la lutte qui vise à déstabiliser les pays du bloc impérialiste par la voie pédagogique ; d'où cette haute fonction. »

Ils se serrèrent la main.

« Thé ? » proposa Tchien. Il actionna l'interrupteur de son *hibachi* à infrarouges et en un instant l'eau contenue dans le récipient en céramique japonaise richement décorée se mit à bouillir. En s'asseyant à son bureau, il constata que la fidèle Miss Hsi y avait disposé à son intention la fiche (confidentielle) du camarade Pethel. Il la parcourut rapidement, mine de rien.

« Le Bienfaiteur absolu du peuple, déclara Tso-pin, a personnellement rencontré Mr Pethel et lui fait entièrement confiance. Ce qui n'est pas donné à tout le monde. Officiellement, la nouvelle école de San Fernando se propose de diffuser les enseignements taoïstes traditionnels ; en réalité, bien sûr, elle nous permettra d'établir le contact avec la jeunesse intellectuelle, la tranche d'âge de gauche, résidant à l'ouest des États-Unis. Il en survit un grand nombre, de San Diego à Sacramento ; au moins dix mille, selon nos estimations. L'école en accueillera deux mille. Pour ceux que nous sélectionnerons, l'inscription sera obligatoire. Vous êtes directement concerné par les projets de Mr Pethel. Hum. Je crois que votre eau est en train de bouillir.

— Merci », murmura Tchien en y laissant tomber un sachet de thé Lipton.

Tso-pin poursuivit : « En effet, le rôle de Mr Pethel consistera à superviser la mise en place des cours proposés aux étudiants, mais — cela va vous surprendre — toutes les copies d'examen seront dirigées vers vous afin d'être soumises à votre expert et vigilant contrôle idéologique. En d'autres termes, Mr Tchien, c'est vous qui désignerez les élèves fiables, ceux qui se sont montrés réceptifs à l'enseignement dispensé… et les autres.

— Je vais verser le thé, dit Tchien en joignant cérémonieusement le geste à la parole.

— Nous ne devons pas oublier, intervint Pethel dans un cantonais encore pire que celui de Tso-pin, qu'après leur défaite face à nous à l'issue de la guerre planétaire, les jeunes Américains sont passés maîtres dans l'art de la *dissimulation.* » Il prononça ce dernier mot en anglais ; perplexe, Tchien interrogea son supérieur du regard.

« Du mensonge », expliqua ce dernier.

Pethel poursuivit : « En surface, ils articulent les slogans qui conviennent ; mais en profondeur, ils les croient faux. Les copies d'examen de ces recrues-là ressembleront de très près à celles du groupe dont l'authenticité…

— Vous voulez dire que vont passer par mon bureau les devoirs émanant de *deux mille* étudiants ? demanda Tchien, qui n'en croyait pas ses oreilles. Mais… c'est un travail à plein temps ! Mes occupations habituelles ne me le permettent absolument pas. » Il était effaré. « Porter une appréciation critique officielle sur des questions d'une aussi grande délicatesse... » Il fit un geste éloquent. « Vous vous foutez le doigt dans l'œil », conclut-il en anglais.

Tso-pin broncha devant cette franche vulgarité tout occidentale et déclara : « Vous avez du personnel ; en outre, vous pourrez réquisitionner quelques secrétaires supplémentaires. Le budget du ministère le permet, puisqu'il a été augmenté cette année. Et n'oubliez pas : le Bienfaiteur absolu du peuple a lui-même choisi Mr Pethel. » Une subtile nuance de menace s'était insinuée dans son ton. Subtile, mais suffisante pour se frayer un chemin dans l'hystérie croissante de Tchien et la muer, au moins provisoirement, en soumission. Histoire de donner plus de poids à ses arguments, Tso-pin alla se tenir, au fond du bureau, devant le portrait en pied et en 3-D du Bienfaiteur absolu. Au bout de quelques instants, sa présence activa le mécanisme à bande magnétique placé derrière le portrait ; le visage du Bienfaiteur s'anima et une homélie bien connue aux accents plus que familiers s'éleva. « Combattez pour la paix, mes fils, entonna une voix douce mais ferme.

— Ah ! » fit Tchien qui réussit à réprimer son agitation intérieure. Après tout, peut-être pourrait-on mettre à contribution un des ordinateurs du ministère pour examiner les copies, employer des questionnaires du type « oui-non-peut-être » alliés à une analyse structurelle préalable de leur correction — ou *in*correction — idéologique. On devait pouvoir en faire une affaire de simple routine. Vraisemblablement.

Darius Pethel déclara : « J'ai ici certains documents que j'aimerais soumettre à votre examen, Mr Tchien. »

Il défit la fermeture Éclair d'une mallette en matière plastique hideuse et démodée. « Deux dissertations rédigées à l'occasion d'un examen, fit-il en les lui tendant. Cela nous permettra de voir si vous êtes qualifié ou non pour cette tâche. » Il se tourna vers Tso-pin ; leurs regards se croisèrent. « J'ai cru comprendre que si vous tirez votre épingle du jeu, ajouta Pethel, vous serez promu vice-conseiller ; en outre, Sa Grandeur le Bienfaiteur absolu du peuple vous remettra en personne la médaille Kistérigienne. » Tso-pin et lui arborèrent un sourire circonspect.

« La médaille Kistérigienne », répéta Tchien. Il prit les deux documents et les examina en affectant une indifférence nonchalante, mais en réalité une agitation mal dissimulée redoublait les battements de son cœur. « Mais… pourquoi ces deux-là en particulier ? Je veux dire… que faut-il que je recherche ?

— L'une de ces copies, expliqua Pethel, est l'œuvre d'un progressiste dévoué, d'un membre loyal du Parti aux convictions mûrement réfléchies. L'autre a été rédigée par un jeune *stityagi* que nous soupçonnons de nourrir des crypto-notions petites-bourgeoises, impérialistes et déviationnistes. À vous, mon cher, de nous dire qui est qui. »

Tu parles d'un honneur, songea Tchien. Mais il hocha la tête et lut le titre du premier devoir :

LA DOCTRINE DU BIENFAITEUR
ABSOLU TELLE QU'ON LA TROUVE
EN GERME CHEZ BAHA AD-DIN ZUHAYR,
POÈTE ARABE DU TREIZIÈME SIÈCLE.

Parcourant les premières pages de la dissertation, Tchien remarqua un quatrain qui lui était familier. Il s'intitulait «La Mort» et il le connaissait par cœur depuis son adolescence.

Elle aura à connaître un échec, deux échecs,
Elle choisit parmi une infinité d'heures;
Ni abîme ni mont ne sont pour elle un bec,
Mais plutôt une plaine où l'on cueille des fleurs.

«Puissant, dit Tchien, ce poème.

— Il s'en sert», expliqua Pethel en observant le mouvement des lèvres de Tchien tandis que ce dernier relisait le quatrain, «pour mettre en valeur la sagesse séculaire démontrée par le Bienfaiteur absolu dans notre actuelle vie de tous les jours; aucun individu n'est à l'abri du risque; nous sommes tous mortels, et seule survit la cause historique essentielle, supra-individuelle. Comme il se doit. Êtes-vous d'accord avec cette interprétation? Celle de cet étudiant, je veux dire? Ou bien...» Pethel marqua un temps d'arrêt. «S'agit-il au contraire d'une satire dirigée contre les préceptes du Bienfaiteur absolu?»

Sans trop s'avancer, Tchien répondit: «Laissez-moi jeter un coup d'œil à l'autre copie.

— Vous avez suffisamment d'éléments. Décidez.

— Je... n'avais jamais envisagé le poème sous cet angle-là», bredouilla Tchien. Il sentait croître son irritation. «Quoi qu'il en soit, il n'est pas de Baha ad-Din Zuhayr; il fait partie du recueil des *Mille et Une Nuits.* Encore qu'il date bien du XIIIe siècle; cela je vous l'accorde.» Il parcourut rapidement la dissertation accompagnant le poème. Apparemment, c'était une morne et plate resucée des clichés du Parti, ceux-là mêmes dont on lui rebattait les oreilles depuis sa tendre enfance. Le monstre impérialiste aveugle qui foulait aux pieds tout en étouffant dans l'œuf (malheureuse juxtaposition de métaphores) les aspirations humaines, les machinations des noyaux antiparti encore en activité dans l'est des États-Unis… Il se sentit gagné par l'ennui, et aussi peu inspiré que ce devoir d'étudiant. Il fallait persévérer, affirmait ce dernier. Liquider le reliquat du Pentagone réfugié dans les Catskills, soumettre le Tennessee et particulièrement le bastion de résistance réactionnaire installé dans les rouges collines de l'Oklahoma. Il soupira.

« Il me semble, déclara Tso-pin, que nous devrions laisser à Mr Tchien le temps d'examiner à loisir cette difficile question. » Il reprit à l'adresse de Tchien : « Vous avez la permission d'emporter ces documents chez vous, ce soir, dans votre condominium, et de les étudier pendant votre temps libre. » Il fit une courbette mi-moqueuse, mi-dévouée. Mais insulte ou pas, il avait ôté à Tchien une sacrée épine du pied, et celui-ci lui en était reconnaissant.

« Croyez que j'apprécie à sa juste valeur, murmura-t-il, l'honneur de procéder en dehors des heures de bureau à cette tâche nouvelle et hautement stimulante. Mikoyan, s'il vivait encore, ne manquerait pas d'approuver. » *Salopard*, ajouta-t-il *in petto*. Par ce terme, il englobait à la fois son supérieur et le Caucasien Pethel. *Tu parles d'un cadeau empoisonné ! Et sur mes heures de loisir, par-dessus le marché. Il faut croire que le P.C.U.S.A. se porte bien mal ; ses académies d'endoctrinement n'arrivent manifestement pas à leurs fins avec la jeunesse yankee, réputée si excentrique et si entêtée. Ce cadeau-là, je suis bien sûr que vous vous l'êtes refilé les uns aux autres avant qu'il n'arrive jusqu'à moi.*

C'est bien ma veine, ajouta-t-il avec rancœur.

Ce soir-là, dans son conapt petit mais bien agencé, il prit la seconde copie d'examen, signée d'une certaine Marion Culper, et constata qu'elle aussi traitait de poésie. De toute évidence, il s'agissait officiellement d'un cours de poésie. Cela le mit mal à l'aise. L'utilisation de la poésie — ou de n'importe quel art, d'ailleurs — à des fins sociales l'avait toujours hérissé. Cela ne l'empêcha pas de s'installer confortablement dans son fauteuil en cuir simulé à dossier redresseur de colonne vertébrale et d'allumer un énorme cigare — un corona Cuesta Rey Number One English Market — avant de commencer sa lecture.

L'auteur de la dissertation avait choisi comme sujet d'étude John Dryden, poète anglais du XVIIe siècle, et plus précisément les derniers vers du célèbre « Chant pour la Sainte-Cécilia ».

… Et lorsque l'heure ultime et effrayante
Dévorera cette pompe croulante,
Retentira tout là-haut le clairon,
Les morts revivront, les vivants mourront,
Et la Musique aura du ciel raison.

Ça c'est un peu fort, songea Tchien avec amertume. *Il faudrait donc croire que Dryden avait prévu la chute du capitalisme ? C'est ce qu'il aurait voulu dire par « pompe croulante » ? Dieu du ciel !* Il se pencha en avant pour reprendre son cigare et s'aperçut qu'il l'avait laissé s'éteindre. Fouillant ses poches à la recherche de son briquet de fabrication japonaise, il se redressa à demi.

Twiiiiii ! fit la télévision à l'autre bout du salon.

Aha ! se dit encore Tchien. *Le Leader, le Bienfaiteur absolu du peuple, va s'adresser à nous depuis Pékin, où il réside depuis quatre-vingt-dix ans — ou bien est-ce cent ? Celui que nous aimons parfois à surnommer le Malfaiteur absolu...*

« Puissent les dix mille fleurs de l'abjecte pauvreté délibérée s'épanouir dans votre jardin spirituel », annonça le présentateur. Tchien gémit puis se mit debout afin d'exécuter la courbette de rigueur. Chaque poste était en effet relié à la PolSec — la Police de Sécurité —, qui vérifiait que son propriétaire était bien en train de s'incliner et/ou de regarder.

Sur l'écran se matérialisa avec la plus grande netteté un visage large et parfaitement lisse qui respirait la santé : le leader du P.C. Est. À cent vingt ans, il régnait sur une foule bien trop nombreuse au goût de Tchien. *Cause toujours*, songea ce dernier en se réinstallant dans son fauteuil, mais cette fois face à l'écran.

« Mes pensées, fit la belle voix posée du Bienfaiteur absolu, sont tournées vers vous, mes enfants. Et particulièrement vers Mr Tung Tchien, de Hanoi, qui fait face aujourd'hui à une rude tâche, propre à enrichir les peuples de l'Est démocratique, à quoi s'ajoute la côte Ouest américaine. Nous devons tous nous unir par la pensée à cet homme si noble au dévouement exemplaire à qui j'ai décidé de consacrer ce soir plusieurs minutes de mon temps, afin de l'honorer et de l'encourager. Êtes-vous à l'écoute, Mr Tchien ?

— Oui, Votre Grandeur », répondit celui-ci non sans se poser quelques questions. Quelle était la probabilité pour que le Leader du Parti ait choisi de s'adresser justement à lui ce soir-là ? Le résultat de ses réflexions fut un accès de cynisme indigne d'un bon militant ; c'était si peu probable ! L'émission n'était sûrement diffusée qu'à l'intention de son seul immeuble — ou peut-être de la seule ville de Hanoi. À moins qu'il ne s'agisse d'un faux doublage réalisé chez Hanoi T.V., Incorporated. Quoi qu'il en soit, il était prié d'écouter, de regarder — et d'absorber. Cela ne lui fut pas trop difficile, vu qu'il l'avait fait toute sa vie. Extérieurement, il paraissait attentif à l'extrême. Mais en dedans, il songeait toujours à ses deux copies d'examen en se demandant laquelle était la bonne. Où finissait la dévotion enthousiaste au Parti, où débutait la bouffonnerie sardonique ? Difficile à dire... Ce qui expliquait, naturellement, qu'on lui ait mis cette affaire sur les bras.

Il chercha à nouveau son briquet dans ses poches... et tomba sur le sachet que lui avait vendu le cul-de-jatte. *Crénom*, se dit-il en se remémorant le prix exorbitant qu'il l'avait payé. Et pour en faire quoi ? Autant jeter son argent par la fenêtre. Il retourna le sachet et distingua au dos une inscription en petits caractères. *Bah*, se dit-il en dépliant le sachet avec soin. Ce qu'il venait de lire l'avait appâté. Comme prévu.

Vous n'êtes pas à la hauteur, ni en tant que membre du Parti ni en tant qu'être humain ?

Vous avez peur de devenir obsolète, de vous faire jeter à la poubelle de l'histoire par...

Il lut rapidement, sans prêter attention aux prétentions exprimées. Qu'avait-il acheté là, en fait ?

Pendant ce temps, le Bienfaiteur absolu poursuivait son monologue.

Du tabac à priser. Le paquet contenait du tabac à priser. D'innombrables petits grains noirs évoquant de la poudre à canon, et dont l'arôme lui chatouillait agréablement les narines. Ce mélange particulier, apprit-il, s'appelait « Princes Special ». Et son parfum était décidément fort séduisant. Il lui était arrivé de priser, à l'époque où le tabac à fumer avait été décrété illégal pour des raisons sanitaires. C'était lorsqu'il était étudiant à l'université de Pékin ; en ce temps-là, les mélanges d'amateur confectionnés à Chungking à partir de n'importe quoi étaient la grande mode. S'agissait-il d'un produit analogue ? On pouvait incorporer pratiquement n'importe quel aromate au tabac à priser, de l'essence d'orange au bébé crabe pulvérisé… c'est du moins l'impression qu'on avait parfois, notamment avec certain mélange anglais baptisé « High Dry Toast », qui à lui seul l'avait dissuadé de priser.

Sur l'écran, le Bienfaiteur absolu poursuivait son soliloque. Tchien renifla la poudre avec méfiance et relut la notice. Cela guérissait absolument tout — depuis la propension à arriver en retard au bureau jusqu'à la malchance de tomber amoureux d'une femme au passé politique contestable. Intéressant. Mais typique des slogans publicitaires habituels, et…

On sonna à la porte.

Il alla ouvrir, parfaitement conscient de ce qu'il allait trouver sur le seuil. Et c'était bien Mu Kuei, le Gardien de l'Immeuble. Petit, l'œil sévère et l'air pénétré de ses responsabilités, il portait son brassard et son casque métallique pour bien montrer qu'il ne plaisantait pas. « Mr Tchien, camarade travailleur du Parti, je viens de recevoir un appel des autorités télévisuelles. Au lieu de regarder votre écran, vous tripotez un paquet au contenu douteux. » Il brandit une planchette et un stylo à bille. « Deux marques rouges, et vous êtes dorénavant prié de vous installer de manière confortable et détendue face à votre télévision afin d'accorder au Leader une totale attention. Ce soir, c'est à vous qu'il s'adresse particulièrement, Mr Tchien ; à *vous*.

— J'en doute », s'entendit déclarer ce dernier.

Kuei cilla. « Que voulez-vous dire ?

— Le Leader gouverne huit milliards de camarades. Je ne vois pas pourquoi il m'aurait choisi *moi*. » Il était très courroucé. Le caractère pointilleux de la réprimande lui tapait sur les nerfs.

« Mais… je l'ai entendu de mes propres oreilles. Vous avez été cité nommément. »

Tchien alla augmenter le volume sonore. « Maintenant, en revanche, il parle des échecs rencontrés en Inde populaire ; ça n'a rien à voir avec moi.

— Rien de ce qu'affirme le Leader n'est hors de propos. »

Mu Kuei ajouta une marque sur sa planchette et s'inclina avec raideur afin de prendre congé. « L'appel par lequel on m'a demandé de venir vous mettre en face de votre propre relâchement émanait du Central. Il est clair que votre attention est requise. Je dois vous ordonner de mettre en marche votre enregistreur automatique de transmissions et de vous repasser toute la première partie du discours du Leader. »

Tchien lâcha un pet et claqua la porte.

Retour devant le poste, songea-t-il. *Là où nous passons tous nos loisirs.* Et ce n'était pas tout. Restaient les deux copies. *Et en dehors des heures de bureau, en plus*, ragea-t-il. *Qu'ils aillent au diable. Qu'ils aillent même se faire…* Il s'approcha à grands pas du récepteur et voulut l'éteindre. Aussitôt un voyant rouge se mit à clignoter pour l'informer qu'il n'en avait pas le droit — ni même la possibilité, d'ailleurs, même en débranchant l'appareil. *Les discours obligatoires finiront par nous achever*, se dit-il. *Que ne donnerais-je pas pour échapper au bruit de tous ces discours, à la meute hurlante du Parti harcelant l'humanité…*

Toutefois, il n'existait à sa connaissance aucun décret interdisant de priser en regardant le Leader. Il ouvrit donc le sachet gris et fit tomber sur le dos de sa main gauche un petit tas de grains noirs. Puis, d'un geste très compétent, il porta la main à ses narines et aspira un grand coup, en faisant bien pénétrer le tabac jusqu'au fond des fosses nasales. Il se souvint en souriant de la vieille superstition selon laquelle, les sinus étant en communication directe avec le cerveau, les inhalations de tabac à priser affectaient directement le cortex. Il sourit, se rassit et reporta son regard sur l'écran où s'agitait le personnage si universellement connu.

Celui-ci rétrécit puis disparut. Le silence se fit. Tchien se retrouva face au vide, au néant. L'écran n'affichait plus rien et seul un imperceptible sifflement sortait du haut-parleur.

C'est ce p… de tabac à priser, songea-t-il. Sur quoi il se hâta d'inhaler le reste de la poudre étalée sur sa main afin d'en imprégner ses narines, ses sinus et — du moins en avait-il l'impression — son cerveau lui-même. Il s'absorba tout entier dans cette tâche, en proie à une espèce d'ivresse.

L'écran resta noir un petit moment puis, graduellement, une nouvelle image se forma avant de se stabiliser. Ce n'était pas le Leader, le Bienfaiteur absolu du peuple. En fait, ce n'était même pas une figure humaine.

Il avait en face de lui un assemblage mécanique sans vie, constitué de circuits, de pseudopodes rotatifs et d'oculaires, à quoi s'ajoutait un haut-parleur. Ce dernier entreprit, dans un vacarme à la fois monocorde et assourdissant, de le haranguer.

Le regard fixe, il se demanda : *Qu'est-ce que c'est que ça ? La réalité ? Une hallucination ? Mon camelot est tombé sur une des drogues psychédéliques dont on s'est servi pendant la guerre de Libération. Il la revend, et moi j'en ai acheté — je m'en suis mis plein le nez !*

D'un pas mal assuré, il se dirigea vers le vidphone et composa le numéro du poste de PolSec le plus proche. « Je voudrais signaler un revendeur de drogues hallucinogènes, fit-il.

— Votre nom et l'adresse de votre conapt, monsieur », dit la voix efficace, prompte et impersonnelle du bureaucrate.

Il donna les renseignements demandés puis regagna vivement son fauteuil. L'apparition était toujours là sur l'écran de télévision. *Je vais mourir*, songea-t-il. *Il doit s'agir d'une de ces substances produites à Washington ou à Londres, encore plus puissantes, plus déroutantes que ce L.S.D.-25 avec lequel ils ont si bien empoisonné nos réserves d'eau. Et moi qui croyais que cela m'épargnerait les discours du Leader… En fait, c'est encore pire ; cette monstruosité électronique crachotante et pivotante, cette chose en métal et plastique qui baragouine je ne sais quoi… C'est proprement terrifiant.*

Si je dois subir ça *pour le restant de mes jours…*

Il fallut dix minutes au binôme de la PolSec pour

venir tambouriner à sa porte. Entre-temps, selon un processus de détérioration par étapes, l'image familière du Leader était revenue se préciser peu à peu sur l'écran avant de se substituer pour de bon à l'horrible mécanisme qui n'en finissait pas d'agiter ses podes en émettant des sons sans suite. Encore tremblant, il fit entrer les deux policiers et les conduisit à la table où il avait laissé le reste de poudre, dans son sachet.

« Une toxine psychédélique, fit-il d'une voix pâteuse. À effet de courte durée. Directement injectée dans le flux sanguin par l'intermédiaire des capillaires nasaux. Je vais vous dire où je l'ai eue, qui me l'a vendue, etc. » Il prit une inspiration profonde et saccadée ; la présence des policiers le rassurait quelque peu.

Stylo à bille en main, ceux-ci attendaient. Et pendant ce temps, à l'arrière-plan, le Leader débitait son interminable laïus. Comme Tung Tchien l'avait entendu faire mille fois au cours de son existence. *Cependant*, se dit-il, *ce ne sera plus jamais pareil. Pour moi en tout cas. Pas après avoir reniflé cette drogue semi-toxique.*

Puis il se demanda : *Était-ce là le but recherché ? Par « eux » ?*

« Eux » ? Bizarre, de raisonner en ces termes... Pourtant, cela semblait approprié. Un instant il hésita à livrer les indications permettant de retrouver le cul-de-jatte. *C'était un camelot*, voulut-il déclarer. *À quel endroit exact il opérait, je ne me souviens pas.* Mais en fait, il se rappelait fort bien à quel carrefour cela s'était passé. Alors, surmontant une inexplicable réticence, il leur dit tout.

« Merci, camarade Tchien. » Le chef des policiers

ramassa soigneusement le reste de poudre — le sachet était à peine entamé —, qu'il plaça dans la poche de son impeccable et seyant uniforme. « On va faire analyser ça dès que possible. Vous serez immédiatement informé des éventuelles contre-mesures médicales qu'il conviendra de prendre. Vous n'ignorez pas que dans certains cas, les vieilles substances psychédéliques utilisées pendant la guerre se sont révélées mortelles.

— J'ai lu quelque chose là-dessus, en effet », acquiesça Tchien. En réalité, c'était précisément ce qu'il était en train de penser.

« Bonne chance, et merci de nous avoir prévenus », firent les deux policiers en prenant congé. Malgré leur efficacité, cette affaire ne semblait pas les émouvoir outre mesure. Visiblement, ce n'était pas la première fois qu'on les dérangeait pour ce genre de chose.

La réponse du laboratoire arriva étonnamment vite, vu les pesanteurs bureaucratiques auxquelles l'énorme appareil étatique avait habitué Tchien. En fait, la sonnerie du vidphone retentit avant même que le Leader eût achevé son discours télévisé.

« Il ne s'agit pas d'un hallucinogène, l'informa le biochimiste de la PolSec.

— Ah bon ? » fit-il, étonné mais, paradoxalement, pas tellement rassuré. Et même, pas rassuré du tout.

« Non, au contraire. C'est de la phénothiazine, molécule dont les propriétés, vous le savez, sont *anti*-hallucinogènes. Le dosage est très élevé, mais inoffensif. Aucun effet à redouter si ce n'est une baisse de la tension artérielle et une certaine somnolence. Sans doute cette substance a-t-elle été dérobée dans un entrepôt secret de fournitures médicales datant de la guerre. Une cache abandonnée par les barbares en déroute. À votre place, je ne m'en ferais pas. »

Songeur, Tchien raccrocha comme au ralenti. Puis il alla à la fenêtre — d'où l'on avait une vue imprenable sur d'autres immeubles de conapts —, histoire de réfléchir.

On sonna à la porte. En proie à une espèce de transe, il retraversa le salon pour aller ouvrir.

C'était une jeune fille en imperméable beige ; sa très longue chevelure d'un noir brillant était partiellement recouverte d'un châle russe. Elle déclara d'une petite voix timide : « Heu, camarade Tchien ? Tung Tchien ? Du ministère de... »

Il la fit entrer machinalement et referma la porte. « Vous avez fait surveiller mon vidphone », lui dit-il. Il avait lancé cela au hasard, mais quelque chose, une certitude informulée, lui disait qu'il ne se trompait pas.

« Est-ce que... est-ce qu'ils ont emporté tout le tabac à priser ? » Elle décocha une série de coups d'œil dans la pièce. « Oh, j'espère que non ; c'est si difficile à trouver de nos jours.

— Le tabac à priser n'est pas difficile à trouver. Mais c'est la phénothiazine qui vous intéresse, c'est ça ? »

La jeune fille releva la tête et posa sur lui ses grands yeux noyés d'ombre. « C'est cela, Mr Tchien. » Elle hésitait, aussi indécise que les hommes de la PolSec s'étaient montrés pleins d'assurance. « Dites-moi ce que vous avez vu. Il est très important que nous sachions.

— J'avais donc le choix ?

— Oui. Dans une très large mesure. C'est justement ce qui nous intrigue. Nous ne comprenons pas.

Ça ne colle avec aucune théorie existante. » Ses prunelles parurent s'assombrir encore. « Était-ce une horrible créature aquatique ? Le monstre visqueux avec des dents partout ? La forme de vie extraterrestre ? Je vous en supplie, dites-le-moi. Il faut que nous sachions. » Elle respirait avec effort, par inspirations saccadées ; son imperméable se soulevait selon un rythme que Tchien se surprit à observer.

« Non, une machine, fit-il.

— Ah ! » Elle rentra la tête dans les épaules et opina vigoureusement. « Je vois. Un organisme mécanique dépourvu de toute ressemblance avec un être humain. Pas un simulacre destiné à imiter un homme.

— Cela n'avait rien d'un homme, en effet », dit-il. Il ajouta en son for intérieur : *Et cette chose était incapable de s'exprimer comme un humain — en fait, elle n'essayait même pas.*

« Vous comprenez bien qu'il ne s'agissait pas d'une hallucination.

— J'ai été officiellement informé de ce que la substance en question était une phénothiazine. C'est tout ce que je sais. » Il préférait en révéler aussi peu que possible. Ce qu'il voulait, c'était surtout écouter ce que la fille avait à dire.

« Dans ce cas, Mr Tchien... » Elle prit une profonde inspiration mal assurée. « Si ce n'était pas une hallucination, qu'est-ce que c'était ? Quel est l'autre terme de l'alternative ? Ce qu'on appelle l'"extra-conscient" ? Est-ce que ça pourrait être ça ? »

Il ne répondit pas. Il lui tourna le dos, reprit négligemment les deux copies d'examen et se mit à les parcourir sans plus faire attention à la jeune fille. Il attendait qu'elle fasse une nouvelle tentative.

Il sentit sa présence juste derrière son épaule ; elle exhalait un parfum de pluie printanière, de suavité et d'inquiétude mêlées. *Il y a de la beauté dans ce parfum*, songea-t-il, *dans son allure, mais aussi dans ce qu'elle me dit. C'est si différent des figures de style stéréotypées qu'on entend à la télévision — ce discours dans lequel je baigne depuis ma tendre enfance…*

« Certains sujets, reprit-elle, avant absorbé de la Stélazine, car c'est de cela qu'il s'agit, sont témoins d'une apparition bien précise, tandis que d'autres ont une vision toute différente. Mais on peut les classer en un nombre fini de catégories. Certaines personnes voient ce que vous avez vu. Nous appelons cette créature le Ferrailleur. D'autres voient un monstre aquatique surnommé l'Avaleur. Il y a aussi l'Oiseau, et le Tube grimpant, et… » Elle s'interrompit. « Mais certaines réactions ne vous apprennent pas grand-chose. Ne *nous* apprennent pas grand-chose. » À nouveau elle hésita, puis se jeta à l'eau. « Maintenant que cela vous est arrivé à vous aussi, nous voudrions vous admettre parmi nous. Joignez-vous au groupe correspondant à votre vision. À ceux qui voient la même chose que vous. Nous l'appelons le groupe Rouge. Nous cherchons à savoir à quoi nous avons *réellement* affaire, et… » Elle agita une main aux doigts effilés, lisses comme de la cire. « Ça ne peut pas être *toutes* ces manifestations à la fois. » Elle parlait sur un ton émouvant, presque naïf. Il sentit sa méfiance céder — imperceptiblement.

« Et vous, dit-il. Qu'est-ce que vous voyez, vous ?

— Moi, je fais partie du groupe Jaune. Je vois… un formidable ouragan qui hurle et tourbillonne en déracinant tout sur son passage, en réduisant en poussière des condominiums faits pour durer un siècle.» Un pâle sourire. «Le Dévastateur. Il y a douze groupes, Mr Tchien. Douze vécus complètement différents, tous causés par la même phénothiazine, et tous induits par le Leader lorsqu'il parle à la télévision.» Elle lui sourit en battant des cils (ceux-ci tellement longs que leur croissance avait dû être artificiellement stimulée) et l'enveloppa d'un regard engageant, voire confiant. Comme si elle était persuadée qu'il *savait* quelque chose, ou pouvait *faire* quelque chose.

«Je devrais vous arrêter, dit-il enfin, en vertu des droits et des devoirs que me confère mon statut de citoyen.

— Il n'existe aucune loi là-dessus. Nous avons soigneusement épluché la jurisprudence soviétique avant de… trouver des gens pour distribuer la Stélazine. Nous n'en avons pas beaucoup. Nous devons choisir nos cibles avec soin. Nous avons cru voir en vous une recrue possible. Vous êtes jeune, connu et dévoué, typique des ambitieux d'après-guerre et promis à un brillant avenir.» Elle lui prit des mains les deux dissertations. «Ils vous font pol-tester ?» demanda-t-elle.

— Pol-tester ?» Il ne connaissait pas le terme.

«Oui : examiner une déclaration orale ou écrite afin de déterminer si elle correspond ou non à la conception du monde actuellement professée par le Parti.» À nouveau, elle sourit. «Dans la fonction publique, on appelle seulement cela "relire", n'est-ce pas ? Mais quand vous aurez grimpé d'un échelon et que vous serez au même niveau que Tso-pin, vous connaîtrez bien cette expression.» Sombre, elle ajouta : «Quand vous côtoierez Pethel. Qui est très, *très* haut placé dans la hiérarchie. Voyez-vous, Mr Tchien, il n'existe pas d'école idéologique à San Fernando ; ces copies d'examen sont des faux qui leur permettront d'analyser votre idéologie à *vous*. Avez-vous réussi à déterminer laquelle était orthodoxe, laquelle hérétique ? » Mutine, elle reprit sur un ton malicieux, amusé : « Choisissez la mauvaise et votre carrière naissante sera étouffée dans l'œuf — définitivement compromise. Choisissez la bonne, et...

— Vous-même, vous le savez ?

— Oui. » Elle hocha sobrement la tête. « Nous avons caché des micros dans les bureaux réputés inaccessibles de Tso-pin, et notamment écouté son entretien avec Pethel — qui n'est pas Pethel mais l'Inspecteur supérieur Judd Craine, de la PolSec. Vous avez dû entendre parler de lui ; il siégeait en tant qu'assesseur au côté du juge Vorlavski au procès des criminels de guerre, à Zurich, en 98.

— Je... je vois », articula-t-il avec peine. En effet, cela expliquait tout.

« Je m'appelle Tanya Lee », reprit la jeune fille.

Trop étourdi pour faire fonctionner ses méninges, il se contenta de hocher la tête.

« Théoriquement, je suis une employée subalterne de votre ministère, fit Miss Lee. Mais nous ne nous sommes jamais rencontrés, du moins si ma mémoire est bonne. Nous essayons d'occuper des postes partout où nous pouvons ; aussi haut que possible dans la hiérarchie. Ainsi, mon propre chef...

— Est-il bien prudent de me dire tout ça ? » Il désigna le poste de télévision resté allumé. « Ils ne peuvent pas nous écouter ?

— Nous avons introduit un facteur de brouillage à la réception du son et des images émanant de votre immeuble. Il leur faudra au moins une heure pour en localiser l'origine. Nous avons donc... » Elle consulta le minuscule bracelet-montre ornant son poignet délicat. « ... encore quinze minutes. Sans courir le moindre risque.

— Dites-moi quelle est la copie orthodoxe.

— C'est tout ce qui vous intéresse ? Vraiment ?

— Et à quoi d'autre devrais-je m'intéresser ?

— Vous ne comprenez donc pas, Mr Tchien ? Vous venez d'apprendre quelque chose. Le Leader n'est *pas* le Leader ; il est quelque chose d'autre, et nous ne savons pas quoi. Pas encore. Mr Tchien, sans vouloir vous offenser, avez-vous déjà fait analyser l'eau que vous buvez ? Je sais que cela semble paranoïaque ; mais l'avez-vous fait ?

— Non, répondit-il. Bien sûr que non. » Il savait déjà ce qu'elle allait dire.

Miss Lee poursuivit avec flamme : « Nos tests ont prouvé qu'elle est saturée d'hallucinogènes. Depuis longtemps, et pour longtemps encore. Mais pas ceux qui ont servi pendant la guerre à désorienter la population. Un dérivé synthétique de quasi-ergot de seigle appelé Datrox-3. Vous en buvez ici même, chez vous, dès le moment où vous vous levez le matin. Et dans les restaurants, et chez les gens à qui vous rendez visite. Et aussi au ministère. Il est introduit dans l'eau potable à partir d'une source centralisée. » Elle ajouta sur un ton sévère et farouchement déterminé : « Mais ce problème-là, nous l'avons résolu. Nous avons su tout de suite, dès que nous nous en sommes rendu compte, que toute bonne phénothiazine constituerait un antidote suffisant. Ce que nous n'avions pas prévu, en revanche, c'est cette... *variété* d'expériences authentiques. Rationnellement, ça ne tient pas debout. C'est l'hallucination qui devrait varier selon le sujet, et la réalité qui devrait être constante. C'est le monde à l'envers. Nous n'avons même pas pu élaborer de théorie *ad hoc*, qui rende compte de cette dispersion — et Dieu sait que nous avons essayé. Douze classes d'hallucinations mutuellement exclusives, voilà qui se comprendrait aisément. Mais une seule hallucination et douze réalités différentes... » Elle se tut et, le front plissé, parcourut les dissertations. « L'orthodoxe est celle qui contient le poème arabe, décréta-t-elle. Si vous le leur dites, ils auront confiance en vous et vous aurez votre promotion. Vous vous serez élevé d'un cran dans la hiérarchie officielle du Parti. » Souriante — ses dents étaient parfaites, ravissantes —, elle conclut : « Voyez ce que vous rapporte votre investissement de ce matin ! Pour quelque temps, votre carrière est toute tracée. Et cela grâce à nous.

— Je ne vous crois pas », lâcha-t-il. Instinctivement, sa prudence se réveillait, comme toujours — cette défiance née d'une existence entière parmi les *apparatchiks* sans scrupules du P.C. Est, section de Hanoi. Ceux-ci connaissaient mille moyens d'éliminer un rival encombrant. Lui-même avait parfois eu recours à ces méthodes, ou bien il les avait vues à l'œuvre, sur lui ou sur d'autres. Alors peut-être avait-il affaire à quelque stratagème à ce jour inédit — au moins de lui. On ne pouvait pas en exclure la possibilité.

« Ce soir, poursuivit Miss Lee, le Leader vous a spécifiquement mentionné dans son discours. Vous ne trouvez pas cela étrange ? Pourquoi vous plutôt qu'un autre ? Pourquoi choisir un simple fonctionnaire, attaché à un ministère de second ordre ?

— Je l'admets, dit-il. Cela m'a frappé, en effet.

— Ce n'était pas par hasard. Sa Grandeur est en train de dresser un cadre d'élite constitué de jeunes gens appartenant à la génération d'après-guerre dans l'espoir d'infuser un sang neuf dans la hiérarchie sclérosée, moribonde, des vieux piliers du Parti. Sa Grandeur vous a choisi pour la même raison que nous : bien menée, votre carrière peut vous conduire jusqu'au sommet. Du moins pour un temps... comme nous le savons. C'est comme cela que ça marche. »

Ainsi, songea-t-il, *tout le monde a foi en moi. Sauf moi. Surtout après ce que m'a fait vivre cette poudre anti-hallucinatoire.* Celle-ci avait en effet ébranlé des années de confiance, et à juste titre, sans aucun doute. Néanmoins, il reprenait peu à peu contenance ; cela commença tout doucement pour finir par une véritable marée d'assurance.

Il alla droit au vidphone et, pour la seconde fois de la soirée, se mit en devoir d'appeler la Police de Sécurité de Hanoi.

« En me dénonçant, fit Miss Lee, vous choisiriez la plus aiguë des deux réactions de type régressif à votre disposition. Je dirai que vous m'avez amenée ici pour essayer de me soudoyer ; à cause de la position que j'occupe au ministère, vous pensiez que je serais en mesure de vous désigner la bonne copie.

— Et quelle serait *l'autre* réaction de type régressif ? La *moins* aiguë ?

— Celle qui consisterait à ne pas reprendre de phénothiazine », répondit tranquillement Miss Lee.

Tung Tchien raccrocha en songeant : *Je ne comprends pas ce qui m'arrive.* Il y a deux forces en présence, le Parti et Sa Grandeur d'un côté, cette fille et sa prétendue organisation de l'autre. Les uns veulent que je m'élève aussi haut que possible dans la hiérarchie du Parti, et les autres… *Mais que voulait au juste Tanya Lee?* Au-delà des mots, derrière ce mépris presque banal du Parti, du Leader, des valeurs du Front démocratique populaire uni, qu'attendait-elle véritablement de lui, Tchien?

Curieux, il s'enquit : « Êtes-vous antiparti?

— Non.

— Mais… » Un geste vague. « Il n'y a pas d'autre choix; soit on est pour le Parti, soit on est contre. Vous devez donc être pour. » Décontenancé, il la dévisagea. Elle soutint son regard sans ciller. « Vous êtes organisés, fit-il, vous vous réunissez. Qu'avez-vous l'intention de saper? Le fonctionnement régulier du gouvernement? Êtes-vous comme les étudiants américains qui, pendant la guerre du Vietnam, trahissaient leur pays en arrêtant les transports de troupes, qui manifestaient, qui…

— Ce n'est pas comme ça que ça s'est passé, coupa Miss Lee avec lassitude. Mais peu importe; ce n'est pas la question. Ce que nous voulons savoir, c'est : Par qui, ou par quoi, sommes-nous gouvernés? Nous devons nous infiltrer en profondeur, enrôler un jeune théoricien du Parti en pleine ascension et ayant vraisemblablement une chance de rencontrer un jour le Leader en tête à tête. Vous comprenez? » Elle haussait le ton; elle consulta sa montre, visiblement anxieuse de s'en aller : les quinze minutes étaient pratiquement écoulées. « Peu de gens, comme vous le savez, ont l'occasion de voir le Leader. Je veux dire en chair et en os.

— Il mène une vie très retirée. En raison de son âge avancé.

— Nous espérons, poursuivit Miss Lee, que si vous passez avec succès le faux test auquel ils veulent vous soumettre — et grâce à moi, c'est déjà fait — vous serez invité à l'une de ces "soirées spéciales" que le Leader organise périodiquement et dont les journaux, évidemment, ne font jamais mention. Vous saisissez, à présent ? » Sa voix monta dans les aigus tant elle cherchait à faire passer son message. « Alors, nous saurions ! Si vous pouviez y aller sous l'influence de la drogue anti-hallucinogène et l'apercevoir face à face tel qu'il est vraiment… »

Formulant ses propres pensées à haute voix, il acheva : « Et mettre un terme à ma carrière ? Sinon à ma vie ?

— Vous nous devez bien ça, jeta Tanya Lee, brusquement livide. Si je ne vous avais pas aidé, vous auriez choisi la mauvaise copie et votre chère carrière dans la fonction publique serait de toute façon à l'eau. Vous auriez échoué — dans une épreuve dont vous ne soupçonniez même pas la véritable nature ! »

Faiblement, il protesta : « J'avais tout de même une chance sur deux.

— Mais non ! » Elle secoua farouchement la tête. « La copie hérétique est truffée de jargon du Parti. Les deux textes ont été délibérément conçus pour vous induire en erreur. Ils *voulaient* vous faire échouer ! »

Incertain, il réexamina les deux documents. Disait-elle vrai ? Possible. Voire probable. En tout cas, quand on connaissait comme lui les fonctionnaires du Parti, et Tso-pin en particulier, c'était plausible. La lassitude l'envahit. Accablé, il déclara au bout d'un moment : « Vous voudriez que nous soyons quittes. De votre côté, vous m'avez rendu service en me donnant — ou en prétendant me donner — la bonne réponse dans cette histoire de copies. Mais moi, qu'est-ce qui m'empêche de vous flanquer dehors avec perte et fracas ? Je ne me sens pas votre obligé pour deux sous. » Il s'entendit débiter cette petite tirade avec la pauvreté affective qui caractérisait les cercles officiels du Parti.

« Il y aura d'autres épreuves au fur et à mesure que vous vous élèverez, déclara Miss Lee. Et nous serons là pour continuer à vous guider. » Elle était calme, parfaitement à son aise. Il était visible qu'elle avait prévu une réaction de ce type.

« Laissez-moi le temps d'y réfléchir, dit-il.

— Je vais vous laisser. Nous ne sommes pas pressés. Vous ne serez probablement pas invité à vous rendre à la villa du Leader, sur le fleuve Yang-tsé, dans la semaine, ni même dans le mois qui viennent. » Elle alla ouvrir la porte, puis marqua un temps d'arrêt. « Chaque fois qu'ils vous soumettront à un de ces tests d'évaluation camouflés, nous prendrons contact avec vous afin de vous fournir la solution — vous aurez ainsi l'occasion de rencontrer un ou plusieurs membres de l'organisation. Probablement pas moi. Plutôt l'ancien combattant invalide ; il vous vendra les réponses correctes à la sortie du ministère. » Elle eut un sourire fugace. « Mais un de ces jours — à l'improviste, n'en doutez pas —, vous recevrez une élégante invitation officielle, respectant parfaitement l'étiquette. Et vous irez bourré de Stélazine — peut-être tout ce qui subsistera de nos maigres réserves. Adieu. » La porte se referma. Elle était partie.

Seigneur, songea-t-il. *Ils peuvent me faire chanter maintenant. À cause de ce que j'ai fait. Elle n'a même pas pris la peine d'en parler ; par rapport aux enjeux, ça ne valait même pas d'être mentionné.*

Mais le faire chanter pour quoi ? Il avait déjà dit à la PolSec qu'on lui avait fait prendre une drogue, laquelle s'était révélée être de la phénothiazine. *Donc, ils savent*, comprit-il. *Ils vont me surveiller ; j'ai attiré leur attention. Concrètement, je n'ai enfreint aucune loi, mais… c'est sûr qu'ils m'auront à l'œil.*

De toute façon, on était *toujours* surveillé, alors… À cette pensée, il se calma quelque peu. Au fil des ans, il avait presque fini par s'y accoutumer. Comme tout le monde.

Je verrai le Bienfaiteur absolu du peuple tel qu'il est, se dit-il. *Et je serai peut-être le premier. Qu'est-ce que ce sera ? Laquelle de ses formes non hallucinatoires revêtira-t-il ? Formes dont j'ignore absolument tout, d'ailleurs. Et il se peut que ce spectacle me déstabilise complètement. Comment tenir le coup, garder mon sang-froid, si cela ressemble à la chose de la télé ? Le Dévastateur, le Ferrailleur, l'Oiseau, le Tube grimpant, l'Avaleur… ou pis.*

Il était curieux de savoir en quoi consistaient les autres apparitions… mais préféra abandonner ce genre de spéculations. Cela ne conduisait à rien. Et c'était trop générateur d'angoisse.

Le lendemain matin, Tso-pin et Pethel vinrent le trouver à son bureau, visiblement impatients sous des dehors sereins. Sans mot dire, il leur tendit une des deux « copies d'examen ». L'orthodoxe, celle qui contenait le poignant poème arabe.

« Ceci, dit Tchien non sans appréhension, a été rédigé par un authentique membre du Parti, ou un authentique candidat à l'intégration dans le Parti. Quant à l'autre… » Il frappa du plat de la main le second document. « Ce n'est qu'un tas d'ordures réactionnaires. » La moutarde lui montait au nez. « Malgré un certain vernis de...

— Très bien, très bien, Mr Tchien, fit Darius Pethel en hochant la tête. Nul besoin d'entrer dans les détails. Votre analyse est correcte. Je présume que vous avez entendu, hier soir, le passage de l'allocution télévisée où le Leader faisait mention de vous ?

— Mais certainement, dit Tchien.

— Et vous en avez probablement conclu, poursuivit Pethel, que notre entreprise est de grande ampleur. Le Leader vous a repéré ; c'est clair. En fait, il m'a contacté à votre sujet. » Il fourragea dans son porte-documents ventru. « Où ai-je mis ce fichu papier ? Quoi qu'il en soit... » Il lança un coup d'œil à Tso-pin, qui opina imperceptiblement. « Sa Grandeur souhaiterait que vous assistiez au dîner qu'elle organise au Yang-tsé Ranch jeudi prochain. Mrs Fletcher, en particulier, apprécie...

— Qui ça ? interrompit Tchien. Qui est "Mrs Fletcher" ? »

Après un silence, Tso-pin expliqua sèchement : « La femme du Bienfaiteur absolu, dont le nom — que vous n'avez jamais entendu, naturellement — est Thomas Fletcher.

— C'est un Caucasien, intervint Pethel. Il est issu du Parti communiste néo-zélandais. Il a participé activement à la prise du pouvoir dans ce pays. Ce n'est pas à proprement parler un secret, mais d'un autre côté nous n'avons pas tenu à ébruiter la chose. » Il hésita, jouant avec sa chaîne de montre. « Il vaut mieux oublier cela, Tchien. Bien entendu, dès que vous vous trouverez en sa présence, cela vous sautera aux yeux. Le fait que ce soit un Caucasien. Tout comme moi. Et comme un grand nombre d'entre nous.

— L'appartenance raciale, fit remarquer Tso-pin, n'a rien à voir avec le dévouement au Leader et au Parti. Témoin Mr Pethel ici présent. »

Mais, se dit Tchien, ébranlé, *à la télé le Leader n'a pas du tout le type occidental.* « À la télévision..., commença-t-il.

— L'image, coupa Tso-pin, est soumise à une série de perfectionnements habiles. Pour des motifs idéologiques. La plupart des fonctionnaires détenant un poste élevé dans la hiérarchie le savent bien. » Il lança à Tchien un regard dépourvu d'aménité.

Ainsi personne ne songe à le nier, se dit Tchien. *Ce que nous voyons tous les soirs n'est pas la réalité. La question est de savoir à quel point cette réalité est déformée — partiellement ? Ou totalement ?*

« Je serai prêt », fit-il d'une voix tendue. Il songea : *Il y a eu un accroc quelque part. Le groupe que Tanya Lee représente ne s'attendait pas à ce que j'entre en scène si tôt. Où trouver l'anti-hallucinogène ? Pourront-ils me le faire passer ? Probablement pas dans un délai si court.*

Étrangement, il se sentit libéré d'un grand poids. Il se présenterait devant le Leader en état de le percevoir sous son aspect humain, tel que lui et tous ses congénères le voyaient à la télévision. Ce serait une soirée gaie et enrichissante, à laquelle assisteraient quelques-uns des membres du Parti les plus influents d'Asie. *On se passera très bien de phénothiazine*, pensa-t-il. Sur quoi son soulagement s'accrut.

« Ah, la voilà ! » fit soudain Pethel en sortant une enveloppe blanche de son porte-documents. « Votre invitation. Une sinofusée vous conduira à la villa jeudi matin. Là, le chef du protocole vous indiquera la conduite à tenir. Tenue de soirée exigée, cravate blanche et queue-de-pie, mais l'atmosphère sera cordiale. On porte toujours un grand nombre de toasts. Personnellement, j'ai déjà assisté à deux de ces raouts. Mr Tso-pin, lui… » Un sourire grinçant. « … n'a encore jamais eu cet honneur. Mais comme on dit, tout vient à point à qui sait attendre. C'est Benjamin Franklin qui a dit cela.

— Je dirais que cela vient même un peu prématurément, dans le cas de Mr Tchien », fit Tso-pin. Il haussa philosophiquement les épaules. « Mais à aucun moment on ne m'a demandé mon avis.

— Une chose, cependant, dit Pethel à Tchien. Il est possible, lorsque vous vous retrouverez devant Sa Grandeur, que vous soyez quelque peu déçu. Veillez bien, le cas échéant, à ne surtout pas le montrer. Nous avons de tout temps été portés — habitués — à voir en lui un surhomme. Mais ne vous étonnez pas s'il se livre à table à quelques écarts de langage, s'il ne se montre, en fait, pas très différent de nous ; s'il se laisse aller par exemple à des comportements oro-agressifs ou oro-passifs tout compte fait bien humains ; s'il lance de temps en temps une plaisanterie scabreuse ou s'il boit un peu trop. Pour parler franchement, on ne sait jamais quelle tournure ces choses-là peuvent prendre. Mais ce qui est sûr, c'est qu'elles se prolongent généralement fort tard dans la matinée du lendemain. C'est pourquoi il serait sage d'accepter la dose d'amphétamines que le chef du protocole vous proposera.

— Ah ? » fit Tchien. Ça, c'était nouveau. Et intéressant.

« Cela vous donnera de l'énergie. Tout en contrebalançant les effets de l'alcool. Sa Grandeur est en effet dotée de remarquables capacités d'endurance. Il arrive fréquemment que le Leader soit encore debout et qu'il en redemande après que tous les autres ont déclaré forfait.

— Une nature remarquable, renchérit Tso-pin. Pour moi, ces… penchants ne font que mettre en valeur ses qualités humaines, son amour de la vie. Il est comme l'homme de la Renaissance idéal, Laurent de Médicis, par exemple.

— C'est en effet une comparaison qui vient immédiatement à l'esprit », dit Pethel. Il dévisagea Tchien avec une telle acuité que celui-ci en eut aussi froid dans le dos que la veille. *Me tendrait-on encore un piège ?* se demanda-t-il. *Cette fille était-elle en réalité un agent provocateur de la PolSec envoyé pour sonder ma loyauté au Parti ?*

Je crois, décida-t-il, *qu'il vaut mieux éviter ce camelot cul-de-jatte en sortant du travail. Je vais emprunter un itinéraire totalement différent pour rentrer à mon conapt.*

Son plan réussit. Il évita le marchand d'herbes médicinales ce jour-là, puis le lendemain, et ainsi de suite jusqu'au jeudi.

Le jeudi matin, le camelot surgit brusquement sur sa planche à roulettes de derrière un camion en stationnement et lui barra la route. « Alors, mon remède ? demanda-t-il. A-t-il eu l'effet désiré ? Je suis sûr que oui. La formule remonte à la dynastie des Sung. Oui, je vois bien que ça a marché.

— Laissez-moi passer, dit Tchien.

— Ayez la bonté de me répondre. » Ce n'était plus l'intonation habituelle, attendue, du marchand ambulant opérant à la sauvette. Cela n'échappa pas à Tchien, qui reçut le message « cinq sur cinq », comme disaient les pantins des troupes impérialistes d'antan.

« Je sais très bien ce que vous m'avez vendu, dit-il. Et ça ne m'intéresse plus. Si je change d'avis, j'irai en acheter dans une pharmacie. Merci. » Il passa son chemin mais le véhicule à roulettes le suivit, avec son occupant.

« Miss Lee m'a tout raconté, cria le camelot.

— Hum », fit Tchien en allongeant automatiquement le pas. Apercevant un aérotaxi, il voulut lui faire signe.

« C'est ce soir que vous allez à la villa du fleuve Yang-tsé, fit le camelot, essoufflé par l'effort. Prenez mon remède ! » Il lui tendit un sachet d'un air implorant. « S'il te plaît, camarade Tchien ; pour ton bien, pour nous tous. Pour que nous sachions à quoi nous avons affaire. Grand Dieu, et si c'était un extraterrestre ? C'est surtout de cela que nous avons peur. Ne comprenez-vous pas, Tchien ? Qu'est-ce que votre misérable carrière à côté de ça ? Si nous n'arrivons pas à savoir… »

Le taxi s'immobilisa sur la chaussée avec un léger rebond. La portière coulissa et Tchien se prépara à grimper à bord.

Le sachet fendit l'air, atterrit sur le marchepied du taxi puis glissa à l'intérieur, sur le sol encore humide en raison des pluies récentes.

« Je vous en prie, supplia le camelot. Et ça ne vous coûtera rien ; aujourd'hui c'est gratuit. Prenez-le avant la soirée. Et surtout pas d'amphétamines. C'est un neurostimulant, contre-indiqué en cas d'absorption d'inhibiteurs de la libération de l'adrénaline tels que les phénothiazines, et… »

La portière du taxi se referma sur Tchien, qui s'assit.

« Où veux-tu aller, camarade ? » demanda le robot-pilote.

Tchien lui donna le code identificateur de son conapt.

« Ce demeuré a réussi à introduire sa camelote dans mon intérieur propret, articula le taxi. Voyez, elle repose à vos pieds. »

Il vit alors le sachet — une petite enveloppe à l'aspect anodin. *C'est sans doute ainsi*, se dit-il, *que la drogue vient à vous. Tout d'un coup, elle se trouve là, et c'est tout.* Il resta un long moment immobile, puis ramassa le sachet.

Comme la dernière fois, il y avait quelques mots au recto et au verso du sachet ; mais cette fois-ci tracés à la main. D'une écriture féminine : celle de Miss Lee.

C'est arrivé plus tôt que nous ne le pensions ; mais grâce au ciel nous étions préparés. Où étiez-vous mardi et mercredi ? En tout cas, maintenant vous l'avez, alors bonne chance. Je vous contacterai dans le courant de la semaine. N'essayez pas de me retrouver.

Il enflamma le petit mot, qui acheva de se consumer dans le cendrier du taxi. Et conserva les granulés noirs.

Dire que pendant ce temps, songea-t-il, *nos réserves d'eau ont été volontairement contaminées par des hallucinogènes ! Depuis des années. Des décennies, sans doute. Et en période de paix, en plus. Dans notre propre camp ! Même pas celui de l'ennemi. Les sombres canailles*, se dit-il. *J'ai presque envie de prendre cette drogue, histoire de voir de quoi il retourne et d'en informer les amis de Tanya.*

D'ailleurs, c'est ce que je vais faire, décida-t-il. En outre… il était curieux.

Vilain défaut, il ne l'ignorait pas. La curiosité, surtout en ce qui concernait les affaires du Parti, était souvent un bon moyen de saborder sa carrière.

Il se demandait si sa résolution durerait jusqu'au soir ; si le moment venu il aurait le courage d'inhaler la drogue inhibitrice.

À terme, on verrait bien. On verrait même beaucoup de choses. *Nous sommes des fleurs épanouies dans la plaine, des fleurs qu'il cueille une par une*, se dit-il. *Comme dans ce poème arabe.* Il essaya de se rappeler le reste, mais n'y parvint pas.

C'était probablement mieux comme ça.

Le chef du protocole était un Japonais du nom de Kimo Okubara ; il était grand et de forte carrure — visiblement un ancien lutteur. Il le toisa avec une hostilité non dissimulée, même une fois que Tchien eut présenté son invitation et réussi à établir son identité.

« On se demande pourquoi vous vous donnez la peine de venir jusqu'ici, grogna Okubara. Pourquoi ne pas rester chez vous à regarder ça à la télé ? Personne ne vous regrettera. On s'est très bien passé de vous jusqu'à maintenant. »

D'une voix crispée, Tchien répondit : « J'en ai déjà vu, des retransmissions télévisées. » Mais en fait, ces soirées étaient rarement diffusées ; elles étaient trop tumultueuses.

Les hommes d'Okubara le fouillèrent de la tête aux pieds pour s'assurer qu'il ne dissimulait aucune arme, y compris sous forme de suppositoire, puis lui rendirent ses habits. Ils ne trouvèrent pas la phénothiazine pour la bonne raison qu'il l'avait déjà prise. Son effet, il le savait, durait environ quatre heures; ce serait largement suffisant. Et puis Tanya lui avait dit que la dose était forte. Il se sentait mou, inepte; la tête lui tournait un peu et sa langue était en proie à des spasmes pseudo-parkinsoniens, effet secondaire déplaisant qu'il n'avait pas prévu.

Une fille au buste nu passa devant lui; une longue chevelure aux reflets cuivrés cascadait sur ses épaules et dans son dos. Intéressant.

Une autre, nue celle-là, arriva en sens inverse. Intéressant aussi. Toutes deux avaient le regard inexpressif, l'air de s'ennuyer mais de très bien savoir ce qu'elles faisaient.

« Vous entrez dans la même tenue », lança Okubara à Tchien.

Celui-ci sursauta. « J'avais compris qu'il fallait être en habit.

— C'était pour rire, dit Okubara. Je voulais me moquer un peu de vous. Seules les femmes vont toutes nues. On finit même par apprécier, sauf si on est homosexuel. »

Bon, se dit Tchien, *alors j'ai intérêt à apprécier.* Il se mêla à la foule des invités — qui, comme lui, portaient cravate blanche et queue-de-pie, ou robe longue pour les femmes; il se sentit mal à l'aise malgré l'effet tranquillisant de la Stélazine. *Qu'est-ce que je fais là ?* se demanda-t-il. Le caractère ambigu de sa situation ne lui échappait pas. Il était là pour faire avancer sa carrière dans l'appareil du Parti, pour recevoir l'approbation intime, personnelle, du Leader… mais aussi pour percer ce dernier à jour, démasquer l'usurpateur en lui; qui était-il vraiment, on ne savait pas, mais il avait bel et bien abusé le Parti et tous les peuples de Terra épris de paix et de démocratie. *Quelle ironie !* pensa-t-il en passant d'un petit groupe à l'autre.

Une fille aux seins menus et vivement illuminés vint lui demander du feu. Il sortit machinalement son briquet. « Qu'est-ce qui fait briller vos seins ? demanda-t-il. Vous avez reçu des piqûres radioactives ? »

Elle haussa les épaules sans répondre et le planta là. Manifestement, il n'avait pas réagi comme il fallait.

Peut-être une mutation remontant à la guerre, médita-t-il.

« Désirez-vous quelque chose à boire, monsieur ? » Un domestique lui présentait gracieusement un plateau. Il choisit un martini — le cocktail à la mode dans les hautes sphères du Parti en Chine populaire — et savoura à petites gorgées le liquide glacé. *C'est du bon gin anglais*, se dit-il. *À moins que ce ne soit la formule hollandaise originale; à base de genièvre, ou je ne sais quoi. Pas mauvais.* Il continua d'avancer. Il se sentait mieux. En vérité, il trouvait l'atmosphère fort agréable. Tous ces gens étaient emplis d'assurance. Ils avaient réussi, ils pouvaient se permettre un peu de détente. On disait que la proximité de Sa Grandeur mettait les gens dans un état d'anxiété quasi névrotique. Ce n'était évidemment qu'un mythe. En tout cas, il n'en voyait pas d'exemple parmi l'assistance ; lui-même ne ressentait pratiquement rien de ce genre.

Un petit vieillard chauve et trapu l'arrêta au passage en poussant son verre contre sa poitrine. « Vous savez, la jolie petite qui vous a demandé du feu, gloussa-t-il. Celle aux seins éclairés comme un sapin de Noël ? En réalité c'est un garçon travesti. » Il ricana. « Il faut faire attention, ici.

— Et où trouve-t-on les vraies femmes ? s'enquit Tchien. À supposer qu'il y en ait ? En cravate et queue-de-pie ?

— C'est presque ça », repartit l'autre en se laissant entraîner par un groupe d'invités particulièrement animé.

Tchien resta seul avec son martini. Près de lui, une jolie femme, grande et élégamment vêtue, lui posa soudain la main sur le bras. Tchien sentit la crispation de ses doigts et l'entendit chuchoter : « Le voilà. C'est Sa Grandeur. Pour moi, c'est la première fois ; j'ai un peu peur. Je ne suis pas décoiffée, au moins ?

— Non, ça va », répondit machinalement Tchien. Suivant le regard de sa voisine, il tenta d'apercevoir — pour la première fois — le Bienfaiteur absolu.

Et ce qui traversait la pièce en direction de la table centrale n'était pas un homme.

Ce n'était pas non plus une mécanique, il s'en rendait bien compte. Rien de commun avec ce qu'il avait vu à la télévision ce soir-là. Cette apparence-là ne servait probablement qu'à l'occasion des discours, de même que, jadis, Mussolini s'était servi d'un bras mécanique pour saluer devant d'interminables défilés.

Seigneur ! songea-t-il, brusquement nauséeux. Était-ce ce que Tanya Lee appelait le « monstre aquatique » ? Cela n'avait pas de forme définie ; pas de pseudopodes, ni chair ni métal. En un sens, cela n'avait même pas de présence véritable. Chaque fois que Tchien réussissait à la regarder directement, la chose s'évanouissait. Il voyait à travers. Cependant, s'il détournait la tête et lui coulait un regard en biais, il en discernait les contours.

C'était affreux. Il reçut de plein fouet le choc de la conscience émanant de la chose. À mesure qu'elle se déplaçait au milieu des invités rassemblés, elle absorbait au passage la substance vitale de chacun, s'en nourrissait inlassablement, avec un appétit vorace, inextinguible. Elle était pleine d'une haine dont Tchien sentit le déferlement; elle était révulsée, et il partagea ce dégoût dirigé contre les individus présents. Soudain il devint en même temps que les autres invités une limace convulsée tandis que la créature se vautrait sur un tapis grouillant de limaces abattues, savourant, prenant son temps, mais sans cesser de venir droit sur lui. À moins que ce ne soit une illusion? *Si c'est une hallucination*, se dit-il, *je n'en ai jamais vécu de pire. Sinon, c'est une réalité diabolique, un être démoniaque qui tue et mutile*. Il contempla le sillage de corps piétinés, réduits en bouillie, qui essayaient de se reconstituer, de se mouvoir encore, de parler.

Je sais qui tu es, songea alors Tung Tchien. *Toi, le chef suprême du Parti à l'échelle mondiale. Toi qui détruis toutes les choses vivantes que tu touches; je revois ce poème arabe, la quête des fleurs de la vie, de la nourriture qu'elles représentent. Je te vois arpenter la plaine qu'est pour toi la Terre, une plaine sans collines ni vallées. Tu es omniprésent, tu apparais à tout moment, tu te repais de n'importe quoi. Tu conçois la vie, puis tu t'en nourris goulûment, et tu aimes ça.*

Il pensa encore : *Tu es Dieu*.

« Mr Tchien », fit la voix. Elle provenait de l'intérieur de sa tête, et non de l'entité sans bouche qui se façonnait sans cesse sous ses yeux. « Comme on se retrouve. Mais vous ne savez rien. Allez-vous-en. Vous ne m'intéressez pas. Que m'importe la fange ? La fange, je m'y vautre, je suis contraint de l'excréter, et tel est mon bon plaisir. Je pourrais vous briser ; le pourrais me briser moi-même. J'ai des pierres aiguës sous le ventre ; je tapisse la fange d'objets pointus. Je porte à ébullition les cachettes, les endroits secrets ; pour moi, l'océan n'est qu'une vaste couche d'onguent. Les lamelles de ma chair sont en liaison avec toute chose. Vous êtes moi. Je suis vous. Cela ne fait aucune différence, de même qu'il est indifférent que la créature aux seins phosphorescents soit une fille ou un garçon. Vous pourriez apprendre à apprécier les deux. » La chose éclata de rire.

Tchien ne pouvait pas croire qu'elle s'adressât à lui ; il ne pouvait imaginer — c'était trop affreux — qu'elle l'eût choisi entre tous.

« Je vous ai tous choisis, dit-elle. Aucun être n'est trop infime. Chacun tombe et meurt, et moi je suis là pour regarder. C'est automatique. C'est prévu comme ça. » Puis la chose se tut et se désassembla. Mais il continuait à la voir ; il en sentait l'omniprésence. C'était un globe en suspens dans la pièce, une sphère aux cinquante mille yeux, aux millions, aux milliards d'yeux : un par créature vivante dont elle attendait la chute et qu'elle piétinait tandis qu'elle gisait, disloquée. Car c'était pour cela qu'elle l'avait créée, et il le savait ; il comprenait. Ce qui, dans le poème arabe, semblait être la mort n'était pas la mort mais Dieu. Ou plutôt, Dieu était la mort, une force unique, un chasseur solitaire, une entité cannibale qui échouait et échouait encore, mais pouvait se le permettre, ayant l'éternité devant elle. *Et il n'y a pas que dans le poème arabe*, se dit-il. *Dans celui de Dry-*

den également. La « pompe croulante », c'est notre monde, et cela par ta faute. Tu le déformes à ta guise ; tu nous plies à tes besoins.

Il me reste au moins ma dignité, pensa-t-il. Alors, dignement, il posa son verre, tourna les talons et se dirigea vers la sortie. Il franchit la porte à double battant et s'engagea dans un long corridor moquetté. Un domestique en livrée violette lui ouvrit une autre porte et il se retrouva à l'air libre, sur une terrasse, seul dans l'obscurité.

Seul ? Non.

La chose l'avait suivi ; ou peut-être précédé. Oui, c'était cela : elle l'avait attendu. Elle n'en avait pas tout à fait fini avec lui.

« Puisque c'est comme ça… », fit-il. Il se précipita vers la balustrade. Il y avait six étages ; en bas luisaient les eaux du fleuve, et la mort — pas la vision du poète arabe.

Au moment où il basculait dans le vide, la créature enroula un pseudopode autour de son épaule.

« Pourquoi ? » dit-il. Toutefois, intrigué, il marqua un arrêt. Il chercha vainement à comprendre.

« N'allez pas faire ça à cause de moi », dit la chose.

Il ne pouvait la voir, car elle s'était placée derrière lui. Mais la partie d'elle qui reposait sur son épaule commençait à ressembler à une main humaine.

Alors la créature se mit à rire.

« Qu'est-ce qu'il y a de si drôle ? » demanda-t-il, toujours en équilibre sur la balustrade, retenu par la pseudo-main.

« Vous faites le travail à ma place, dit la chose, Vous ne pouvez pas attendre. N'en avez-vous pas le temps ? Vous serez choisi parmi les autres. Vous n'avez aucun besoin de précipiter les choses.

— Et si je le fais tout de même ? Par pure aversion envers vous ? »

La chose se remit à rire. Sans lui donner de réponse.

« Vous ne voulez même pas me le dire », constata-t-il.

Là non plus, pas de réponse. Il voulut reprendre pied sur la terrasse ; aussitôt, la pression de la pseudo-main s'évanouit.

« Vous avez fondé le Parti ? demanda-t-il.

— J'ai *tout* fondé. L'anti-Parti, le Parti qui n'est pas un Parti, ceux qui sont pour et ceux qui sont contre, ceux que vous appelez les Impérialistes yankees, ceux qui sont dans le camp de la réaction, et ainsi de suite, indéfiniment. C'est moi qui ai tout fondé. Tout. Comme s'il s'agissait de vulgaires brins d'herbe.

— Et vous êtes là pour vous vous en délecter ? demanda-t-il.

— Ce que je veux, c'est que vous me voyiez tel que je suis, tel que vous êtes en train de me voir, et que vous me fassiez confiance.

— Quoi ? fit-il en vacillant. Confiance pour faire quoi ?

— Est-ce que vous croyez en moi ?

— Oui. Je vous vois.

— Alors, retournez à votre travail au ministère. Dites à Tanya Lee que vous avez vu un vieillard surmené, obèse, qui boit avec excès et qui aime à pincer le derrière des filles.

— Je n'en crois pas mes oreilles, fit Tchien.

— Vous vivrez, continua la voix, sans pouvoir vous en empêcher, et moi je vous tourmenterai ; je vous priverai peu à peu de tout ce que vous possédez ou de tout ce que vous convoitez. Et quand vous serez anéanti par la mort, je révélerai un mystère.

— Quel mystère ?

— Les morts revivront, les vivants mourront. Je tue ce qui vit ; je sauve ce qui est mort. Et je vais vous dire ceci : *il y a pire que moi*. Mais ces choses-là, vous ne les rencontrerez pas car je vous aurai tué avant. Et maintenant, regagnez la salle à manger et préparez-vous à passer à table. Ne cherchez pas à discuter ce que je fais ; je le faisais déjà bien avant qu'il y ait un Tung Tchien, et je le ferai encore bien après. »

Il frappa la chose de toutes ses forces.

Et ressentit une violente douleur à la tête.

Puis ce fut le noir, et une sensation de chute.

Toujours le noir. Il pensa : *Je t'aurai. Je m'arrangerai pour que tu meures aussi. Pour que tu souffres ; tu souffriras, comme nous, tu connaîtras les mêmes affres, dans les moindres détails ; je finirai par te coincer ; je ne sais pas comment mais je le jure. Et ce sera douloureux. Autant que ce que je ressens en ce moment.*

Il ferma les yeux

On le secouait sans ménagement. Il entendit la voix de Kimo Okubara : « Debout, vulgaire ivrogne. Allez ! »

Sans ouvrir les yeux, il demanda : « Appelez-moi un taxi.

— Il est déjà là. Rentrez chez vous. Quelle honte. Vous donner en spectacle comme ça, et devenir violent en plus… »

Tchien se remit debout tant bien que mal, ouvrit les yeux et se tâta. *Le chef auquel nous obéissons*, se dit-il, est le *Seul Vrai Dieu. Et l'ennemi que nous combattons, que nous avons combattu, est également Dieu. Ils ont raison ; il est partout. Mais je ne compre-*

nais pas, jusqu'ici, ce que cela voulait dire. Il dévisagea le chef du protocole. *Toi aussi, tu es Dieu. Il n'y a donc pas d'issue ; même pas en faisant le grand saut. Comme j'ai voulu le faire, instinctivement.* Il frissonna.

« Mélangez alcool et drogue, fit Okubara d'un ton méprisant, et c'est la fin de votre carrière. J'ai vu ça plus d'une fois. Filez. »

Titubant, Tchien se dirigea vers la grande porte de la villa. Deux valets habillés en chevaliers du Moyen Âge, jusqu'au casque empanaché, lui ouvrirent cérémonieusement la grille ; l'un d'eux lui dit : « Bonsoir, monsieur.

— Allez vous faire f... », répliqua Tchien en sombrant dans la nuit.

À trois heures moins le quart du matin, comme il avait renoncé à trouver le sommeil et s'était installé dans son salon pour fumer un Cuesta Rey Astoria après l'autre, on frappa un coup à sa porte.

C'était Tanya Lee qui, emmitouflée dans son trench-coat et les traits contractés par le froid, fixait sur lui un regard aussi brûlant qu'inquisiteur.

« Ne me regardez pas comme ça », dit-il rudement. Son cigare s'était éteint ; il le ralluma. « On m'a assez regardé pour aujourd'hui.

— Vous l'avez vu ? » dit-elle.

Il fit un signe de tête affirmatif.

Elle se jucha sur un accoudoir du canapé et, au bout d'un moment, lui demanda : « Vous voulez m'en parler ?

— Allez-vous-en loin d'ici, dit-il. Le plus loin possible. » Puis il se rappela : on n'irait jamais assez loin ; cela aussi, il se rappela l'avoir lu quelque part.

« Je n'ai rien dit », reprit-il. Il se leva et se dirigea péniblement vers la cuisine pour faire du café.

Tanya Lee le suivit. « C'était affreux à ce point ?

— Nous n'avons aucune chance, dit Tchien. *Vous* n'avez aucune chance ; moi, je ne suis pas dans le coup. Tout ce que je demandais, c'était de conserver mon poste au ministère et oublier tout ça. Oublier cette maudite affaire.

— C'est un extraterrestre ?

— Oui. » Il hocha la tête.

« Malintentionné à notre égard ?

— Oui, dit Tchien. Enfin, non. Disons, les deux. Plutôt hostile.

— Alors il faut...

— Rentrer chez vous, coupa-t-il. Aller vous coucher. » Il l'examina attentivement ; il avait eu le temps de réfléchir. À pas mal de choses. « Êtes-vous mariée ?

— Non. Mais je l'ai été.

— Restez avec moi cette nuit, dit-il. Ou ce qu'il en reste. Jusqu'à ce que le soleil se lève, ajouta-t-il. C'est la nuit le plus difficile.

— Entendu, je reste, dit Tanya en défaisant la boucle de son imperméable. Mais il faudra me donner quelques réponses.

— Qu'entendait Dryden, demanda Tchien, par "la musique aura du ciel raison" ? Je ne saisis pas. Quel est le rapport entre la musique et le ciel ?

— C'est la fin de l'ordre céleste dans l'univers », expliqua Tanya en rangeant son imperméable dans la penderie de la chambre à coucher ; elle portait en dessous un pull à rayures orange et un pantalon extensible.

« Et c'est grave ? » dit-il.

Elle médita un instant. « Je ne sais pas. J'imagine que oui.

— C'est attribuer un grand rôle à la musique, remarqua-t-il.

— Vous connaissez ce vieux truc de Pythagore sur la "musique des sphères". » Elle s'assit très prosaïquement au bord du lit et entreprit d'ôter ses mocassins.

« Et vous y croyez ? demanda Tchien. Est-ce que vous croyez en Dieu ?

— En Dieu ! » Elle éclata de rire. « C'est aussi démodé que le moteur à vapeur ! De quoi parlez-vous ? De Dieu avec une majuscule ? Ou sans ? » Elle vint le regarder sous le nez.

« Ne me regardez pas de si près », fit-il aigrement. Il recula. « D'ailleurs, je ne veux plus qu'on me regarde, plus jamais. » Il s'écarta d'un air irrité.

« À mon avis, dit Tanya, s'il y a un Dieu, Il se fiche pas mal des affaires des hommes. C'est ma théorie, en tout cas. Je veux dire qu'apparemment, il Lui est parfaitement égal que ce soit le mal qui triomphe, que les gens ou les animaux souffrent et meurent. Franchement, je ne vois pas où Il peut bien être, et le Parti a toujours rejeté toute forme de…

— Vous L'avez vu ? demanda Tchien. Quand vous étiez petite ?

— Oh, quand j'étais petite, bien sûr. Mais je croyais aussi en…

— Vous êtes-vous jamais dit, reprit-il, que le bien et le mal étaient des mots qui, en réalité, désignent la même chose ? Que Dieu pouvait être à la fois bon et mauvais ?

— Je vais vous servir quelque chose à boire, fit Tanya en allant nu-pieds jusqu'à la cuisine.

— Le Dévastateur. Le Ferrailleur. L'Avaleur. Et l'Oiseau, et le Tube grimpant — plus les autres noms, ou formes, je ne sais pas. J'ai eu une hallucination. À la soirée du Leader. Puissante. Monstrueuse.

— Mais, la Stélazine…

— Elle n'a fait qu'aggraver mon état.

— Nous sera-t-il possible, fit Tanya d'une voix où perçait l'accablement, de lutter contre la chose que vous avez vue ? L'apparition que vous baptisez hallucination mais qui, d'évidence, n'en était pas une ?

— Oui. En croyant en elle.

— Qu'est-ce que cela nous apportera ?

— Rien, fit-il d'un ton las. Absolument rien. Je suis fatigué ; je n'ai pas soif. Allons nous coucher.

— D'accord. » Elle retourna sans bruit dans la chambre et fit passer son pull rayé par-dessus sa tête. « Nous poursuivrons cette discussion plus tard.

— Une hallucination, dit Tchien, c'est nettement préférable. J'aurais bien voulu que c'en soit une, en tout cas. J'aimerais bien retrouver la mienne, que tout soit comme avant — avant que votre camelot me vende sa phénothiazine.

— Viens au lit, dit Tanya. Ce sera doux, tu seras bien au chaud. »

Il enleva sa cravate, sa chemise… et vit, sur son épaule droite, les marques — les stigmates qu'avait laissés la chose quand elle l'avait empêché de sauter. Des marques livides qui paraissaient à jamais imprimées dans sa chair. Il enfila sa veste de pyjama afin de les cacher.

« Et de toute façon, reprit Tanya tandis qu'il se glissait auprès d'elle sous les draps, ta carrière en sera considérablement avancée. Tu n'es pas content ?

— Si bien sûr, fit-il en hochant la tête dans le noir. Très content.

— Viens contre moi, murmura Tanya en l'entourant de ses bras. Et oublie le reste. Au moins pour le moment. »

Il l'attira à lui, fit ce qu'elle lui demandait et ce qu'il avait envie de faire. Elle fut prompte et active, elle arriva à ses fins et joua son rôle. Ils ne s'embarrassèrent pas de mots ; puis elle lâcha un : « Oh ! » et se détendit d'un coup.

« Si seulement ça pouvait durer éternellement, fit-il.

— Mais justement, répondit Tanya, c'est en dehors du temps, sans limite, comme un océan. C'est comme ça que nous étions durant le Cambrien, avant de nous fixer sur la terre ferme. C'est la mer originelle. C'est le seul moment où on puisse revenir en arrière. C'est pourquoi cet acte a pour nous tant d'importance. Et en ces temps-là, nous n'étions pas séparés ; nous formions un vaste agrégat gélatineux, tu sais, comme les méduses qui s'échouent sur le rivage.

— Et qui y meurent.

— Tu n'aurais pas une serviette ? demanda Tanya. Ou un gant de toilette ? »

Il alla chercher une serviette dans la salle de bains. Là — il était nu, à présent — il vit à nouveau son épaule, l'endroit où la chose l'avait saisi, retenu, tiré en arrière, sans doute pour pouvoir jouer encore un peu avec lui.

Inexplicablement, ces marques saignaient.

Il épongea l'écoulement. Qui reprit aussitôt. Voyant cela, il se demanda combien de temps il lui restait. C'était sans doute une question d'heures.

De retour au lit, il demanda : « Tu pourrais recommencer ?

— Mais oui. Si tu as encore de l'énergie. Comme tu voudras. » Allongée sur le dos, à peine visible dans la pénombre, elle le regardait sans ciller.

« J'en ai », dit-il. Et il l'attira contre lui.

La fourmi électrique

Titre original :
THE ELECTRIC ANT

in *Fantasy & Science Fiction*, octobre 1969

À quatre heures quinze standard de l'après-midi, Garson Poole s'éveilla dans un lit d'hôpital, sut que c'était bien un lit d'hôpital — dans une chambre à trois lits — et sut aussi deux choses : il n'avait plus de main droite et il n'éprouvait aucune douleur.

On a dû m'administrer un analgésique puissant, se dit-il, en contemplant le mur opposé, dont la fenêtre donnait sur le centre de New York. Des labyrinthes entrecroisés où voitures et piétons se précipitaient en jetant mille feux sous un soleil dont il trouva plaisant l'éclat déclinant. *Ils ont encore du temps devant eux*, songea-t-il. *Et moi aussi.*

Il y avait un fone sur la table de chevet ; il hésita, puis composa le numéro donnant accès à une ligne extérieure. L'instant d'après il se retrouvait face à face avec Louis Danceman, qui se chargeait de la direction de Tri-Plan quand lui-même, Garson Poole, était occupé ailleurs.

« Dieu merci, vous êtes vivant ! » dit Danceman, Son visage large et charnu à la peau grêlée comme la surface de la lune s'épanouit sous l'effet du soulagement. « J'ai appelé tous les…

— Mais je n'ai plus de main droite, dit Poole.

— Ça peut s'arranger. J'entends par là qu'on va vous en greffer une autre.

— Depuis combien de temps suis-je ici ? » s'enquit Poole. Il se demanda où étaient passés les infirmières et les médecins. Ils auraient dû être sur son dos, à le réprimander et émettre un tas de petits claquements de langue désapprobateurs parce qu'il téléphonait.

« Quatre jours, répondit Danceman. Ici, à l'usine, tout va comme sur des roulettes. En fait, on a hérité de commandes émanant de trois polices différentes, toutes sur Terra. Deux dans l'Ohio, une dans le Wyoming. De bonnes grosses commandes fermes, un tiers d'avance et l'habituel crédit-bail de trois ans.

— Venez me sortir d'ici, dit Poole.

— Je ne peux pas faire ça tant que votre nouvelle main n'a pas été…

— Je la ferai greffer plus tard. » Il avait une envie dévorante de retrouver son environnement familier ; le souvenir du squib-cargo se profilant, grotesque, sur l'écran de contrôle lui revint vaguement en tête ; en fermant les yeux, il se revoyait à bord de son appareil endommagé télescopant un engin après l'autre en faisant au passage de terribles dégâts. Ces sensations cinétiques… Il fit la grimace en se les remémorant. *Je dois reconnaître que j'ai eu de la veine*, s'avoua-t-il.

« Sarah Benton est-elle près de vous ? fit Danceman.

— Non. » Bien sûr ; ne serait-ce que pour des raisons professionnelles, sa secrétaire particulière devait être dans les parages, histoire de le materner à sa manière ennuyeuse et juvénile. *Toutes les femmes un peu fortes adorent materner les autres*, songea-t-il.

Et elles sont dangereuses ; si elles vous tombent dessus, elles peuvent vous tuer. « C'est peut-être ça qui m'est arrivé, dit-il à voix haute. Sarah est tombée sur mon squib.

— Pas du tout. C'est un des essieux de votre aileron directionnel qui s'est rompu en pleine heure de pointe ; là-dessus, vous…

— Oui, oui, je m'en souviens. » Il se retourna dans son lit ; la porte de la chambre s'ouvrait. Un médecin en blouse blanche apparut en compagnie de deux infirmières en bleu ; ils s'approchèrent. « Je vous rappelle », conclut Poole en reposant le combiné. Il inspira à fond, anxieux d'entendre ce qu'on avait à lui annoncer.

« Vous ne devriez pas foner déjà, observa le médecin en examinant sa feuille de soins. Mr Garson Poole, propriétaire de Tri-Plan Électronique, fabricant de fléchettes identifiantes aléatoires capables de repérer leur proie dans un rayon de mille cinq cents kilomètres en se basant exclusivement sur le tracé encéphalique. Vous êtes un homme qui a réussi, Mr Poole. Malheureusement, vous n'êtes *pas* un homme mais une “fourmi électrique”.

— Quoi ! s'écria Poole, ébahi.

— En conséquence, nous ne pouvons pas nous occuper de vous maintenant que nous sommes au courant. Naturellement, nous l'avons vu dès que nous avons procédé à l'examen de votre main droite blessée ; nous y avons découvert des composants électroniques et la radiographie du torse a confirmé notre hypothèse.

— Mais… qu'est-ce qu'une “fourmi électrique” ? » s'enquit Poole, qui pourtant le savait très bien ; l'expression, en fait, n'avait pas de mystère pour lui.

Une infirmière répondit : « Un robot organique.

— Je vois. » Une transpiration glacée perla sur tout son corps.

« Vous l'ignoriez ? fit le médecin.

— Oui », dit Poole en hochant la tête.

Le médecin reprit : « Il nous arrive une fourmi électrique à peu près une fois par semaine. On nous les amène soit à la suite d'un accident de squib — comme dans votre cas — soit parce qu'elles ont elles-mêmes demandé à être admises… Quand elles n'ont jamais été informées de leur nature, qu'elles ont vécu parmi les humains en se croyant… humaines. Quant à votre main… » Il marqua une pause.

« Ne parlons plus de ma main ! répondit Poole, farouche.

— Restez calme. » Le médecin se pencha sur lui et le dévisagea avec acuité. « On va vous expédier par voie fluviale dans un atelier où vous pourrez faire réparer votre main ou changer les pièces nécessaires à un tarif raisonnable, que ce soit pour vous, si vous vous appartenez, ou pour vos propriétaires le cas échéant. Quoi qu'il en soit, vous retournerez bientôt reprendre votre poste chez Tri-Plan comme si de rien n'était.

— Sauf que maintenant je suis au courant ». fit Poole. Était-ce aussi le cas de Danceman, de Sarah, des autres ? Avait-il été acheté par un ou plusieurs d'entre eux, voire tous ? Ou bien conçu, peut-être ? *Une figure de proue*, se dit-il, *voilà ce que j'ai été jusqu'à présent. Je n'ai jamais dû diriger réellement la société, c'est une illusion qui a été implantée en moi quand on m'a fabriqué… en même temps que l'illusion d'être humain et vivant.*

« Avant de partir pour l'atelier de réparation, dit

le médecin, auriez-vous la bonté de régler votre note au bureau des admissions ? »

Poole rétorqua d'un ton acide : « Pourquoi y aurait-il une note à payer, puisque vous ne soignez pas les “fourmis” ?

— Parce que nous nous sommes tout de même occupés de vous jusqu'au moment où nous avons découvert la vérité, expliqua une infirmière.

— Eh bien, envoyez-moi la note, à moi ou à ma société », gronda Poole en cédant à une rage impuissante. Au prix d'un effort considérable, il réussit à s'asseoir ; en proie au vertige, il posa par terre un pied hésitant. « Je ne serai pas fâché de m'en aller d'ici, dit-il en se mettant debout. Et je vous remercie pour l'humanité de vos soins.

— Merci à vous, Mr Poole, répliqua le médecin. Mais peut-être devrais-je plutôt dire Poole tout court ? »

Une fois à l'atelier, il fit remplacer sa main manquante.

La nouvelle se révéla fascinante, il l'examina longuement avant de laisser les techniciens la lui ajuster. En surface, elle paraissait parfaitement organique... et d'ailleurs, en surface, c'était le cas. L'épiderme était naturel, le derme aussi, et dans les veines et les capillaires coulait du sang authentique. Mais en dessous luisaient des fils électriques, des circuits imprimés, des composants miniaturisés... Dans les profondeurs du poignet il distingua des valves, des moteurs, des soupapes à expansion multiple, le tout d'une grande complexité et ramené à d'infimes proportions. La main lui coûta quarante *frogs*. Une semaine de salaire.

« Est-elle garantie ? » demanda-t-il aux techniciens occupés à souder la partie « osseuse » au reste de son corps.

« Quatre-vingt-dix jours, pièces et main-d'œuvre, répondit l'un d'eux. Sauf en cas de mauvais traitements, non prévus ou volontaires.

— C'est vaguement suggestif, ce que vous me dites là. »

Le technicien — c'étaient tous des hommes — lui lança un regard perçant. « Vous vous faisiez passer pour humain, jusqu'ici ?

— J'ignorais que je n'en étais pas un, répondit Poole.

— Mais maintenant ce sera en connaissance de cause que vous vous ferez passer pour humain ?

— Tout juste.

— Savez-vous pourquoi vous n'avez jamais deviné ? Il y a pourtant bien dû y avoir des signes révélateurs... des cliquetis, des ronronnements internes, de temps à autre. Eh bien, c'est parce que vous avez été programmé pour ne pas les remarquer. Maintenant, vous aurez autant de mal à savoir pourquoi on vous a fabriqué et pour qui vous opériez.

— Un esclave, fit Poole. Un esclave mécanique.

— Il y a quand même eu de bons moments.

— C'est vrai, je ne me plains pas de la vie que j'ai menée. J'ai beaucoup travaillé. »

Il régla les quarante *frogs*, fléchit ses doigts tout neufs et les mit à l'épreuve en ramassant divers objets tels que des pièces de monnaie ; puis il s'en alla. Dix minutes plus tard il était en route pour chez lui à bord d'un transporteur public. La journée avait été bien remplie.

Une fois rentré dans son studio, il se versa une

rasade de Jack Daniel's Purple Label — soixante ans d'âge — et s'installa devant l'unique fenêtre afin de la savourer en contemplant l'immeuble d'en face. *Est-ce que je vais au bureau?* se demanda-t-il. *Et si oui, pourquoi? D'un autre côté, pourquoi pas? Quelle solution choisir? Bon sang! C'est drôlement déstabilisant de savoir qu'on est... Un phénomène de foire*, se rendit-il compte. *Un objet inanimé singeant un objet animé.* Pourtant... il se sentait vivant. Mais en même temps, il se percevait différemment. Lui et tous les autres, notamment Danceman, Sarah, tout le personnel de Tri-Plan.

Je crois que je vais me tuer, se dit-il. *Mais non, je suis certainement programmé pour ne pas le faire; pour mon propriétaire, ce serait un coûteux gaspillage à amortir. Il n'y tient sûrement pas.*

Programmé... Quelque part en moi se *trouve une matrice-écran, un filtre qui me rend imperméable à certaines pensées, certaines actions. Et me force à en choisir d'autres. Je ne suis pas libre, je ne l'ai jamais été, mais maintenant je le sais, et ça change tout.*

Après avoir opacifié sa fenêtre, il alluma le plafonnier puis entreprit d'ôter ses vêtements avec soin, les uns après les autres. Ayant observé avec attention le travail des techniciens qui lui avaient greffé sa nouvelle main, il s'était fait une idée assez précise de la façon dont son corps était assemblé. Il y avait deux accès principaux, un dans chaque cuisse; les spécialistes en avaient ôté les plaques mobiles pour vérifier les circuits sous-jacents. *Si je suis effectivement programmé*, conclut-il, *c'est sans doute là que se trouve la fameuse matrice.*

Il découvrit un labyrinthe de circuits qui le laissa

sans voix. *Il me faut de l'aide*, se dit-il. *Voyons... quel est le code fone du BBB que loue le bureau ?*

Il décrocha et composa le numéro permettant de joindre l'ordinateur central là où il se trouvait effectivement, c'est-à-dire à Boise, dans l'Idaho.

« Les services de cet ordinateur sont facturés cinq *frogs* par minute, dit une voix mécanique dans le fone. Veuillez tenir votre *cartecrédit* devant l'écran. »

Il obéit.

« Quand vous entendrez la tonalité, vous serez en liaison avec l'ordinateur, poursuivit la voix. Veuillez l'interroger le plus rapidement possible en tenant compte de ce que la réponse vous sera fournie en une microseconde environ, alors que l'interrogation, elle... » Il baissa le son, puis l'augmenta dès que l'entrée audio apparut sur l'écran. À partir de cet instant, la machine n'était plus qu'une vaste oreille tendue vers lui... comme vers cinquante mille autres interrogateurs aux quatre coins de Terra.

« Scannez-moi, ordonna Poole, et dites-moi où se trouve le nœud de code commandant mes pensées et mon comportement. » Il attendit. Sur l'écran du fone, un grand œil mobile à facettes multiples l'examina ; il se plaça bien en vue au milieu de son studio.

L'ordinateur dit alors : « Ôtez votre panneau pectoral en comprimant le sternum puis en le tirant doucement vers l'avant. »

Poole obtempéra. Une partie de sa poitrine se détacha ; en proie à un léger vertige, il la posa par terre.

« Je distingue des modules de commande, dit la machine, mais je ne vois pas quel est celui qui... » Elle s'interrompit et son œil balaya l'écran de droite à gauche. « Je perçois une bobine de ruban perforé au-dessus du mécanisme cardiaque. Vous le voyez ? » Poole tendit le cou et le vit également. « Je dois me déconnecter, maintenant, reprit l'ordinateur. Quand j'aurai examiné les données dont je dispose, je vous rappellerai pour vous fournir une réponse. Bonne journée. » L'écran s'éteignit.

Je vais m'arracher ce ruban de la poitrine, se dit Poole. *Il est tout petit... pas plus gros que deux fusettes de fil à coudre, avec une tête de lecture montée entre dérouleur et récepteur.* L'ensemble — bobines et ruban — était parfaitement immobile. *Le dispositif doit se mettre automatiquement en marche afin de prendre la main quand les circonstances l'exigent*, réfléchit-il. *Et court-circuiter le fonctionnement cérébral normal. Et dire qu'il en a été ainsi ma vie durant...*

Il posa la main sur le dérouleur. *Il suffirait que je le détache et...*

L'écran du fone s'éclaira à nouveau, « Cartecrédit n° 3-BNX-882-HQR446-T, fit la voix de l'ordinateur. Ici BBB-307DR, en réponse à votre question d'une durée de seize secondes, le 4 novembre 1992. La bobine de ruban perforé au-dessus de votre mécanisme cardiaque n'est pas un module de programmation mais un dispositif d'apport de réalité. Tous les stimuli sensoriels reçus par votre système nerveux central émanent de lui et toute intervention serait dangereuse, voire fatale. » Il ajouta : « En outre, vous ne paraissez équipé d'aucun conditionnement initial en termes de programmation. Demande satisfaite. Bonne journée. » L'écran s'éteignit une fois de plus.

Poole, qui se tenait nu devant le fonécran, effleura à nouveau le dérouleur — avec d'infinies précautions. *Je vois*, songea-t-il, éperdu. *Mais est-ce bien sûr ? Car ce module…*

Si je coupe la bande, mon monde va disparaître. La réalité subsistera pour les autres, mais pas pour moi. Parce que ma réalité, mon univers me viennent de ce minuscule système. Soumis à la tête de lecture, qui elle-même les transmet à mon système nerveux central au fur et à mesure que la bande se déroule sans hâte.

Comme elle le fait depuis des années, décréta-t-il.

Il se rhabilla, s'assit dans son grand fauteuil — un luxe importé de chez Tri-Plan — et alluma une cigarette. Il reposa d'une main tremblante son briquet monogrammé, s'adossa confortablement et souffla un nuage de fumée grise.

Il faut y aller doucement, se dit-il. *Qu'est-ce que je cherche, en fait ? À court-circuiter mon programme ? Non, puisque l'ordinateur n'en a pas trouvé. Suis-je bien sûr de vouloir intervenir dans le module d'apport-réalité ? Si oui*, pourquoi ?

Parce que, répondit-il, *si je maîtrise le module, je maîtrise la réalité par la même occasion. Du moins en ce qui me concerne personnellement. Ce qui concerne ma réalité subjective… Mais qu'y a-t-il d'autre, de toute façon ? La réalité* objective *n'est que le produit d'un raisonnement destiné à formuler l'universalisation hypothétique d'une multitude de réalités subjectives.*

Mon univers gît entre mes doigts, comprit-il. *Si seulement j'arrivais à trouver comment fonctionne ce fichu machin ! Au départ, tout ce que je voulais, c'était découvrir mon programme d'origine de façon à bénéficier d'un véritable fonctionnement homéostatique — à me prendre en main. Mais avec ceci…*

Avec ceci, ça ne s'arrêtait pas là ; c'était la réalité tout entière qu'il pouvait prendre en main.

Et cela me distingue de tous les êtres humains ayant jamais vécu, songea-t-il, accablé.

Il retourna au fone composer le numéro de son bureau. Danceman apparut sur l'écran ; il lui dit avec vivacité : « Faites-moi apporter un jeu complet de micro-outils et un écran agrandisseur. J'ai un travail à effectuer sur des circuits imprimés. » Il coupa la communication ; il n'avait aucune envie d'en discuter.

Une demi-heure plus tard, on frappait à sa porte. Il découvrit sur le seuil un de ses contremaîtres, chargé comme une mule de micro-outils en tout genre. « Comme vous n'avez pas précisé de quoi vous aviez besoin au juste, déclara-t-il en entrant, Mr Danceman m'a demandé de tout apporter.

— Et le système d'agrandissement optique ?

— Dans le transporteur, sur le toit-terrasse. »

Peut-être que mon désir est en fait de mourir, songea Poole. Tout en fumant une cigarette, il regarda le contremaître installer dans le salon l'écran pesant, son alimentation électrique et son tableau de commande. *C'est un suicide, ce que j'envisage.* Il frissonna.

« Ça ne va pas, Mr Poole ? s'enquit le contremaître en se redressant après avoir déposé son fardeau. Vous ne devez pas encore bien tenir sur vos jambes, après votre accident.

— C'est ça », fit tranquillement Poole. Dissimulant sa tension, il attendit le départ du contremaître.

Sous les lentilles grossissantes de l'appareil, la bande de plastique revêtait un aspect nouveau : on voyait à présent une large piste où couraient des centaines de milliers de trous. *C'est bien ce que je pensais*, se dit Poole. *Ce ne sont pas des impacts magnétiques sur une couche d'oxyde de fer, mais des perforations.*

Sous l'oculaire, la bande défilait de manière visible. Très lentement, et à une allure constante, certes, mais elle se dirigeait bel et bien vers la tête de lecture.

À mon avis, réfléchit-il, *les perforations représentent* des *« oui » et les zones pleines de « non », comme dans un piano mécanique. Comment m'en assurer ?*

En bouchant un certain nombre de trous.

Il évalua la quantité de ruban restant sur la bobine débitrice, calcula — avec beaucoup de difficulté — la vitesse de débit, et aboutit à un chiffre. S'il modifiait la partie de ruban visible au point de passage sous la tête de lecture, il s'écoulerait cinq à sept heures avant que ce moment particulier survienne. Il oblitérerait les stimuli à venir dans ce délai.

À l'aide d'un micro-pinceau, il recouvrit de vernis opacifiant une section — relativement étendue — de ruban ; il avait trouvé le vernis dans la boîte à accessoires des micro-outils. *J'ai dû effacer à peu près une demi-heure*, estima-t-il. *J'ai bien bouché un millier de trous.*

Il serait intéressant de voir les changements — le cas échéant — que cela apporterait à son environnement six heures plus tard.

Cinq heures et demie après ces événements, il prenait un verre avec Danceman au *Krackters*, un splendide bar de Manhattan.

« Vous n'avez pas l'air bien, constata ce dernier.

— C'est que je ne *suis pas* bien », répliqua Poole. Il vida son verre — un scotch *sour* — et en commanda un autre.

« Ce sont les conséquences de l'accident ?

— Oui, en un sens. »

Danceman demanda : « Est-ce… une découverte que vous auriez faite sur votre propre compte ? »

Poole releva la tête et le dévisagea malgré la lumière tamisée. « Ainsi vous êtes au courant.

— Ce que je sais, reprit Danceman, c'est que je devrais vous appeler Poole et non “Mr Poole”. Mais je préfère la seconde solution et je m'y tiendrai.

— Depuis combien de temps le savez-vous ?

— Depuis que vous avez pris la direction de la société. On m'a dit que les vrais propriétaires de Tri-Plan, qui résident dans le système de Prox, préféraient que la firme soit dirigée par une fourmi électrique dont ils auraient le contrôle. Ils voulaient un dirigeant brillant et énergique…

— Que voulez-vous dire par “les vrais propriétaires” ? » C'était la première fois qu'il entendait parler de ça. « Nous comptons deux mille actionnaires répartis un peu partout.

— Marvis Bey et son époux Ernan, de Prox 4, possèdent 51 % des parts. Depuis le début.

— Pourquoi m'a-t-on maintenu dans l'ignorance ?

— On m'a demandé de ne pas vous le dire. Vous deviez vous croire seul à régenter la firme. Avec mon assistance. Mais en réalité je vous communiquais les instructions que les Bey me transmettaient.

— Je ne suis donc bien qu'un homme de paille ! fit Poole.

— Sous un certain angle, oui. Mais pour moi, vous serez toujours Mr Poole. »

Un pan du mur du fond s'évanouit. Et avec lui plusieurs personnes attablées non loin. Puis…

Derrière la grande paroi vitrée du bar, la ville de New York cessa brusquement d'exister

Voyant l'expression de Poole, Danceman s'alarma. « Que se passe-t-il ? »

Poole répondit d'une voix rauque : « Regardez autour de vous. Voyez-vous quelque chose de changé ? »

Après un coup d'œil circulaire dans la salle, Danceman répondit : « Non. Quoi, par exemple ?

— Vous voyez toujours les gratte-ciel ?

— Mais bien sûr. Malgré le smog. Et les lumières qui clignotent, et…

— Maintenant, je sais », affirma Poole. Il avait vu juste : chaque perforation obturée entraînait la disparition d'un élément de réalité. Il se leva. « À plus tard. Je dois rentrer ; j'ai du travail. Bonsoir. » Il sortit à grands pas et, une fois dans la rue, chercha un taxi.

En vain.

Eux aussi ont disparu, songea-t-il. *Je me demande ce que j'ai encore pu effacer ? Les prostituées ? Les fleurs ? Les prisons ?*

Dans le parking du bar il reconnut le squib de Danceman. *Je vais le prendre*, décida-t-il. *Dans son monde à lui les taxis existent toujours ; il n'aura qu'à en prendre un. C'est un véhicule de service et j'en ai une clef.*

Il prit les airs et vira vers son domicile.

La ville de New York n'était toujours pas revenue. De part et d'autre il voyait des véhicules et des immeubles, des rues, des circuloirs, des enseignes… mais au milieu, rien. *Je ne peux pas pénétrer dans cette zone-là*, se dit-il. *Sinon, je vais disparaître.*

Mais peut-être pas. Alors il s'enfonça dans le néant.

Fumant cigarette sur cigarette, il tourna en rond pendant un quart d'heure… Puis, sans bruit, New

York réapparut. Il écrasa sa cigarette (quel gaspillage, au prix que cela coûtait !) et fila vers son appartement.

Si j'insère une étroite section opaque, réfléchit-il en ouvrant sa porte, *je peux peut-être...*

Le fil de ses pensées fut brusquement interrompu. Quelqu'un était assis dans le fauteuil du salon et regardait un épisode de *Star Trek* à la télévision. « Sarah ? » fit-il, contrarié.

Elle se leva. Elle était bien en chair, mais gracieuse. « Tu n'étais plus à l'hôpital, alors je suis venue ici. J'ai toujours la clé que tu m'as donnée en mars, après cette affreuse dispute. Comme tu as l'air déprimé ! » Elle vint le dévisager avec inquiétude. « Ta blessure te fait souffrir à ce point ?

— Non, c'est autre chose. » Il ôta sa veste, sa cravate, sa chemise, puis ouvrit son panneau pectoral ; il s'agenouilla et enfila les waldos — les gants permettant la manipulation à distance des micro-outils. Il s'interrompit le temps de relever les yeux sur elle et de dire : « J'ai découvert que j'étais une fourmi électrique. D'un certain point de vue, cela m'ouvre des perspectives que je suis en train d'explorer. » Il fléchit les doigts et, à l'extrémité du waldo gauche, apparut un micro-tournevis, rendu visible par le système agrandisseur. « Tu peux regarder si tu veux », lui dit-il.

Elle s'était mise à pleurer.

« Qu'est-ce qui te prend ? fit-il méchamment, sans lever les yeux.

— C'est... c'est tellement triste ! On te considérait tous comme un excellent patron, chez Tri-Plan. Nous avons un tel respect pour toi ! Et maintenant, tout va changer. »

La bande plastique comportait une marge non perforée en haut et en bas; Poole découpa une bande horizontale très étroite, puis, après un temps d'intense concentration, trancha le ruban en ménageant environ quatre heures de déroulement avant qu'il ne passe sous la tête de lecture. Il disposa alors le tronçon sectionné à angle droit par rapport à cette dernière, le souda dans cette position avec un micro-outil thermique, puis recolla la bande de part et d'autre. Il venait d'insérer un temps mort de vingt minutes dans le courant continu de sa réalité. L'effet s'en ferait sentir, selon ses calculs, quclqucs minutes après minuit.

« Es-tu en train de te réparer ? demanda timidement Sarah.

— Plutôt de me *libérer* », répondit-il. Outre celle qu'il venait d'opérer, il avait en tête plusieurs autres modifications. Mais d'abord il lui fallait mettre sa théorie à l'épreuve : un ruban vierge, sans perforations, signifiait une absence de stimuli, auquel cas *l'absence* de ruban, elle…

« Je n'aime pas ton expression… », murmura Sarah. Elle entreprit de rassembler ses affaires, son sac, son manteau, son magazine audiovisuel. « Je m'en vais ; je vois bien que tu n'as pas envie de me voir.

— Mais non, reste. Je vais regarder *Star Trek* avec toi. » Il remit sa chemise. « Tu te rappelles, autrefois, quand il y avait… combien ? vingt ou vingt-deux chaînes ? Avant que le gouvernement n'interdise les chaînes privées ? »

Elle fit un signe de tête affirmatif.

« Que se serait-il passé si ce poste de télé avait diffusé toutes les chaînes en même temps ? Aurions-nous pu distinguer quoi que ce soit dans ce mélange ?

— Je ne pense pas.

— Peut-être pourrions-nous apprendre. À devenir sélectifs ; à nous acquitter nous-mêmes du tri, afin de percevoir ce qui nous intéresse tout en rejetant le reste. Imagine ce dont nous serions capables si notre cerveau savait recevoir vingt images différentes simultanément. Pense à la quantité de connaissances qu'il pourrait emmagasiner en une brève période. Je me demande si le cerveau, le cerveau humain… » Il s'interrompit. « Non, le cerveau humain n'en est pas capable, reprit-il bientôt, comme s'il réfléchissait à voix haute. Mais en théorie, pour un cerveau quasi organique, ce n'est pas impossible.

— Est-ce d'un cerveau de cette nature que tu es doté ? s'enquit Sarah.

— Oui », répondit Poole.

Ils regardèrent le capitaine Kirk jusqu'au bout puis allèrent se coucher. Mais Poole resta calé contre son oreiller, la cigarette aux lèvres, l'air de broyer du noir. Près de lui, Sarah s'agitait nerveusement en se demandant pourquoi il n'éteignait pas la lumière.

Onze heures cinquante. Ça n'allait plus tarder, maintenant.

« Sarah, j'ai besoin de ton aide, dit-il. Dans quelques minutes il va m'arriver quelque chose de bizarre. Ça ne durera pas, mais je voudrais que tu m'observes avec soin. Vois si je… » Il esquissa un geste. « Si je subis des transformations. Si je parais m'endormir, si je prononce des paroles insensées ou… » Il avait envie de dire « si je disparais », mais se retint. « Je ne te ferai sans doute aucun mal, mais je préférerais te savoir armée. Tu as ton revolver anti-agressions ?

— Il est dans mon sac. » Tout à fait éveillée à présent, elle s'assit dans le lit et le contempla avec un effroi non dissimulé ; la lumière de la lampe tombait sur ses épaules hâlées, mouchetées de taches de rousseur.

Poole alla chercher l'arme.

Soudain la chambre se figea. Puis les couleurs commencèrent à s'estomper. Les objets s'amenuisèrent jusqu'à se dissoudre dans les ombres telles des volutes de fumée. Les ténèbres s'épaissirent et les contours se firent de plus en plus indistincts.

Ce sont les derniers stimuli qui disparaissent, se dit Poole. Il plissa les yeux, essayant de distinguer quelque chose. Il voyait à peine Sarah Benton, assise dans le lit, mais en deux dimensions, comme un découpage en forme de poupée qu'on aurait posé là et qui s'évanouissait peu à peu. Des bouffées de substance dématérialisée jaillissaient de manière aléatoire comme des nuages instables ; les éléments se rassemblaient, se dissociaient, puis se reconstituaient. Enfin se dissipèrent les dernières traces de chaleur, d'énergie et de lumière ; la pièce s'effondra sur elle-même, comme hermétiquement isolée de la réalité. À ce stade le noir absolu remplaça toute chose ; c'était un espace dénué de profondeur, qui ne ressemblait pas à la nuit mais avait quelque chose de rigide, de résistant. En outre, Poole n'entendait plus rien.

Il voulut toucher quelque chose mais il n'avait plus de mains pour toucher. La conscience qu'il avait eue jusque-là de son propre corps avait disparu en même temps que le reste de l'univers. Même s'il avait encore possédé des mains, elles n'auraient rien eu à toucher.

Je ne me suis pas trompé quant au fonctionnement

de la bande perforée, se dit-il, employant une bouche qui n'existait pas pour se communiquer un message inaudible.

Cela prendra-t-il bien fin dans dix minutes? s'interrogea-t-il. Ai-je également eu raison sur ce point ? Il attendit... en sachant intuitivement que la notion du temps avait disparu en même temps que le reste. *Rien d'autre à faire qu'attendre*, comprit-il. *En espérant que ça ne durera pas trop longtemps.*

Histoire de mesurer le temps qui passait, il résolut de composer mentalement une encyclopédie. *Je vais dresser la liste de tout de qui commence par un « a ». Voyons... Abricot, automobile, accès, atmosphère, Atlantique, aspic, annonce...* Et ainsi de suite, les termes défilant dans son esprit hanté par la peur.

D'un seul coup la lumière revint.

Il gisait sur le divan du salon et un pâle soleil entrait par l'unique fenêtre. Deux hommes penchés sur lui, les mains pleines d'outils. *Des techniciens d'entretien*, comprit-il. *Ils m'ont réparé.*

« Il a repris connaissance », dit l'un des techniciens, qui se redressa et s'écarta. Sarah Benton vint se tenir à sa place ; elle tremblait d'inquiétude.

« Dieu merci ! s'écria-t-elle en soufflant une haleine humide dans l'oreille de Poole. J'ai eu si peur ! J'ai fini par appeler Mr Danceman pour...

— Que s'est-il passé ? coupa durement Poole. Commence par le commencement, et au nom du ciel, parle posément. Que je puisse bien tout assimiler. »

Sarah se domina, prit le temps de se frotter le nez puis lança d'une voix blanche : « Tu as perdu connaissance. Tu étais là, comme mort. J'ai attendu jusqu'à deux heures et demie et tu ne bougeais toujours pas. J'ai téléphoné à Mr Danceman, que j'ai malheureusement réveillé, et il a appelé des réparateurs de fourmis électriques — je veux dire d'organorobs ; ils sont arrivés vers quatre heures quarante-cinq et n'ont pas cessé de travailler depuis. Il est maintenant six heures un quart du matin. Je suis gelée et j'ai envie d'aller me coucher ; je ne pourrai pas aller au bureau aujourd'hui, vraiment pas. » Elle se détourna en reniflant. Ce bruit agaça Poole.

Un des techniciens en tenue déclara : « Vous avez tripoté votre bande-réalité.

— En effet », dit Poole. Pourquoi le nier ? Ils avaient dû trouver le morceau de bande non perforée collé en travers. « Mais je n'aurais pas dû rester si longtemps inconscient. Je n'avais inséré qu'un morceau d'une dizaine de minutes, ajouta-t-il.

— Il a bloqué le déroulement de la bande, expliqua le technicien, et elle a cessé d'avancer ; le mécanisme s'est automatiquement déconnecté pour éviter que la bande ne se déchire. Qu'est-ce qui vous a pris de toucher à ça ? Ne saviez-vous donc pas ce que vous risquiez ?

— Je n'étais pas trop sûr.

— Mais vous en aviez une idée assez précise. »

Poole rétorqua d'un ton acide : « C'est bien pour ça que je m'y intéresse.

— Votre facture s'élèvera à quatre-vingt-quinze *frogs*, dit l'homme. Payables à tempérament si vous le désirez.

— Très bien », acquiesça Poole. Il s'assit, un peu étourdi, se frotta les yeux et fit la grimace. Il avait mal à la tête et son estomac lui semblait absolument vide.

« Limez un peu l'épaisseur de la bande, la prochaine fois, lui dit le premier technicien. Ainsi ça ne se coincera pas. Il ne vous est pas venu à l'idée qu'il pouvait y avoir une sécurité ?

— Qu'arrive-t-il, articula méticuleusement Poole à voix basse, s'il ne passe pas du tout de bande sous la tête de lecture ? Si la cellule photoélectrique ne rencontre pas d'obstacle ? »

Les techniciens échangèrent un rapide coup d'œil. L'un d'eux répondit : « Tous les neuro-canaux entrent en surcharge et on provoque un court-circuit.

— Ce qui veut dire ?

— Ce qui veut dire que tout le mécanisme grille.

— J'ai examiné le circuit, reprit Poole. Le voltage n'est pas assez élevé pour provoquer un tel résultat. Le métal ne fond pas face à d'aussi faibles charges électriques, même si les bornes sont en contact. J'ai mesuré environ un millionième de watt dans un conducteur au césium d'à peu près quinze millimètres de long. Admettons qu'il y ait un milliard de combinaisons possibles à un instant donné, en fonction des perforations de la bande. Le total du courant de sortie n'est pas cumulatif, son intensité dépend du débit de la batterie pour tel module, et ça ne va pas très loin, même quand tout fonctionne en même temps.

— Pourquoi mentirions-nous ? fit l'un des techniciens avec lassitude.

— Et pourquoi pas ? Je tiens une chance d'expérimenter la totalité. D'un coup. De connaître l'univers dans son intégralité, d'être momentanément en rapport avec toute la réalité. Ce qui est impossible aux humains. Ce serait comme si une partition de symphonie, avec toutes ses portées, pénétrait dans mon cerveau en dehors du temps, toutes les notes, tous les instruments résonnant à la fois. Et non pas *une*, mais *toutes* les symphonies ! Vous comprenez ?

— Vous allez griller, dirent les deux techniciens en chœur.

— Je ne crois pas. »

Sarah intervint. « Veux-tu une tasse de café ?

— Oui », dit-il. Il posa ses pieds glacés sur le sol et frissonna. Enfin il se leva. Il avait mal partout. *Ils m'ont laissé allongé sur le divan toute la nuit*, se rendit-il compte. *Quand même, ils auraient pu se débrouiller autrement !*

À la table située dans un angle au fond de la cuisine, Garson Poole buvait son café face à Sarah. Il y avait longtemps que les réparateurs étaient partis.

« Tu ne vas plus tenter d'expériences sur toi-même, j'espère ? fit Sarah, d'un ton attristé.

— Ce que j'aimerais, répondit-il d'une voix grinçante, c'est maîtriser le temps. Inverser son cours. » *Je vais couper un bout de bande*, songea-t-il, *et le recoller la tête en bas. Ainsi les séquences causales défileront-elles dans l'autre sens. Sur quoi je descendrai à reculons du toit-terrasse, jusqu'à ma porte dont je pousserai le battant verrouillé et, toujours à reculons, j'irai prendre dans l'évier une pile d'assiettes sales. Je m'assoirai devant elles à cette table, je les remplirai en régurgitant et je stockerai le résultat au réfrigérateur. Le lendemain j'en tirerai cette nourriture, je l'emballerai dans des sacs que je porterai au supermarché ; là, je la répartirai dans les rayons. Enfin, à la caisse on me versera en échange de l'argent puisé dans le tiroir. Les aliments seront conditionnés avec d'autres dans de grands bacs en plastique, expédiés vers les usines hydroponiques de l'Atlantique, pour y regagner des arbres, des buissons ou des corps d'animaux morts, ou bien pour être enfoncés dans le sol.*

Mais qu'est-ce que cela prouverait ? Ce serait simplement comme un film qui se déroule à l'envers… Je ne serais pas plus avancé qu'à présent, et c'est insuffisant.

Ce que je veux, comprenait-il à présent, *c'est la réalité ultime, absolue, l'espace d'une microseconde. Après cela, rien n'aura plus d'importance, puisque tout me sera connu; il ne restera plus rien à comprendre ou à voir.*

Je pourrais tenter une ultime modification. Avant d'essayer de couper la bande. Je vais y percer de nouveaux trous pour voir ce que ça fait. Ce sera intéressant, puisque j'ignorerai à l'avance la signification de mes propres perforations.

Avec la pointe d'un micro-outil, il perça plusieurs trous au hasard, aussi près que possible de la tête de lecture… Il n'avait pas envie d'attendre.

« Je me demande si tu t'en apercevras », dit-il à Sarah. Selon ses calculs, c'était peu probable. « Il se peut que quelque chose se manifeste, reprit-il. Je tenais à t'avertir ; pour t'éviter d'avoir peur.

— Oh ! mon Dieu », fit-elle, d'une voix grêle.

Il consulta sa montre. Une minute passa, puis deux, trois. Alors…

Au centre de la pièce apparut un vol de canards vert et noir. Ils cancanèrent avec entrain, puis ils quittèrent le sol pour aller battre des ailes contre le plafond, où ils formèrent une masse grouillante de plumes tant ils s'efforçaient instinctivement de prendre leur envol.

« Des canards, fit Poole, émerveillé. J'ai percé un trou correspondant à un vol de canards sauvages ! »

Voici qu'un autre phénomène se produisait. Un banc de jardin public apparut, où était assis un vieillard en haillons lisant un journal déchiré, tout froissé. Il leva un instant les yeux, distingua vaguement Poole, lui adressa une ébauche de sourire découvrant un dentier mal ajusté, puis se replongea dans son journal replié en deux et se remit à sa lecture.

« Tu le vois ? demanda Poole à Sarah. Et les canards ? » Au même instant canards et clochard disparurent. Il n'en resta pas une trace. L'intervalle comprenant les perforations responsables de leur manifestation avait passé rapidement.

« Ils n'étaient pas réels, dit Sarah. N'est-ce pas ? Mais alors comment…

— Toi non plus tu n'es pas réelle, lui dit-il. Tu n'es qu'un stimulus sur ma bande réalité. Une perforation qu'on peut très bien obturer. As-tu également une existence dans une autre bande réalité, ou dans une réalité objective ? » Il l'ignorait et n'aurait su le dire. Peut-être Sarah n'en savait-elle rien elle-même. Peut-être existait-elle sur mille rubans de réalité ; peut-être figurait-elle sur tous les rubans jamais fabriqués. « Si je coupe la bande, poursuivit-il, tu seras partout et nulle part. Comme le reste de l'univers. Du moins dans la conscience que j'en ai. »

Sarah balbutia : « Je suis réelle.

— Je veux te connaître entièrement, dit Poole. Et, pour cela, il faut que je coupe la bande. De toute façon, je le ferai un jour ; c'est inévitable. » *Alors pourquoi attendre ?* se demanda-t-il. *Et puis, reste toujours la possibilité que Danceman ait informé mon fabricant, qu'on prenne des mesures pour me détourner de mon projet. Parce que je mets peut-être en danger un de leurs biens matériels : moi.*

« Tu me fais regretter de ne pas être allée au bureau en fin de compte », dit Sarah, à qui une grimace de chagrin donnait des fossettes.

« Eh bien, vas-y, dit Poole.

— Je ne veux pas te laisser seul.

— Ne t'inquiète pas pour moi.

— Si, justement. Tu vas te débrancher, ou je ne sais quelle autre bêtise, te tuer parce que tu as découvert que tu étais une fourmi électrique, et non un être humain. »

Il acquiesça après une pause : « Possible. » Ça se ramenait peut-être à cela, finalement ?

« Et je ne peux pas t'en empêcher.

— Non, confirma-t-il.

— Alors je reste, fit Sarah. Même si je suis impuissante. Parce que si je m'en vais et que tu te tues, je passerai le reste de ma vie à me demander ce qui serait arrivé si j'étais restée. Tu comprends ? »

Il fit un signe affirmatif.

« Allez, vas-y », dit Sarah.

Il se leva. « Ce n'est pas de la douleur que je vais éprouver, la prévint-il. Même si tu en as l'impression. N'oublie pas que les robots organiques n'ont que peu de systèmes sensitifs. Au lieu de cela, j'éprouverai ce qui peut exister de plus intense en matière de…

— Ne m'en dis pas plus ! coupa-t-elle. Fais-le, ou dis-toi qu'il est encore temps de renoncer. »

Maladroitement — parce qu'il avait peur —, il enfila les microgants et saisit un outil minuscule, une lame acérée. « Je vais sectionner une bande qui circule sous mon panneau pectoral », annonça-t-il en regardant l'écran de l'agrandisseur. Il leva la lame d'une main tremblante. *Dans une seconde ce sera fait*, se dit-il. *Fini. Et… j'aurai encore le temps de ressouder les extrémités*, se rendit-il compte. Une demi-heure au moins. Si je change d'avis.

Il trancha la bande.

Sarah le considérait d'un œil craintif. Elle murmura : « Il ne s'est rien passé.

— J'ai un délai de trente à quarante minutes. » Il se rassit à la table après s'être débarrassé des gants de manipulation. Il nota que sa voix tremblait ; sans nul doute Sarah avait dû s'en apercevoir, et il s'en voulut de l'avoir effrayée. « Je suis désolé », dit-il irrationnellement. Il avait envie de lui présenter des excuses. « Tu devrais peut-être t'en aller », ajouta-t-il, pris de panique ; il se remit debout. Elle en fit autant, machinalement, comme pour singer son attitude. Elle restait plantée là, défigurée par l'angoisse, le sein palpitant. « Oui, va-t'en, fit-il d'une voix pâteuse, retourne au bureau où tu devrais être déjà. Où nous devrions être tous les deux. » *Je vais recoller les deux bouts de la bande*, se disait-il ; *la tension est trop forte pour moi.*

Il allongea les mains vers les gants et les enfila tant bien que mal sur ses doigts raidis. En examinant l'agrandisseur, il vit le rayon de la cellule photoélectrique qui pointait vers le haut, droit sur la tête de lecture ; au même instant, le bout de la bande disparaissait sous la tête de lecture… Il comprit aussitôt. Trop tard, la bande est passée. *Mon Dieu, songea-t-il, venez-moi en aide. La bande s'est déroulée plus vite que prévu. Donc, c'est pour maintenant…*

Il vit des pommes, des pavés et des zèbres. Il sentit une source de chaleur, le grain soyeux d'un tissu ; les vaguelettes de l'océan lui léchèrent les pieds et un grand vent du nord le bouscula comme pour l'entraîner quelque part. Sarah était partout autour de lui, de même que Danceman ; New York irradiait dans la nuit et les squibs fonçaient, bondissaient dans le ciel nocturne, et aussi diurne, dans l'inondation comme dans la sécheresse. Un morceau de beurre se liquéfiait sur sa langue en même temps que l'assaillaient des odeurs et des saveurs ignobles — une amère présence de poisons, de citrons et de brins d'herbe estivaux. Il se noya ; il tomba ; il reposa entre les bras d'une femme dans un grand lit blanc qui en même temps émettait un bruit perçant : la sonnette d'alarme d'un ascenseur en panne dans l'un des vieux hôtels décrépits du centre-ville. *Je vis, j'ai vécu, je ne vivrai jamais*, se disait-il, et en même temps que les pensées lui venaient tous les mots, tous les sons. Des insectes crissaient en filant dans les airs et il sombra à demi dans un corps complexe constitué d'éléments homéostatiques, quelque part dans les labos de Tri-Plan.

Il voulait dire quelque chose à Sarah. Il ouvrit la bouche et tenta de parler, d'enchaîner des mots bien précis choisis dans la masse gigantesque de vocables qui lui illuminaient le cerveau et lui faisaient subir la brûlure de la signification ultime.

Sa bouche aussi le brûlait ; il se demanda pourquoi.

Pétrifiée, le dos au mur, Sarah Benton rouvrit les yeux et vit une spirale de fumée sortir des lèvres entrouvertes de Poole. Puis le robot tomba à quatre pattes et, lentement, s'effondra en tas, désarticulé. Elle comprit sans avoir besoin de l'examiner qu'il était « mort ».

Poole s'est suicidé, comprit-elle. *Et puis, il ne pouvait éprouver de douleur, il l'a déclaré lui-même. Ou du moins très peu ; un soupçon, peut-être. Quoi qu'il en soit, c'est fini, maintenant.*

Il faut que j'appelle Danceman, que je lui rapporte

ce qui est arrivé. Toujours ébranlée, elle alla au fone et composa le numéro de mémoire.

Il pensait que j'étais un stimulus sur sa bande réalité, se dit-elle. *Donc, que je mourrais en même temps que lui. Comme c'est étrange. Pourquoi s'est-il imaginé cela ?* Il n'avait jamais été vraiment connecté au monde réel ; il avait « vécu » dans un monde électronique qui n'appartenait qu'à lui. Quelle bizarrerie.

« Allô, Mr Danceman, dit-elle une fois la communication établie. Poole n'est plus. Il s'est détruit sous mes yeux. Il faudrait que vous veniez.

— Ainsi nous en sommes enfin libérés.

— Oui. C'est bien, non ? »

Danceman répondit : « J'envoie deux hommes de l'atelier. » Il vit derrière elle la silhouette de Poole gisant près de la table de cuisine. « Rentrez chez vous et prenez du repos, ordonna-t-il. Tout cela a dû vous épuiser.

— En effet. Je vous remercie, Mr Danceman. » Elle raccrocha et resta quelques instants hésitante.

Puis quelque chose la frappa subitement.

Mes mains, songea-t-elle. Elle les leva à la hauteur de ses yeux. *Comment se fait-il que je voie à travers ?*

Les murs de la pièce perdaient à leur tour de la netteté.

Tremblante, elle recula jusqu'au rob inerte et s'immobilisa à ses côtés, ne sachant que faire. Elle voyait le tapis à travers ses jambes ; puis lui aussi devint flou et elle distingua au travers d'autres couches inférieures de matière en pleine désintégration.

Peut-être que si j'arrive à recoller les deux bouts de la bande…, réfléchit-elle. Mais elle ne savait pas comment s'y prendre. Et déjà la silhouette de Poole se faisait imprécise.

Le vent du petit matin soufflait autour d'elle. Elle ne le sentit pas ; elle commençait à ne plus éprouver de sensations.

Le vent continua à souffler.

Nouveau modèle

Titre original :

SECOND VARIETY

in *Space Science Fiction*, mai 1953.
Adapté au cinéma en 1995 par Christian Duguay
sous le titre *Screamers* (en français : *Planète hurlante*).

L'arme au poing, un soldat russe gravissait anxieusement le flanc accidenté de la colline déchiquetée. L'air déterminé, il regardait autour de lui en passant sa langue sur ses lèvres sèches. De temps à autre il essuyait de sa main gantée la transpiration qui perlait sur sa nuque en repoussant le col de sa veste.

Eric se tourna vers le caporal Leone. « Vous le voulez ? Ou vous me le laissez ? »

Il régla son viseur de manière que les traits du Russe emplissent bien sa mire, dont les repères traçaient une croix sur son visage dur et sombre.

Leone réfléchit. Le Russe approchait rapidement, presque au pas de course. « Ne tirez pas. Attendez. Je crois que ce ne sera pas la peine. »

Le Russe accélérait l'allure, écartant à coups de pied les tas de scories et autres gravats. Arrivé au faîte de la colline, il s'immobilisa, hors d'haleine, et examina les environs. Le ciel était obscurci par les nuages de particules grisâtres. Çà et là saillaient encore des troncs d'arbres nus ; le sol stérile et nivelé était jonché de décombres ; des bâtiments en ruine se dressaient par endroits tels des crânes jaunissants.

Le Russe était manifestement mal à l'aise. Il pressentait le danger. Il commença à redescendre de la colline. À présent, il n'était plus qu'à quelques mètres du bunker. Eric commençait à s'agiter. Il tripota son revolver en jetant des regards à Leone.

« Ne vous en faites pas, dit ce dernier. Il n'arrivera pas jusqu'ici. Elles s'en chargeront.

— Vous êtes sûr ? Il est arrivé drôlement près.

— Elles rôdent autour du bunker. Il entre dans la zone dangereuse. Préparez-vous ! »

Le Russe pressa le pas, glissant le long de la pente ; ses bottes s'enfonçaient dans les monceaux de cendre grise. Il s'efforçait malgré tout de garder son fusil levé. Il s'arrêta un instant et porta les jumelles à ses yeux.

« Il regarde droit vers nous », dit Eric.

Le Russe avançait toujours. Ils distinguaient maintenant ses yeux, pareils à deux pierres bleues. Il avait la bouche entrouverte et le menton tout hérissé de barbe. Une de ses joues décharnées arborait un pansement carré aux bords bleuis par la mycose. Sa veste d'uniforme était déchirée et maculée de boue. Il avait perdu un gant. Le compteur attaché à son ceinturon rebondissait contre sa cuisse au rythme de sa course.

Leone effleura le bras d'Eric. « En voilà une. »

Lançant des éclairs sous le soleil timide, un petit objet métallique de forme sphérique gravissait la colline en direction du Russe, de toute la vitesse de ses chenilles. C'était un des petits modèles. Il actionnait ses griffes acérées, ces appendices en acier tranchants comme des rasoirs, à un rythme tel qu'on n'en percevait que le flou du mouvement tournant. Le Russe l'entendit, se retourna instantanément et fit feu. La sphère se transforma en un nuage de particules. Mais déjà une deuxième arrivait. Le Russe tira encore.

Dans un concert de cliquetis et de bourdonnements, une troisième sphère lui grimpa le long de la jambe et lui sauta sur l'épaule. Ses laines tourbillonnantes s'enfoncèrent dans sa gorge.

Eric se détendit. « Bon, voilà qui est fait. Bon sang, ces engins me donnent la chair de poule. Je me dis parfois qu'on était plus tranquilles avant…

— Si nous ne les avions pas inventés, les Russes s'en seraient chargés. » Leone alluma sa cigarette d'une main tremblante. « Je me demande pourquoi ce Russe s'est aventuré tout seul jusqu'ici sans personne pour le couvrir. »

Le lieutenant Scott remonta le tunnel en rampant et pénétra dans le bunker. « Qu'est-ce qui s'est passé ? J'ai vu quelque chose sur mon écran.

— Un Russkoff.

— Seul ? »

Eric fit pivoter l'écran d'observation vers Scott. Celui-ci vit que le cadavre grouillait déjà de sphères métalliques s'affairant à le découper pour emporter ensuite les morceaux.

« Qu'elles sont nombreuses ! murmura-t-il.

— Elles sont arrivées comme des mouches. De nos jours, le gibier se fait rare pour elles. »

Écœuré, Scott repoussa l'écran. « Oui, comme des mouches… Je me demande ce que ce type était venu faire ici. Ils savent pourtant qu'on a des Griffes partout. »

Un robot de plus grande taille avait rejoint les petites sphères : un long tube émoussé pourvu de lentilles oculaires pédonculées qui dirigeait les opérations. Du soldat russe, il ne restait pas grand-chose, à part les lambeaux que les hordes de sphères emportaient au bas de la colline.

« Mon lieutenant, dit Leone, avec votre permission je voudrais sortir jeter un coup d'œil à cet homme.

— Pourquoi ?

— Peut-être qu'il transportait quelque chose. »

Scott réfléchit, puis haussa les épaules. « D'accord. Mais soyez prudent.

— Avec mon bloqueur, répondit Leone en tapotant une bande métallique passée à son poignet, je suis tranquille ! »

Prenant son fusil il avança prudemment vers l'entrée du bunker en se faufilant entre les blocs de béton et les tiges d'acier tordues. À la surface, l'air était froid. Foulant la cendre molle, il rejoignit le cadavre du soldat russe. Le vent tourbillonnait tout autour de lui et lui soufflait des particules grises au visage ; plissant les yeux, il poursuivit sa route.

À son approche, les sphères battirent en retraite ; certaines se figèrent net. Il effleura son bloqueur. Le Russkoff aurait donné cher pour en posséder un ! Le puissant rayonnement à courte portée émis par ce bracelet neutralisait les Griffes et les mettait hors d'état de nuire. Même le grand robot aux yeux pédonculés se replia respectueusement à son approche.

Leone se pencha sur les restes du soldat, dont la main gantée était crispée sur quelque chose. Leone écarta de force les doigts du mort : un tube d'aluminium scellé. Qui brillait encore.

Leone l'empocha et regagna le bunker. Derrière lui, les Griffes s'animèrent et poursuivirent leurs opérations. La procession se reforma ; les sphères se remirent à défiler dans la cendre avec leur macabre chargement. Il entendait leurs chenilles racler le sol Il frissonna.

Scott le regarda attentivement sortir le tube de sa poche. « Il avait ça sur lui ?

— Dans la main. » Leone dévissa le couvercle. « Vous devriez y jeter un coup d'œil, mon lieutenant. »

Scott vida le tube dans sa paume. Un bout de papier de soie bien plié. Il s'assit près de la lampe et entreprit de l'ouvrir.

« Qu'est-ce que ça dit, mon lieutenant ? » demanda Eric.

Plusieurs officiers arrivaient dans le tunnel. Le commandant Hendricks fit son apparition.

« Mon commandant, dit Scott. Regardez ça ! »

Hendricks lut le message. « Ça vient d'arriver

— À l'instant même, par messager isolé.

— Où est-il maintenant ? questionna sèchement Hendricks.

— Les Griffes l'ont eu. »

Le commandant grogna. « Tenez. » Il passa le message à ses compagnons. « Je crois que c'est ce que nous attendions. Ils y ont mis le temps !

— Alors ils veulent négocier, dit Scott. On accepte ?

— Ce n'est pas à nous de décider. » Hendricks s'assit. « Où est le responsable des transmissions ? Je veux qu'on me mette en communication avec la Base lunaire. »

Leone resta songeur tandis que l'interpellé dressait prudemment une antenne extérieure tout en cherchant dans le ciel un éventuel appareil russe en observation au-dessus du bunker.

« Mon commandant, dit Scott, c'est tout de même

bizarre cette brusque volte-face. Nous nous servons des Griffes depuis près d'un an, et voilà que, tout à coup, ils cèdent.

— Peut-être les Griffes se sont-elles introduites dans leurs bunkers.

— Une des grandes, le modèle à antennes, en a infiltré un la semaine dernière, dit Eric. Elle a eu toute une section avant qu'ils réussissent à refermer le bunker.

— Comment le savez-vous ?

— Un camarade me l'a dit. La machine est revenue avec... des restes.

— J'ai la Base lunaire, mon commandant », dit le responsable des transmissions.

L'opérateur lunaire apparut sur l'écran. Sa tenue impeccable contrastait avec les uniformes dépenaillés des occupants du bunker. De plus, il était rasé de frais. « Base lunaire.

— Ici l'avant-poste L-Whistle. Sur Terra. Passez-moi le général Thompson. »

Le visage de l'opérateur s'estompa et les traits empâtés du général le remplacèrent. « Qu'y a-t-il, commandant ?

— Nos Griffes ont eu un Russe isolé porteur d'un message. Nous ne savons pas s'il faut se fier à son contenu. Ils nous ont déjà joué des tours semblables par le passé.

— Que dit ce message ?...

— Ils veulent que nous envoyions dans leurs lignes un officier de grade élevé, seul, pour assister à une conférence dont ils ne précisent pas la nature. Ils disent que certains facteurs... » Hendricks consulta son morceau de papier. « ... gravissimes les contraignent à solliciter l'ouverture de négociations avec un représentant des Nations Unies. » Il tint le papier devant l'écran pour que le général puisse le lire. On vit les prunelles de Thompson bouger de droite à gauche. « Que dois-je faire ? reprit Hendricks.

— Envoyez-leur quelqu'un.

— Vous ne craignez pas un piège ?

— C'est possible, mais les coordonnées qu'ils vous donnent pour leur PC avancé sont exactes. De toute façon, ça vaut le coup d'essayer.

— J'envoie un officier et je vous fais mon rapport dès son retour.

— Très bien, commandant. »

Thompson coupa l'émission et l'écran s'éteignit. Au-dessus du bunker, l'antenne se replia lentement. Perdu dans ses pensées, Hendricks roula le message.

« Je me porte volontaire, déclara Leone.

— Ils veulent un officier de grade élevé. » Hendricks se frotta la mâchoire. « Au niveau décisionnaire… Ça fait des mois que je n'ai pas mis le nez dehors. Un peu d'air ne me ferait pas de mal.

— Ce n'est pas trop risqué ? »

Hendricks releva le viseur et y colla son œil. Les restes du Russe avaient complètement disparu. Une seule sphère demeurait visible. Elle était en train de se replier sur elle-même en s'enfonçant dans la cendre comme un crabe. Un hideux crabe de métal. « La seule chose qui m'arrête, ce sont ces maudites Griffes. » Il se frotta le poignet. « Je sais bien que je ne risque rien tant que j'ai mon bloqueur sur moi, mais je ne sais pas pourquoi, elles me dégoûtent. Je les ai même en horreur. Je voudrais qu'on ne les ait jamais inventées. Il y a quelque chose qui ne va pas chez ces implacables petites…

— Si on ne les avait pas inventées, les Russkoffs l'auraient fait. »

Hendricks repoussa le viseur. « En tout cas, grâce à elles nous allons gagner la guerre. C'est l'essentiel.

— On dirait que vous avez autant la trouille que les Russkoffs. »

Hendricks consulta sa montre-bracelet. « Bon, il faut que je me mette en route, si je veux y être avant la nuit. »

Inspirant profondément, il posa le pied sur le sol couvert de décombres. Au bout d'un petit moment, il alluma une cigarette et regarda autour de lui. Le paysage était sans vie. Rien ne bougeait. À perte de vue ce n'étaient que cendres, scories et bâtiments en ruine. Quelques arbres dont il ne subsistait que le tronc. Et au-dessus de lui, les éternels nuages de poussière grise, roulant leurs volutes entre Terra et le Soleil.

Le commandant Hendricks se mit en route. Sur sa droite, un objet métallique et rond détala en cliquetant. Une Griffe qui poursuivait sa proie à toute vitesse. Sans doute un petit animal, quelque chose comme un rat. Elles dépeçaient aussi les rats. Une variante de leur vocation première.

Parvenu au sommet de la colline, il porta ses jumelles à ses yeux. Les lignes russes étaient à quelques kilomètres devant lui. Là se trouvait le PC avancé d'où était venu le messager.

Un robot trapu pourvu de bras ondulants le dépassa en pointant sur lui des appendices inquisiteurs et disparut sous les décombres. Hendricks le suivit des yeux. Il n'en avait encore jamais vu de ce modèle-là. Il fallait s'attendre à rencontrer de plus en plus de robots de type nouveau et de taille variable ; les usines souterraines y pourvoyaient.

Hendricks éteignit sa cigarette et pressa le pas. Intéressant qu'on en soit venu à faire la guerre par robots interposés. Pourquoi s'y était-on mis ? Par nécessité. Au début, l'Union soviétique avait remporté d'écrasantes victoires, inévitable apanage du premier agresseur. La majeure partie de l'Amérique du Nord avait été rayée de la carte. La riposte n'avait naturellement pas tardé. Longtemps avant que la guerre éclate, le ciel fourmillait déjà de bombardiers à disques qui survolaient la planète depuis des années. Leurs disques s'étaient mis à pleuvoir sur toute la Russie quelques heures seulement après la destruction totale de Washington.

Qui n'en ressuscita pas pour autant.

Les gouvernements du Bloc américain allèrent s'installer sur la Base lunaire dès la première année ; il n'y avait pas d'autre solution. L'Europe n'était plus qu'un vaste champ de scories, de cendres et d'ossements où poussaient quelques herbes sombres. La quasi-totalité de l'Amérique du Nord était dévastée ; rien ne pouvait s'y planter, nul ne pouvait y vivre. Quelques millions d'hommes et de femmes se réfugièrent au Canada et en Amérique du Sud. Mais la deuxième année, les parachutistes soviétiques commencèrent à atterrir, d'abord en petit nombre, puis bientôt en masse. Ils étaient pourvus d'équipements antiradiations qui, pour la première fois, s'avéraient réellement efficaces. La capacité de production américaine — ou ce qu'il en restait — fut transférée à la Base lunaire en même temps que les gouvernements.

Il ne resta que les troupes, qui s'installèrent du mieux qu'elles purent. Quelques milliers d'hommes par-ci, une compagnie par-là. Personne ne connaissait exactement leurs positions ; elles campaient où elles pouvaient et se déplaçaient la nuit, elles se terraient dans les ruines, les égouts, les caves, avec les rats et les serpents. Manifestement, l'Union soviétique avait gagné la guerre. À l'exception d'une poignée de missiles tirés quotidiennement depuis la Lune, on n'avait pratiquement pas d'armes à leur opposer. Ils allaient et venaient à leur gré. La guerre était pour ainsi dire terminée. Il n'existait rien d'efficace pour lutter contre les Russes.

Alors les premières Griffes firent leur apparition ; et du jour au lendemain, le visage de la guerre changea.

Au début, les Griffes étaient maladroites. Lentes. Les Russkoffs les détruisaient au fur et à mesure qu'elles sortaient de leurs souterrains en rampant. Puis elles s'améliorèrent, elles acquirent vitesse et astuce. D'un bout à l'autre de la terre, on produisait des Griffes à tour de bras, dans des usines profondément enfouies dans le sol, derrière les lignes soviétiques, d'anciennes usines de missiles nucléaires à présent tombés dans l'oubli.

Les Griffes se firent donc plus rapides, mais aussi plus volumineuses. De nouveaux modèles apparurent, certains pourvus de palpeurs, d'autres qui pouvaient voler, ou sauter. Les meilleurs techniciens basés sur la Lune amélioraient constamment leurs plans et les rendaient toujours plus complexes, toujours plus adaptables. Elles prirent peu à peu un côté troublant. Elles donnaient beaucoup de fil à retordre aux Russes. Les plus petites apprirent à se cacher sous la cendre pour guetter leurs victimes.

Puis elles commencèrent à se glisser dans les bunkers russes quand on ouvrait les trappes pour aérer ou observer les environs. Une seule sphère, un seul tournoiement rapide de lames métalliques, cela suffisait. Et quand une d'entre elles réussissait à entrer, d'autres venaient derrière. Avec une arme comme celle-là, la guerre ne pouvait plus durer longtemps.

Peut-être était-elle même déjà finie.

Peut-être les Russes allaient-ils le lui apprendre. Le Polit-buro avait peut-être décidé de jeter l'éponge. Dommage que ça ait pris si longtemps. Six ans... C'était beaucoup pour une guerre de ce genre, avec les centaines de milliers de disques qui avaient automatiquement plu sur la Russie par mesure de représailles, les cristaux à bactéries, les missiles guidés soviétiques qui filaient dans les airs en sifflant, les chapelets de bombes, et maintenant les robots, les Griffes...

Mais les Griffes n'étaient pas comme les autres armes.

Concrètement, et de quelque point de vue qu'on se place, elles étaient *vivantes*, que les gouvernements le veuillent ou non. Ce n'étaient *pas* des machines, mais des créatures qui faisaient tournoyer leurs lames, rampaient et émergeaient d'un coup de la cendre pour se ruer sur les gens, leur grimper dessus et leur sauter à la gorge. Elles avaient été créées pour cela. C'était leur mission.

Et elles s'en acquittaient fidèlement. Surtout depuis quelque temps, grâce aux modèles récents. Maintenant, elles se réparaient toutes seules. Elles étaient autonomes. Les bracelets irradiants protégeaient les forces des Nations Unies ; mais si on perdait son bloqueur, on était une proie toute désignée pour les Griffes, sans distinction d'uniforme. Sous la surface, des usines automatisées les fabriquaient à la chaîne. Les humains s'en tenaient le plus loin possible. C'était trop dangereux ; personne ne voulait s'en approcher. Elles étaient livrées à elles-mêmes. Et semblaient s'en accommoder fort bien. Les nouveaux modèles étaient plus rapides, plus complexes. Plus efficaces…

Apparemment, elles avaient gagné la guerre.

Le commandant Hendricks alluma une autre cigarette. Le paysage le déprimait. Cendres et ruines. Il se serait presque cru l'unique survivant au monde. À droite s'élevaient les ruines d'une ville, quelques murs et monceaux de gravats. Il jeta son allumette et pressa le pas. Soudain il s'immobilisa, tendu, l'arme au poing. Il lui avait semblé un instant que…

Une silhouette sortait de derrière un bâtiment en ruine dont il ne restait que les quatre murs et venait lentement vers lui d'une démarche hésitante.

Hendricks battit des paupières. « Halte ! »

C'était un jeune garçon ; il s'arrêta. Hendricks baissa son arme. L'enfant le regarda sans rien dire. Il était petit, et pas bien vieux. Huit ans peut-être. Difficile à dire. La majorité des gosses qui avaient survécu étaient sous-développés. Il portait un pull-over bleu, crasseux et déchiré, et des culottes courtes. Ses cheveux étaient longs et tout emmêlés. Châtains. Ils lui tombaient sur la figure et derrière les oreilles. Il serrait quelque chose dans ses bras.

« Qu'est-ce que tu as là ? » dit sèchement Hendricks. Le garçonnet lui tendit l'objet. C'était un jouet. Un ours en peluche. Le garçon fixait sur lui de grands yeux inexpressifs. Hendricks se détendit. « Je n'en veux pas. Garde-le. »

Le garçon serra à nouveau l'ours sur son cœur. « Où habites-tu ? reprit Hendricks.

— Là-dedans.

— Dans les ruines ?

— Oui.

— Sous terre ?

— Oui.

— Combien êtes-vous ?

— Euh… combien ?

— Oui, combien êtes-vous ? Combien y a-t-il de gens dans votre campement ? » Pas de réponse. Hendricks fronça les sourcils. « Ne me dis pas que tu es tout seul ? » Le garçon fit un signe affirmatif. « Comment fais-tu pour rester en vie ?

— Il y a de quoi manger.

— Quel genre ?

— Pas pareil. »

Hendricks le regarda attentivement. « Quel âge as-tu ?

— Treize ans. »

Ce n'était pas possible ! Mais après tout… Le garçon était maigre, rabougri. Et sans doute stérile. Des années d'exposition aux radiations. Pas étonnant qu'il fût si petit. Fins et noueux, ses membres ressemblaient à des cure-pipes. Hendricks lui effleura le bras. La peau était sèche et rugueuse ; victime des radiations elle aussi. Il se pencha et dévisagea le garçonnet. Aucune expression. De grands yeux sombres.

« Es-tu aveugle ? dit Hendricks.

— Non. J'y vois un peu.

— Comment échappes-tu aux Griffes ?

— Les Griffes ?

— Les choses rondes qui courent et qui s'enterrent.

— Je comprends pas. »

Peut-être n'y en avait-il pas dans les environs. Pas mal d'endroits restaient déserts. Les sphères se rassemblaient surtout autour des bunkers, là où il y avait des gens. Les Griffes avaient été conçues pour détecter la chaleur. La chaleur des êtres vivants.

« Tu as de la chance. » Hendricks se redressa. « Bon. De quel côté vas-tu ? Tu retournes... là-bas ?

— Je peux venir avec vous ?

— Avec *moi* ? » Hendricks croisa les bras. « C'est que j'ai beaucoup de chemin à faire. Des kilomètres et des kilomètres. Et il faut que je me dépêche. » Il regarda sa montre. « Je dois y être avant la nuit.

— Je veux venir. »

Hendricks fouilla dans son paquetage. « Pas la peine. Tiens. » Il laissa tomber par terre les boîtes de conserve qu'il avait emportées. « Prends ça et retourne d'où tu viens. D'accord ? » Le garçon ne répondit pas. « Je repasserai par ici dans un ou deux jours. Si tu es dans le coin, tu pourras venir avec moi. Ça te va ?

— Je veux venir avec vous maintenant.

— Il y a une longue marche à faire.

— Ça ne me fait pas peur. »

Hendricks s'agita nerveusement. Deux silhouettes côte à côte, voilà qui formait une cible par trop visible. Sans compter que le gamin allait le ralentir. Mais s'il ne revenait pas par ici... Et si le gosse était vraiment tout seul...

« Bon. Viens. » Le petit se rangea à ses côtés et Hendricks partit à grands pas. L'enfant marchait en silence, serrant son ours contre lui. « Comment t'appelles-tu ? lui demanda-t-il après un temps.

— David Edward Derring.

— David ? Et... qu'est-il arrivé à tes parents ?

— Ils sont morts.
— Comment ?
— Dans la grande explosion.
— Il y a combien de temps ?
— Six ans. »

Hendricks ralentit l'allure. « Tu es seul depuis six ans ?

— Non. Au début, il y avait des gens. Et puis ils sont partis.

— Et depuis, tu es seul ?
— Oui. »

Hendricks lui lança un regard en coin. Il était étrange et parlait très peu. Complètement refermé sur lui-même. Mais ils étaient ainsi, les enfants qui avaient survécu. Calmes. Stoïques. Étrangement fatalistes. Rien ne les surprenait. Ils acceptaient tout ce qui leur arrivait. Il n'existait plus pour eux de cours *normal*, naturel des choses, que ce soit sur le plan moral ou physique. Les usages, les habitudes, toutes les forces déterminantes de l'apprentissage avaient disparu. Il ne restait que l'expérience brute.

« Je marche trop vite ? dit Hendricks.
— Non.
— Comment se fait-il que tu m'aies vu ?
— J'attendais.
— Comment cela ? » Hendricks était intrigué. « Tu attendais quoi ?
— D'attraper des choses.
— Quelles choses ?
— Des choses à manger.
— Ah, je vois ! »

Hendricks serra les lèvres. Un garçon de treize ans vivant de mulots, de rats, et de conserves à demi gâtées dans un trou sous les ruines d'une ville. Entre les zones radioactives et les Griffes, sous un ciel grouillant de mines plongeantes russes.

« Où on va ? demanda David.

— Jusqu'aux lignes russes.

— Russes ?

— Oui, l'ennemi. Les gens qui ont déclenché la guerre et lancé les premières bombes à radiations. Ceux qui ont provoqué tout ça. » Le garçon hocha la tête. Son visage était toujours aussi inexpressif. « Moi, je suis américain », dit Hendricks.

Aucun commentaire. Ils continuèrent d'avancer, David traînant un peu en arrière et serrant son ours sale contre son cœur.

Vers quatre heures de l'après-midi, ils s'arrêtèrent pour manger. Hendricks alluma un feu dans un creux entre deux dalles de béton qu'il débarrassa de ses herbes folles avant d'y entasser du petit bois. Les lignes russes n'étaient plus très loin. Ils se trouvaient au fond d'une longue vallée jadis remplie de vignes et d'arbres fruitiers dont il ne restait que quelques souches désolées sur fond de montagnes barrant l'horizon lointain. Et toujours les mêmes nuages de cendre roulant çà et là, au gré du vent, recouvrant les herbes sauvages, les ruines, les murs à demi écroulés, les traces d'anciennes routes.

Hendricks fit du café, réchauffa du mouton bouilli et ajouta du pain. « Tiens », fit-il en tendant le tout à David, accroupi à côté du feu, exposant ses genoux blancs et osseux.

L'enfant examina la nourriture et la lui rendit avec un signe de tête négatif. « Non.

— Non ? Tu n'en veux pas ?

— Non. »

Hendricks haussa les épaules. Le garçon était peut-être un mutant, habitué à une nourriture particulière. C'était sans importance. Quand il aurait faim, il se trouverait à manger. Ce petit était bizarre. Mais il se produisait bien des choses bizarres de par le monde. La vie avait changé. Elle ne serait plus jamais la même. L'espèce humaine allait bientôt devoir l'admettre.

« Comme tu voudras », fit Hendricks.

Lentement, il mangea seul sa viande et son pain, qu'il fit descendre avec du café. Il avait du mal à avaler. Quand il eut terminé, il se leva et piétina le feu pour l'éteindre.

David se leva lentement, en fixant sur lui ses yeux de vieil enfant.

« On y va, dit Hendricks.

— D'accord. »

Hendricks avançait, fusil calé au creux de son bras. Ils approchaient ; il était tendu, sur le qui-vive. Les Russes devaient guetter un émissaire, en réponse à leur propre envoyé, mais on ne pouvait pas se fier à eux. Une bavure était toujours possible. Il scruta le paysage autour de lui. Scories, cendre, quelques collines, des arbres calcinés, des murs en béton. Mais à quelque distance se trouvait le bunker abritant le premier poste avancé des Russes. Profondément enterré ; seul devait dépasser un périscope, quelques bouches de canon. Une antenne, peut-être.

« On y est bientôt ? demanda David.

— Oui. Tu commences à être fatigué ?

— Non.

— Pourquoi demandes-tu, alors ? »

David ne répondit pas. Il marchait avec précaution derrière Hendricks, attentif à ne pas poser les pieds n'importe où. Ses jambes et ses souliers étaient gris de poussière. Son petit visage blême était sillonné de coulées de cendre. Pas trace de couleur sur ce visage-là. Typique des nouveaux enfants qui grandissaient dans les caves, les égouts, les abris souterrains.

Hendricks ralentit l'allure et observa à la jumelle le terrain devant lui. Les Russes étaient-ils quelque part par là à l'attendre ? À l'observer comme ses propres hommes avaient observé l'émissaire russe ? Un frisson lui parcourut le dos. Peut-être s'apprêtaient-ils en ce moment même à faire feu sur lui, comme ses hommes obéissant à ses ordres.

Il s'immobilisa et s'épongea le visage. « Bon sang ! » Tout cela le mettait mal à l'aise. La situation était pourtant différente : normalement, il était attendu.

Il foula la cendre à grandes enjambées, le fusil bien en main, David sur les talons. Les lèvres serrées, Hendricks scruta les environs. Cela pouvait arriver à tout instant. Un éclair de lumière blanche, une explosion, une décharge dirigée avec précision depuis les entrailles d'un bunker en béton profondément enfoui.

Il leva un bras et se mit à faire de grands gestes.

Rien ne bougea. Sur la droite courait une longue crête surmontée de troncs morts autour desquels s'enroulaient des plantes grimpantes sauvages ; sans doute un ancien verger. Et les éternelles herbes sombres. Hendricks observa la crête. Y avait-il quelque chose là-haut ? C'était le poste d'observation idéal. Il s'approcha prudemment. David suivait en silence. En temps normal il aurait placé une sentinelle là-haut, pour le cas où des troupes ennemies essayeraient de s'infiltrer dans la zone qu'il contrôlait. Mais bien sûr, en temps normal le périmètre aurait été parfaitement protégé par les Griffes…

Il s'arrêta, les jambes écartées, les poings sur les hanches.

« On y est ? s'enquit David.

— Presque.

— Pourquoi on s'arrête ?

— Je ne veux pas prendre de risques. »

Hendricks avança lentement. Il longeait maintenant la crête qui le surplombait sur sa droite. Son malaise s'accrut. S'il y avait un Russkoff là-haut, il n'aurait aucune chance de lui échapper. Il agita à nouveau le bras. Ils devaient attendre un homme en uniforme des Nations Unies apportant la réponse à leur capsule-message. À moins que tout cela ne fût qu'un piège.

« Reste à ma hauteur, dit-il en se tournant vers David. Ne traîne pas en arrière.

— À votre hauteur ?

— À côté de moi. Nous sommes tout près. Il ne faut pas prendre de risques. Viens.

— Ça ira. »

David resta à quelques pas derrière lui, serrant toujours son ours.

« Comme tu voudras. »

Hendricks leva ses jumelles, brusquement alarmé. Il avait cru une seconde que quelque chose avait bougé. Il scruta la crête. Tout était silencieux. Mort. Rien de vivant là-haut. Rien que des troncs d'arbres et des cendres. Quelques rats, peut-être. De ces gros rats noirs qui avaient survécu aux Griffes. Des mutants qui construisaient leurs propres abris en amalgamant cendre et salive pour fabriquer une sorte de plâtre. Adaptés. Il se remit en marche.

Une haute silhouette surgit sur la crête au-dessus de lui ; les pans de son manteau claquaient au vent.

Un manteau gris-vert. Un Russe. Derrière lui apparut un autre soldat, russe lui aussi. Tous deux le mirent en joue.

Hendricks se figea et ouvrit la bouche. Les soldats s'étaient agenouillés, visant soigneusement le long de la pente. Une troisième silhouette les avait rejoints sur la crête, plus petite, également vêtue de gris-vert. Une femme. Elle vint se tenir derrière les autres.

Hendricks retrouva la voix. « Ne tirez pas ! » Il fit des gestes frénétiques. « Je suis… »

Les deux Russes firent feu. Derrière Hendricks retentit une faible détonation. Des vagues de feu déferlèrent et le jetèrent au sol. La cendre le gifla, s'infiltra douloureusement dans ses yeux et ses narines. À demi asphyxié, il se redressa à genoux. C'était bien un piège. Il était fichu. Il avait fait tout ce chemin pour se faire tuer comme un bœuf à l'abattoir. Les soldats et la femme descendaient vers lui en glissant sur la couche de cendre molle. Hendricks était tout engourdi. Ses tempes battaient. Gauche, il leva son fusil et visa. Il pesait une tonne, il pouvait à peine le tenir. Son nez et ses joues le piquaient. Une odeur âcre provoquée par l'explosion planait dans l'air.

« Ne tirez pas », dit le premier Russe dans un anglais teinté d'un fort accent.

Tous trois vinrent l'entourer. « Jette ton arme, Ricain », dit l'autre.

Hendricks était hébété. Tout s'était passé si vite ! Il s'était fait piéger. Et ils avaient tué David. Il tourna la tête. David n'existait plus. Ce qu'il restait de lui était éparpillé çà et là.

Les trois Russes l'observaient avec curiosité. Hendricks s'assit, essuya la cendre et le sang qui coulait de son nez. Puis il secoua la tête pour tenter de reprendre ses esprits. « Pourquoi lui avez-vous fait ça ? murmura-t-il d'une voix pâteuse. À ce petit.

— Pourquoi ? » Un des soldats le hissa sans ménagement sur ses pieds. « Regardez ! »

Hendricks ferma les yeux.

« Allez ! » Les deux Russes le tirèrent en avant. « Vite ! On n'a pas de temps à perdre, Ricain ! »

Hendricks regarda. Et s'étrangla de stupeur.

« Vous voyez ? Vous comprenez, maintenant ? »

Des restes de David s'échappa une petite roue dentée. Des contacteurs, des bouts de métal brillant. Des vis, des circuits. Un des Russes donna un coup de pied dans le tas. Des pièces détachées en jaillirent ; rouages, ressorts et tiges roulèrent sur le sol. Un section en plastique à demi calcinée s'effondra. Tout tremblant, Hendricks se pencha. La partie frontale de la tête manquait. Il distinguait le cerveau complexe, avec ses fils et ses relais, ses tubes miniaturisés, ses interrupteurs, ses milliers de minuscules ergots…

« Un robot, dit le soldat qui le tenait par le bras. Nous le regardions vous coller aux talons.

— Comment cela ?

— C'est leur méthode. Ils vous filent jusque dans les bunkers. C'est comme ça qu'ils s'introduisent. »

Assommé, Hendricks cligna des yeux. « Mais…

— Venez. » Ils l'entraînèrent vers la crête. « On ne peut pas rester là. C'est trop dangereux. Il doit y en avoir des centaines dans les parages. »

Patinant, dérapant sur la cendre, les trois Russes lui firent gravir la pente. La femme atteignit le sommet et les attendit.

« Le PC avancé, murmura Hendricks. Je suis venu négocier avec le commandement soviétique…

— Il n'y a plus de PC avancé. *Ils* sont entrés. On vous expliquera. » Ils étaient au sommet de la crête. « On est les seuls survivants. Nous trois. Les autres étaient dans le bunker.

— Par ici. Descendez. » La femme dévissa la trappe d'un puits d'accès creusé dans le sol. « Entrez. »

Hendricks s'exécuta. Les trois autres empruntèrent l'échelle à sa suite et la femme verrouilla soigneusement la trappe derrière eux.

« Heureusement qu'on vous a vu, grogna un des soldats. *Il* n'allait pas vous suivre encore longtemps.

— Donnez-moi une de vos cigarettes, dit la femme. Ça fait des semaines que je n'ai pas fumé d'américaine. »

Hendricks poussa le paquet vers elle. Elle en prit une et le passa aux deux autres. Dans un angle de la petite pièce une lampe brillait par intermittence. Le plafond était bas, l'espace restreint. Tous quatre étaient assis autour d'une petite table en bois. Quelques assiettes sales étaient empilées dans un coin. Derrière un rideau en lambeaux une deuxième pièce était en partie visible. Hendricks voyait un bout de couchette, quelques couvertures, des vêtements pendus à un crochet.

« Nous étions ici, dit son voisin en enlevant son casque et en rejetant en arrière ses cheveux blonds. Caporal Rudi Maxer. Polonais. Enrôlé de force dans l'armée soviétique il y a deux ans. »

Il lui tendit la main. Après une hésitation, Hendricks la serra. « Commandant Joseph Hendricks.

— Klaus Epstein. » L'autre soldat lui serra la main à son tour, un homme de petite taille, mince, brun, qui perdait ses cheveux. Epstein tirailla nerveusement sur le lobe de son oreille. « Autrichien. Enrôlé de force Dieu sait quand. Je ne me souviens plus. Nous étions ici, Rudi et moi, avec Tasso. » Il désigna la femme. « C'est comme ça qu'on en a réchappé. Tous les autres étaient dans le bunker.

— Et… et *ils* sont entrés ? »

Epstein alluma une cigarette. « Un seul pour commencer. Le même modèle que celui qui vous filait. Ensuite, il a ouvert aux autres. »

Hendricks se raidit. « Le même *modèle* ? Il y a plus d'un modèle ?

— Le petit garçon, David, David tenant son ours en peluche. C'est le Modèle Trois. Le plus efficace.

— Comment sont les autres ? »

Epstein fouilla dans sa poche et jeta sur la table un paquet de photos attachées par une ficelle. « Tenez. Voyez vous-même. »

Hendricks défit la ficelle.

« Vous comprenez, dit Rudi Maxer, c'est pour ça que nous voulions négocier l'armistice. Les Russes, je veux dire. Nous avons tout découvert il y a une semaine. Que vos Griffes fabriquaient de nouveaux modèles de leur propre chef. De nouvelles variétés. Plus perfectionnées. Dans vos usines souterraines, derrière nos lignes. Vous leur avez permis de s'auto-créer et de s'auto-entretenir, vous les avez conçues de plus en plus complexes. Tout ça est arrivé par votre faute. »

Hendricks examina les photos. Des instantanés pris à la hâte, flous et imprécis. Les premières photos montraient… David. David, marchant seul sur une route. David avec un autre David. Puis trois David. Parfaitement identiques. Chacun avec son vieil ours en peluche.

Tous aussi pathétiques.

« Regardez les autres », dit Tasso.

Les suivantes, prises d'assez loin, montraient un soldat blessé de grande taille assis au bord d'un chemin, le bras en écharpe, un moignon étendu devant lui et une béquille improvisée en travers des genoux. Puis, debout côte à côte, venaient deux soldats blessés identiques.

« Voici le Modèle Un : le Soldat Blessé. » Klaus reprit les photos. « Voyez-vous, les Griffes étaient conçues pour s'en prendre aux humains, pour les traquer. Chaque nouvelle variété s'avérait plus efficace que la précédente. Elles s'aventuraient de plus en plus loin, c'est-à-dire de plus en près de nous ; elles réussissaient à passer outre nos défenses, à s'infiltrer derrière nos lignes. Mais tant qu'elles restaient des *machines*, des sphères métalliques à griffes, lames et palpeurs, on pouvait leur tirer dessus comme sur n'importe quoi d'autre. Elles étaient instantanément identifiées comme robots-tueurs. Dès qu'on les apercevait…

— Le Modèle Un a investi toute notre aile nord, poursuivit Rudi. Nous avons mis longtemps à nous en rendre compte. Trop longtemps. Ces soldats blessés ne cessaient d'arriver, frappant à la porte en suppliant qu'on les laisse entrer. Alors nous avons cédé. Aussitôt entrés, ils ont eu le dessus. C'étaient des *machines* que nous attendions, nous…

— À ce moment-là, on pensait qu'il n'existait qu'un seul modèle, ajouta Klaus Epstein. Personne ne se doutait qu'il pouvait y en avoir d'autres. On nous avait transmis des photos. Quand on vous a envoyé cet émissaire, nous n'en connaissions qu'une seule variété. Le Soldat Blessé. Nous croyions que ça s'arrêtait là.

— Vous êtes tombés sous les assauts de…

— Du Modèle Trois. David et son ours. Ç'a été encore plus facile. » Klaus eut un sourire amer. « Les soldats se laissent attendrir par les enfants. On les a fait entrer, on a essayé de les nourrir. Cela nous a coûté très cher quand nous avons compris leur véritable but. Je parle de ceux qui étaient dans le bunker.

— Nous trois, nous avons eu de la chance, compléta Rudi. Klaus et moi, on… on rendait visite à Tasso quand c'est arrivé. C'est chez elle, ici. » Un geste circulaire. « Dans cette petite cave. Après, on a voulu ressortir en grimpant à l'échelle. Du haut de la crête, on a vu qu'ils cernaient complètement le bunker. La bataille faisait rage. David et son ours. À des centaines d'exemplaires. C'est Klaus qui a pris les photos. »

L'intéressé entreprit de ranger les clichés.

« Et la même chose se passe tout le long de vos lignes ? demanda Hendricks.

— Oui.

— Qu'est-ce qui se passe sur nos lignes à nous ? » Il effleura machinalement son bloqueur. « Peuvent-ils…

— Vos bracelets irradiants ne les affectent pas le moins du monde. Ça leur est complètement égal. Russes, Américains, Polonais, Allemands… Pour eux c'est la même chose. Ils sont programmés pour une seule chose, et ils ne savent que mettre en pratique l'idée qui a présidé à leur conception. Ils traquent la vie partout où ils la trouvent.

— Ils se repèrent sur les émissions de chaleur, précisa Klaus. C'est ainsi que vous les avez conçus dès le début. Bien sûr, les Griffes d'origine étaient maintenues en respect par vos bracelets irradiants.

Mais maintenant, elles ont appris à contourner l'obstacle. Les nouveaux modèles sont plombés.

— À quoi ressemble le troisième modèle ? demanda Hendricks. Il y a le David, le Soldat Blessé… et puis quoi ?

— Nous l'ignorons. »

Klaus désigna le mur. Deux plaques en métal aux bords dentelés y étaient accrochées. Hendricks se leva pour aller les examiner de plus près. Elles étaient toutes tordues et bosselées.

« Celle de gauche s'est détachée d'un Soldat Blessé, l'informa Rudi. On en a eu un. La chose se dirigeait vers notre ancien bunker. On l'a eu depuis la crête, comme on a eu le David qui vous filait le train. »

Sur la plaque était gravée la mention M-I. Hendricks effleura l'autre. « Et celle-ci appartenait à un David ?

— C'est cela. »

La plaque portait la marque M-III. Klaus se pencha par-dessus les épaules carrées de Hendricks pour regarder à son tour les deux plaques. « Voilà à quoi nous sommes confrontés. Il existe un autre modèle. Peut-être a-t-il été abandonné. Peut-être n'a-t-il pas fonctionné correctement. Mais il doit bien y avoir quelque part un deuxième modèle, puisqu'on a déjà le Un et le Trois.

— Vous avez eu de la chance, reprit Rudi, que David vous ait suivi jusqu'ici sans rien vous faire. Il pensait sans doute que vous le feriez entrer dans un bunker quelconque.

— Il suffit qu'un de ces David entre et tout est fini, renchérit Klaus. Ils réagissent très vite. Le premier fait entrer tous les autres. Et ils sont inflexibles. Des machines avec une seule idée en tête, un seul but programmé. » Il essuya la sueur qui perlait sur sa lèvre supérieure. « Nous avons pu le constater. »

Tous se turent. Puis Tasso dit : « Une autre cigarette, Ricain. Elles sont bonnes. J'en avais presque oublié le goût. »

Il faisait nuit. Le ciel était noir. Les épais nuages de cendre ne laissaient voir aucune étoile. Klaus souleva prudemment la trappe pour que Hendricks puisse jeter un coup d'œil au-dehors.

Rudi pointa un doigt dans l'obscurité. « Nos bunkers sont par là. C'est là que nous étions. À six cents mètres d'ici environ. C'est par hasard que Klaus et moi étions ailleurs quand c'est arrivé. Une petite faiblesse. Sauvés par le stupre !

— Tous les autres doivent être morts, dit Klaus à voix basse. C'est arrivé si vite. Ce matin, le Politburo a pris sa décision. C'est nous qu'ils ont avisés, le PC avancé. Notre messager est parti tout de suite. Nous l'avons vu se diriger vers vos lignes et couvert jusqu'à le perdre de vue.

« Alex Radrivsky. On le connaissait tous les deux. Il a disparu vers six heures. Le soleil venait de se lever. Vers midi, Klaus et moi on a eu une heure de libre. On est sortis du bunker sans se faire voir, et on est venus ici. C'était une bourgade avant, avec quelques maisons, une rue. Cette cave faisait partie d'une grande ferme. On savait que Tasso serait là, cachée dans son petit gourbi. On était déjà venus. D'autres copains des bunkers y venaient aussi. Aujourd'hui, il se trouve que c'était notre tour.

— Et c'est ainsi que nous avons été épargnés, poursuivit Klaus. Le hasard… Il se trouve que c'est tombé sur nous. Quand on… quand on a eu fini, on est remontés à la surface et on s'est engagés sur la crête. C'est là qu'on les a vus — les David. On a compris tout de suite. On avait vu les photos du Modèle Un, le Soldat Blessé. Le Commissaire les avait distribuées en expliquant ce que c'était. Un pas de plus et ils nous auraient vus. D'ailleurs, on a dû faire sauter deux David avant de revenir sur nos pas. Ils fourmillaient par centaines, tout autour de nous. On a pris des photos et on est revenus se terrer ici en bouclant la trappe à double tour.

— Pris isolément, ils sont moins efficaces. On a réagi plus vite qu'eux. Mais ils sont impitoyables. Pas comme les êtres vivants. Ils sont venus droit sur nous. Et on les a pulvérisés. »

Le commandant Hendricks s'appuya contre le bord de la trappe le temps que ses yeux s'accoutument à l'obscurité. « Est-il bien prudent de soulever le couvercle, même pour jeter un bref coup d'œil ?

— Si on fait attention, oui. Et puis, il le faut bien si vous voulez vous servir de votre émetteur. »

Hendricks éleva lentement son émetteur de ceinture jusqu'à son oreille. Le métal était froid et humide. Il souffla sur le micro et étira sa courte antenne. Il entendit un léger bourdonnement. « Vous avez sans doute raison. »

Mais il hésitait encore.

« S'il se passe quelque chose on vous tirera à l'intérieur, dit Klaus.

— Merci. » Hendricks attendit un instant, l'émetteur pressé contre son épaule. « C'est tout de même intéressant, vous ne trouvez pas ?

— Quoi donc ?

— Ces nouvelles variétés. Les nouveaux modèles de Griffes. Nous sommes entièrement à leur merci, n'est-ce pas ? À l'heure qu'il est, elles ont sans doute infiltré aussi les lignes des Nations Unies. Je me demande si nous n'assistons pas à la naissance d'une nouvelle race. De *la* nouvelle race. L'évolution en marche, l'espèce qui succédera à l'homme. »

Rudi grogna. « Aucune espèce ne succédera à l'homme.

— Ah non ? Et pourquoi pas ? Peut-être assistons-nous en ce moment même à son émergence, à la disparition de l'humanité, à l'avènement de la société nouvelle.

« Les Griffes ne forment pas une véritable espèce. Ce sont des machines à tuer. Vous les avez créées pour cela, et c'est tout ce qu'elles savent faire. Ce ne sont que des machines investies d'une mission unique.

— Pour le moment, certes. Mais à l'avenir ? Quand la guerre sera terminée ? Peut-être leurs véritables potentialités émergeront-elles lorsqu'il n'y aura plus d'humains à tuer.

— Vous parlez comme si ces choses étaient vivantes !

— Ne le sont-elles pas ? »

Un silence.

« Ce sont des machines, reprit Rudi. Elles ressemblent à des gens, d'accord, mais ce sont des *machines*.

— Servez-vous de votre émetteur, mon commandant, conclut Klaus. On peut pas rester éternellement ici. »

La main crispée sur l'appareil, Hendricks composa l'indicatif codé de son PC. Il attendit, l'oreille aux aguets. Pas de réponse. Rien que le silence. Il vérifia soigneusement les circuits. Tout était en place. « Scott ! lança-t-il dans le micro. Vous m'entendez ? » Rien. Il poussa la puissance au maximum et essaya encore une fois. Rien que des parasites. « Je n'obtiens rien. Il se peut qu'ils m'entendent sans vouloir répondre.

— Dites-leur que c'est une urgence.

— Ils penseront que vous me forcez à les appeler. »

Il rappela et résuma brièvement ce qu'il venait d'apprendre. Mais l'appareil n'émit en retour que de faibles parasites.

« Les zones fortement radioactives bloquent la plupart des transmissions, finit par dire Klaus. C'est peut-être pour ça que ça ne marche pas. »

Hendricks étcignit l'émetteur. « C'est inutile. Ils ne répondent pas. Peut-être est-ce la faute des zones radioactives, comme vous dites. Ou bien ils m'entendent et ne veulent pas répondre. Franchement, c'est ce que je ferais moi-même si un messager tentait de m'appeler depuis l'intérieur des lignes soviétiques. Ils n'ont aucune raison d'ajouter foi à cette histoire. Ils ont peut-être entendu tout ce que j'ai dit sans…

— Ou bien c'est qu'il est trop tard. »

Hendricks opina.

« Mieux vaut reverrouiller la trappe maintenant, dit Rudi avec inquiétude. Pas la peine de courir des risques inutiles. »

Ils redescendirent dans le tunnel. Klaus verrouilla soigneusement le couvercle et ils regagnèrent la cuisine, où l'atmosphère était lourde, étouffante même.

« Est-il possible qu'ils aient fait aussi vite ? dit Hendricks. J'ai quitté mon bunker à midi. Il y a juste dix heures de cela. Comment ont-ils pu progresser aussi vite ?

— Ça ne leur prend pas longtemps. Une fois que le premier est dedans. Il se déchaîne instantanément. Vous savez de quoi sont capables les petites Griffes.

Un *seul* de ces modèles accomplit des exploits qui dépassent l'imagination. Leurs doigts sont affilés comme des lames de rasoir. Ils sont enragés !

— D'accord, d'accord. »

Hendricks s'écarta impatiemment et leur tourna le dos.

« Qu'est-ce que vous avez ? dit Rudi.

— La Base lunaire ! Bon Dieu, s'ils sont arrivés jusqu'à la Base…

— La quoi ? »

Hendricks se retourna. « Ils n'ont tout de même pas encore atteint la Base lunaire ! Comment auraient-ils fait ? Ce n'est pas possible. Je ne peux pas y croire.

« Qu'est-ce que c'est que cette histoire ? Nous avons bien entendu des rumeurs, mais rien de très précis. Quelle est la véritable situation ? Vous semblez inquiet.

— Nous sommes approvisionnés à partir de la Lune. C'est là que se trouvent les gouvernements, sous la surface lunaire. Le peuple, les industries… Tout ce qui nous permet de poursuivre la guerre. Si les machines trouvent le moyen de quitter Terra pour la Lune…

— Il suffit d'une seule. Une fois dans la place, elle fait entrer les autres. Des centaines d'individus identiques. Si vous aviez vu ça ! Tous les mêmes. De vraies fourmis.

— Le socialisme parfait, dit Tasso. L'État communiste idéal. Tous les citoyens interchangeables. »

Klaus poussa un grognement rageur. « Ça suffit ! Bon, alors qu'est-ce qu'on fait maintenant ? »

Hendricks faisait les cent pas dans la petite pièce emplie d'odeurs de cuisine et de transpiration. Les autres le regardaient sans rien dire. Au bout d'un moment, Tasso écarta le rideau et passa dans la pièce voisine. « Je vais dormir un peu. »

Le rideau se referma derrière elle. Rudi et Klaus s'assirent à la table sans quitter Hendricks des yeux.

« C'est à vous de voir, dit Klaus. On ne connaît pas votre situation. »

Hendricks hocha la tête.

« C'est problématique, renchérit Rudi en versant dans sa tasse le contenu d'une cafetière rouillée. Ici, on est en sécurité quelque temps, mais on ne pourra pas rester éternellement. On va vite manquer de tout.

— Mais si on sort…

— … ils nous tomberont dessus. C'est le plus probable. On n'irait pas très loin. À quelle distance se trouve votre bunker, mon commandant ?

— Cinq à six kilomètres.

— C'est faisable. À quatre, on peut surveiller les quatre points cardinaux. Ils ne pourront pas nous surprendre par derrière et tenter de nous filer le train. On a trois fusils. Et Tasso peut prendre mon pistolet. » Rudi tapota sa ceinture. « Dans l'armée soviétique, on n'avait pas toujours de chaussures, mais les armes, ça ne manquait jamais. Si on y va tous les quatre, et armés, l'un d'entre nous peut peut-être arriver jusqu'à votre bunker. De préférence vous, mon commandant.

— Et s'ils y sont déjà ? » intervint Klaus.

Rudi haussa les épaules. « Dans ce cas, on reviendra ici. »

Hendricks cessa d'arpenter la pièce. « D'après vous, quel est le risque qu'ils aient déjà atteint les lignes américaines ?

— Difficile à dire. Un assez grand risque. Les

machines sont bien organisées. Elles savent parfaitement ce qu'elles font. Une fois lancées, elles avancent comme un nuage de sauterelles. Elles doivent demeurer constamment en mouvement, et savoir réagir vite. La promptitude et l'effet de surprise, c'est là-dessus qu'elles comptent. Elles débarquent avant qu'on ait eu le temps de comprendre ce qui se passe.

— Je vois», murmura Hendricks.

Dans l'autre pièce, Tasso remua. «Commandant ?»

Hendricks écarta le rideau. «Oui ?»

Étendue sur sa couchette, Tasso leva sur lui un regard paresseux. «Il vous reste des cigarettes américaines ?»

Hendricks entra dans la pièce, alla s'asseoir en face d'elle sur un tabouret en bois et fouilla ses poches. «Non. Plus une seule.

— Dommage.

— De quelle nationalité êtes-vous ? demanda-t-il au bout d'un moment.

— Russe.

— Comment êtes-vous arrivée ici ?

— Ici ?

— C'était la France ici, avant. La Normandie. Vous êtes venue avec l'armée soviétique ?

— Pourquoi ?

— Simple curiosité.» Il la regarda attentivement. Elle avait jeté son manteau au pied de la couchette. Elle était jeune, vingt ans environ. Mince. Ses longs cheveux étaient répandus sur l'oreiller. Elle le fixait en silence. Ses yeux sombres étaient grands ouverts.

«Qu'est-ce qui vous tracasse ? dit Tasso.

— Rien. Quel âge avez-vous ?

— Dix-huit ans.»

Elle continuait de le regarder sans ciller, la tête calée sur ses avant-bras. Elle portait un pantalon et une chemise de l'armée soviétique. Gris-vert. Un épais ceinturon en cuir avec compteur et cartouches. Une trousse médicale.

« Vous êtes dans l'armée soviétique ?

— Non.

— Où avez-vous eu cet uniforme, alors ? »

Elle haussa les épaules. « On me l'a donné.

— Et… quel âge aviez-vous quand vous êtes arrivée ici ?

— Seize ans.

— Si jeune que ça ? »

Ses yeux se plissèrent. « Que voulez-vous dire ? »

Hendricks se frotta la mâchoire. « Votre vie aurait été bien différente s'il n'y avait pas eu la guerre. Seize ans… Dire que vous avez débarqué ici à seize ans pour connaître ça…

— Il fallait bien survivre.

— Je ne vous fais pas la morale.

— Votre vie aurait été différente aussi », murmura Tasso. Elle se pencha et défit une de ses bottes, qu'elle expédia par terre d'un coup de pied. « Commandant, vous voulez bien aller dans l'autre pièce ? J'ai sommeil.

— Quatre personnes ici, ça va poser des problèmes. On va avoir du mal à partager ces quartiers. Il n'y a que deux pièces ?

— Oui.

— Comment était la cave, à l'origine ? Plus grande que ça ? Y a-t-il d'autres pièces remplies de décombres ? Nous pourrions peut-être en ouvrir une.

— Peut-être. Je ne sais pas, je vous assure. » Tasso défit son ceinturon, s'installa plus confortablement et déboutonna sa chemise. « Vous êtes sûr que vous n'avez plus de cigarettes ?

— Je n'en avais qu'un seul paquet.

— Dommage. Si on arrive jusqu'à votre bunker, peut-être qu'on en trouvera d'autres. » Elle enleva sa seconde botte et tendit la main vers le cordon électrique. « Bonne nuit.

— Vous allez dormir ?

— Tout juste. »

La pièce sombra dans l'obscurité. Hendricks se releva, écarta le rideau et revint dans la cuisine. Là, il s'immobilisa, pétrifié.

Rudi était debout contre le mur, le visage blême et luisant de sueur. Sa bouche s'ouvrait et se refermait, mais aucun son n'en sortait. Klaus se tenait devant lui, le canon de son revolver enfoncé dans l'estomac de son compagnon. Ni l'un ni l'autre ne bougeaient. Klaus serrait convulsivement son revolver, le visage impassible. Pâle et silencieux, Rudi restait contre le mur, bras et jambes écartés.

« Qu'est-ce que… ? » murmura Hendricks.

Mais Klaus lui coupa la parole. « Pas un mot, mon commandant. Approchez un peu. Votre arme. Sortez votre arme. »

Hendricks dégaina. « Qu'est-ce que ça signifie ?

— Couvrez-le. » Klaus lui fit signe de venir le rejoindre. « À côté de moi. Vite ! »

Rudi remua légèrement afin d'abaisser ses bras tendus, et se tourna vers Hendricks en se passant la langue sur les lèvres. Le blanc de ses yeux brillait follement. La sueur perlait sur son front et dégoulinait sur ses joues. Il reporta son regard sur Hendricks. « Il est devenu fou, mon commandant ! Faites quelque chose ! dit-il d'une voix faible et rauque, presque inaudible.

— Que se passe-t-il donc ? » demanda impérieusement Hendricks.

Sans baisser son arme, Klaus répondit : « Vous vous souvenez de ce que nous disions, mon commandant, à propos de ces trois modèles ? Nous connaissions le Un et le Trois. Mais nous ignorions à quoi ressemblait le Deux. Du moins, à ce moment-là. Mais maintenant, nous le savons. » Il raffermit sa prise sur la crosse et pressa brusquement la détente. Une vague de chaleur jaillit de l'arme et enveloppa Rudi. « Commandant, je vous présente le Modèle Deux ! »

Tasso apparut derrière le rideau. « Klaus ! Qu'est-ce que tu as fait ? »

Klaus se détourna de la forme calcinée qui glissait lentement le long du mur, jusqu'au sol. « Voilà le Modèle Deux, Tasso. Les trois sont identifiés maintenant. Il y a moins de danger. Je... »

Tasso regardait derrière lui les restes de Rudi ainsi que les lambeaux noircis et fumants de ses vêtements.

« Tu as tué Rudi.

— Rudi ? La *machine*, tu veux dire. Je le surveillais. J'avais un pressentiment... mais je n'étais pas certain. Du moins jusqu'à ce soir. À présent je suis sûr. » Klaus frotta nerveusement la crosse de son arme. « Nous avons eu de la chance. Tu ne comprends donc pas ? Une heure de plus et cette chose allait...

— Tu en es sûr, hein ? » Tasso le bouscula et se pencha sur le cadavre carbonisé. Son expression se durcit. « Regardez par vous-même, commandant. Des os, de la chair ! »

Hendricks se pencha à ses côtés. Les restes étaient indubitablement humains. De la chair calcinée, des esquilles d'os réduits en cendres, un morceau de crâne… Des ligaments, des viscères, du sang. Une mare de sang contre le mur.

« Je ne vois pas de rouages, énonça calmement Tasso en se redressant. Ni rouages, ni vis, ni circuits. Ce n'était pas une Griffe. Ce n'était pas le Modèle Deux. » Elle croisa les bras. « Il va falloir que tu t'expliques. » Subitement blafard, Klaus s'assit à la table. Il enfouit son visage dans ses mains et se mit à se balancer d'avant en arrière.

« Ça suffit ! » Les doigts de Tasso se refermèrent sur son épaule. « Pourquoi tu as fait ça ? Pourquoi l'avoir tué ?

— Il a eu peur, dit Hendricks à sa place. À cause de toute cette histoire, tout ce qui nous menace.

— Peut-être, en effet.

— Quelle autre explication ?

— Et s'il avait eu une bonne raison pour tuer Rudi ? Une excellente raison ?

— Laquelle ?

— Rudi avait peut-être découvert quelque chose. »

Hendricks scruta son visage morose. « Découvert quoi ?

— Ce que Klaus était réellement. »

Klaus releva promptement la tête. « Vous ne voyez pas ce qu'elle essaie de vous dire ? Elle pense que c'est moi le Deuxième Modèle. Vous ne comprenez donc pas, mon commandant ? Elle veut vous faire croire que je l'ai tué exprès. Que je suis…

— Alors pourquoi est-ce que tu l'as tué ? dit Tasso.

— Je vous l'ai dit. » Klaus secoua la tête avec lassitude. « J'ai cru que c'était une Griffe. J'ai cru en avoir la certitude.

— Et pourquoi cela ?

— Je le tenais à l'œil. J'avais des soupçons.

— Pourquoi ?

— J'ai cru voir quelque chose. Entendre quelque chose. J'ai cru… » Il s'interrompit.

« Continue.

— On était assis à table. On jouait aux cartes. Vous deux, vous étiez dans l'autre pièce. Il n'y avait pas de bruit, et j'ai cru l'entendre… *bourdonner.* »

Un silence.

« Vous y croyez, vous ? demanda Tasso à Hendricks.

— Oui. Je crois ce qu'il dit.

— Pas moi. Je crois qu'il a tué Rudi pour une autre raison. » Tasso effleura le fusil posé dans un coin de la pièce. « Commandant…

— Non. » Hendricks secoua la tête. « Mettons immédiatement fin à cela. Un mort suffit. Nous avons autant peur que Klaus. Le tuer, ce serait agir exactement comme lui par rapport à Rudi. »

Klaus leva sur lui un regard reconnaissant. « Merci. J'ai eu peur. Vous comprenez, n'est-ce pas ? Maintenant c'est elle qui a peur, comme moi tout à l'heure. Et elle veut me tuer.

— Assez de tueries. » Hendricks se dirigea vers le pied de l'échelle. « Je vais monter pour essayer une dernière fois l'émetteur. Si je n'obtiens pas de réponse, nous partirons pour mes positions dès demain matin. »

Klaus se leva brusquement. « Je viens vous donner un coup de main. »

L'air nocturne était glacial. La terre refroidissait rapidement. Klaus inspira à pleins poumons. Hendricks et lui sortirent du tunnel. Les jambes écartées, le fusil levé, Klaus se mit aux aguets. Hendricks s'accroupit près de la trappe et alluma le petit émetteur.

« Alors ? demanda bientôt Klaus.

— Rien pour l'instant.

— Insistez. Dites-leur ce qui s'est passé. »

Hendricks persévéra, mais sans succès. Finalement, il replia l'antenne. « C'est inutile. Ils ne me reçoivent pas. Ou bien ils m'entendent et ne veulent pas répondre. Ou alors...

— Ou alors ils ne sont plus là.

— Dernière tentative. » Hendricks tira l'antenne. « Scott, vous me recevez ? À vous ! »

Rien que des parasites. Puis, très faiblement : « Ici Scott. »

Les doigts de Hendricks se crispèrent. « Scott ! C'est vous ?

— Ici Scott. »

Klaus s'accroupit. « C'est votre PC ?

— Scott, écoutez. — Vous avez compris, pour les Griffes ? Vous avez reçu mon message ? Vous m'avez entendu ?

— Oui. »

Un oui bien faible, presque inaudible, qu'il avait eu peine à distinguer. « Vous avez bien reçu mon message ? Tout va bien au bunker ? Aucun d'entre eux n'a pu entrer ?

— Tout va bien.

— Ont-ils essayé d'entrer ? »

La voix s'affaiblit encore. « Non. »

Hendricks se tourna vers Klaus. « Tout va bien là-bas.

— Ont-ils été attaqués ?

— Non. » Hendricks pressa plus fortement le récepteur contre son oreille. « Scott, je vous entends à peine. Avez-vous informé la Base lunaire ? Sont-ils au courant ? »

Pas de réponse. « Scott ! Vous me recevez ? »

Silence.

Hendricks se décontracta quelque peu et ses épaules s'affaissèrent. « Contact perdu. Sans doute les zones à haute radioactivité. »

Les deux hommes s'entre-regardèrent sans échanger un mot. Au bout d'un moment, Klaus dit : « Aurait-on dit la voix d'un de vos hommes ? Avez-vous pu l'identifier ?

— Elle était trop faible.

— Vous ne pourriez en jurer ?

— Non.

— Alors, ç'aurait pu être…

— Je ne sais pas. Maintenant, je ne suis plus sûr de rien. Redescendons et refermons bien la trappe. »

Ils reprirent l'échelle et retrouvèrent bientôt la cave tiède. Klaus reverrouilla le couvercle.

Tasso les attendait en bas, le visage inexpressif. « Alors ? » questionna-t-elle.

Ni l'un ni l'autre ne répondit.

« Bon, fit enfin Klaus. Qu'en dites-vous, mon commandant ? Était-ce votre officier, ou bien l'un d'entre *eux* ?

— Je ne sais pas.

— Alors on en revient au même point. »

Les dents serrées, Hendricks regardait par terre. « Il faut y aller. Il faut savoir.

— De toute façon, nous n'avons que quelques semaines de provisions. Après ça, nous serons obligés de sortir.

— Je suppose que oui.

— Qu'est-ce qui ne va pas ? demanda Tasso. Avez-vous réussi à contacter votre bunker ? Qu'est-ce qu'il y a ?

— C'était peut-être un de mes hommes, dit lentement Hendricks. À moins que… Mais ce n'est pas en restant ici que nous le saurons. » Il regarda sa montre. « Couchons-nous et dormons. Il faudra se lever tôt demain matin.

— Pourquoi ?

— C'est notre meilleure chance d'échapper aux Griffes », dit Hendricks.

La matinée était claire et froide. Le commandant Hendricks scruta le paysage au moyen de ses jumelles.

« Vous voyez quelque chose ? demanda Klaus.

— Non.

— Pouvez-vous distinguer nos bunkers ?

— De quel côté ?

— Donnez. » Klaus prit les jumelles et les régla. « Je sais où il faut chercher. »

Il regarda longtemps sans rien dire. Tasso arriva en haut de l'échelle et posa le pied par terre. « Il y a quelque chose ?

— Non. » Klaus rendit les jumelles à Hendricks. « On ne les voit pas. Venez. Ne restons pas ici. » Tous trois descendirent le versant de la crête en glissant dans la cendre meuble. Un lézard détala sur une pierre plate. Ils s'immobilisèrent aussitôt, tous les sens en éveil.

« Qu'est-ce que c'était ? murmura Klaus.

— Un lézard. »

L'animal poursuivit sa course dans la cendre, dont il avait exactement la couleur.

« L'adaptation parfaite, dit Klaus. Ça prouve que nous avions raison. Je veux parler de Lyssenko. »

Ils atteignirent le bas de la pente et, restant tout près les uns des autres, s'arrêtèrent pour regarder autour d'eux.

« Allons. » Hendricks se remit enfin en route. « Ça fait un bout de chemin, à pied. »

Klaus le rattrapa et Tasso leur emboîta le pas, revolver au poing.

« Mon commandant, il y a quelque chose que je voulais vous demander, fit Klaus. Comment avez-vous rencontré le David ? Celui qui vous filait ?

— En venant. Dans des ruines.

— Qu'est-ce qu'il a dit ?

— Pas grand-chose. Qu'il était seul.

— Vous n'avez pas senti que c'était une machine ? Il parlait comme un être vivant ? Vous ne vous êtes vraiment douté de rien ?

— Il a très peu parlé. je n'ai rien remarqué d'anormal.

— Curieux, des machines si semblables aux hommes qu'on peut s'y tromper. Presque vivantes. Je me demande où tout ça finira.

— Elles font ce pour quoi vous les avez créées, vous les Ricains, accusa Tasso. Vous les avez programmées pour traquer la vie et l'éliminer. La vie humaine. Partout où elles la trouvent. »

Hendricks observait Klaus avec attention. « Pourquoi toutes ces questions ? Qu'est-ce qui vous tracasse ?

— Rien », répondit Klaus.

Derrière eux, Tasso dit calmement : « Klaus a peur que ce soit *vous*, le Modèle Deux. Maintenant, c'est *vous* qu'il a à l'œil. »

Klaus rougit. « Et pourquoi pas ? Nous avons envoyé un messager derrière les lignes américaines, et c'est *lui* qui est venu. Peut-être pensait-il trouver par ici du gibier en abondance.»

Hendricks eut un rire sans joie. «Je venais des bunkers des Nations Unies. J'étais entouré d'êtres humains.

— Peut-être avez-vous vu là l'occasion de pénétrer dans les lignes soviétiques, et donc saisi la chance. Peut-être vouliez-vous…

— Les lignes soviétiques avaient déjà été envahies. Vous aviez été infiltrés avant même que je quitte mon PC. N'oubliez pas ça.»

Tasso vint à ses côtés. «Ça ne prouve rien du tout, commandant.

— Pourquoi cela?

— Il semble que les différents modèles communiquent très peu entre eux. Ils proviennent d'usines distinctes. Ils ne se concertent pas. Vous auriez pu partir en direction des lignes soviétiques sans rien connaître des activités des autres modèles. Sans même savoir à quoi ceux-ci ressemblent.

— Comment se fait-il que vous en sachiez tant sur les Griffes? s'enquit Hendricks.

— Je les ai observées. Je les ai vues prendre les bunkers soviétiques.

— Tu en sais vraiment beaucoup, remarqua Klaus. Et en fait, tu as vu très peu de choses. Curieux que tu te sois montrée aussi observatrice.»

Tasso rit. «C'est moi que tu soupçonnes, maintenant?

— N'y pensons plus», dit Hendricks.

Ils avancèrent en silence.

«On va faire tout le chemin à pied? dit Tasso après un temps. Je n'ai pas l'habitude de marcher.» Elle contempla la plaine de cendres qui s'étendait tout autour d'eux à perte de vue. « C'est lugubre.

— Et c'est comme ça tout le long, commenta Klaus.

— En un sens, j'aurais préféré que tu sois dans ton bunker au moment de l'attaque.

— C'est un autre qui se serait trouvé en ta compagnie », marmonna Klaus.

Tasso rit et enfonça ses mains dans ses poches. « Tu as raison. »

Ils poursuivirent leur route sans cesser de scruter l'immense plaine.

Le soleil se couchait. Hendricks avança lentement en faisant signe à Klaus et Tasso de rester en arrière. Klaus s'accroupit et posa la crosse de son fusil par terre.

Tasso trouva une plaque de béton et s'y assit en poussant un soupir. « C'est bon de se reposer un peu.

— Silence », lui intima sèchement Klaus.

Ils se trouvaient au pied d'une pente que Hendricks était en train de gravir. C'était la colline où l'envoyé russe avait fait son apparition la veille. À plat ventre, le commandant inspecta à la jumelle ce qui les attendait au-devant.

Rien en vue. Que de la cendre et quelques arbres. Mais à moins de cinquante mètres se profilait l'entrée du PC avancé. Le bunker qu'il avait quitté la veille. Hendricks l'observa en silence. Nul mouvement. Aucun signe de vie.

Klaus le rejoignit en rampant. « Où est-ce ?

— Là, en bas. »

Hendricks lui passa les jumelles. Des nuages de cendre roulaient dans le ciel du crépuscule. Le monde s'assombrissait. Il leur restait tout au plus deux heures de lumière. Sans doute moins.

«Je ne vois rien, remarqua Klaus.

— Vous voyez l'arbre, là ? Ce tronc près de la pile de briques ? L'entrée est juste à droite.

— Si vous le dites.

— Couvrez-moi d'ici, Tasso et vous. Vous m'aurez dans votre champ de vision jusqu'à ce que j'atteigne l'entrée.

— Vous y allez seul ?

— Avec mon bracelet, je ne risque rien. Le périmètre autour du bunker est un véritable nid de Griffes. Elles s'entassent sous la cendre. Comme des crabes. Sans bracelet, vous n'avez aucune chance d'en sortir vivant.

— Vous avez sans doute raison.

— J'avancerai lentement. Dès que j'aurai une certitude...

— S'ils sont dans le bunker, vous ne pourrez jamais remonter jusqu'ici. Ils sont rapides. Vous n'imaginez pas à quel point.

— Que suggérez-vous ? »

Klaus réfléchit. « Je ne sais pas. Amenez-les à se montrer en surface. Pour que vous voyez à quoi vous avez affaire. »

Hendricks détacha l'émetteur de son ceinturon et déplia l'antenne. « Allons-y. »

Klaus fit signe à Tasso, qui les rejoignit en rampant adroitement jusqu'au sommet de la hauteur.

« Il descend seul, annonça, Klaus. Nous le couvrirons d'ici. Dès que tu le verras revenir, tire tout de suite derrière lui. Ils ne perdent pas de temps.

— Tu n'es pas très optimiste, dit Tasso.

— En effet. »

Hendricks ouvrit le magasin de son arme et le vérifia soigneusement. « Peut-être que tout va bien.

— Vous ne les avez pas vus, vous. Il y en avait des centaines. Tous pareils. Une vraie marée de fourmis…

— Je devrais voir ce dont il retourne sans être obligé de m'aventurer trop profond. » Hendricks verrouilla la culasse et empoigna fermement son arme ; de l'autre main, il tenait l'émetteur. « Bon, souhaitez-moi bonne chance. »

Klaus lui tendit la main. « Ne descendez pas sans savoir. Parlez-leur d'en haut. Obligez-les à se montrer. »

Hendricks entreprit de descendre le versant.

Un instant plus tard, il se dirigeait lentement vers un tas de briques et de débris jouxtant un tronc d'arbre mort, autrement dit vers l'entrée du bunker.

Pas un mouvement nulle part. Il reprit son émetteur et l'alluma. « Scott ? Vous me recevez ? »

Silence.

« Scott ! Ici Hendricks. Je suis devant le bunker. Vous devez me voir dans le viseur. »

Il prêta l'oreille, cramponné à l'émetteur. Aucun autre son que les parasites. Il s'avança. Une Griffe émergea brusquement de la cendre et fonça sur lui. Puis elle se figea à un ou deux mètres et s'enterra à nouveau. Une deuxième apparut, un des gros modèles pourvus de tentacules qui l'observa attentivement, puis se mit à le suivre à distance respectueuse. Un instant plus tard, une grande Griffe rejoignit la première. Silencieuses, elles lui emboîtèrent le pas.

Hendricks s'immobilisa et, derrière lui, les Griffes l'imitèrent. Il était tout près maintenant. Presque au niveau des marches menant au bunker.

« Scott ! Vous me recevez ? Je suis juste au-dessus de vous. Dehors. À la surface. Vous me recevez ? »

Il attendit, le fusil serré contre son flanc, l'émetteur collé à l'oreille. Le temps passa. Il s'efforçait de distinguer un son quelconque, mais seul le silence lui parvenait, un silence entrecoupé de vagues parasites.

Puis, lointaine, métallique, une voix : « Ici, Scott. »

Une voix neutre. Froide. Impossible à identifier. Mais l'écouteur était si petit…

« Scott ! Écoutez ! je suis au-dessus de vous. En haut, devant l'entrée du bunker.

— Oui.

— Vous me voyez ?

— Oui.

— Dans le viseur ? Le viseur est braqué sur moi ?

— Oui. »

Hendricks réfléchit. Tout autour de lui, un cercle de Griffes gris métallisé attendait sans bouger. « Tout va bien, dans le bunker ? Rien d'inhabituel ?

— Tout va bien.

— Venez à la surface. Je voudrais vous voir un instant. » Hendricks inspira profondément. « Je veux vous parler. Montez me rejoindre.

— Descendez.

— C'est un ordre ! »

Silence. « Vous montez, oui ou non ? » Hendricks prêta l'oreille. Pas de réponse. « Je vous ordonne de rejoindre la surface.

— Descendez. »

La mâchoire d'Hendricks se contracta. « Passez-moi Leone. »

Un long silence. Il se concentra sur les parasites. Puis une voix lui parvint, dure, mince, métallique. La même que l'autre. « Ici Leone.

— Ici Hendricks. Je suis en surface. À l'entrée du bunker. Je veux que l'un d'entre vous monte.

— Descendez.

— Pourquoi ? C'est un ordre que je vous donne ! »

Silence. Hendricks baissa l'émetteur, regarda prudemment autour de lui. L'entrée était presque à ses pieds. Il rentra l'antenne, raccrocha l'appareil à sa ceinture, puis prit soigneusement son arme à deux mains et avança pas à pas. S'ils le voyaient vraiment, ils savaient qu'il se dirigeait vers l'entrée. Il ferma les yeux une seconde.

Puis il posa le pied sur la première marche.

Deux David montèrent à sa rencontre, deux visages identiques dépourvus d'expression. Il les pulvérisa sur place. D'autres montaient au pas de course, une armée de jumeaux !

Hendricks tourna les talons et revint à toute vitesse vers la colline.

Au sommet, Tasso et Klaus tiraient sans discontinuer. Déjà les petites Griffes convergeaient vers eux ; leurs sphères de métal filaient frénétiquement dans la cendre. Mais il n'avait pas le temps de penser à elles. Il s'agenouilla et mit en joue, visant l'entrée du bunker qui déversait des David par groupes entiers, chaque individu tenant son ours en peluche ; leurs petites jambes noueuses et maigrichonnes tricotaient à toute vitesse tandis qu'ils montaient les marches du bunker. Hendricks fit feu sur le groupe le plus nombreux. Les David s'envolèrent dans une pluie de rouages et de ressorts qui partit dans toutes les directions. Il tira de nouveau à travers le brouillard de particules.

Une grande silhouette courbée se profila à l'entrée du bunker. Interloque, Hendricks cessa de tirer.

C'était un homme. Un soldat. Privé d'une de ses jambes, il s'appuyait sur une béquille.

« Commandant ! »

C'était la voix de Tasso. Nouveaux coups de feu. La haute silhouette s'avança, tout entourée de David. Hendricks sortit de sa stupeur. Le Modèle Un ! Le Soldat Blessé ! Il visa et tira. Le soldat se désintégra : mille pièces métalliques s'envolèrent. Une foule de David s'éloignaient à présent du bunker en courant sur le terrain plat. Presque accroupi, Hendricks tirait sans relâche, tout en reculant lentement vers la colline.

Du haut de son poste, Klaus tira. Le versant grouillait de Griffes grimpant vers lui avec ardeur. Hendricks battait en retraite aussi vite qu'il pouvait. Tasso avait quitté Klaus et se déplaçait lentement vers la droite, en s'éloignant de la colline.

Un David se coula subrepticement vers Hendricks. Un petit visage blanc et vide, des yeux mangés par des mèches de cheveux bruns. La machine se baissa brusquement et ouvrit les bras. Son ours en peluche tomba à terre et se précipita vers Hendricks en faisant des bonds. Le commandant fit feu. L'ours et le David se volatilisèrent. Il sourit et battit des paupières. Il avait l'impression de faire un rêve.

« Par ici ! »

C'était la voix de Tasso. Hendricks partit dans sa direction. Elle se tenait près de piliers en béton qui avaient dû soutenir un bâtiment maintenant en ruine et tirait derrière lui avec l'arme de poing que lui avait donnée Klaus.

« Merci. »

Haletant, il la rejoignit. Elle l'entraîna à l'abri du béton, puis se mit à manipuler son ceinturon.

« Fermez les yeux ! » Elle détacha de sa taille un objet rond dont elle dévissa rapidement le couvercle avant de le verrouiller en position. « Fermez les yeux et couchez-vous ! »

Alors elle lança la bombe, qui décrivit un arc irréprochable puis roula et rebondit jusqu'à l'entrée du bunker. Deux Soldats Blessés se tenaient, hésitants, près du tas de briques. Derrière eux, les David continuaient d'affluer pour se répandre dans la plaine. Un des Soldats Blessés fit un pas vers la bombe, se pencha maladroitement pour la ramasser.

La bombe explosa. L'onde de choc souffla Hendricks et le jeta à plat ventre. Un vent brûlant déferla sur lui. À travers un brouillard, il vit Tasso qui, debout derrière les colonnes, tirait lentement, méthodiquement, sur les David émergeant des nuages de feu blanc qui faisaient rage.

Sur la colline, Klaus se démenait pour lutter contre les Griffes qui l'encerclaient. Il battait en retraite sans cesser de tirer, tentant de sortir du cercle qui l'emprisonnait.

Hendricks se remit péniblement debout. La tête lui faisait mal, et il y voyait à peine. Il avait l'impression d'être cerné par un tourbillon de flammes dévorantes. Son bras droit refusait de lui obéir.

Tasso vint vers lui à reculons. « Venez. Partons d'ici.

— Et Klaus ? Il est encore là-haut.

— Venez ! »

Elle l'éloigna des colonnes. Hendricks secoua la tête pour essayer de retrouver sa lucidité. Tasso l'entraîna rapidement ; le regard vif et brillant, elle guettait les Griffes qui avaient pu survivre à la déflagration.

Un David émergea du rideau de flammes. Tasso le désintégra. Il n'en vint pas d'autres.

« Mais Klaus... Que va devenir Klaus ? » Hendricks s'immobilisa, chancelant. « Il va...

— Venez ! »

Ils se replièrent de plus en plus loin du bunker. De petites Griffes les suivirent quelque temps, puis renoncèrent et rebroussèrent chemin.

Enfin Tasso s'arrêta. « Arrêtons-nous ici le temps de reprendre notre souffle. »

Hendricks s'assit sur un tas de décombres et, haletant, s'épongea la nuque. « Quand je pense que nous avons laissé Klaus là-bas », s'étrangla-t-il.

Tasso ne répondit rien. Elle ouvrit son arme et y glissa un nouveau chargeur de cartouches explosives. Hendricks la contemplait, hébété. « Vous l'avez abandonné délibérément », dit-il.

Tasso referma son arme d'un coup et se mit à scruter les monceaux de gravats tout autour d'eux, le visage inexpressif. Comme si elle guettait quelque chose.

« Qu'est-ce qu'il y a ? demanda Hendricks sur un ton impérieux. Qu'est-ce que vous guettez ? Quelque chose vient vers nous ? » Il secoua la tête, essayant vainement de comprendre. Que faisait-elle donc ? Qu'attendait-elle ainsi ? Lui ne voyait rien. Ils n'étaient entourés que de cendre et de ruines ponctuées par endroits de troncs sans vie, sans feuilles ni branches.

« Qu'est-ce...

— Taisez-vous ! » coupa-t-elle.

Soudain, ses yeux se plissèrent et elle leva le canon de son arme. Hendricks tourna la tête et suivit son regard.

Suivant le même chemin qu'eux, une silhouette fit son apparition. Elle venait vers eux en titubant. Ses vêtements étaient en lambeaux. La créature boitait et avançait très lentement, avec un luxe de précautions, en s'arrêtant de temps en temps pour reprendre des forces. À un moment, elle faillit tomber. Elle resta un instant immobile le temps de recouvrer son équilibre, puis reprit sa marche.

Klaus.

Hendricks se dressa « Klaus ! » Il fit quelques pas vers le nouveau venu « Comment diable avez-vous pu… »

Tasso tira. Hendricks se jeta en arrière. La jeune femme tira de nouveau et un impitoyable trait de feu passa auprès de lui pour aller frapper Klaus en pleine poitrine. Ce dernier vola en éclats, répandant en tous sens rivets et engrenages. L'espace d'un instant, il continua d'avancer. Puis il vacilla d'avant en arrière et finit par s'effondrer. De nouvelles pièces métalliques roulèrent dans la cendre.

Silence.

Tasso se tourna vers Hendricks. « Maintenant vous comprenez pourquoi il a tué Rudi. » Hendricks se rassit lentement et secoua la tête ; comme engourdi, il était incapable de penser. « Vous voyez ? insista Tasso. Vous comprenez ? »

Hendricks ne répondit pas. Tout lui échappait de plus en plus vite. Les ténèbres l'engloutissaient, l'appelaient à elles.

Il ferma les yeux.

Hendricks rouvrit lentement les yeux. Tout son corps lui faisait mal. Il voulut s'asseoir, mais des poignards acérés lui traversèrent le bras et l'épaule. Il suffoqua.

« N'essayez pas de vous lever », dit Tasso.

Elle se pencha et lui posa une main glacée sur le front.

Il faisait nuit. Quelques rares étoiles perçaient de leur éclat intermittent les nuages de cendre mouvants. Hendricks se recoucha, les dents serrées. Tasso le regardait, impassible. Elle avait fait un feu de petit bois et d'herbes sèches, dont les flammes sifflaient doucement en léchant la gamelle posée au-dessus d'elles. Tout était silencieux. À part le foyer, les ténèbres régnaient partout.

« C'était donc lui, le Deuxième Modèle, murmura Hendricks.

— Je m'en étais toujours doutée.

– Pourquoi ne pas l'avoir éliminé plus tôt ? interrogea Hendricks.

— C'est vous qui m'avez retenue. » Tasso se rapprocha du feu pour regarder dans la gamelle. « C'est du café. Il sera prêt dans un instant. »

Elle revint s'asseoir près de lui et ouvrit bientôt son arme afin de démonter le mécanisme de mise à feu et d'en inspecter les différentes pièces avec une attention soutenue. « C'est une arme superbe, dit-elle à mi-voix. Magnifiquement conçue et réalisée.

— Que sont-elles devenues ? Les Griffes ?

— L'onde de choc en a mis la plupart hors d'usage. Elles sont fragiles. Hautement organisées, je suppose.

— Les David aussi ?

— Oui.

— Comment se fait-il que vous ayez eu une bombe pareille en votre possession ? »

Tasso haussa les épaules. « C'est nous qui l'avons mise au point. Ne sous-estimez pas notre technologie, commandant. Sans cette bombe-là, ni vous ni moi ne serions encore en vie.

— Elle nous a bien rendu service, en effet. »

Tasso étendit ses jambes vers le feu pour se réchauffer les pieds. « Je m'étonne que vous n'ayez pas compris quand il a tué Rudi. Pourquoi croyez-vous qu'il a…

— Je vous l'ai dit. J'ai pensé qu'il avait pris peur.

— Vraiment ? Vous savez, pendant un moment je vous ai soupçonné aussi, commandant. Parce que vous ne vouliez pas que je le tue. J'ai pensé que vous le protégiez peut-être. » Elle se mit à rire.

« Sommes-nous en sécurité ici ? demanda Hendricks après un silence.

— Pendant un temps. Jusqu'à ce qu'ils reçoivent des renforts. »

Tasso nettoyait l'intérieur de son arme avec un bout de chiffon. Cela fait, elle remit le mécanisme en place, referma l'arme et passa un doigt le long du canon.

« Nous avons eu de la chance, murmura Hendricks.

— En effet. Beaucoup de chance.

— Merci de m'avoir tiré de là. »

Tasso le regarda sans répondre. Ses yeux luisaient dans l'éclat du feu. Hendricks examina son bras. Pas moyen de remuer les doigts ; par ailleurs, son flanc tout entier était insensible. Il ressentait au plus profond de lui-même une douleur constante et sourde.

« Comment vous sentez-vous ? interrogea Tasso.

— Je suis touché au bras.

— Quoi d'autre ?

— Il y a des lésions internes.

— Vous ne vous êtes pas jeté au sol quand la bombe a explosé. »

Sans répondre, Hendricks regarda Tasso verser le café dans un gobelet de métal et le lui apporter. « Merci », dit-il enfin. Il s'efforça de se redresser pour pouvoir boire. Il avait du mal à avaler. Il fut pris de nausée et dut repousser le récipient. « Je ne peux pas en boire plus pour le moment. »

La jeune fille avala le reste. Le temps passa. Les nuages de cendres dérivaient inlassablement dans le ciel nocturne. L'esprit vide, Hendricks se reposait. Au bout d'un moment, il s'aperçut que, debout tout près de lui, Tasso le contemplait fixement. « Qu'y a-t-il ? murmura-t-il.

— Vous vous sentez mieux ?

— Un peu.

— Vous savez, commandant, si je ne vous avais pas traîné hors de là, ils vous auraient eu. Vous seriez mort. Comme Rudi.

— Je sais.

— Voulez-vous savoir pourquoi je vous ai sorti de là ? J'aurais pu vous laisser tomber. Vous abandonner là-bas.

— Alors, pourquoi m'avoir sauvé ?

— Parce qu'il faut nous en aller. » Tasso tisonna le feu avec une branche en fixant calmement les flammes. « Aucun être humain ne peut vivre ici. Quand leurs renforts arriveront, nous n'aurons pas l'ombre d'une chance. J'y ai réfléchi pendant que vous étiez inconscient. Il nous reste trois heures tout au plus avant qu'ils débarquent.

— Et vous attendez de moi que je nous sorte d'ici ?

— Tout juste.

— Pourquoi moi ?

— Parce que moi, je ne sais pas comment m'y prendre. » Il distinguait dans la pénombre l'éclat de ses yeux calmes rivés sur lui. « Si vous ne pouvez pas non plus, dans trois heures nous serons morts. Je ne vois pas d'autre issue. Alors, commandant ? Qu'allez-vous faire ? J'ai attendu toute la nuit. Pendant que vous étiez sans connaissance, je suis restée assise ici à faire le guet. L'aube approche. La nuit va bientôt s'achever. »

Hendricks réfléchit. « C'est curieux, dit-il enfin.

— Quoi donc ?

— Que vous me croyiez capable de vous tirer de là. Je me demande ce que vous attendez de moi au juste.

— Pouvons-nous rejoindre la Base lunaire ?

— La Lune ? Et comment ?

— Il doit bien y avoir un moyen. »

Hendricks secoua la tête. « Pas que je sache. »

Tasso se tut. L'espace d'un instant son regard devint incertain. Puis elle baissa brusquement la tête, se détourna et se remit péniblement sur pied. « Un peu plus de café ?

— Non, merci.

— Comme vous voudrez. »

Elle-même but en silence. Hendricks ne discernait pas son visage. Il se rallongea et s'absorba dans ses pensées en s'efforçant tant bien que mal de se concentrer sur une possible solution. Il avait encore mal à la tête et se sentait toujours en proie à l'hébétude.

« Il y a peut-être un moyen, déclara-t-il soudain.

— Ah ?

— Combien de temps reste-t-il avant le lever du jour ?

— Deux heures. Le soleil ne va pas tarder à se lever.

— Normalement, il y a un vaisseau quelque part dans les environs. Je ne l'ai jamais vu, mais je sais qu'il existe.

— Quel genre de vaisseau ? jeta-t-elle sèchement.

— Un croiseur à réaction.

— Et il peut nous emmener jusqu'à la Base lunaire ?

— C'est ce qu'il est censé faire. En cas d'urgence. » Il se frotta le front.

« Qu'avez-vous ?

— Ma tête. J'ai du mal à penser. Je n'arrive pas à… à me concentrer. C'est cette bombe.

— Ce vaisseau, il est près d'ici ? » Tasso se coula près de lui et s'accroupit. « À quelle distance ? Où exactement ?

— J'essaie de réfléchir. »

Ses doigts s'enfoncèrent dans son bras. « Près d'ici ? » Sa voix avait la dureté du fer. « Où pourrait-il être ? Caché en sous-sol peut-être ? C'est ça, non ?

— Oui, c'est ça. Dans un caisson souterrain.

— Comment le trouver ? Il porte une marque spéciale ? Y a-t-il un code apparent permettant de l'identifier ? »

Hendricks se concentra. « Non. Non, ni marque ni code.

— Quoi, alors ?

— Un panneau.

— Quel genre de panneau ? » Hendricks ne répondit pas. Ses globes oculaires étaient devenus ternes, vides. Les doigts de Tasso s'enfonçaient toujours dans son bras. « Alors, quel genre de signal ? De quoi s'agit-il ?

— Je... je ne me rappelle pas. Laissez-moi me reposer.

— D'accord. »

Elle le lâcha et se releva. Hendricks se recoucha et ferma les yeux. Tasso s'éloigna, les mains dans les poches. Elle donna un coup de pied dans un caillou et regarda le ciel. Déjà la noirceur nocturne commençait à virer au gris. L'aube allait poindre.

Agrippant son arme, Tasso se mit à tourner en rond autour du feu. Le commandant Hendricks était toujours allongé sur le sol, immobile, les yeux clos. La grisaille gagnait de plus en plus dans le ciel. Le paysage, plaines de cendre à perte de vue, redevint visible. Cendre, bâtiments en ruine, murs effondrés çà et là, tas de gravats, troncs d'arbre isolés...

L'air était froid et sec. Au loin un oiseau lança quelques notes sinistres.

Hendricks remua et ouvrit les yeux. « Le jour est déjà levé ?

— Oui. »

Il se redressa en position assise. « Vous vouliez savoir quelque chose. Vous me questionniez...

— Vous vous souvenez maintenant ?

— Oui.

— Qu'est-ce que c'était ? » Elle se raidit. « Alors ? répéta-t-elle sèchement.

— C'était un puits. Un puits en ruine. Il se trouve dans un caisson enterré sous un puits.

— Un puits... » Tasso se décontracta. « Il nous faut donc le trouver. » Elle regarda sa montre. « Il nous reste environ une heure, commandant. Vous croyez qu'on peut y arriver en une heure ?

— Aidez-moi donc à me lever», répliqua Hendricks.

Elle rengaina son arme et l'aida à se remettre debout. «Ça ne va pas être facile.

— En effet.» Hendricks pinça les lèvres. «Je ne crois pas que nous irons bien loin.»

Ils se mirent en marche. Le soleil levant leur dispensait un peu de chaleur. La terre était toujours aussi plate et désolée. Quelques oiseaux traçaient en silence des cercles très haut dans le ciel.

«Vous voyez quelque chose? dit Hendricks. Pas de Griffes?

— Non. Pas encore.»

Ils traversèrent un champ de ruines parsemé de pans de béton dressés, de briques éparses et de dalles en ciment. Des rats détalèrent sous leurs pas; méfiante, Tasso fit un bond en arrière.

«Avant, c'était une bourgade ici, dit Hendricks. Un village français. Autrefois, il y avait des vignobles partout dans cette région.»

Ils débouchèrent dans une rue dévastée, envahie d'herbes folles et parcourue de craquelures. Sur la droite s'élevait une cheminée de pierre.

«Faites attention», avertit Hendricks.

Une cavité s'ouvrait devant eux, un ancien sous-sol désormais béant, hérissé de tuyaux tordus. Ils longèrent les restes d'une maison : une baignoire renversée, une chaise cassée, des morceaux de faïence, quelques cuillers. Au centre de la rue le sol formait une dépression emplie d'herbes sauvages, de débris divers et d'ossements.

«Par là, murmura Hendricks.

— Dans cette direction?

— Vers la droite.»

Ils passèrent ensuite devant une carcasse de char d'assaut. Le compteur de Hendricks émit des cliquetis menaçants. L'engin avait manifestement reçu une bombe à radiations. À quelques mètres de là gisait un corps momifié, bras et jambes écartés, la bouche ouverte. De l'autre côté de la route s'étendait un champ plat jonché de cailloux, de mauvaises herbes et de morceaux de verre brisé.

« Là », indiqua Hendricks.

Un puits en pierres à demi affaissé, surmonté de quelques planches, se profilait au-dessus du sol. Ce n'était presque plus qu'un tas de gravats. Hendricks s'en approcha d'un pas mal assuré, Tasso à ses côtés.

« Vous êtes sûr que c'est là ? s'enquit-elle. Ça n'a pourtant l'air de rien.

— Certain. » Les dents serrées, le souffle court, Hendricks s'assit sur la margelle et épongea la sueur qui ruisselait sur son visage. « Cette disposition a été prise afin que l'officier le plus gradé puisse s'échapper en cas de coup dur. Si le bunker est pris, par exemple.

— Et cet officier, c'est vous ?

— Oui.

— Où est le vaisseau ? Ici même ?

— Sous nos pieds. » Hendricks caressa les pierres du puits. « L'œil électronique ne répond qu'à moi. C'est mon vaisseau personnel. Du moins, *c'était.* » Un fort déclic, bientôt suivi d'un raclement grave quelque part sous leurs pieds. « Reculez », dit Hendricks.

Tasso et lui s'écartèrent. Un morceau de sol glissa de côté et une structure métallique s'éleva lentement en perçant la cendre, chassant végétation et décombres. Le mouvement s'interrompit lorsque le nez du vaisseau apparut.

«Le voilà», constata Hendricks.

Pas très grand, telle une grosse aiguille émoussée, il reposait, immobile, dans son maillage de soutien. Une pluie de cendre se déversa dans la cavité obscure. Hendricks s'approcha, s'engagea sur le filet et déverrouilla l'écoutille. On apercevait à l'intérieur le tableau de bord et le siège pressurisé.

Tasso vint se tenir à ses côtés et contempla la cabine. «Je ne sais pas piloter les fusées», dit-elle après un silence.

Hendricks lui jeta un coup d'œil. «Je m'en charge.

— Ah oui? Il n'y a qu'un siège là-dedans, commandant. Je vois que ce vaisseau a été conçu pour une seule personne.»

Le souffle de Hendricks s'altéra. Il examina attentivement la cabine. Tasso avait raison. Il n'y avait qu'un siège. La fusée était bel et bien prévue pour un seul passager.

«Je vois, fit-il lentement. Et cette personne… c'est vous?»

Elle hocha la tête. «Bien sûr.

— Et pourquoi cela?

— Parce que vous ne pouvez pas partir. Vous ne survivriez peut-être pas au voyage. Vous êtes blessé. Vous n'arriveriez sans doute pas vivant sur la Lune.

— Intéressant. Seulement voyez-vous, je sais où se trouve la Base. Pas vous. Vous pourriez tourner autour de la Lune pendant des mois sans la trouver. Elle est bien cachée. Sans points de repère, vous ne…

— Je prends le risque. Je ne la trouverai peut-être pas toute seule. Mais je crois que vous me donnerez les indications nécessaires. Votre vie en dépend.

— Comment cela?

— Si je trouve la Base lunaire à temps, je pourrai

peut-être les convaincre de vous envoyer un vaisseau. *Si* je la trouve. Sinon, vous n'avez pas l'ombre d'une chance. J'imagine qu'il y a des provisions à bord. Elles dureront assez longtemps pour que je… »

Hendricks réagit sans attendre, mais son bras blessé le trahit. Tasso l'évita avec souplesse et sa main se leva avec la rapidité de l'éclair. Hendricks vit la crosse s'abattre sur lui et tenta de parer le coup, mais elle fut trop rapide. Le coup l'atteignit à la tempe, juste au-dessus de l'oreille. Une douleur paralysante l'envahit. Il n'y avait plus que la douleur et des vagues de ténèbres. Il glissa à terre.

Vaguement, il sentit que Tasso, debout auprès de lui, le poussait du bout du pied. « Commandant ! Réveillez-vous ! » Il gémit et ouvrit les yeux. « Écoutez-moi. » Elle se pencha et lui braqua son arme en pleine figure. « Je dois faire vite. Il ne me reste pas beaucoup de temps. La fusée est prête à décoller, mais vous devez me donner les renseignements dont j'ai besoin. » Hendricks secoua la tête et s'efforça de réfléchir. « Vite ! Où se trouve la Base lunaire ? Comment arrive-t-on jusqu'à elle ? Quels sont les points de repère ? » Hendricks garda le silence. « Répondez-moi !

— Non. Je regrette.

— Commandant, le vaisseau est bourré de provisions. Je peux tourner autour de la Lune pendant des semaines. Je finirai forcément par trouver la Base. Mais vous, dans une demi-heure vous serez mort. Votre seule chance de survivre… »

Elle s'interrompit. Sur la pente, près des ruines, quelque chose avait bougé. Dans les scories. Tasso se retourna vivement, visa et tira aussitôt. Son arme cracha une bouffée de flammes. Quelque chose détala en roulant sur la cendre. Tasso tira de nouveau. La Griffe éclata en vomissant ses rouages.

« Vous voyez ? dit-elle. Un éclaireur. Ce ne sera plus très long maintenant.

— Vous leur direz de venir me chercher ?

— Oui. Dès que possible. »

Hendricks leva les yeux et étudia attentivement la jeune femme. « Vous dites la vérité ? » Une curieuse expression avide se peignait à présent sur les traits du commandant. « Vous reviendrez me chercher ? Vous m'emmènerez jusqu'à la Base lunaire ?

— Oui, si vous me dites seulement où la trouver ! Le temps presse.

— Bon. » Hendricks ramassa un caillou et se redressa péniblement. « Regardez bien. » Il se mit à dessiner dans la couche de cendre. Debout près de lui, Tasso suivait les mouvements du caillou. Hendricks traçait une carte sommaire de la Lune. « Voici la chaîne des Apennins, et là le cratère d'Archimède. La Base est tout au bout des Apennins, à trois cents kilomètres environ. Je ne sais pas exactement où. Personne ne le sait sur Terra. Mais quand vous serez au-dessus de la chaîne, faites le signal suivant : une fusée éclairante rouge, puis une verte suivie de deux autres rouges en succession rapide. Le moniteur de la Base enregistrera votre signal. Elle se trouve naturellement sous la surface. Ils vous guideront grâce à des grappins magnétiques.

« Et les commandes ? Je vais m'en sortir ?

— Le pilotage est pratiquement automatique. Vous n'avez qu'à donner le signal voulu au moment requis.

— Très bien.

— Le siège absorbe la quasi-totalité du choc au

décollage. L'aération et la température ambiante sont contrôlées automatiquement. Le vaisseau quittera Terra, gagnera l'espace de lui-même et s'alignera sur la Lune, où il se mettra en orbite à environ cent cinquante kilomètres de la surface. Cette orbite vous mènera au niveau de la Base. En passant au-dessus des Apennins, lâchez les fusées éclairantes. »

Tasso se glissa dans le vaisseau et s'allongea sur le siège pressurisé. Les bracelets de maintien se refermèrent automatiquement sur ses bras. Elle manipula les commandes du bout des doigts. « Dommage que vous ne soyez pas du voyage, commandant. Tout ceci vous était pourtant destiné.

— Laissez-moi au moins le revolver. »

Tasso le tira de sa ceinture et le soupesa pensivement. « Ne vous éloignez pas trop. Il sera déjà assez difficile de vous retrouver.

— D'accord. Je resterai près du puits. »

Tasso saisit la manette de décollage et passa ses doigts sur le métal lisse. « Un bien beau vaisseau, commandant. Admirablement conçu. J'admire votre savoir-faire. Vous autres, vous avez toujours su travailler. Fabriquer de grandes choses. Vos créations sont vos plus belles réussites.

— Donnez-moi ce revolver », dit impatiemment Hendricks en tendant la main et en s'efforçant tant bien que mal de se mettre debout.

« Adieu, commandant ! »

Tasso lança le revolver derrière Hendricks. L'arme atterrit avec fracas, rebondit et s'éloigna en roulant sur elle-même. Hendricks se hâta d'aller la ramasser.

Au moment où il s'en emparait, l'écoutille se referma avec un bruit métallique et les verrous se mirent en place. Hendricks revint vers le vaisseau.

La porte intérieure se scellait à son tour. D'une main tremblante, il leva le revolver.

Un rugissement assourdissant. Le vaisseau jaillit brusquement de sa cage métallique, faisant fondre les mailles dans son sillage. Hendricks se recroquevilla, recula précipitamment. La fusée fila d'un coup et s'enfonça presque aussitôt dans les nuages.

Hendricks continua à fixer le ciel longtemps après que le sillage blanc de l'engin se fut dissipé. Rien ne bougeait. L'air matinal était froid, silencieux. Il se mit en route, en suivant plus ou moins le chemin qu'ils avaient emprunté pour rejoindre le puits. Mieux valait se déplacer sans cesse. Les secours mettraient longtemps à venir… s'ils venaient jamais.

Il fouilla ses poches jusqu'à ce qu'il trouve un paquet de cigarettes. Maussade, il en alluma une. Ils lui avaient tous demandé des cigarettes. Elles étaient pourtant rares.

Un lézard se coula dans la cendre près de lui. Hendricks se figea. L'animal disparut. Le soleil montait dans le ciel. Sur son passage, des mouches vinrent se poser sur une pierre plate. Il les dispersa d'un coup de pied.

Il commençait à faire chaud. La sueur coulait sur son visage et s'infiltrait sous son col. Il avait la bouche sèche.

Il s'arrêta enfin et s'assit sur un tas de décombres ; puis il ouvrit sa trousse de secours, avala quelques comprimés analgésiques et regarda autour de lui. Où se trouvait-il ?

Il y avait quelque chose devant lui. Étalé sur le sol. Quelque chose de silencieux et d'immobile.

Hendricks dégaina rapidement. On aurait dit un homme. Puis cela lui revint. C'étaient les restes de

Klaus, bien sûr. Klaus, le Modèle Deux. Il gisait là où Tasso l'avait pulvérisé. Il en distinguait encore les rouages et autres pièces métalliques qui étincelaient au soleil çà et là sur la cendre.

Il s'approcha et poussa du pied la forme inerte pour la décoller du sol. Une coque métallique, des côtes et des tiges de maintien en aluminium. Divers circuits se détachèrent. Comme des viscères. Un véritable fouillis de fils, de commutateurs, de résistances, de moteurs et de broches.

Il se pencha. La boîte crânienne s'était brisée dans sa chute. Le cerveau artificiel était visible ; Hendricks l'examina. Un labyrinthe complexe de circuits, de tubes miniaturisés, de fils fins comme des cheveux. Il en effleura le logement, qui bascula d'un coup. La plaque de série apparut. Hendricks la lut et blêmit.

M-IV.

Longtemps il fixa la plaque. Modèle Quatre. Et non Deux. Ils s'étaient trompés. Il existait plus de modèles qu'ils n'avaient cru. Il n'y en avait pas trois, mais peut-être beaucoup plus ! Et Klaus n'était pas du Modèle Deux.

Mais alors…

Subitement, il se tendit. On venait de l'autre côté de la colline. Mais qui, ou quoi ? Il s'efforça de distinguer quelque chose. Des silhouettes qui pataugeaient lentement dans la cendre.

Et qui venaient vers lui.

Hendricks s'accroupit prestement et leva son arme. La sueur lui coulait dans les yeux. Il lutta contre la panique croissante qui l'envahissait. Les inconnus approchaient toujours.

Le premier était un David, qui pressa le pas en l'apercevant. Les autres l'imitèrent. Un deuxième

David. Puis un troisième. Trois David identiques avançant vers lui en silence, impassibles, portés par leurs jambes maigres. Un ours en peluche serré sur la poitrine.

Hendricks fit feu. Les deux premiers David se transformèrent en nuage de particules. Le troisième continua d'avancer, ainsi que la silhouette qui venait sur lui sans mot dire. Un Soldat Blessé qui dominait le David de toute sa hauteur. Alors…

Alors il vit que derrière le Soldat Blessé venaient deux Tasso marchant côte à côte. Lourd ceinturon, pantalon de l'armée russe, chemise, longs cheveux. La silhouette familière qu'il avait vue un moment plus tôt sur le siège pressurisé du vaisseau, mais multipliée par deux. Deux minces silhouettes, identiques et muettes.

Ils étaient tout près maintenant. Soudain le David se baissa et lâcha son ours en peluche, qui se rua vers Hendricks. Celui-ci appuya machinalement sur la détente. L'ours disparut, volatilisé. Les deux Modèles Tasso continuèrent d'approcher ensemble, l'air neutre.

Quand ils furent presque sur lui, Hendricks leva son arme à hauteur de sa ceinture et tira.

Les deux Tasso se volatilisèrent à leur tour. Mais déjà un nouveau groupe gravissait la pente, cinq ou six Tasso semblables venant rapidement vers lui, les unes derrière les autres.

Et il l'avait laissée prendre le vaisseau, il lui avait révélé le signal codé… À cause de lui elle était en route vers la Lune, vers la Base. Il lui avait fourni l'occasion qu'elle cherchait.

Il avait vu juste pour cette bombe, finalement. Elle avait été conçue pour tenir compte des autres modèles, le David, le Soldat Blessé, le Modèle Klaus.

Mais pas par des humains. Elle avait été fabriquée dans une usine souterraine, loin de tout contact humain.

La rangée de Tasso était presque sur lui. Hendricks s'arma de courage et les regarda venir calmement. Ce visage familier, ce ceinturon, cette épaisse chemise, la bombe bien à sa place.

La bombe…

À l'instant où les Tasso s'emparaient de lui, une ultime pensée tout empreinte d'ironie lui traversa l'esprit et lui procura par la même occasion un certain réconfort. La bombe… Conçue par le Modèle Deux pour éliminer les autres modèles, et pour cela seulement.

Ils en étaient déjà à créer des armes afin de s'anéantir mutuellement.

L'imposteur

Titre original :

IMPOSTOR

in *Astounding*, juin 1953.
Adapté au cinéma en 2002 par Gary Fleder
sous le titre *Impostor*.

« Un de ces jours, je vais prendre des congés », déclara Spence Olham. C'était au repas-1. Il se tourna vers sa femme. « J'ai bien mérité un peu de repos. Dix ans, c'est long.

— Et le Projet ?

— La guerre se gagnera bien sans moi. De toute façon, cette boule de glaise qu'est la planète ne court pas un si grand danger. » Olham se rassit à table et alluma une cigarette. « Les infomachines déforment les dépêches pour faire croire que les Spatiaux sont prêts à nous tomber dessus. Sais-tu ce que je voudrais faire pendant mes vacances ? Aller camper à la montagne, pas loin d'ici ; tu sais, là où on est déjà allés. Tu te souviens ?

— À Sutton Wood ? » Mary entreprit de débarrasser la table. « Ça a brûlé il y a quelques semaines. Je croyais que tu le savais. Un incendie éclair ou je ne sais quoi. »

Olham s'affaissa. « On n'a même pas essayé d'en déterminer la cause ? » Il grimaça amèrement. « De nos jours, on se désintéresse de tout. Ils ne pensent plus qu'à la guerre. » Il serra les mâchoires : il se représentait mentalement leur situation présente, avec les Spatiaux, le conflit les vaisseaux-aiguilles…

« Comment penser à autre chose ? »

Olham hocha la tête. Elle avait raison, bien sûr. Les petits vaisseaux noirs partis d'Alpha du Centaure avaient aisément franchi le barrage de chasseurs terriens, les laissant sur place telle une ceinture de tortues impuissantes. Les combats s'étaient invariablement soldés par la défaite des humains, qui reculaient toujours plus vers la Terre.

Jusqu'à ce que les laboratoires Westinghouse fassent la démonstration de leur bulle-protec. Une fois mise en place autour des villes principales, puis de la planète tout entière, elle avait constitué leur première parade efficace, la première riposte appropriée aux « Spatiaux », comme disaient les infomachines.

Quant à gagner la guerre… c'était une autre histoire. Tous les laboratoires, tous les centres de recherche travaillaient jour et nuit, inlassablement, pour trouver ce qui leur manquait encore, à savoir une arme offensive. Le Projet auquel travaillait Olham, par exemple, se poursuivait depuis des années, sans un jour de répit.

Il se leva et éteignit sa cigarette. « C'est une épée de Damoclès perpétuellement suspendue au-dessus de nos têtes. Je commence à en avoir assez. Tout ce que je désire maintenant, c'est un repos prolongé. Mais tout le monde en est sans doute au même point. »

Il prit sa veste dans le placard et sortit sur la terrasse. La *flèche*, le petit engin rapide qui le mènerait au siège du Projet, serait là d'un instant à l'autre.

« J'espère que Nelson n'est pas en retard. » Il consulta sa montre. « Il est près de sept heures.

— Le voilà», dit Mary en scrutant l'intervalle entre les alignements de maisons. Le soleil levant faisait scintiller les plaques de plomb massives recouvrant les toits. Le lotissement était calme, rares étaient les gens déjà levés. «À plus tard. Tâche de ne pas faire d'heures supplémentaires, Spence.»

Olham ouvrit la portière du petit appareil, se glissa à l'intérieur et se renversa contre son dossier avec un soupir. Nelson était accompagné d'un homme âgé.

«Alors? dit Olham tandis que le véhicule prenait un départ foudroyant. Qu'est-ce qui se passe d'intéressant?

— Rien, répondit Nelson; le train-train habituel. Quelques vaisseaux de Spatiaux ont été touchés, un nouvel astéroïde a été abandonné pour des raisons stratégiques.

— Vivement que le Projet passe au stade final. C'est peut-être l'effet de la propagande diffusée par les infomachines, mais depuis un mois, je suis las de tout cela. Tout est devenu si sérieux, si maussade. La vie n'a plus aucune couleur.

— Pensez-vous que la guerre n'a plus de sens? demanda soudain l'homme âgé. Vous en faites pourtant partie intégrante.

— Je te présente le major Peters», intervint Nelson.

Les deux hommes échangèrent une poignée de main.

Olham dévisagea le major. «Qu'est-ce qui vous amène si tôt chez nous? dit-il. Je ne me souviens pas de vous avoir déjà vu au Projet.

— En effet, je n'y travaille pas. Néanmoins je suis quelque peu informé de vos travaux. Moi, je suis dans un domaine complètement différent.»

Nelson et lui échangèrent un regard. Olham le remarqua et fronça les sourcils. La flèche traversait des terres désertes et stériles, se dirigeant de plus en plus vite vers les bâtiments du Projet qui se profilaient déjà dans le lointain.

« Quelle est votre spécialité ? s'informa Olham. Mais peut-être n'avez-vous pas le droit d'en parler.

— Je travaille pour l'État. Au sein de l'Agence Fédérale de Sécurité.

— Ah ? » Olham haussa les sourcils. « Une infiltration ennemie aurait-elle été signalée dans la région ?

— À vrai dire, si je suis là c'est pour m'entretenir avec vous, Mr Olham. »

Ce dernier en resta interloqué. Il avait beau tourner et retourner les déclarations de Peters dans sa tête, il n'en saisissait pas du tout le sens. « Moi ? Mais pourquoi ?

— J'ai ordre de vous arrêter au titre d'espion à la solde des Spatiaux. Voilà pourquoi je me suis levé si tôt ce matin. *Saisissez-vous de lui, Nelson.* »

Un pistolet s'enfonça dans les côtes d'Olham. Les mains de Nelson tremblaient d'émotion trop longtemps contenue et son teint avait viré au blême.

Il inspira profondément. « Faut-il le tuer tout de suite ? murmura-t-il à l'adresse de Peters. Je crois qu'on devrait s'en acquitter sans plus tarder. On ne peut pas se permettre d'attendre. »

Olham regarda son ami dans les yeux et ouvrit la bouche, mais aucun son n'en sortit. Les deux hommes le regardaient bien en face, comme figés par l'effroi. Olham se sentit pris de vertige. La tête lui faisait mal et il voyait tout tourner autour de lui. « Je ne comprends pas », murmura-t-il.

À ce moment-là, la flèche quitta le sol et fila vers l'espace. Au-dessous d'eux, les bâtiments du Projet diminuèrent à vue d'œil et finirent par disparaître. Olham serra les lèvres.

« Ce n'est pas si pressé, dit Peters. Je voudrais d'abord lui poser quelques questions. »

L'engin filait toujours dans l'espace ; hébété, Olham regardait droit devant lui.

« Nous avons procédé à l'arrestation », dit Peters au vidécran où venait de s'afficher l'image du chef de la Sécurité. « Bien des gens vont s'en trouver considérablement soulagés.

— Pas de complications ?

— Pas la moindre. Il est entré dans l'engin sans se douter de rien. Il ne s'est pas trop inquiété de ma présence.

— Où vous trouvez-vous en ce moment ?

— Tout près de la bulle-protec, prêts à passer de l'autre côté. Nous nous déplaçons à vitesse maximum. On peut partir du principe que la période critique est passée. Heureusement que les réacteurs de décollage étaient en état de marche. S'il y avait eu une panne quelconque à ce moment précis…

— Montrez-le-moi ». Le chef de la Sécurité observa quelques instants Olham qui, les mains sur les genoux, gardait les yeux dans le vague. « Voilà donc notre homme. » Olham ne disait toujours rien. Enfin le chef fit un signe de tête destiné à Peters. « Bien. Cela suffit. » Un léger dégoût déformait ses traits. « J'ai vu ce que je voulais voir. Vous avez rendu un service dont on se souviendra longtemps. On vous prépare d'ailleurs une citation à tous les deux.

— Je n'en vois vraiment pas la nécessité, dit Peters.

— Y a-t-il encore un risque ?

— Oui, mais faible. Si je suis bien renseigné, cela requiert une phrase clé. Quoi qu'il en soit, il nous faut bien le courir, ce risque.

— Je vais avertir la base lunaire de votre arrivée.

— Non. » Peters secoua la tête. « Je vais poser l'engin en dehors de la base. Je ne veux pas la mettre en péril.

— Comme vous voudrez. » Le chef jeta un dernier regard à Olham et battit brièvement des paupières. Puis son image s'effaça et l'écran s'éteignit.

Olham tourna la tête vers la vitre. L'engin avait déjà franchi la bulle-protec et sa vitesse ne cessait de croître. Peters était manifestement pressé ; sous ses pieds il sentait les réacteurs fonctionner à plein régime. S'ils poussaient la vitesse au maximum, c'était parce qu'ils avaient peur ; peur de *lui*.

Nelson, qui occupait le siège voisin, s'agita sur son siège, mal à l'aise. « Nous devrions en finir maintenant, dit-il. Je donnerais n'importe quoi pour que ce soit déjà fait.

— Du calme, dit Peters. Vous voudrez bien piloter un moment, que je puisse lui parler. » Il se glissa à côté d'Olham et le regarda dans les yeux. Puis, avec réticence, il lui effleura le bras, et ensuite la joue.

Olham resta muet. *Si seulement je pouvais prévenir Mary*, pensa-t-il ; *si je pouvais trouver un moyen de la prévenir*. Il regarda autour de lui. Mais comment ? Le vidécran ? Non. Nelson était aux commandes, pistolet en main. Il ne pouvait rien faire. Il était pris au piège.

Pourquoi ?

« Écoutez, dit Peters, je voudrais vous poser quelques questions. Vous savez où nous allons. Vers la Lune. Dans une heure, nous alunirons sur la face cachée, où il n'y a rien. Sitôt après vous serez remis à l'équipe chargée de détruire instantanément votre corps. Vous comprenez ? » Il consulta sa montre. « Dans moins de deux heures, vous serez éparpillé à la surface. Il ne restera rien de vous. »

Olham sortit péniblement de sa torpeur. « Vous ne pourriez pas me dire... ?

— Certainement, je vais vous le dire. Nous avons été prévenus avant-hier qu'un vaisseau spatial avait forcé la bulle-protec et largué un espion ayant la forme d'un robot humanoïde. Ce robot avait pour mission de détruire un être humain désigné d'avance et de prendre sa place. » Peters dévisagea calmement Olham. « À l'intérieur du robot se trouvait une bombe U. Notre agent ignorait quel mécanisme devait faire exploser la bombe, mais supposait que le détonateur était une certaine série de mots. Le robot devait mener la vie de la personne qu'il avait tuée, se substituer à elle dans son travail et dans ses loisirs. Il avait été construit exactement à son image. Nul ne pourrait distinguer le vrai du faux. »

Le teint d'Olham était à présent d'une pâleur de craie.

« La personne que le robot avait pour mission d'imiter était Spence Olham, cadre supérieur au sein d'un des projets de recherche. Les travaux de son Centre approchant de leur conclusion, une bombe à forme humaine ayant ses entrées dans les laboratoires était particulièrement... »

Olham baissa les yeux sur ses mains. « *Mais Olham, c'est moi.* »

— Une fois Olham repéré et éliminé, le robot n'a eu aucun mal à se faire passer pour lui. Il a été largué du vaisseau il y a huit jours. La substitution s'est probablement opérée le week-end dernier, quand Olham est parti faire une courte randonnée dans les collines.

— Mais c'est *moi*, Olham ! » Il se tourna vers Nelson, toujours aux commandes. « Tu ne me reconnais donc pas ? Tu me côtoies depuis vingt ans. Tu ne te souviens pas que nous avons fait nos études ensemble ? » Il se leva. « Toutes nos études supérieures. Nous partagions même une chambre. » Il s'approcha de Nelson.

« N'approchez pas, gronda Nelson.

— Écoute. Tu te rappelles, en deuxième année, cette fille ? Comment s'appelait-elle déjà… ? » Il se frotta le front. « La brune qu'on avait rencontrée chez Ted ?

— Assez ! » Nelson agita frénétiquement son pistolet. « Je ne veux pas en entendre davantage. Vous l'avez tué, espèce de… de machine ! »

Olham regarda Nelson. « Vous vous trompez. Je ne sais pas ce qui s'est passé, mais le robot n'a pas dû arriver jusqu'à moi. Quelque chose a dû mal tour ner. Le vaisseau s'est peut-être écrasé. » Il se retourna vers Peters. « C'est moi, Olham. Je le sais bien, tout de même. Il n'y a pas eu de transfert. Je suis tel que j'ai toujours été. » Il se tâta sur tout le corps. « Il doit y avoir un moyen de le prouver. Ramenez-moi sur Terre et vous verrez. Un examen radioscopique, ou neurologique peut-être, devrait vous en donner la preuve. Ou alors on trouvera l'épave du vaisseau. »

Ni Peters ni Nelson ne répondirent.

« Puisque je vous dis que je suis Spence Olham, insista-t-il. Comment vous le prouver ?

— Le robot ne doit pas avoir conscience de ne pas être le véritable Spence Olham, dit Peters. Il a dû devenir Olham mentalement aussi bien que physiquement. On l'a sans doute doté d'une mémoire artificielle falsifiée. Il doit lui ressembler trait pour trait, posséder ses souvenirs, ses idées, ses centres d'intérêts, pouvoir accomplir son travail. Avec une différence, toutefois. Il contient une bombe U prête à exploser à l'énoncé de la phrase clé. » Peters s'écarta légèrement. « C'est la seule différence. Voilà pourquoi nous vous conduisons sur la Lune, où on vous démontera pour enlever la bombe. Peut-être explosera-t-elle, mais là-bas cela n'aura pas d'importance. »

Olham se rassit lentement.

« Nous allons bientôt arriver », dit Nelson.

L'engin piquait progressivement vers la surface. Olham se laissa aller en arrière et réfléchit à toute allure. On voyait déjà la surface grêlée de la Lune et ses ruines sans fin. Que faire ? Comment sauver sa peau ?

« Préparez-vous », dit Peters.

Dans quelques minutes il serait mort. En bas, il apercevait un point noir, sans doute un bâtiment. Et dans ce bâtiment, des hommes l'attendaient — l'équipe spéciale qui se préparait à le mettre en pièces. Ils allaient l'éventrer, lui arracher bras et jambes, le réduire en morceaux. Ne trouvant pas de bombe, ils seraient surpris ; ils se rendraient compte de leur erreur, mais il serait trop tard.

Olham jeta un coup d'œil circulaire à la cabine de pilotage exiguë. Nelson n'avait pas lâché son pistolet. Aucune chance de ce côté-là. S'il pouvait trouver un médecin, se faire examiner… c'était la seule issue. Mary pourrait lui venir en aide. Il réfléchit éperdument. Plus que quelques minutes. Si seulement il pouvait entrer en contact avec elle…

« Doucement », dit Peters.

L'engin se posa lentement, avec un léger rebond sur le sol inégal. Puis ce fut le silence.

« Écoutez, articula péniblement Olham. Je peux prouver que je suis bien Olham. Amenez-moi un médecin et…

— Voilà l'équipe qui arrive », coupa Nelson en pointant un doigt. Il jeta un coup d'œil inquiet à Olham. « Espérons que tout se passera bien.

— Nous serons repartis avant qu'ils s'y mettent, dit Peters. Pas question de s'attarder. » Il revêtit sa combinaison pressurisée, puis prit le pistolet des mains de Nelson. « Je vais le surveiller un moment. »

Nelson se glissa à son tour dans une combinaison avec une hâte qui le rendait maladroit. « Et lui, dit-il en indiquant Olham, aura-t-il besoin d'une tenue ? »

Peters secoua la tête. « Non, les robots n'ont probablement pas besoin d'oxygène. »

Les hommes arrivaient à proximité du vaisseau. Ils firent halte en attendant un signe que Peters ne tarda pas à leur faire. Alors ils s'approchèrent, méfiants, silhouettes toutes raides et un peu grotesques dans leur tenue ballonnée.

« Si vous ouvrez la porte, dit Olham, je suis un homme mort. C'est un assassinat.

— Ouvrons ! » dit Nelson en tendant lui-même la main vers la poignée.

Olham le regarda faire. Les doigts de Nelson se crispèrent sur la tige métallique. Dans une seconde, le panneau coulisserait, l'air contenu dans la cabine s'échapperait. Il mourrait, et peu après les autres se rendraient compte de leur erreur. En d'autres temps, lorsqu'il n'y aurait plus la guerre, les hommes n'agiraient peut-être plus de la sorte ; peut-être n'enverraient-ils pas un de leurs semblables à la mort avec une telle précipitation parce qu'ils en avaient peur. Mais pour le moment, tout le monde avait peur. Tout le monde était prêt à sacrifier l'individu à la panique collective.

Ils allaient le tuer parce qu'ils ne savaient pas attendre que sa culpabilité soit établie. Ils n'en avaient pas le temps. Il regarda Nelson. Nelson qui était son ami depuis des années, avec qui il était allé à l'école, qui avait été garçon d'honneur à son mariage… et qui allait le tuer. Mais Nelson n'était pas méchant ; ce n'était pas sa faute. C'était l'époque. Peut-être en avait-il été de même pendant les grandes épidémies. À la première tache sur la peau des hommes avaient probablement été éliminés sans hésitation, sans la moindre preuve, sur la foi d'une simple présomption. En temps de crise, il n'y avait pas moyen de faire autrement.

Il ne leur en voulait pas. Mais il lui fallait vivre. Sa vie était trop précieuse pour être ainsi sacrifiée. Olham réfléchissait toujours. Il devait bien y avoir une solution… Il regarda de nouveau autour de lui.

« J'y vais ! dit Nelson.

— Tu as raison », fit Olham. Le son de sa propre voix le surprit. Elle avait la fermeté du désespoir. « Je n'ai pas besoin d'air. Ouvre la porte. »

Ils s'immobilisèrent, curieux et alarmés.

« Vas-y, ouvre, ça n'a aucune importance. »

La main d'Olham disparut à l'intérieur de sa veste. « J'espère que vous courez vite, tous les deux.

— Comment ça ?

— Il vous reste quinze secondes à vivre. » À l'intérieur de sa veste, ses doigts se contractèrent ; son bras se raidit. Puis Olham se détendit et eut un petit sourire. « Vous vous trompiez à propos de cette phrase clé. Encore quatorze secondes. »

Deux visages stupéfaits le fixaient derrière la visière des combinaisons. Puis les deux hommes coururent pêle-mêle vers la porte et l'ouvrirent. L'air fusa aussitôt dans le vide avec un hurlement strident, Peters et Nelson se ruèrent au dehors. Olham referma la porte derrière eux. Le système de pressurisation automatique se mit à pomper furieusement pour rétablir une pression normale. Olham vida ses poumons en frissonnant de soulagement. Une seconde de plus et…

Par le hublot, il vit que les deux hommes avaient rejoint les autres, qui s'éparpillaient en courant dans toutes les directions. L'un après l'autre, ils se jetèrent à plat ventre. Olham s'assit aux commandes et régla quelques cadrans. Quand l'appareil décolla, les autres se relevèrent et le regardèrent partir bouche bée.

« Vous m'excuserez, dit-il, mais je dois retourner sur Terre. »

Sur ces mots, il prit le chemin du retour.

Il se posa de nuit. Tout autour de la flèche, dans la fraîcheur nocturne, résonnait un concert de criquets. Olham se pencha sur le vidécran. Petit à petit une image se forma ; l'appel était passé sans encombre. Il poussa un soupir de soulagement.

« Mary ! »

La femme le regarda avec des yeux ronds. « Spence ! s'étrangla-t-elle. Où es-tu ? Qu'est-il arrivé ?

— Je ne peux pas te le dire. Écoute, je n'ai pas beaucoup de temps. Ils peuvent couper la communication d'un moment à l'autre. Va au Centre et demande le Dr Chamberlain. S'il est absent, adresse-toi au premier médecin venu. Ramène-le à la maison et arrange-toi pour qu'il y reste. Dis-lui d'apporter son matériel, rayons X, fluoroscope, etc.

— Mais…

— Fais ce que je te dis et dépêche-toi. Que tout soit prêt dans une heure. » Olham se pencha sur l'écran. « Ça va ? Tu es seule ?

— Seule ?

— Oui, y a-t-il quelqu'un avec toi ? Nelson est-il entré en contact avec toi ? Ou quelqu'un d'autre ?

— Mais non, Spence. Je ne comprends pas.

— Très bien. Rendez-vous à la maison dans une heure. Et surtout, ne dis rien à personne. Fais venir Chamberlain sous n'importe quel prétexte. Dis que tu es très malade. »

Il coupa la communication et consulta sa montre. Un instant plus tard il posait pied à terre dans le noir. Il avait huit cents mètres à parcourir.

Il se mit en route.

Il y avait de la lumière à la fenêtre du bureau. Il s'agenouilla contre la clôture pour observer la maison. Pas un bruit, pas le moindre mouvement. Il éleva sa montre à la hauteur de ses yeux et regarda l'heure à la lueur des étoiles. Il s'était écoulé à peu près une heure.

Une flèche passa dans la rue sans s'arrêter.

Olham songea que le médecin devait être déjà arrivé. Mary et lui devaient l'attendre. Une pensée lui traversa l'esprit. Elle n'avait peut-être pas pu quitter la maison. Et s'ils l'avaient interceptée ? Allait-il se jeter tête baissée dans un piège ?

Mais que faire d'autre ?

Avec un examen médical, des radios, des certificats, il avait une chance de faire ses preuves. S'il pouvait se maintenir assez longtemps en vie pour qu'on puisse le mettre en observation… Oui, c'était comme cela qu'il pourrait témoigner de son identité. C'était même son unique espoir. Le Dr Chamberlain avait très bonne réputation. C'était le médecin attitré du Projet. Il saurait établir la vérité, son verdict serait incontestable. Il aurait raison de l'hystérie, de la folie des autres.

Car c'était bien de la folie. Si seulement ils étaient disposés à attendre un peu, prendre leur temps… Mais non. Pour eux, il fallait qu'il meure, et tout de suite, sans preuve, sans procès d'aucune forme, sans expertise. Alors que le test le plus élémentaire pouvait faire éclater la vérité, ils ne voulaient même pas se donner cette peine. Ils ne voyaient que le danger. Le danger, rien d'autre.

Il s'approcha de la maison, s'avança sur la terrasse. Devant la porte, il s'arrêta, l'oreille aux aguets. Toujours le silence. La maison était parfaitement calme.

Trop calme.

Olham resta sans bouger, sûr qu'à l'intérieur on se contraignait au silence. Pourquoi ? La maison était petite ; derrière la porte, à quelques pas de lui, devaient se tenir Mary et le Dr Chamberlain. Et pourtant, il n'entendait rien, pas le moindre bruit de voix, rien. Il regarda la porte, cette porte qu'il avait ouverte et refermée plus de mille fois, matin et soir.

Il posa la main sur la poignée. Puis, se ravisant brusquement, il appuya sur la sonnette. Le timbre retentit quelque part dans le fond de la maison. Olham sourit. Cette fois, il entendait remuer.

Mary ouvrit, et sitôt qu'il vit son expression il comprit. Il se sauva en courant et alla se jeter dans les taillis. Un agent de la Sécurité écarta la jeune femme et fit feu. Les buissons explosèrent. Olham se faufila jusqu'à l'angle de la maison et bondit, fonçant à toute allure dans l'obscurité. Un projecteur s'alluma et un faisceau lumineux se mit à tracer des cercles autour de lui.

Il traversa la route, se hissa par-dessus une clôture, traversa une cour. Derrière lui accouraient des hommes, des agents de la Sécurité qui se hélaient mutuellement. Olham était hors d'haleine.

Le visage de Mary… Oui, il avait tout de suite deviné. Les lèvres serrées, les yeux terrifiés, malheureux. Heureusement qu'il n'était pas entré ! Ils avaient mis le téléphone de Mary sur écoute et rappliqué aussitôt la communication terminée. Elle avait probablement cru ce qu'ils lui avaient dit. Nul doute qu'elle aussi était convaincue qu'il était un robot.

Olham continua à courir. Il prenait de l'avance sur les agents lancés à sa poursuite. Apparemment, ils n'étaient pas très doués pour la course à pied. Il gravit une hauteur et redescendit l'autre versant. D'un moment à l'autre, il serait de retour à la flèche. Mais où aller, cette fois ? Il s'arrêta. Bientôt il vit l'appareil se découper sur le ciel à l'endroit où il l'avait laissé. Le lotissement était loin derrière lui ; il était parvenu à la limite entre les régions désertiques et les zones habitées, là où commençaient la forêt et la désolation. Il traversa un champ en friche et pénétra sous les arbres.

Au moment où il approchait de l'engin, la portière s'ouvrit.

Peters apparu à contre-jour. Il tenait au creux de ses bras un lourd fusil Boris. Olham stoppa net.

Peters scruta l'obscurité. « Je sais que vous êtes par là, dit-il. Avancez, Olham. Vous êtes cerné par les agents de la Sécurité. »

Olham ne bougea pas.

« Écoutez. Vous allez tomber entre nos mains d'un instant à l'autre. Manifestement, vous n'avez toujours pas compris que vous étiez un robot. Votre appel à cette femme prouve que vous êtes toujours le jouet de l'illusion créée par les souvenirs artificiels qu'on vous a implantés. Mais vous êtes bien un robot, et à l'intérieur de votre corps se trouve une bombe. À tout moment, la phrase clef peut être prononcée, par vous-même ou par n'importe qui. Alors la bombe détruira tout à des kilomètres alentour. Le Projet sera détruit, cette femme et nous tous serons tués. Comprenez-vous ? »

Olham continua de se taire. Il écoutait. Des hommes se glissaient à travers bois, se dirigeant vers lui.

« Si vous ne vous rendez pas de votre propre gré, nous vous capturerons. Ce n'est qu'une question de temps. Nous n'avons plus l'intention de vous transporter sur la base lunaire. Vous serez abattu à vue, et nous courrons le risque de voir la bombe exploser. J'ai mobilisé tous les agents de la Sécurité du coin ; la région tout entière va être passée au peigne fin. Toute retraite vous est désormais coupée. Il vous reste environ six heures avant que la fouille systématique ne soit achevée. »

Olham s'éloigna. Peters continua à parler ; il n'avait donc pas vu le fugitif. Il faisait trop sombre. Mais il avait raison. Il ne lui restait plus de refuge. Il pouvait se cacher un moment à la lisière de la forêt, mais ils finiraient par le pincer.

Oui, une question de temps.

Olham avançait silencieusement sous les arbres. Et pendant ce temps, kilomètre par kilomètre on fouillait le comté jusque dans les moindres recoins. Le filet se refermait inexorablement autour de lui, le confinait dans un espace de plus en plus restreint.

Que restait-il ? Il avait perdu la flèche, son seul espoir de salut. Ils avaient envahi sa maison ; sa femme avait rallié leur cause, croyant sans doute que le véritable Olham avait été tué. Il serra les poings. Il y avait sûrement quelque part une épave de vaisseau-aiguille spatial, avec parmi les débris les restes du robot. Il avait dû s'écraser à proximité.

Et le robot détruit s'y trouvait toujours.

Un léger espoir naquit en lui. Et s'il pouvait mettre la main dessus ? S'il pouvait leur montrer le site de l'accident…

Mais où le trouverait-il ?

Il continua de marcher, perdu dans ses pensées. Le point de chute ne devait pas se trouver très loin. L'appareil s'était sans doute posé dans les environs immédiats du Projet, le robot étant alors censé faire le reste du chemin à pied. Arrivé au sommet d'une élévation, il regarda autour de lui. Après s'être écrasé, l'engin avait dû s'enflammer. Y avait-il un indice, une piste quelconque ? Il avait peut-être lu ou entendu quelque chose se rapportant à l'accident. En attendant, il fallait que ce soit à proximité. Et désert.

Soudain, Olham sourit. Un appareil qui s'écrase et s'enflamme !

Mais bien sûr ! Sutton Wood ! L'incendie inexpliqué !

Il pressa le pas.

Le jour était levé. Les rayons du soleil filtraient à travers les branchages pour tomber sur l'homme tapi à l'orée de la clairière. Olham levait les yeux de temps à autre, et tendait l'oreille. Ils n'étaient plus très loin, à quelques minutes à peine. Il sourit.

En contrebas, éparpillés dans la clairière et jusque parmi les troncs calcinés, il apercevait un amas de tôles tordues et enchevêtrées qui luisait d'un éclat sombre. Il n'avait pas eu trop de peine à dénicher l'épave. Le bois de Sutton était un endroit qu'il connaissait bien : il y avait fait bien des randonnées quand il était plus jeune. Il avait tout de suite su où il trouverait la carcasse de l'appareil. Il y avait là un pic qui se dressait abruptement au-dessus du reste. Olham s'était dit qu'un appareil manœuvrant pour atterrir et ne connaissant pas la région avait peu de chances de l'éviter. Et il avait vu juste.

Il se releva. Il les entendait arriver tous ensemble en s'interpellant à voix basse. Il se contracta. Tout dépendait de celui qui l'apercevrait le premier. Si c'était Nelson, il n'avait aucune chance. Nelson tirerait à vue. Il serait mort avant que les autres aient vu le vaisseau. Mais s'il avait le temps d'appeler, s'il pouvait les retenir un moment… Du temps… c'était tout ce dont il avait besoin. Une fois qu'ils auraient vu l'épave, il serait sauvé.

Mais s'ils tiraient d'abord…

Une branche carbonisée craqua. Une silhouette s'avança d'un pas indécis. Olham inspira profondément. Il ne restait plus que quelques secondes, peut-être les dernières de sa vie. Il leva les bras en s'efforçant de voir à qui il avait affaire.

C'était Peters.

« Peters ! » cria Olham en agitant les bras. Peters

leva son arme et visa. « Ne tirez pas ! » ajouta-t-il d'une voix mal assurée. « Attendez un peu. Regardez derrière moi, dans la clairière !

— Je l'ai trouvé ! » s'écria Peters.

Des agents de la Sécurité accoururent de tous côtés.

« Ne tirez pas ! Regardez derrière moi ! Le vaisseau-aiguille spatial... Regardez ! »

Peters hésita. Le canon de son arme vacilla.

« Il est là en bas, dit précipitamment Olham. Je savais bien que je le trouverais ici. À cause de cet incendie de forêt. Vous me croyez maintenant ? Vous trouverez les restes du robot dans l'appareil. Allez voir, voulez-vous ?

— Il y a quelque chose en bas, en effet, dit nerveusement un des hommes.

— Abattez-le ! » dit une voix. C'était Nelson.

« Attendez. » Peters se retourna vivement. « C'est moi qui commande ici. Que personne ne tire. Il dit peut-être la vérité.

— Abattez-le, cria Nelson. Il a tué Olham. D'un instant à l'autre il peut nous tuer aussi. Si la bombe explose...

— Taisez-vous. » Peters s'approcha du ravin et regarda au fond. « Regardez-moi ça. » Il fit signe à deux hommes de le rejoindre « Descendez et voyez de quoi il s'agit. »

Les hommes dévalèrent la pente et traversèrent la clairière. Puis ils se penchèrent sur l'épave et se mirent à fouiller de-ci, de-là.

« Alors ? » demanda Peters.

Olham retint son souffle, puis esquissa un sourire ; il n'avait pas eu le temps de regarder lui-même, mais le robot devait se trouver là. Pourtant, subitement le doute l'assaillit : et s'il avait survécu assez longtemps pour s'enfuir ? S'il avait été réduit en cendres ?

Il se passa la langue sur les lèvres. La sueur perlait à son front. Nelson l'observait toujours, livide et haletant.

« Tuez-le, fit Nelson, avant qu'il ne nous tue ! »

Les deux hommes dépêchés vers l'épave se redressèrent.

« Qu'avez-vous trouvé ? demanda Peters sans abaisser son pistolet. Y a-t-il quelque chose ?

— Possible. En tout cas. C'est bien un vaisseau-aiguille. Et il y a quelque chose à côté.

— Je viens voir. » Peters passa devant Olham, qui le regarda descendre à flanc de colline et rejoindre les deux hommes. Les autres suivirent en tendant le cou pour mieux voir.

« On dirait un cadavre, fit Peters. Regardez ! »

Olham les rejoignit. Ils se tenaient en cercle, tous les regards convergeant au centre.

Au sol gisait une forme grotesque, curieusement contorsionnée, humaine n'eût été la disposition extravagante des bras et des jambes, qui pointaient dans toutes les directions. La bouche était ouverte, les yeux vitreux.

« Comme une machine en panne », fit tout bas Peters.

Olham eut un pâle sourire. « Vous voyez ? »

Peters se tourna vers lui. « C'est absolument incroyable, dit-il. C'est vous qui aviez raison depuis le début.

— Le robot n'est pas arrivé jusqu'à moi. » Olham alluma une cigarette. « Il a été détruit au moment de l'accident. Vous étiez tous tellement obnubilés par la guerre que vous ne vous êtes pas demandés pourquoi ce bois perdu, loin de tout, avait pris feu spontanément. Maintenant vous en connaissez la raison. »

Tout en fumant, il regarda les hommes extraire des restes du vaisseau le corps ridiculement déformé et tout raide.

« À présent, vous allez trouver la bombe », dit Olham.

Les hommes étendirent le corps sur le sol.

Peters se pencha. « Il semble que j'en vois un coin. »

On avait ouvert la cage thoracique du cadavre Dans la cavité béante, on voyait un objet briller d'un éclat métallique. Les hommes le considérèrent en silence.

« Elle nous aurait tous détruits si le robot avait survécu, déclara Peters. Cette boîte métallique que vous voyez là. »

Silence.

« Nous vous devons une fière chandelle, reprit-il à l'adresse d'Olham. Vous avez vécu un cauchemar abominable. Si vous n'aviez pas pris la fuite, nous aurions... » Il s'interrompit.

Olham jeta sa cigarette. « J'étais absolument certain que le robot n'avait pas pu m'atteindre, naturellement. Mais je n'avais aucun moyen de le prouver. Il y a des choses impossibles à prouver sur-le-champ. C'est là le malheur. Il m'était impossible de démontrer que j'étais moi-même.

— Ça vous dirait de prendre des vacances ? On devrait pouvoir vous accorder un mois de repos. Histoire de vous détendre un peu, d'oublier tout cela.

— Pour l'instant, j'ai surtout envie de rentrer chez moi, dit Olham.

— Parfait ; comme vous voudrez. »

Nelson s'était accroupi auprès du cadavre. Il tendit la main vers l'objet métallique, à l'intérieur du thorax.

« N'y touchez pas, dit Olham. Elle pourrait encore exploser. Il vaudrait mieux laisser ce soin à une équipe de démineurs. »

Nelson resta muet. Soudain il plongea la main dans le corps, saisit l'objet et l'attira à lui.

« Que faites-vous ? » s'écria Olham.

Nelson se releva en brandissant l'objet. Il était livide de frayeur. C'était un poignard, une dague-aiguille spatiale, toute tachée de sang.

« C'est cette arme qui l'a tué, chuchota-t-il. Mon ami a été poignardé. » Il se tourna vers Olham. « Vous l'avez assassiné et vous avez abandonné son corps près des débris de l'appareil. »

Olham tremblait. Ses dents s'entrechoquaient. Il regardait alternativement le corps et le couteau. « Ça ne peut pas être Olham. » Sa raison vacillait, tout tournait autour de lui. « Ai-je pu me tromper ? »

Il demeura bouche bée.

« Mais alors, si cet homme est Olham, je dois être... »

Il n'eut pas le temps de terminer sa phrase. L'explosion fut visible jusqu'à Alpha du Centaure.

DU MÊME AUTEUR

Aux Éditions Gallimard

LA FILLE AUX CHEVEUX NOIRS (Folio Science-Fiction nº 87)

MINORITY REPORT (Folio Science-Fiction nº 109)

Aux Éditions Denoël

Dans la collection Lunes d'encre

NOUVELLES (1947-1953)

NOUVELLES (1953-1981)

LA TRILOGIE DIVINE

Dans la collection Présence du futur

SUBSTANCE MORT (Folio Science-Fiction nº 25)

DEUS IRAE (*en collaboration avec Roger Zelazny* — Folio Science-Fiction nº 39)

L'ŒIL DE LA SIBYLLE

LE VOYAGE GELÉ

AU SERVICE DU MAÎTRE

SOUVENIR

UN AUTEUR ÉMINENT

DERRIÈRE LA PORTE
LE GRAND O
LE CRÂNE

Aux Éditions J'ai lu

LE MAÎTRE DU HAUT CHÂTEAU
DR BLOODMONEY
MESSAGE DE FROLIX 8
BLADE RUNNER
LE DIEU VENU DU CENTAURE
LES CLANS DE LA LUNE ALPHANE
À REBROUSSE-TEMPS

En Omnibus

LA PORTE OBSCURE
AURORE SUR UN JARDIN DE PALMES
DÉDALES SANS FIN
SUBSTANCE RÊVE

Aux Éditions 10/18

MENSONGE ET CIE
UBIK
MON ROYAUME POUR UN MOUCHOIR
LA BULLE CASSÉE
DANS LE SECTEUR DE MILTON LUMKY
TOTAL RECALL
LE PÈRE TRUQUE
PORTRAIT DE L'ARTISTE EN JEUNE FOU

Dans la même collection

1. Isaac Asimov — *Fondation*
2. Isaac Asimov — *Fondation et Empire*
3. Ray Bradbury — *Fahrenheit 451*
4. H.P. Lovecraft — *La couleur tombée du ciel*
5. Mary Shelley — *Frankenstein ou Le Prométhée moderne*
6. Fredric Brown — *Martiens, go home!*
7. Norman Spinrad — *Le Printemps russe*, 1
8. Norman Spinrad — *Le Printemps russe*, 2
9. Dan Simmons — *L'Échiquier du mal*, 1
10. Dan Simmons — *L'Échiquier du mal*, 2
11. Stefan Wul — *Oms en série*
12. Serge Brussolo — *Le syndrome du scaphandrier*
13. Jean-Pierre Andrevon — *Gandahar*
14. Orson Scott Card — *Le septième fils*
15. Orson Scott Card — *Le prophète rouge*
16. Orson Scott Card — *L'apprenti*
17. John Varley — *Persistance de la vision*
18. Robert Silverberg — *Gilgamesh, roi d'Ourouk*
19. Roger Zelazny — *Les neuf princes d'Ambre*
20. Roger Zelazny — *Les fusils d'Avalon*
21. Douglas Adams — *Le Guide galactique*
22. Richard Matheson — *L'homme qui rétrécit*
23. Iain Banks — *ENtreFER*
24. Mike Resnick — *Kirinyaga*
25. Philip K. Dick — *Substance Mort*
26. Olivier Sillig — *Bzjeurd*
27. Jack Finney — *L'invasion des profanateurs*
28. Michael Moorcock — *Gloriana ou La reine inassouvie*
29. Michel Grimaud — *Malakansâr*
30. Francis Valéry — *Passeport pour les étoiles*

31.	Isaac Asimov	*Seconde Fondation*
32.	Philippe Curval	*Congo Pantin*
33.	Mary Gentle	*Les Fils de la Sorcière*
34.	Richard Matheson	*Le jeune homme, la mort et le temps*
35.	Douglas Adams	*Le Dernier Restaurant avant la Fin du Monde*
36.	Joël Houssin	*Le Temps du Twist*
37.	H.P. Lovecraft	*Dans l'abîme du temps*
38.	Roger Zelazny	*Le signe de la licorne*
39.	Philip K. Dick et Roger Zelazny	*Deus irae*
40.	Pierre Stolze	*La Maison Usher ne chutera pas*
41.	Isaac Asimov	*Fondation foudroyée*
42.	Fredric Brown	*Une étoile m'a dit*
43.	Francis Berthelot	*Rivage des intouchables*
44.	Gregory Benford	*Un paysage du temps*
45.	Ray Bradbury	*Chroniques martiennes*
46.	Roger Zelazny	*La main d'Oberon*
47.	Maurice G. Dantec	*Babylon Babies*
48.	René Barjavel	*Le Diable l'emporte*
49.	Bruce Sterling	*Mozart en verres miroirs*
50.	Thomas M. Disch	*Sur les ailes du chant*
51.	Isaac Asimov	*Terre et Fondation*
52.	Douglas Adams	*La Vie, l'Univers et le Reste*
53.	Richard Matheson	*Je suis une légende*
54.	Lucius Shepard	*L'aube écarlate*
55.	Robert Merle	*Un animal doué de raison*
56.	Roger Zelazny	*Les Cours du Chaos*
57.	André-François Ruaud	*Cartographie du merveilleux*
58.	Bruce Sterling	*Gros Temps*
59.	Laurent Kloetzer	*La voie du cygne*
60.	Douglas Adams	*Salut, et encore merci pour le poisson*

61. Roger Zelazny	*Les Atouts de la Vengeance*
62. Douglas Adams	*Globalement inoffensive*
63. Robert Silverberg	*Les éléphants d'Hannibal*
64. Stefan Wul	*Niourk*
65. Roger Zelazny	*Le sang d'Ambre*
66. Orson Scott Card	*Les Maîtres Chanteurs*
67. John Varley	*Titan (La trilogie de Gaïa I)*
68. André Ruellan	*Mémo*
69. Christopher Priest	*La Machine à explorer l'Espace*
70. Robert Silverberg	*Le nez de Cléopâtre*
71. John Varley	*Sorcière (La trilogie de Gaïa II)*
72. Howard Waldrop	*Histoire d'os*
73. Herbert George Wells	*La Machine à explorer le Temps*
74. Roger Zelazny	*Le signe du Chaos*
75. Isaac Asimov	*Les vents du changement*
76. Norman Spinrad	*Les Solariens*
77. John Varley	*Démon (La trilogie de Gaïa III)*
78. Roger Zelazny	*Chevalier des ombres*
79. Fredric Brown	*Fantômes et farfafouilles*
80. Robert Charles Wilson	*Bios*
81. Walter Jon Williams	*Sept jours pour expier*
82. Roger Zelazny	*Prince du Chaos*
83. Isaac Asimov	*Chrono-minets*
84. H. P. Lovecraft	*Je suis d'ailleurs*
85. Walter M. Miller Jr.	*Un cantique pour Leibowitz*
86. Michael Bishop	*Requiem pour Philip K. Dick*
87. Philip K. Dick	*La fille aux cheveux noirs*
88. Lawrence Sutin	*Invasions divines*
89. Isaac Asimov	*La fin de l'Éternité*

90.	Mircea Cărtărescu	*Orbitor*
91.	Christopher Priest	*Le monde inverti*
92.	Stanislas Lem	*Solaris*
93.	William Burroughs	*Le festin nu*
94.	William Hjortsberg	*Angel Heart* (Le sabbat dans Central Park)
95.	Chuck Palahniuk	*Fight Club*
96.	Steven Brust	*Agyar*
97.	Patrick Marcel	*Atlas des brumes et des ombres*
98.	Edgar Allan Poe	*Le masque de la Mort Rouge*
99.	Dan Simmons	*Le Styx coule à l'envers*
100.	Joe Haldeman	*Le vieil homme et son double*
101.	Bruce Sterling	*Schismatrice +*
102.	Roger Zelazny et Fred Saberhagen	*Engrenages*
103.	Serge Brussolo	*Boulevard des banquises*
104.	Arthur C. Clarke	*La cité et les astres*
105.	Stefan Wul	*Noô*
106.	Andrew Weiner	*En approchant de la fin*
107.	H. P. Lovecraft	*Par-delà le mur du sommeil*
108.	Fredric Brown	*L'Univers en folie*
109.	Philip K. Dick	*Minority Report*
110.	Bruce Sterling	*Les mailles du réseau*
111.	Norman Spinrad	*Les années fléaux*
112.	David Gemmell	*L'enfant maudit* (Le Lion de Macédoine, I)
113	David Gemmell	*La mort des Nations* (Le Lion de Macédoine, II)
114.	Michael Moorcock	*Le Chaland d'or*
115.	Thomas Day	*La Voie du Sabre*
116.	Ellen Kushner	*Thomas le rimeur*

117. Peter S. Beagle — *Le rhinocéros qui citait Nietzsche*

À paraître:

118. David Gremmell — *Le Prince Noir* (Le Lion de Macédoine, III)
119. David Gremmell — *L'Esprit du Chaos* (Le Lion de Macédoine, IV)
120. Isaac Asimov — *Les dieux eux-mêmes*

Composition Interligne.
Impression Société Nouvelle Firmin-Didot.
à Mesnil-sur-l'Estrée, le 15 octobre 2002.
Depôt légal : octobre 2002.
1er dépôt légal : septembre 2002
Numéro d'imprimeur : 61474.

ISBN 2-07-042606-8/Imprimé en France.

121370